O vampiro antes de Drácula

O vampiro antes de Drácula

Bram Stoker • Edgar Allan Poe • Alexandre Dumas • H. G. Wells e outros

ORGANIZAÇÃO, COMENTÁRIOS E TRADUÇÃO
Martha Argel e Humberto Moura Neto

Aleph

O vampiro antes de Drácula

COPIDESQUE:
Isabela Talarico

CAPA E ILUSTRAÇÕES:
Mateus Acioli

REVISÃO:
Angélica Andrade
Renato Ritto

DADOS INTERNACIONAIS DE CATALOGAÇÃO NA PUBLICAÇÃO (CIP)
DE ACORDO COM ISBD

V216
O vampiro antes de Drácula / organização, comentários e tradução de Martha Argel, Humberto Moura Neto ; ilustrado por Mateus Acioli. – 2. ed. – São Paulo : Editora Aleph, 2024.
384 p. ; 14cm x 21cm.

Inclui bibliografia e apêndice.
ISBN: 978-85-7657-641-9

1. Literatura. 2. Antologia. 3. Textos Clássicos. 4. Drácula. 5. Vampiros. 6. Sobrenatural. 7. Lendas. I. Argel, Martha. II. Moura Neto, Humberto. III. Acioli, Mateus. IV. Título.

2024-464 CDD 800
CDU 8

ELABORADO POR VAGNER RODOLFO DA SILVA – CRB-8/9410

ÍNDICES PARA CATÁLOGO SISTEMÁTICO:
1. Literatura 800
2. Literatura 8

Aleph

Rua Bento Freitas, 306 - Conj. 71 - São Paulo/SP
CEP 01220-000 • TEL 11 3743-3202
www.editoraaleph.com.br

@editoraaleph

@editora_aleph

Para Elizabeth Miller,
com respeito e admiração

e

em memória de
Charles Nodier
(1780-1844),
por transformar o vampiro num superstar.

"O Vampiro aterrorizará, com seu horrível amor,
o sonho de todas as mulheres [...]
e que tremendo sucesso não lhe está reservado!"

Charles Nodier
Journal des Débats de 7 de julho de 1819,
logo após a publicação em francês de "O vampiro",
de John William Polidori.

Sumário

Apresentação 13

A evolução do vampiro antes de Drácula 15

O vampiro (1819)
JOHN WILLIAM POLIDORI 59

Fragmento de um relato (1816)
LORD BYRON 87

O retrato oval (1842)
EDGAR ALLAN POE 101

A família do *vurdalak* (1847)
ALEXEI TOLSTÓI 109

A dama pálida (1849)
ALEXANDRE DUMAS, pai 143

Manor (1884)
KARL HEINRICH ULRICHS 189

O Horla (primeira versão, 1886)
GUY DE MAUPASSANT 205

Um mistério da Campagna (1887)
ANNE CRAWFORD 219

O velho Éson (1891)
ARTHUR QUILLER-COUCH 263

O último dos vampiros (1893)
PHIL ROBINSON 271

Tanatopia (1893)
RUBÉN DARÍO 285

A verdadeira história de um vampiro (1894)
CONDE DE STENBOCK 295

A floração da estranha orquídea (1894)
H. G. WELLS 309

O convidado de Drácula (escrito entre 1890 e 1897, publicado em 1914)
BRAM STOKER 323

Posfácio: Drácula: a cristalização do mito. 343

Bibliografia selecionada. 355

Apêndice 1: O vampiro na prosa e na poesia até 1897 365

Apêndice 2: O vampiro nos palcos até *Drácula* 377

Agradecimentos 381

Apresentação

Como aficionados de histórias de vampiros, estávamos sempre insatisfeitos com as coletâneas de contos clássicos; cada uma que líamos deixava uma sensação de desapontamento. Por qual motivo o organizador desta deixou de fora aquele conto crucial para a evolução do vampiro literário? Por que este outro não organizou as histórias em ordem cronológica? E este raio de conto que não é tão bom assim, por que será que *sempre* entra nas antologias? Tivesse a antologia sido publicada no Brasil, nos Estados Unidos, na Espanha, na Argentina ou na França, o desapontamento era o mesmo. O que buscávamos era uma antologia que deixasse clara a relevância de cada conto e explicasse por que aqueles tinham sido incluídos em detrimento de outros; que delineasse, ainda, um contexto para cada conto, e que permitisse vislumbrar a evolução da ficção vampírica.

Em uma dessas felizes sincronicidades, na mesma época que começamos a trocar ideias sobre o assunto e a perceber que ambos sentíamos falta desse "guia de campo" para a evolução vampírico-literária, veio o convite de Silvio Alexandre para que organizássemos uma antologia de contos de vampiro do século 19, projeto que, para nossa alegria, foi aprovado pela Editora Aleph.

Foi assim que, em 2008, surgiu este *O vampiro antes de Drácula*, que mostra um panorama do desmorto imortal como personagem literário, desde sua estreia na prosa ficcional até a cristalização do Conde Drácula, protótipo e musa inspiradora da imensa hoste de vampiros que assola todos os aspectos da arte pop desde o início do século 19.

A seleção dos contos exigiu uma longa e minuciosa pesquisa, e abarcou todo o período compreendido entre 1819 (ano de publicação de "O vampiro", de Polidori) e 1897 (publicação do *Drácula*, de Bram Stoker). Ao traduzir os contos, optamos por manter o máximo possível a sintaxe e o vocabulário dos autores, ao mesmo tempo que adaptávamos a linguagem a nosso cotidiano. Em alguns casos, a nova tradução aqui apresentada elimina excessos poéticos e arroubos imaginativos de algumas traduções anteriores, que chegam ao ponto de desfigurar o estilo original do autor. Acreditamos que todos os autores, com seus diferentes estilos e ocasional verbosidade, são de algum modo relevantes.

Agora, passados tantos anos, vem à luz esta nova edição, revista e atualizada. Aos dozes contos originais foram acrescentados mais dois, que teríamos gostado de incluir na versão original, mas que por um motivo ou outro ficaram de fora. Incluímos inúmeras novas notas e várias informações interessantes que se tornaram disponíveis desde a publicação da primeira edição.

Mais uma vez, o resultado nos deixou bem satisfeitos, e esperamos que os leitores percorram as páginas desta antologia crítica com o mesmo prazer e sentimento de descoberta que nos invadiam enquanto trabalhávamos nela.

MA e HMN

São Paulo, abril de 2021, ano II da pandemia

A evolução do vampiro antes de Drácula

O vampiro está entre nós. Ele não se esconde; pelo contrário, mostra-se por todo canto, em filmes, livros, quadrinhos, desenhos animados e até pelas ruas das cidades, personificado nos jogadores de RPG. É um ser plenamente adaptado ao século 21: reconhecido, aceito e até mesmo venerado.

Não há dúvida de que, entre todos os vampiros, o mais célebre é Drácula, personagem criado pelo escritor irlandês Bram Stoker. E mesmo os incontáveis fãs das criaturas das trevas parecem aceitar, sem parar para pensar muito no assunto, que foi justamente com o romance *Drácula*, publicado em 1897, que o vampiro estreou na literatura de ficção. A realidade é que, muito pelo contrário, existia não-vida antes de Drácula.

O vampiro da ficção em prosa surgiu muito antes do livro de Stoker, nas primeiras décadas do século 19, precedido por um longo histórico de aparições em poemas e baladas, que vinham desde meados do século 18. Em geral, considera-se como ponto de partida da prosa vampírica o conto do inglês John William Polidori, "O vampiro", de 1819. O período transcorrido entre o pioneiro Polidori e o advento do Drácula foi ímpar na história da literatura vampírica. Foi quando o personagem literário se consolidou e incorporou características tanto do folclore, quanto da literatura precedente e do espírito da época.

Uma vez criado, o vampiro literário recusou-se terminantemente a ser esquecido, e ao longo das décadas sua fama e seu poder só fizeram crescer. Para entender como surgiu o vampiro como personagem carismático da ficção em prosa, capaz de sobreviver à passagem do tempo e chegar, mais invencível que nunca, ao novo milênio, temos que buscar suas origens e retraçar o caminho pelo qual se tornou foco de atenção de escritores e leitores.*

O VAMPIRO PRÉ-LITERÁRIO

A origem do vampiro contemporâneo

Seres fantásticos tomadores de sangue existem numa infinidade de culturas ao redor do mundo, assumindo grande variedade de formas e de comportamento – empusas, lâmias, estriges, bruxas, *ghouls* etc. O fato de partilharem o hábito alimentar não significa, porém, que necessariamente descendam de uma mesma criatura mitológica ancestral. Qualquer criatura que ameace a vida humana por meio do roubo do sangue reafirma, na verdade, o imenso poder simbólico do próprio sangue, nosso líquido mais precioso. A interpretação do sangue como fonte da vida e poderoso elo entre os seres humanos é universal. Nada mais natural, portanto, que a ameaça representada pelos ladrões de sangue também seja universal. Em muitos dos mitos de tomadores de sangue, a criatura em si não é tão importante quanto a ameaça que representa. De fato, os mitos dos tomadores de sangue surgiram independentemente ao redor do mundo, como decorrência do medo profundo e atávico que a ideia da perda do líquido vital provoca.

A maioria das criaturas tomadoras de sangue do folclore mundial não contribuiu para o surgimento do mito do vampiro propriamente dito. O conceito do *vampiro* tem uma origem

* Todas as obras vampíricas pré-Drácula mencionadas ao longo desta análise foram incluídas em dois apêndices ao final do livro. Organizados em ordem cronológica, o Apêndice 1 traz uma lista dos textos com vampiros, na poesia e na prosa, até 1897, e o Apêndice 2 inclui as peças de teatro.

bem definida e restrita, tanto do ponto de vista geográfico quanto temporal.

O vampiro tal como o conhecemos surgiu, em sua forma original, na Europa Centro-Oriental, especialmente nos Países Eslavos. Ele consolidou sua imagem entre o final do século 17 e meados do século 18, graças à sociedade culta da Europa Ocidental, e a seguir ganhou o mundo.

Sua trajetória fica bem evidente quando consideramos o uso e a história da própria palavra *vampiro*. Ao que tudo indica, a palavra *vampir* se originou no idioma sérvio, com variantes em outros países da região: *upír* (Bielorrússia, República Tcheca, Eslováquia), *upirbi* ou *upýr* (Ucrânia), *upior* (Polônia), *lampir* (Bósnia e Montenegro), *vepir* (Bulgária). Enquanto restritos à sua área de origem, esses termos eram empregados por camponeses e aldeões. No entanto, já em 1693, tanto a palavra *vampir* quanto suas variações estavam presentes nas línguas da Europa Ocidental por causa das notícias que chegavam da Sérvia, então parte do Império Austro-Húngaro, referentes a verdadeiros surtos de vampirismo.

Tais ocorrências atingiram o auge nas primeiras décadas do século 18. Em 1725, duas mortandades foram atribuídas a supostos vampiros sérvios: Peter Plogojowitz (em sérvio, Petar Blagojević), na vila de Kisilova, provavelmente a atual Kisiljevo, junto ao Danúbio e perto da fronteira com a Romênia; e Arnold Paole (Arnont Paulc, no original em alemão), na vila de Medvegia ou Medveđa, às margens do rio Morava, cerca de 130 quilômetros a sul de Belgrado.* O caso Paole ressurgiria em 1731, com um novo surto de "vítimas de vampirismo". A população local, aterrorizada, exigiu a interferência do governo austríaco, que se viu obrigado a enviar uma comissão de médicos e militares para investigar o caso. O fato é que os médicos acabaram confirmando a condição vampírica de vários corpos exumados. Aparente-

* Não confundir com a atual cidade de Medveđa, situada próxima a Prístina, no Kosovo.

mente, o desconhecimento acerca dos processos de decomposição cadavérica fazia com que características normais fossem interpretadas como sinais claros de vampirismo.* Os cadáveres dos supostos vampiros foram decapitados e queimados, e suas cinzas foram lançadas no rio Morava. O relatório apresentado pela comissão ao imperador, em 1732, chamou a atenção da imprensa e o assunto virou sensação por toda a Europa.

Foram os relatórios oficiais e médicos como esse que levaram à introdução da palavra *vampir* no latim, no inglês, no francês e no alemão. Médicos, filósofos e religiosos dos países europeus ocidentais, intrigados com os relatos de vampirização, discutiam o fenômeno como um possível fato médico. A Europa voltava-se para o fenômeno, na tentativa de dissolver os espectros nas luzes do Iluminismo.

A publicidade em torno dos episódios de vampirismo garantiu não só a exportação da palavra, mas também a disseminação da própria figura do vampiro nos círculos mais sofisticados e eruditos do coração cultural do mundo ocidental.

Dom Augustin Calmet, padre beneditino francês, famoso exegeta da Bíblia, publicou em 1746 uma obra que ironicamente seria decisiva na propagação do vampiro, *Dissertações sobre as aparições de anjos, demônios e espíritos, e sobre os desmortos e vampiros da Hungria, da Boêmia, da Morávia e da Silésia.*** A primeira edição rapidamente se esgotou, e a segunda edição expandida saiu em 1751, com os anjos e demônios expurgados do título. Calmet, ao fazer um inventário dos casos de assombração conhecidos, tomou o que chamou de "caminho intermediário", encarando as evidências com ceticismo, mas admitindo que alguns casos podiam ser reais. Na prática, isso equivalia a dizer que "*no creo en vampiros, pero que los hay, los hay*", e o

* Paul Barber (1988) analisa de forma fascinante esse assunto.

** No original, *Dissertations sur les apparitions des anges, des demons et des esprits, et sur les revenans et vampires de Hongrie, de Boheme, de Moravie et de Silésie* [*sic*].

resultado foi que o abade terminou dando um aval involuntário à existência dos vampiros. Na verdade, Calmet abominava os sacrilégios praticados contra cadáveres e queria estabelecer um método crítico para examinar o assunto. No fim do século 18, porém, as discussões haviam tomado tal intensidade entre a elite europeia que a postura isenta e afirmações neutras de Calmet adquiriram aparência de assentimento, e ele virou alvo de críticas vindas de todos os lados. Até os outros beneditinos o atacaram "por perder tempo dando crédito a histórias de assombração", e chegaram a insinuar que estava caduco.

Nada disso impediu que seu tratado se tornasse não só um *best-seller*, como uma fonte importante de inspiração para a literatura vampírica do século 19. Além disso, a obra popularizou o termo *vampiro* e trouxe a público histórias que, antes, eram de divulgação restrita.

Talvez outra repercussão do tratado de Calmet tenha sido inspirar o botânico e zoólogo Lineu* a batizar um morcego asiático com o nome de *Vespertilio vampyrus*. Não que este fosse um morcego tomador de sangue (trata-se de um comedor de frutas), mas o que impressionou o estudioso foi o enorme tamanho do animal, que é conhecido pelo nome popular de raposa-voadora-gigante. Foi o eminente naturalista francês Georges-Louis Leclerc, o conde de Buffon, que, em 1761, atribuiu o nome popular de *vampiro* ao morcego hematófago (isto é, tomador de sangue) *Desmodus rotundus*.** Assim, por meio da ciência, estabeleceu-se uma associação da imagem do vampiro

---

* O sueco Carl von Linné, ou Carolus Linnaeus (1707-1778), considerado o pai da taxonomia moderna, criou um sistema, usado até hoje, em que o nome científico de um ser vivo é formado por duas palavras (o gênero e a espécie). Na edição de 1758 de seu *Systema naturae*, que marca o início dessa nomenclatura binomial na zoologia, já aparece a espécie *Vespertilio vampyrus*, hoje denominada *Pteropus vampyrus* (Linnaeus, 1758).

** Além do morcego-vampiro-comum (*Desmodus rotundus*), existem outras duas espécies, o morcego-vampiro-de-asas-brancas (*Diaemus youngi*) e o morcego-vampiro-de-pernas-peludas (*Diphylla ecaudata*). Todas têm distribuição restrita às Américas, ao sul do México, e ocorrem no Brasil.

com o morcego, nexo que não existia nas lendas tradicionais. Por retroalimentação, o morcego-vampiro influenciou a literatura, aparecendo pela primeira vez em meados do século 19 e estabelecendo-se em definitivo no cânone vampírico com *Drácula*.

Em 1755, ao ser informada da exumação de uma suposta vampira na fronteira da Silésia com a Morávia (hoje fronteira da República Tcheca com a Polônia), a Imperatriz Maria Teresa da Áustria encarregou seu médico pessoal, o holandês Gerard van Swieten, de investigar a fundo a questão. Swieten foi um precursor do Dr. van Helsing: o cientista que cuidadosa e sistematicamente acumula e revisa evidências sobre fenômenos ditos sobrenaturais. Contudo, enquanto o personagem de Stoker admoestava os céticos de que "a força do vampiro reside em que as pessoas não creem nele", o médico da Imperatriz concluía em seu relatório que tudo não passava de histeria propagada pela ignorância do populacho. A partir de então, a decapitação e o estaqueamento de cadáveres foram proibidos por lei. Além disso, leis promulgadas em 1755 e 1756 retiraram dos párocos a autorização para lidar com o "mundo da magia", transferindo esses casos para a responsabilidade do governo central.

Tais vitórias do bom senso na Europa das Luzes não foram obstáculo para a bem-sucedida progressão do vampiro, o qual exibe uma característica intrínseca: parece ser impossível destruí-lo ou exorcizá-lo. Quanto mais se tenta descartá-lo como mera bobagem, mais ele retorna, e com vigor renovado. O resultado das medidas da Imperatriz foi reacender o debate sobre vampiros na Alemanha, França e Itália. Uma vez instalada na alta cultura, a criatura já não podia ser impedida em sua expansão vitoriosa: primeiro espalhou-se pela Europa para, nos séculos seguintes, ganhar o mundo.

Os ancestrais do vampiro

O vampiro folclórico eslavo, ancestral do vampiro contemporâneo, não nasceu simplesmente do nada. Ele evoluiu a partir de criaturas que o precederam, provenientes da Europa e da Ásia.

Um ponto pode suscitar dúvidas: se há uma origem mais remota para o vampiro eslavo, por que defini-lo como o antepassado que originou o vampiro atual? Por que não chamar de "vampiros" também os seres dos quais proveio? É mais fácil responder à questão ao traçar um paralelo com a própria evolução humana. O ponto de origem do *Homo sapiens* é determinado pelo momento em que surgem as características que hoje nos definem como espécie e nos separam dos demais primatas. Assim, o *Australopithecus* (que viveu de 3,5 a 4 milhões de anos atrás) é considerado ancestral do ser humano, mas ainda não é humano, pois exibe, por exemplo, características cranianas mais semelhantes às dos grandes macacos.

Da mesma forma, o vampiro passa a existir como entidade bem definida ("espécie") ao adquirir um conjunto único de atributos, a partir de criaturas ancestrais que exibem algumas características vampíricas, mas não todas. Cinco tipos diferentes de seres sobrenaturais amalgamaram-se para resultar no vampiro sérvio ancestral:*

- os mortos-vivos, ou *revenants*, como os *Nachzehrer* alemães, que se alimentam dos corpos de parentes já mortos;
- espíritos que fazem visitas noturnas, como os íncubos e súcubos da igreja católica romana;
- seres tomadores de sangue, como as estriges (*strix*), bruxas da Roma antiga;
- os bruxos eslavos e balcânicos, que fazem malefícios mesmo após a morte;
- os licantropos ou lobisomens, pessoas que se transformam em lobos e, depois de mortas, voltam para tomar sangue alheio, como o *vrykolakas* grego.

* Norbert Borrman, 1999, p. 14.

Embora tenham fornecido atributos ao vampiro, tais criaturas não desapareceram. Elas podem ainda ser reconhecidas na mitologia europeia, que acabou influenciando outras mitologias. Por exemplo, o folclore brasileiro incorporou, entre outros, a bruxa e o lobisomem.

Por que surgiu o vampiro?

Quando surgiu, o vampiro não era um fantasma ou uma assombração. Ele era real e servia a um propósito: explicar fatos reais para os quais a ciência, ou a falta dela, não tinha uma explicação convencional. O mito do vampiro pode ter nascido da conjunção de dois componentes. Por um lado, a necessidade de explicar o alastramento de certas epidemias numa época e num lugar onde não se conheciam os mecanismos de contágio; por outro, o desconhecimento do processo de decomposição cadavérica.

Assim, depois de morto, o vampiro voltava para contaminar suas vítimas, que ao morrerem se tornavam como ele num processo verdadeiramente epidêmico. Relatórios médicos e autoridades atestavam a exumação de corpos que estavam intactos quando já deveriam ter apodrecido, e davam seu aval ao diagnóstico de vampirismo. No entanto, várias características vampíricas, senão todas, têm explicações na biologia forense:*

- a terra revirada em cima do túmulo resultaria da ação de cães famintos (ou lobos) tentando alcançar o cadáver;
- vários fatores poderiam impedir ou retardar a decomposição dos cadáveres encontrados intactos: preservação por baixas temperaturas ou por solos ácidos, saponificação em solos muito úmidos, morte por ingestão de venenos que impedem a instalação e ação dos microrganismos sobre o corpo;

* Paul Barber, 1998.

- a aparência roliça e saudável decorreria do inchaço do corpo pelos gases aprisionados no início do processo de decomposição;
- o escape dos líquidos misturados com sangue explicaria a boca ensanguentada do "vampiro" exumado;
- cabelo e unhas parecem crescer no pós-morte, porque a pele encolhe e os deixa mais expostos.

Até o modo tradicional de despachar o vampiro, trespassando-o com uma estaca, tem base científica. A perfuração é a forma mais rápida de reverter ao volume normal um corpo inchado por gases. Ao ser estaqueado, o vampiro pode gemer ou gritar, pois a pressão da estaca no peito força o gás pela glote, que manifesta a "queixa" do morto-vivo.

O impulso de tentar explicar a qualquer custo fenômenos inexplicáveis gerou seres fantásticos nas mais diversas sociedades ao redor do mundo. Por exemplo, em muitas culturas aparecem entes sobrenaturais (como o boto na Amazônia e o *trauco* na ilha de Chiloé, no Chile) que atacam e engravidam donzelas inocentes, saída bastante conveniente para minimizar os efeitos embaraçosos de uma situação irrefutável.

O VAMPIRO LITERÁRIO: ANTES DE DRÁCULA

O vampiro pré-literário de meados do século 18 era quase um zumbi, um ser repugnante que dificilmente seria convidado para um jantar ou roda social: unhas compridas, barba malfeita, boca e olho esquerdo abertos, rosto vermelho e inchado, envolto em sua mortalha.* Quando Bram Stoker começou a estruturar seu romance *Drácula*, pouco mais de cem anos depois, a imagem do vampiro já havia mudado de pobre camponio de aparência tosca e hálito do além-túmulo para um

---

* Paul Barber, 1988, p. 2.

aristocrata sedutor, cujos traços repugnantes eram pouco perceptíveis à primeira vista, e francamente aceitável em sociedade. Em sua notável ascensão social, o vampiro percorreu um longo caminho, no decorrer do qual pegou carona com ilustres figuras literárias dos séculos 18 e 19.

Os precursores poéticos

Foram os românticos alemães que abriram as portas e convidaram o vampiro a entrar na literatura poética.

O poema de Heinrich August Ossenfelder, "O vampiro",* de 1748, é considerado o primeiro texto literário a abordar o tema. Ossenfelder prepara o caminho para os textos que tratarão o vampiro como "o outro", isto é, como personificação das religiões não cristãs. O poema é narrado pelo próprio vampiro, que descreve para Christiane, jovem que segue os preceitos cristãos de sua mãe, como vai penetrar no quarto dela à noite e os prazeres que vai lhe proporcionar. Ossenfelder trouxe para a ficção o vampiro descrito pela tradição folclórica centro-europeia, acrescentando-lhe um aspecto sensual que o transformou numa ameaça aos valores cristãos.

Surgido em 1773, o poema "Lenore", de Gottfried August Bürger, foi traduzido para outros idiomas e tornou-se bastante conhecido. Nele, um cavaleiro volta da guerra para buscar sua noiva e a leva numa cavalgada fantasmagórica, ao final da qual se revela como a Morte. Apesar de não conter qualquer alusão direta aos vampiros, o poema influenciou profundamente a literatura vampírica. O refrão "*Die Todten reiten schnell!*" ("Ligeiros viajam os mortos!") se tornou célebre e foi citado, entre outros, por Bram Stoker, tanto no começo de *Drácula* como no conto "O convidado de Drácula".

Mas uma das primeiras abordagens do vampiro na poesia moderna veio da pena de um autor bem mais ilustre – Johann

* Nas obras já traduzidas para o português, os títulos originais da ficção vampírica pré-Drácula são fornecidos nos apêndices ao final deste volume.

Wolfgang von Goethe, o autor de *Fausto*, que em 1797 publicou "A noiva de Corinto". O poema, inspirado em escritos dos antigos gregos Flégon de Trales e Filóstrato, narra a viagem de um jovem ateniense a Corinto para conhecer a noiva prometida. Hospedado na casa dos pais dela, recebe durante a noite a visita de uma moça que o encanta e com quem troca votos de amor. Depois da meia-noite, a moça revela que, tendo morrido sem poder consumar seu noivado, é agora forçada a sair do túmulo a cada noite para seduzir homens jovens e sugar "o sangue de seu coração". A culpada é sua mãe, que, convertida ao cristianismo, fez uma promessa e obrigou a filha a renunciar ao noivado, causando-lhe uma morte prematura. Entretanto, "nem os cânticos dos padres", "nem mesmo a Terra" são capazes de abater o ardor da paixão não consumada. Goethe utilizou a narrativa de Filóstrato, na qual a noiva é desmascarada como uma empusa ou lâmia (que "são amorosas e desejam as delícias do amor, mas sobretudo a carne dos humanos, que seduzem proporcionando-lhes prazeres amorosos"*), adicionando, assim como Ossenfelder, a temática do conflito religioso. O escritor dá a entender que, ao trocar os vários deuses do classicismo pagão por um único deus "invisível nos céus", a família da moça fez um mau negócio. Para a própria noiva, foi a morte do amor. Ao final do poema, esta pede à mãe que queime numa pira funerária seu corpo e o do jovem apaixonado, de forma que ambos os espíritos possam partir para junto dos "antigos deuses".

O poema aborda, assim, tanto a sedução da *femme fatale* como o amor além da morte, que se tornariam temas favoritos dos escritores românticos e, posteriormente, do cinema. Note-se que a questão da sensualidade exacerbada do vampiro vinha já da tradição folclórica, que lhe atribuía grande avidez sexual.**

Samuel Taylor Coleridge é considerado o introdutor do vampiro na poesia britânica, com seu poema inacabado "Christabel",

---

* Claude Lecouteux, 2003, p. 83.

** Paul Barber, 1988, p. 9.

escrito entre 1797 e 1801.* Numa caminhada pelo bosque, a donzela Christabel encontra-se com a bela e misteriosa Lady Geraldine, que pede ajuda a ela, alegando ter sido sequestrada por malfeitores. Quando, porém, Christabel a convida para conhecer o castelo de seu pai (e para dividir o próprio leito!), coisas estranhas começam a acontecer, e a misteriosa mulher dá mostras de um poder maléfico, que parece enfeitiçar Christabel. Num dado momento, quando ela se reclina na cama para olhar Lady Geraldine, esta tira a roupa, e o busto e metade do flanco revelam algum horror que Coleridge prefere não descrever.** O poema contém aspectos que reapareceriam em "Carmilla", famoso conto vampírico publicado dali a algumas décadas, como a alusão ao amor lésbico e o poder obscuro de Lady Geraldine que fascina e enfeitiça a heroína. No entanto, o termo "vampiro" jamais é mencionado. Aparentemente, nem o próprio Coleridge tinha uma ideia clara a respeito de seu personagem, e foi incapaz de concluir o poema. Ainda assim, ou talvez por isso, a obra tem um clima misterioso e fantástico que a tornou uma das favoritas do século 19, com grande influência sobre inúmeros autores de histórias de vampiro.***

Outro precursor poético da literatura vampírica foi o inglês Robert Southey, conhecido poeta e biógrafo, que escreveu ainda uma história do Brasil,**** mesmo sem nunca ter estado no país. Fã declarado das baladas sobrenaturais alemãs, em especial "Lenore", de Bürger, ele já demonstrara seu interesse pelo tema dos *revenants*, ou mortos redivivos, no poema "The

---

* O poema só foi publicado em 1816, mas antes disso circulou como manuscrito (David Miall, 2000).

** Mesmo assim, anos depois, o poeta Shelley fugiria aterrorizado após Lord Byron declamar o trecho.

*** Uma excelente adaptação cinematográfica é o longa-metragem *Christabel* (2018), do diretor carioca Alex Levy-Heller, com Milla Fernandez como Christabel e Lorena Castanheira no papel de Geraldine.

**** Robert Southey, 1810 e 1819. *History of Brazil*. Londres, Longman, Hurst, Rees and Orme.

Old Woman of Berkeley", sobre uma bruxa velha que tenta em vão impedir que o demônio leve seu corpo depois de morta. Dois anos depois, publicou "Thalaba the Destroyer" (1801), poema épico em que o herói de mesmo nome deve enfrentar um ser vampírico que habita o corpo de Oneiza, sua falecida noiva. Apesar de a aparição do vampiro ocorrer em apenas um episódio do longo poema, Southey incluiu inúmeras notas explicativas baseadas em suas pesquisas sobre vampiros.

Outros dois poetas britânicos que trataram de vampiros foram John Herman Merivale – que em "The Dead Men of Pest" (1807) incluiu o relato de como um demônio chamado Vampire extermina uma aldeia após sair da tumba e sugar o sangue dos habitantes – e John Stagg, que incluiu no volume *Minstrel of the North* (1810) a balada "The Vampyre", cujo prefácio contém uma discussão erudita sobre vampiros. Na balada, o narrador Herman conta à esposa que seu falecido amigo Sigismund retorna de noite para tomar seu sangue. A obra culmina, após a morte de Herman, com uma estaca cravada no coração do vampiro.

Bem mais conhecido é "A bela dama sem piedade" (1819), do renomado poeta lírico John Keats, sobre uma mulher com aparência de fada, longa cabeleira e olhos selvagens, que ronda as colinas e seduz os caminhantes. O poeta retomaria o tema em "A véspera de Santa Inês" e em "Lamia" (1820), poema que iniciou logo após a publicação do conto de Polidori. Para escrevê-lo, Keats foi buscar inspiração nas mesmas fontes clássicas de Goethe.

Os poetas românticos alemães e ingleses estavam voltados para a Antiguidade, e em geral ambientavam suas obras em lugares distantes e épocas remotas, inspirando-se em escritos da Grécia e Roma antigas ou em baladas medievais. Autores como Southey, Merivale, Stagg e Byron procuravam atestar, por meio de notas, prefácios e apêndices, toda a pesquisa que haviam feito entre os autores do século 18 para criarem seus poemas.*

* Markman Ellis, 2000, p. 181.

É interessante notar que, entre os precursores poéticos da literatura vampírica, boa parte dos vampiros eram mulheres. Logo, com a consolidação do tema na prosa, o estereótipo vampírico da mulher fatal iria se transmutar no nobre parasita do sexo masculino.

Lord Byron e a origem do vampiro em prosa

Em junho de 1816, encontravam-se reunidos às margens do lago Genebra,* na Suíça, o poeta britânico Lord Byron, seu secretário e médico particular John William Polidori, o também poeta Percy Bysshe Shelley e a futura esposa dele, Mary Wollstonecraft Godwin, e a meia-irmã dela, Claire Clairmont.

Àquela altura, Byron já era um mito na Inglaterra. Famoso por seus poemas satíricos, era convidado para todas as *soirées* e recepções sociais da elite. A beleza, o charme e a língua afiada faziam dele o *bad boy* da época, irresistível para as mulheres. Jogava com sua imagem pública, cuidadosamente criada, e era o poeta de si mesmo. Criou uma figura que acabou dando origem ao herói byroniano — o rebelde que permanece à margem da sociedade, melancólico e sedutor, romântico, misterioso e trágico, o qual viria a ser o protótipo do herói ficcional, de sua época até nossos dias. Shelley já ostentava alguma fama graças ao poema "Queen Mab" e à intransigente defesa que fazia do ateísmo e do amor livre, que lhe haviam granjeado muita antipatia na Inglaterra.

Durante alguns dias, de 15 a 17 de junho, uma tempestade prolongada manteve o grupo confinado na Villa Diodati, a casa que Byron alugara. Para passar o tempo, entre outras atividades menos inocentes, eles liam em voz alta histórias sobrenaturais. Certa noite, após lerem relatos da coletânea alemã *Fantasmagoriana*, foi proposto que cada um escrevesse a própria história de fantasmas.

Shelley começou um conto que não chegou a terminar, e Claire parece não ter escrito nada. Já Mary, segundo ela

* Também chamado lago Leman.

mesma, deu início ao que depois transformaria no romance *Frankenstein* (1818). Polidori, ainda segundo ela, começou a história de uma mulher que, por espiar por um buraco de fechadura, teve a cabeça transformada em caveira.* Já Byron esboçou o início de uma história que logo abandonaria.

Esse fragmento de Byron não ficou esquecido; mais tarde, ele serviu de base para que Polidori escrevesse o conto "O vampiro" ("The Vampyre"), publicado em abril de 1819 no *New Monthly Magazine*. Fosse por equívoco, fosse por má-fé do editor, a autoria do conto foi atribuída a Lord Byron. Um prefácio que não havia sido escrito por Polidori só reforçou o erro. O sucesso do conto foi estrondoso e imediato. Apesar dos protestos tanto do nobre como de Polidori, a história continuou por muito tempo a ser tratada como obra de Byron.

Assim, naquela noite na Villa Diodati, crucial para os fãs do terror e da literatura fantástica, foram concebidos tanto *Frankenstein*, considerado por muitos como marco inicial da ficção científica, como Lord Ruthven, antecessor direto do Conde Drácula. Curiosamente, os dois ilustres escritores presentes não deixaram nada importante nos anais da literatura fantástica. Quem deixou sua marca para a posteridade foram virtuais desconhecidos, que depois seriam vistos de modo geral como escritores de uma obra só — justamente as que vieram à luz nas margens do lago Genebra.

É bem verdade que "O vampiro", de Polidori, pode não ter sido de fato a estreia do vampiro na ficção em prosa, pois em 1801 teria surgido, em alemão, o romance *Der Vampyr*, de Theodor Arnold, que assim deteria tal distinção. A obra caiu no esquecimento, porém, e sequer se sabe se de fato saiu publicada.** Portanto, para todos os efeitos, foi o conto de Polidori

* James Rieger (1963), porém, desconfia das afirmações de Mary sobre aquela noite, e questiona até se esse foi mesmo o tema do conto de Polidori. Mais detalhes e desmistificações estão nos livros de Radu Florescu (1998) e de Christopher Frayling (1991).

** Opitz (2016) levanta a possibilidade de que a obra tenha sido anunciada apenas em catálogos, mas nunca publicada, da mesma forma que o anônimo *Der Vampyr*, de 1812.

que estabeleceu de vez o vampiro na prosa ficcional e que, por assim dizer, apresentou-o à sociedade.

Em seu conto, Polidori reuniu os elementos isolados do vampirismo em um texto literário coerente, afastando-se do repugnante vampiro do folclore para recriar o monstro na forma de um aristocrata sedutor, perverso e contemporâneo. Desse modo, ele transformou o espectro que só aparecia à noite para sugar o sangue dos vivos num ser complexo e crível que convivia em sociedade e viajava a seu bel-prazer, escolhendo suas vítimas em vários países. Além disso, o foco mudou do herói passivo para o vilão, que começou a desencadear a ação. A justaposição de detalhes de um realismo clínico (o vampiro sendo morto por balas comuns, o protagonista entrando em depressão nervosa) com eventos fantásticos terminou por acentuar o clima sobrenatural. "O vampiro" estabeleceu de uma vez por todas o protótipo para o vampiro da literatura, do teatro e posteriormente do cinema. Lord Ruthven foi, para o século 19, aquilo que o Conde Drácula seria para o século 20.

Mas Polidori fez mais do que tomar o esboço de Byron e desenvolver a história. Há bem pouca dúvida de que, ao criar Lord Ruthven, o autor estava dando vida a uma caricatura do ex-patrão, por quem nutria sentimentos contraditórios.

O nome Ruthven já tinha sido usado de forma maliciosa por Lady Caroline Lamb, em seu romance *Glenarvon* (1812), para um personagem pouco lisonjeiro e claramente baseado em Byron, com quem a autora tivera um malsucedido caso de amor. O rosto, "de forma e contorno" belos, mas que "jamais assumia um matiz mais vivo", e o fascínio sobre as mulheres, as quais ele usava e descartava a seu bel-prazer, transformaram-se em marcas registradas do vampiro literário. Lord Ruthven exibe uma combinação de aspectos atraentes e repulsivos que reaparece em seus descendentes literários mais famosos, indo desembocar diretamente no Conde Drácula.

O próprio Byron admitiu que, para criar sua *persona* pública, tomara por base os vilões da famosa autora de romances góticos Ann Radcliffe. Ao caricaturá-lo, Polidori introduziu esse estereótipo na literatura vampírica. O romance gótico, à época em franco declínio, adquiriu, assim, novo fôlego por meio do vampiro.

Em seu conto, Polidori valeu-se do recurso narrativo do viajante inglês que, abandonando as certezas e segurança das Ilhas Britânicas, aventura-se por países exóticos onde as superstições são reais. Tal argumento depois reapareceria, por exemplo, no conto de Bram Stoker "O convidado de Drácula", com o qual finalizamos esta coletânea. Além desse artifício de narração, muitos outros elementos estabelecidos por Polidori tornaram-se, mais tarde, parte do cânone vampírico. Lord Ruthven deu início à dominância de vampiros homens na literatura, rompida por poucos autores no decorrer do século 19.

O vampiro conquista a Europa

Já no ano de sua publicação na Inglaterra, "O vampiro" cruzou as águas correntes do Canal da Mancha e ganhou a Europa. O conto saiu em francês como "Le Vampire", com o subtítulo "Conto traduzido do inglês, de Lord Byron". Novamente o sucesso foi imenso, tanto pelo conto em si quanto pelo suposto autor, tão famoso e polêmico. O vampiro foi saudado pelo escritor Charles Nodier,* em artigo publicado no respeitável *Journal des débats*, como o ser que "aterrorizará, com seu horrível amor, os sonhos de todas as mulheres". Nodier previu, ainda, o sucesso da criatura nos palcos. Como se verá mais adiante, a afirmação foi tanto uma profecia como uma bem calculada jogada de *marketing*.

Em 1820, foi publicado em Paris, com autoria (quase) anônima, *Lord Ruthwen*, ou *Les vampires*, um romance em dois

* Charles Nodier (1780-1844) foi um dos pais do romantismo francês e entusiasta da literatura fantástica, com grande interesse pelos vampiros. Há ecos da condição vampírica em seu conto "Smarra ou Les démons de la nuit". Em *Infernaliana*, reúne relatos, contos e lendas de desmortos, fantasmas, demônios e vampiros.

volumes que constituía uma continuação do conto de Polidori. Nele, após ganhar outro *v* no nome, o vampiro torna-se um viajante ainda mais inquieto e percorre um grande *tour* sangrento pelo mundo: Veneza, Florença, Nápoles, Módena, Tirol, Polônia, Morávia, Atenas, Varanasi e Bagdá, deixando em seu rastro inúmeras donzelas desonradas.* *Lord Ruthwen* viria a ser o primeiro romance de mortos-vivos a fazer sucesso com o público, dando início à meteórica carreira ascendente do vampiro nas letras e palcos franceses. Dessa forma, Polidori não só inspirou o primeiro *best-seller* vampírico, como também a primeira *fanfic* (ficção escrita por fãs) de vampiros.

Quanto à autoria, a página de título informava, enigmática: "Romance de C. B., publicado pelo autor de *Jean Sbogar* e de *Thérèse Aubert*". C. B. são as iniciais de Cyprien Bérard, futuro diretor dos Teatros de Vaudeville e des Nouveautés, desconhecido como escritor e que não parece ter publicado outras obras de ficção (ao menos não com seu nome real).** Por outro lado, o autor das duas obras citadas era ninguém menos que o próprio Charles Nodier, já então influente nos círculos culturais franceses, que negou publicamente ter relação com o romance vampírico.*** Como num *déjà-vu*, repetia-se a confusão envolvendo um desconhecido, uma celebridade e um vampiro. Ao bancar o padrinho involuntário do livro de C. B., Nodier sem querer deu o primeiro passo para garantir que a própria predição se concretizasse.

Ele iria além, muito além, nesse caminho — e por vontade própria. Em meados de 1820, estreou no palco do Teatro Porte-Saint-Martin o melodrama *O vampiro*, escrito por Nodier em colaboração com Carmouche e Jouffroy, com música de Alexander

---

* Christopher Frayling, 1991, p. 9.

** Até hoje há quem diga que Cyprien Bérard foi um pseudônimo de Nodier, mas sua identidade como autor do livro foi estabelecida já em 1850, por J. M. Quérard (p. 338).

*** Anônimo, 1820, p. 273.

Piccini.* Baseado no conto de Polidori, sua ação foi transportada para o século 16, e aos cenários originais de Londres e Grécia foi acrescentada a Escócia, que incidentalmente não tem em seu folclore nenhuma tradição vampírica. Ruthwen, agora vestindo saiote, deseja desposar Malvina, irmã de Aubrey, para tomar o casto sangue da donzela. Ele não consegue concretizar seus pérfidos intentos e, ao final, as vítimas de sua maldade retornam da cova e o carregam embora, enquanto um Anjo Exterminador desce dos céus e uma chuva de fogo cai sobre o palco.

O componente erótico-amoroso está muito mais acentuado na peça de Nodier do que no texto original. O Ruthwen teatral é ainda mais influenciado por Byron do que o Ruthven literário. Não é o típico vilão do melodrama, sombrio e declaradamente perverso do início ao fim, mas um anti-herói romântico, em quem o sentimento pela mocinha luta contra seu próprio instinto monstruoso.** É interessante notar, portanto, que a ambiguidade característica do vampiro atual (que assumiria força total na década de 1970) já acompanhava o vampiro desde muito cedo, desde a estreia nos palcos, apenas um ano depois de seu nascimento como personagem literário.

O público afluiu em massa ao Teatro Porte-Saint-Martin, para se horrorizar ante o terror e a ameaça infligidos pelo malévolo vampiro Lord Ruthwen à virginal e tímida Malvina. É claro que o aplauso não foi unânime, e a porção mais conservadora da sociedade teve a reação que seria de se esperar:

> "Por muito tempo causará espanto que o governo, com sua prudência, tenha permitido a representação dessa peça hedionda e imoral. O prólogo e o desfecho resumem a punição dos vampiros, depois de todos os seus crimes, a *nada*. Isso é contrário a todas as religiões [...] Toda a

* A tradução para o português consta da edição comemorativa de 200 anos de *O vampiro* (Polidori, 2020).

** Federica Soprani, 1998.

peça representa indiretamente Deus como um ser falível ou odioso, que abandona o mundo aos espíritos do inferno. O resultado desse melodrama é que as damas saem passando mal ou com a imaginação perturbada."*

As críticas inflamadas não impediram que o vampiro encontrasse um ambiente muito propício nos teatros do famoso Boulevard du Temple, em Paris, que em 1823 passaria a ser chamado informalmente de "Boulevard du Crime", em razão dos incontáveis raptos, assassinatos e outros crimes horríveis encenados nos palcos. Nessa época, florescia ali o gênero do melodrama, em contraste com o que se dava nos teatros oficiais, cujo repertório neoclássico satisfazia o gosto do imperador Napoleão.

Quase de imediato, a peça de Nodier foi seguida por uma enxurrada de espetáculos semelhantes, em sua maioria cômicos. Segundo um crítico francês da época, "nenhum teatro parisiense ficou sem seu vampiro".** Ainda em 1820, houve pelo menos mais cinco espetáculos protagonizados por vampiros. Nesse ano e nos seguintes, foram apresentados melodramas, *vaudevilles*, óperas-cômicas, um balé e houve até mesmo polichinelos*** vampiros! A moda foi criticada pela mídia de então, da mesma forma como viriam a ser criticados no século 20 outros sucessos de massa. Nem Lord Byron, ainda tido como deflagrador da vampmania, escapou; no entanto, acabou sendo beneficiado pelo imbróglio, já que o conto "O vampiro" o fez ainda mais célebre e popular na França. Quanto a Polidori, permaneceu imerso no anonimato.

Polidori não recebeu reconhecimento nem mesmo quando, fechando o ciclo, a peça de Nodier foi adaptada para o inglês e chegou aos palcos da Grã-Bretanha. Depois de con-

---

* Anônimo, 1820, pp. 271-272.

** Barbara Sadoul, 1997, p. 6.

*** Personagem burlesca napolitana da "commedia dell'arte", popularizada pelo teatro de fantoches.

quistar Paris, ainda no glorioso ano de 1820, Lord Ruthwen cruzou novamente o canal da Mancha e voltou à pátria-mãe.

O vampiro teatral encontrou uma Inglaterra em transição, que passava por mudanças profundas. Apesar da Revolução Industrial e seus avanços tecnológicos, as guerras napoleônicas tinham lançado o país numa grave crise econômica. Nas cidades superpovoadas, a urbanização desregrada gerava sérios problemas sociais, sem solução à vista. O teatro não ficara imune à onda de mudança. As grandes cidades ofereciam campo fértil para novas linguagens teatrais, desvinculadas da preferência da elite, voltadas para um público mais amplo e com forte apelo visual. À diferença dos teatros das classes superiores, onde imperava a ópera e o traje de gala era obrigatório, as casas de categoria inferior exibiam *burlettas* (óperas cômicas) e melodramas.*

O público inglês estava, portanto, pronto para o vampiro. Dois meses depois da estreia do vampiro nos palcos franceses, *O vampiro, ou A noiva das ilhas!*, de James Robinson Planché,** estreou no English Opera House,*** equivalente londrino do Théâtre de la Porte Saint-Martin parisiense. Essa livre-adaptação da peça de Charles Nodier repetiu o êxito da obra original, sendo encenada mais tarde em Nova York, para depois retornar à cena londrina. Do mesmo modo que a peça de Nodier, foi seguida por uma série de imitações e paródias.

Na versão de Planché, o vampiro de novo se chama Ruthven. A ação outra vez se passa na Escócia, mas à revelia de Planché, que depois declarou ter tentado mudar a ambientação para a Hungria. O dono do teatro se opôs, alegando que o público não notaria a diferença — argumentação que ainda soa bastante atual.

---

* Federica Soprani, 1998.

** A tradução ao português consta da edição comemorativa de 200 anos de "O vampiro" (Polidori, 2020).

*** Anos depois, sob direção de Henry Irving, o English Opera House voltaria a seu nome original, Lyceum.

O vampiro de Planché oferecia violência, crueldade e sexo, que caracterizavam o lado sombrio do melodrama, e isso fez com que a ameaça da censura inglesa pairasse constantemente sobre ele. Trazia ainda o herói dividido, numa luta interna em que sua natureza e sua ordem moral se confrontavam. Nesse ponto, distanciava-se tanto do folclore, essencialmente pagão, quanto da narrativa de Polidori, na qual o vampiro não tem dilemas nem incorre em qualquer punição. Essa versão notabilizou-se por introduzir uma invenção técnica: o palco era provido de um "alçapão-vampiro", que permitia a Lord Ruthven desaparecer ao final, para delírio da plateia. Efeitos especiais e finais espetaculares, portanto, já existiam antes de o cinema se apossar do vampiro.

A febre vampírica também atingiu a Alemanha. Já em 1819 o conto de Byron apareceu traduzido para o alemão, e a partir daí um grande número de romances, novelas e contos começou a ser publicado. A maioria desses textos não marcou posição na literatura vampírica e apenas recentemente foram resgatados.*

Uma notável exceção é o "A vampira",** conto de E. T. A. Hoffmann, publicado em 1821, no qual a condessa Aurélia abandona o marido de noite para alimentar-se de cadáveres no cemitério. O conto traz uma longa introdução sobre o vampiro na literatura, mencionando até "o vampiro de Byron". Aurélia não é uma morta-viva nem se alimenta de sangue, mas de qualquer modo foi a primeira personagem feminina marcante de condição vampírica a surgir na prosa. Ela reafirma, ainda, a relação entre título de nobreza e vampiridade, estabelecida com Lord Ruthven e que, mais tarde, seria reforçada por Carmilla, condessa de Karnstein, pelo conde Drácula e vários outros.

Também em 1821 foi publicada a tradução alemã do romance de Cyprien Bérard, e na cidade de Braunschweig estreou

---

* Um exemplo é a coletânea organizada por Opitz (2016), com contos abrangendo o período entre 1820 e 1850.

** Conhecido em português também como "Vampirismo", "A mulher vampiro", "Aurélia" e "A narrativa de Cyprian".

Der Vampyr, oder die Todtenbraut ("O vampiro ou a noiva morta"), peça de Heinrich Ludwig Ritter, com o subtítulo "Baseada no conto de Lord Byron".

Na Alemanha, o vampiro ganhou novas forças, recuperando aspectos de terror e sanguinolência que foram sendo perdidos nas versões teatrais francesas e inglesas. Na Inglaterra, ele tinha sido tratado de modo "compreensivo" e, com o tempo, chegou a evocar piedade, passando a violência para segundo plano. Os franceses, por sua vez, preocuparam-se mais com a história de amor, seguindo os clichês mais sentimentais e patéticos do Romantismo. Foi durante a passagem pela Alemanha, berço do Romantismo em sua acepção mais primitiva, que o vampiro reencontrou sua verdadeira natureza monstruosa. Os autores alemães demonstravam um interesse todo especial pela figura da mulher-vampira, já sentido nos precursores poéticos do fim do século 18, como Bürger e Goethe. Ela retorna nos contos da década de 1820, com "Die Totenbraut" ("A noiva morta"), de Gottfried Peter Rauschnik, com a Aurélia de Hoffman e com "Lasst die Todten ruhen" ("Deixa os mortos em paz", 1823), de Ernst Raupach, cujo título é uma alusão ao célebre refrão de "Lenore".

Embora não chegasse a ter o êxito estrondoso que alcançou na Inglaterra e na França, o vampiro sentiu-se à vontade em solo alemão, pois um gosto pelo sobrenatural já havia se difundido na Alemanha antes de sua chegada. Em 1828, foi encenada a ópera lírica *Der Vampyr*, que Heinrich Marschner compôs no ano anterior sob a influência do sucesso de *O franco-atirador* (*Der Freischutz*, 1821), ópera romântica de Carl Maria von Weber, que trazia efeitos especiais e elementos macabros. O vampiro de Marschner, mais uma vez chamado Lord Ruthven, implora que o Mestre Vampiro lhe conceda mais um ano de vida na Terra. Este concorda, desde que Ruthven traga três vítimas para ele. Depois de entregar a primeira jovem, Ruthven é apunhalado mortalmente, mas recupera-se quando Aubry (*sic*) o expõe ao luar. Ele força Aubry a guardar segredo e consegue matar a segunda jovem, mas é denunciado antes que possa atacar a terceira, Malwina. Ruthven é carregado por demônios para o inferno, e Malwina e Aubry terminam juntos. A ópera fez sucesso em toda a Europa e chegou a ser editada pelo aclamado Richard Wagner, que escreveu uma ária adicional, mas Marschner acabou caindo no esquecimento.

O sombrio vampiro alemão teria sua parcela de influência sobre os textos vampíricos produzidos em inglês. Tal influência se fez sentir, por exemplo na peça *The Vampire Bride; or, The Tenant of the Tomb* (1834), de George Blink, baseada no conto de Raupach. Trocando a Escócia pela Turíngia, região da Alemanha, a obra trouxe a primeira vampira do teatro. Brunhilda é ressuscitada por seu viúvo e espalha o terror, até levar à morte a segunda mulher dele. Ela é um monstro sedento por sangue, que não exige condições particulares, como o casamento no estilo Ruthven, para atacar as vítimas. Antítese da mulher-mãe, ela ataca homens, mulheres e crianças.*

A ópera de Marschner e o drama de Blink surgiram em um momento em que a figura do vampiro no teatro parecia ter perdido a força inovadora. Os autores franceses e ingleses, concentrando a atenção em elementos apenas aludidos por Polidori, haviam traído o próprio sentido de seu conto. A influência alemã, com um gosto renovado pelos elementos mais sangrentos e assustadores do mito, deu novo impulso à produção do gênero na Inglaterra e, sobretudo, na França.** Assim, por volta da década de 1840, o interesse pelo vampiro estava longe de cessar.

O vampiro para as massas

Na esteira do sucesso de Polidori, Bérard, Nodier e Planché, veio um sem-número de seguidores e imitadores e, pelos anos seguintes, obras teatrais e literárias vampíricas pulularam pela Europa. Produzidas por espertinhos na tentativa de tirar pro-

---

* Federica Soprani, 1998.

** Federica Soprani, 1998.

veito da moda, muitas não possuíam qualquer mérito artístico e não contribuíram para a evolução do tema, mas satisfaziam as necessidades do público consumidor, nem sempre exigente. Nada muito diferente do que vemos hoje.

A expressão máxima da produção cultural de massa no século 19 apareceu na Inglaterra, sob a forma dos *penny bloods*, ou *penny dreadfuls*, folhetins seriados publicados semanalmente e vendidos a um preço insignificante (um *penny*, algo como um centavo). Tais publicações apresentavam histórias intermináveis e mirabolantes, carregadas de ação e violência. Surgidos na década de 1830, a princípio os *penny bloods* tinham como público-alvo a classe trabalhadora, em franca expansão naquela época pós-Revolução Industrial.* Com o passar do tempo, voltaram-se mais e mais para o público adolescente masculino, e, na década de 1860, eram quase todos dirigidos a rapazes.**

A epítome dos *penny bloods* foi o gigantesco e rocambolesco *Varney, o vampiro; ou O banquete de sangue*, publicado inicialmente em forma seriada, de 1845 a 1847, e depois como livro (1847).*** Uma família de posses é perseguida por Sir Francis Varney, que ora se comporta como um vampiro típico, sugando o sangue de seus integrantes, ora como um humano normal, cujas ações perversas são motivadas por interesses financeiros. A certa altura, ele revela ter sido amaldiçoado com o vampirismo por ter cometido uma traição, além de haver matado o próprio filho. Curiosamente, é o primeiro vampiro a ser descrito como "mal-ajambrado". Parece abominar a condição vampírica, debatendo-se entre dúvidas e sentimentos de culpa, mas ainda assim atravessa os 220 capítulos, divididos em 109 edições, seduzindo

---

* David Carroll, 1995.

** Os *penny dreadfuls* deixaram descendentes, como, por exemplo, os gibis e as novelas de tevê.

*** O texto completo em inglês está disponível na internet, para quem tiver disposição e *muito* tempo livre. A tradução do primeiro volume para o português foi publicada pela editora do Sebo Clepsidra em 2021.

e vampirizando jovenzinhas enquanto viaja pela Europa. Por fim, incapaz de suportar a não vida eterna, de súbito decide se matar e se atira no Vesúvio, provavelmente quando o editor decidiu que o folhetim já tinha dado o que tinha que dar.

Recentemente, estabeleceu-se que o autor de quase todos os capítulos de *Varney* foi James Malcolm Rymer, embora por muito tempo a autoria tenha sido atribuída a Thomas Preskett Prest. Em sua época, Rymer e Prest estavam entre os mais prolíficos autores de *penny dreadfuls*, com um volume de produção extraordinário. Trabalhavam para o mesmo editor, Edward Lloyd, que publicava os textos sem indicação de autoria, o que torna difícil estabelecer qual deles escreveu o quê.*

Varney foi um dos marcos importantes da evolução do mito. Depois, já não eram só as classes abastadas que podiam se horrorizar com o vampiro. Foi a primeira peça literária vampírica que atingiu de fato o grande público, oferecendo-lhe sexo, violência e suspense. Com todos os problemas e limitações, esse *penny blood* contribuiu de forma notável para a difusão da imagem do vampiro. Dado seu alcance, foi fundamental para fixar estereótipos que hoje são indissociáveis de tramas vampíricas. Algumas cenas, repetidas várias vezes ao longo da obra, tornariam-se chavões cinematográficos mais de um século depois, como o vilão penetrando no quarto da mocinha para atacá-la em seu sono, ou a horda de aldeões lutando contra o vampiro depois de descobrir sua verdadeira natureza. Elementos como presas afiadas, perfurações no pescoço das vítimas, poderes hipnóticos e força sobre-humana foram popularizados pelas páginas baratas de *Varney, o vampiro*. Coube ao folhetim, ainda, outra distinção: a capa de uma das edições traz a primeira associação entre o vampiro literário e o morcego, que seria popularizada, anos mais tarde, pelo *Drácula* de Stoker.**

---

* Michael Holmes, 1997.

** Surgida na literatura, tal associação não existia no vampiro folclórico (Elizabeth Miller, 2000, p. 34).

Como não podia deixar de ser, *Varney* abriu caminho para imitadores numerosos, na maioria de qualidade ainda mais duvidosa.

Todo o sucesso e repercussão de Sir Varney não impediram que Lord Ruthven/Ruthwen continuasse influente no mundo vampírico, como modelo para a figura do vilão assassino e imoral. Ressuscitado incontáveis vezes ao longo dos anos, em obras teatrais e literárias, ele ainda voltaria à cena três décadas depois de sua primeira morte, em grande estilo e pela pena de um dos escritores mais populares que o mundo já conheceu.

Alexandre Dumas, pai, travou conhecimento com o vampiro ficcional em 1823, quando, recém-chegado a Paris, foi ao teatro pela primeira vez, para assistir justamente a uma reapresentação de *O vampiro*, de Charles Nodier. O tema o impressionou. Em 1849, ele concluiria o livro *Les Mille et un fantômes — Une journée à Fontenay-aux-Roses* com uma história épica de vampiros, que incluímos na presente antologia com o título de "A dama pálida". A história injetou aventura e teatralidade na literatura de vampiros, com cenas grandiosas e personagens de caráter marcante. Além de escrever uma narrativa interessante por si só, Dumas contribuiu com a mitologia do vampiro literário ao popularizar os montes Cárpatos como cenário da ficção vampírica. Essa locação já havia sido utilizada pelo alemão Karl Adolf von Wachsmann no conto "Der Fremde" ("O estranho", 1844), que parece ter caído no esquecimento até ser publicado, em inglês, de forma anônima, como "The Mysterious Stranger" ("O estranho misterioso").* Tal ambientação voltaria a ser empregada por Jules Verne (*O castelo nos Cárpatos*) e, finalmente, sacramentada por Bram Stoker em *Drácula*.**

O interesse de Dumas pelo tema não parou por aí, pois ele ainda escreveria, em parceria com seu colaborador recorrente

---

* Dodd, 2016, p. 117.

** Elizabeth Miller, 1997, p. 53.

Auguste Maquet, uma peça teatral que batizou de *Le Vampire*, talvez em homenagem à obra de Nodier. Debutando em 1851 no "Boulevard du Crime", a nova aparição de Lord Ruthwen sintetizou todas as encarnações prévias desse nobre tão duro de matar. Foi certamente a obra vampírica mais elaborada até então, pela articulação da trama, sequência de ambientações, riqueza de efeitos especiais e atenção a aspectos visuais e pitorescos.* A forma como o vampiro assassina jovens donzelas para chegar à verdadeira vítima, um rapaz relacionado a elas, faz lembrar o *Drácula* de Stoker. Apesar da semelhança com a história original de Polidori, a peça inova ao incluir um segundo personagem vampírico, desta vez feminino: La Goule, que protege o mocinho, por quem se enamora. Em muitos aspectos, a obra de Dumas já é um drama romântico, com um Ruthwen cruel, sombrio, elegante e sedutor, sutilmente sarcástico, como serão seus sucessores do cinema.

No ano seguinte, 1852, estreou na Inglaterra *La Dame de pique; or, The Vampire: a Phantasm Related in Three Dramas*, peça do irlandês Dion Boucicault adaptada da obra de Dumas. Compunha-se de uma sequência de três histórias, cada uma ocorrendo um século após a precedente. Em 1856, a peça desembarcou nos Estados Unidos como *The Phantom: a Drama in Two Acts*, uma versão pasteurizada, simplificada e com maior carga cômica.

O vampiro teatral da década de 1850 ecoou as mudanças sociais e éticas em curso. Sua violência e crueldade, bem como seus poderes, aumentaram, e as vítimas com frequência morriam. O vampiro ainda preferia jovenzinhas, mas já não precisava desposá-las; e elas agora resistiam e lutavam por suas vidas, deixando de ser passivas e indefesas. Ele começou a atacar também rapazes, como na ópera de Boucicault. Nesse período, também se consolidaram novos clichês, como a capa, o medo de cruzes, a existência noturna e uma per-

---

* Federica Soprani, 1998.

sonalidade ainda mais magnética e sedutora, aspectos que se tornariam indispensáveis ao vampiro moderno de forma irremediável.*

O vampiro continuou nos palcos europeus até pelo menos 1877, mas já com muito menor intensidade que na fase áurea da década de 1820.

Mulheres fatais, decadência e fin-de-siècle

Durante a década de 1870, o mito do vampiro foi fortemente influenciado pela forma negativa como a sociedade reagia às mudanças no comportamento da mulher, cada vez mais independente, com opiniões e atitudes próprias. Para muitos, a nova situação era indesejável e perigosa, e uma verdadeira misoginia alastrou-se pela sociedade. Ao longo do século 19, desenvolveu-se o estereótipo da *belle dame sans merci*, a bela dama sem piedade, que leva o homem à obsessão, reduzindo-o à impotência até destruí-lo. A vampira Clarimonde, de Théophile Gautier ("A morte amorosa", 1836), pode ser traçada como decisiva para a consolidação da *femme fatale*, que teve ainda como ícones e modelos Lilith, Salomé, Messalina, Cleópatra e a cigana Carmen.

A "morta amorosa" Clarimonde, linda cortesã de olhos verdes e "dentes brancos como pérolas do Oriente", volta da morte para atormentar o jovem e inexperiente padre Romuald, que toda noite sonha ser um nobre veneziano entregue aos prazeres mundanos, na companhia da amante Clarimonde. A morta o perturba tanto que ele já não sabe se é um padre sonhando com a devassidão ou um devasso sonhando que é padre. Apesar dos conselhos do abade Sérapion, mais velho e mais vivido, Romuald continua sendo atentado por Clarimonde, que tenta competir com o Criador: "Far-te-ei mais feliz que o próprio Deus em seu Paraíso [...] Sou a beleza, a juventude, a vida: vem a mim, seremos o amor. Que pode

---

* Federica Soprani, 1998.

Jeová oferecer-te como compensação?". Gautier introduz, assim, um tema que seria muito abordado pelos escritores na segunda metade do século 19: a sexualidade animal da mulher interferindo nas aspirações espirituais do homem; a luta entre o prazer, os apetites mundanos e o Sonho, de um lado, e do outro a castidade, a privação e a Realidade.*

Em 1872, surgiu "Carmilla", de Sheridan Le Fanu, ainda hoje um dos contos mais conhecidos da literatura vampírica e que estabeleceu várias referências para a literatura que se seguiu. O próprio Stoker pode tê-lo lido e usado como material de pesquisa para *Drácula*, embora não tenha deixado registros escritos disso. Seu conto "O convidado de Drácula", por exemplo, passa-se na Estíria e faz menção a uma condessa que lembra o personagem de Le Fanu. Herdeira de Clarimonde, da Aurélia de Hoffmann e das mortas-vivas da poesia Romântica, a vampira Carmilla é bela, insidiosa e suave, e a determinação em cumprir seus vis intentos é apresentada como um grande perigo, que deve ser combatido a qualquer custo pela união das forças e saberes de vários homens. Um aspecto que chama a atenção do leitor moderno, e que já foi alvo de incontáveis análises literárias, é a predileção de Carmilla por mulheres. Sua sexualidade é abordada com a discrição própria da época, mas não há como negar a atração pela narradora Laura, ou o fato de só atacar mulheres. Apesar da tendência moderna em ver uma certa apologia ao homoerotismo, na verdade o conto encaixa-se em um cenário mais amplo. Tanto a sexualidade feminina agressiva quanto a homossexualidade eram vistas pela sociedade vitoriana como uma degeneração dos códigos morais e sociais. Essa concepção foi associada por Le Fanu aos elementos da literatura vampírica, dando às preferências e hábitos de sua vampira uma conotação maléfica e indesejada, e inserindo a *femme fatale* num contexto moralizante.

---

* Jean Bellemin-Noël, 1997, p. 144.

Essa visão, contrária ao livre-arbítrio feminino, voltaria a aparecer, de forma mais sutil, no conto "O destino de Madame Cabanel" (1880), da inglesa Eliza Lynn Linton. Um rico proprietário do interior volta da metrópole casado com uma inglesa jovem e urbana, cujo viço e beleza geram animosidade, inveja e ciúmes entre os locais, que passam a acusá-la de ser uma vampira. Assim, o conto reconhece o vínculo metafórico que existe entre o mito do vampiro e a sexualidade, em especial a feminina, bem como a reação da sociedade a ela.*

Nas últimas décadas do século 19, o vampiro, como boa metáfora que é, ainda refletiu uma grande mudança da concepção artística, por sua vez determinada pelas mudanças sociais e tecnológicas que se sucediam com crescente velocidade. A partir de meados desse século, agravara-se na sociedade europeia um mal-estar que vinha desde o século anterior; uma inquietude quanto à desumanização advinda do progresso da Revolução Industrial. Um aspecto perturbador desse progresso era a impessoalidade, a solidão e a alienação criadas pelo crescimento sem precedente das cidades. "O homem da multidão" (1840), de Poe, já prenunciava o desconforto trazido por essa expansão urbana, que foi abordada de forma muito mais explícita por Paul Féval, em seu romance satírico *La Ville-vampire* ("A cidade vampira", 1874).

Décadas antes, ainda no século 18, o desassossego com os rumos da civilização já tinha gerado o movimento Romântico, em que escritores e outros artistas deram as costas à cidade grande e se voltaram para um passado idílico, pré-urbano, repleto de lindas damas. O Romantismo, movimento

---

* Linton era uma crítica ferrenha da "Nova Mulher", o ideal feminista de independência e realização pessoal surgido em finais do século 19. No ensaio "The Girl of the Period" (1868), atacava com violência o feminismo. Mas a postura intolerante e presunçosa da autora vai além, e "O destino de Madame Cabanel" é uma investida xenófoba contra os franceses, representando os aldeões como brutos ignorantes e supersticiosos, que invejam a pele clara e os olhos azuis de uma simples e ingênua garota inglesa.

contestatório a princípio, acabou sendo assimilado pela cultura dominante, "oficial", e desvirtuou-se ao passar, ele mesmo, a ser a norma. Nesse momento, deixou de atender aos anseios daqueles a quem os estereótipos e dogmas sociais incomodavam. Foi então que, insurgindo-se contra a ideia vigente de que o valor da arte residia em seus propósitos morais, ganhou força o conceito de "arte pela arte".* Para os defensores dele, o valor da arte estava nela mesma, e qualquer justificativa moral, política ou utilitária era desnecessária. Portanto, a arte teria o direito de transgredir a moral. Essa noção foi o cerne do movimento literário mais tarde conhecido como Decadentismo, que apregoava também a valorização do artificial como libertação do ser humano e a condição inferior de tudo o que era natural. Uma das inspirações do Decadentismo foi a afirmação de Théophile Gautier (1835): "Nada há de verdadeiramente belo exceto o que não tem utilidade; tudo o que é útil é feio".

Entre os fundadores do movimento estava Charles Baudelaire, influenciado por Gautier a ponto de dedicar a este a coletânea de poesias *As flores do mal* (1857), em que reafirmou o lema da arte pela arte e a supremacia do artificial, enquanto vilipendiava a mulher, "ser essencialmente natural". No poema "As metamorfoses do vampiro", o poeta apavorava-se ao ver a mulher "com boca de morango", que acabava de "sugar-lhe a medula dos ossos", transmutada em um saco de pus com flancos gosmentos, e depois nos restos de um esqueleto.

Em sintonia com o ideal da artificialidade, para Baudelaire o poeta deveria transformar-se no dândi, recriar-se a si próprio e elevar-se acima da natureza, sendo a arte o principal meio para tal. Esse credo foi explicitado por Oscar Wilde

---

* A frase *l'art pour l'art* parece ter surgido em 1804, usada de forma casual pelo pensador suíço Henri-Benjamin Constant numa referência favorável às doutrinas estéticas dos filósofos Kant e Schelling. Gautier foi pioneiro ao usá-la como mote. Poe também defendia "o poema pelo poema".

ao afirmar, no prefácio de *O retrato de Dorian Gray* (1891), que "toda arte é completamente inútil" e que "o propósito da arte é revelar a arte e ocultar o artista". A obra, mesmo não sendo um romance vampírico no sentido literal, aborda a questão do *duplo*, um tema-chave da literatura fantástica, muito frequente nas histórias de vampiros (Aubrey e Ruthven, Laura e Carmilla, Harker e Drácula). Dorian Gray faz um pacto faustiano para permanecer jovem enquanto seu retrato envelhece, e entra numa espiral crescente de devassidão, com consequências trágicas. O arrancar de máscaras, expondo a horrível identidade subjacente (a metamorfose descrita de modo tão brutal por Baudelaire), aproxima Dorian Gray do vampiro fim-de-século. O período se apropria do vampiro para fazer dele um sintoma, para fixar as manifestações da neurose e do mal-estar da alma que acometiam a sociedade, que afinal parecia compreender que o verdadeiro mal vinha de seu interior.*

No vampiro finissecular, todos os traços parecem convergir para a ideia de degradação, como que fixando a imagem da própria decadência. O Romantismo havia criado o vampiro com base no herói byroniano; o fim-de-século tendeu a fazer dele um ser híbrido, ameaçado pela animalidade, como o Conde Drácula, com suas orelhas pontudas, pelos na palma das mãos e caninos animalescos. Enquanto os textos românticos evitavam a transformação em animais, a partir de "Carmilla" houve uma ênfase na polimorfia. O vampirismo gerava um aviltamento da humanidade.**

Ao aproximar-se o fim do século 19, o tema inspirou escritores importantes, que buscaram abordagens diferentes para a "absorção" de força vital, um vampirismo energético que se afastava do vampiro clássico, como se este já tivesse se esgotado. Apareceu também o vampiro como metáfora do

* Joëlle Prungnaud, 1997, p. 48.

** Joëlle Prungnaud, 1997, p. 45.

processo criativo (escrita, pintura, composição). Foi nesse contexto que surgiu "A verdadeira história de um vampiro", de conde Stenbock (1894), uma paródia de "Carmilla" que traz uma relação homossexual sublimada implícita entre um vampiro e um menino, em que a vampirização se dá por meio da música.

Se por um lado o decadentismo moldava o vampiro à sua imagem, por outro a crescente influência da psicologia e da psiquiatria enquadrava o vampirismo como doença mental. O francês Jean-Martin Charcot tornou-se o protótipo do grande médico da época, assunto de todas as rodas sociais e personalidade universalmente reconhecida e solicitada por aristocratas e ricos. Charcot contribuiu para a neurologia, mas é lembrado em especial por seus estudos sobre o hipnotismo. Ele impressionava audiências ao usar a hipnose para produzir sintomas de histeria em pacientes. O célebre escritor Maupassant frequentou suas aulas no Hospital da Salpêtrière, em Paris, e essa influência se fez notar no conto "O Horla" (1886), em que ser vampírico e perturbação mental se confundem.*

Nos anos que antecederam Drácula, o modelo original do vampiro fragmentou-se e deu lugar a inúmeras variantes, nascidas da imaginação de diversos autores. A habilidade de consumir sangue humano foi atribuída a outros seres, como a surpreendente criatura de "O último dos vampiros" (1893), de Phil Robinson, e a planta de "A floração da estranha orquídea" (1895), de H. G. Wells. Em "O Horla", de Maupassant, o vampiro torna-se uma força invisível. É aqui também que aparece o conceito de "esponja psíquica" (*psychic sponge*, depois rebatizada como "vampiro psíquico" ou, para os mais entusiastas, "psi-vampiro"), vampiros metafóricos que drenam a energia alheia, como os protagonistas de "O velho Éson" (1891), de Arthur Quiller-Couch, e "O parasita" (1894), de Arthur Conan Doyle. Já em *O castelo dos Cárpatos* (1892), Júlio Verne despiu

* Joëlle Prungnaud, 1997, p. 47.

o tema de qualquer conotação sobrenatural, com cientistas mal-intencionados fazendo-se passar por vampiros.

Na década de 1890, o gênero parecia esgotado, e todos esses artifícios garantiram-lhe uma sobrevida, que aparentemente seria curta. Um grande choque de ressuscitação artificial seria aplicado no coração morto-vivo do vampiro em 1897 com o surgimento de *Drácula*.

Vampiros com vários sotaques

Enquanto na França, Inglaterra e Alemanha a ficção vampírica ganhou corpo, diversificou-se e assumiu uma infinidade de formas, chegando a mergulhar nas águas turvas do decadentismo, outros países tiveram um papel até certo ponto passivo no desenvolvimento do vampiro. Contudo, apesar da pouca participação na evolução do morto-vivo sedutor, não ficaram totalmente imunes a ele.

Os países da Europa Central, tão importantes como origem do vampiro pré-literário, de modo geral não desenvolveram uma literatura vampírica anterior a Drácula. O vampiro literário apareceria em diversos países centro-europeus apenas no século 20, fortemente influenciado pelo folclore local, mas surgido sobretudo por retroalimentação, no rastro da literatura mundial pós-Drácula. Antes de Drácula, só a Rússia fez uma contribuição relevante ao gênero, embora modesta. Vários contos de Nikolai Gógol flertam com o tema, que aparece mais explícito no surreal "Viy" (1835), em que um cão se transforma numa linda mulher que suga o sangue de bebês. Ivan Turguêniev, no conto "Prizraki" ("Fantasmas", 1863), descreve o voo noturno do protagonista através do tempo e do espaço com uma mulher pálida e irreal. Sentindo-se débil, ele percebe o cheiro do sangue nos lábios dela e desconfia que seja uma vampira, mas ela desaparece como um fantasma.* Influenciado pelos contos de Hoffman, o conde Alexei C.

* Dejan Ajdačić, 2007.

Tolstói abordou os vampiros em "Upyr" (1841) e em "A família do *vurdalak*" (1847), este último incluído em nossa antologia. Outros autores centro-europeus foram o romeno Vasile Alecsandri, com o poema "Strigoiul" ("O vampiro", 1844), e o sérvio Milovan Glišić, com o romance *Posle devedeset godina* ("Noventa anos depois", 1880), baseado no folclore.* Na novela *De profundis* (1895), do polonês Stanislaw Przybyszewski, aparecem súcubos e íncubos, elementos afins dos vampiros.

Nos Estados Unidos, meros dois meses depois da publicação do conto de Polidori, foi lançado *O vampiro negro, uma lenda de São Domingos*, de Uriah Derick D'Arcy, mas o livro parece não ter tido repercussão e permaneceu esquecido até tempos recentes.** O primeiro ficcionista estadunidense a se destacar pelo uso de elementos vampíricos, ainda que de forma velada, foi Edgar Allan Poe, com vários contos escritos nas décadas de 1830 e 1840. O mais vampírico deles é "O retrato oval" (1845), que escolhemos para a presente antologia. Escritores de renome fizeram incursões no tema, como Ambrose Bierce ("A morte de Halpin Frayser", 1893), Frank Stockton ("A Borrowed Mouth", 1886) e Nathaniel Hawthorne ("A filha de Rapaccini", 1844). O filho deste, Julian Hawthorne, escreveu "O mistério de Ken" (1883), um conto bem conhecido entre os leitores de vampiros. Também conhecido é "A Kiss of Judas" (1893), de X.L., pseudônimo de Julian Osgood Field, que traz referências veladas ao homoerotismo masculino. De modo geral, no século 19 as incursões da literatura estadunidense pelo terreno vampírico foram raras. Nada fazia prever a explosão comercial que sugaria o vampiro ficcional à exaustão na passagem de milênio.

---

* O romance originou um filme da TV iugoslava, *Leptirića* ("Borboleta", de 1973), no qual vampiros podem se transformar em borboleta.

** Atualmente, é considerada a segunda ficção vampírica escrita em inglês, primeira escrita por um estadunidense e primeira com um vampiro negro. A noveleta, ainda pouco conhecida, saiu publicada no Brasil com o título de "O vampiro negro, uma lenda de São Domingos", em Polidori (2020), edição comemorativa de 200 anos de "O vampiro".

Na Itália, o tomador de sangue surgiu muito cedo, nas óperas *Il vampiro* (Turim, 1801) e *Vampiri* (Nápoles, 1812), mas parece não ter se estabelecido na literatura do século 19. A primeira menção aparece brevemente no romance histórico *La battaglia di Benevento* (1827-28) de Francesco Domenico Guerrazzi. Em 1869 surgem dois livros. *Il vampiro*, de Franco Mistrali, é um tardio romance gótico, ambientado em Mônaco, em que os vampiros formam uma associação secreta, com um tribunal para punir os traidores.* Esse mote reapareceria ao final do século 20 em quadrinhos, filmes e RPGs (jogos de representação). Já *Fosca*,** de Igino Ugo Tarchetti, traz um jovem dividido pelo amor a duas irmãs, uma bondosa e a outra malévola, lembrando o conto de Raupach, "Deixa os mortos em paz". Durante o século 19, a Itália aparece muito mais como cenário exótico e selvagem para escritores ingleses e alemães do que como local de produção de obras vampíricas.

O vampiro não teve nenhuma expressão na literatura ibérica do século 19. Isolados do outro lado dos Pirineus, Portugal e Espanha tinham a crença no retorno dos mortos no dia de Finados, e o folclore dos dois países era rico em bruxas e lobisomens, que supriam em parte a necessidade ancestral da ameaça chupadora de sangue. O inglês William Kingston, que vivera no Porto quando jovem, escreveu o conto "The Vampire; or, Pedro Pacheco and the Bruxa" (1863), que a rigor nada tem de vampírico. Nele, um aldeão que volta de uma festa perde-se ao seguir uma ave e acaba sofrendo um acidente e desmaiando. Quando acorda está muito longe de casa, mas consegue voltar. Para seus vizinhos, a ave era na verdade a esposa dele, uma bruxa, vingando-se por ele ter ido à festa. A introdução da história, porém, exibe uma síntese da bruxa do folclore português, que tem por hábito alimentar-se do

* Massimo Introvigne, sem data.

** Nenhuma relação com a ópera *Fosca* (1873), de Carlos Gomes, baseada no romance *La festa delle Marie* (1869), de Luigi Capranica.

sangue de crianças. Essa mesma criatura folclórica foi trazida ao Brasil pelos imigrantes açorianos e sobrevive até os dias de hoje na ilha de Santa Catarina, onde é temida pelas mulheres, por tomar o sangue de seus filhos, e pelos homens, por provocar acidentes de trabalho e tirá-los do caminho.* Para Kingston, a origem da bruxa portuguesa poderia ser moura, numa derivação da linhagem do *ghoul* oriental. No entanto, é difícil não pensar na estrige romana, feiticeira tomadora de sangue, como uma possível ancestral das bruxas portuguesas e catarinenses.

Em língua espanhola, o vampiro pré-Drácula fez-se presente, ainda que de forma bissexta, na literatura de vários países. O primeiro conto com temática vampírica a ser escrito parece ter sido "Gaspar Blondín", do equatoriano Juan Montalvo, de 1858, mas sua publicação se deu apenas em 1894. Por essa altura, outros contos já haviam surgido: "La balada de los muertos" e "El beso del espectro" (ambos de 1891), do venezuelano Luis López Méndez, "Tristán Cataletto" (1893), do também venezuelano Julio Calcaño, e o mais conhecido deles, "Tanatopia" (1893), do nicaraguense Rubén Darío. Apesar da irradiação evolutiva do vampiro de *fin-de-siècle* em países como Inglaterra e França, na América hispânica ainda se observava a influência, por um lado, do vampiro folclórico (em Montalvo e Calcaño) e, por outro, de Edgar Allan Poe (em Darío).**

Em língua portuguesa, durante o século 19 o vampiro apareceu apenas em breves menções. O brasileiro João Cardoso de Menezes e Souza falou de "sanguessugas" e "morcegos hematófagos" numa nota do romance versificado *Octávio e Branca*

* Sônia Maluf, 1993.

** A primeira tradução de contos de Edgar Allan Poe para o castelhano, a partir de *Histoires extraordinaires* (compilação publicada, em francês, por Charles Baudelaire), ocorreu em 1858 e teve grande ressonância tanto na Espanha quanto na América Latina, influenciando importantes escritores modernistas (Lazzarin, 2019, pp. 14-16).

(1849), que constitui a primeira menção a vampiros na literatura brasileira.* Em 1897, o português Gomes Leal trouxe à luz a carta em verso "O estrangeiro vampiro", uma metáfora do neocolonialismo europeu em que uma vampira dilapida a fortuna de um nobre decadente, sugando-lhe também o sangue.

Embora Byron tenha influenciado uma fase do Romantismo brasileiro, caracterizado por poetas como Álvares de Azevedo, Casimiro de Abreu e Fagundes Varela, afirma Cid Vale Ferreira que "o vampirismo sempre se manteve à margem da história da poesia nacional, pontuando aparições breves e incipientes", aparecendo como metáfora ou sob a forma de mulheres fatais. Por exemplo, no poema "Anjos da meia-noite" (em *Espumas flutuantes*, 1870), o poeta Castro Alves referiu-se a Fabíola como "filha da noite" e "loira fidalga infiel dos infernais castelos!". O vampiro só viria mesmo a fincar pé em solo brasileiro por meio do cinema, quando o século 20 já ia bastante adiantado.

Contos de vampiro, de Polidori a Stoker

Diante de tanta diversidade temporal, espacial e estilística, definir o vampiro não é nada fácil. Criatura adaptável por natureza (e essa é uma das chaves de seu sucesso), o vampiro muda de acordo com a hora e o lugar, ao sabor dos humores da sociedade, do autor e do leitor, a tal ponto que alguns especialistas chegam a dizer que não existe *o vampiro*, só *vampiros*. Certos contos, sempre presentes em antologias ou mencionados em estudos sobre literatura vampírica, podem guardar apenas uma relação superficial com o tema. Assim, a árvore assassina em "A árvore comedora de gente" (1881), de Phil Robinson, está mais para vegetal carnívoro que tomador de sangue; o ser invisível em "O que foi aquilo? Um mistério" (1859),

* Cid Vale Ferreira apresenta a discussão do vampiro literário no Brasil e o texto de "Octávio e Branca" em *Voivode: Estudos sobre vampiros* (2002).

de Fitz-James O'Brien, mais parece um fantasma; "Berenice" (1835), de Edgar Allan Poe, é antes um estudo de obsessão do que de vampirismo; e por aí vai.

A situação do vampirólogo não é muito diferente daquela com que deparam os taxonomistas na biologia. O vampiro não é uma espécie aristotélica, estática no tempo e no espaço, mas darwiniana, sujeita à evolução, à adaptação aos vários ambientes culturais que habita. As características que o definem e as linhas de demarcação da espécie podem ocasionalmente ser tênues, visíveis apenas se analisadas sob a perspectiva de sua história evolutiva. Assim, o estudo das origens e do modo como se desenvolveram os diversos vampiros literários permite reconhecer linhagens diferentes dentro da espécie "vampiro". Fazendo um paralelo com a classificação dos seres vivos, o Lord Ruthven de Polidori, a Carmilla de Le Fanu e o Gorcha de A. Tolstói seriam subespécies diferentes dentro de uma mesma espécie.

Para selecionar os contos desta antologia utilizamos uma série de critérios bem definidos. Em primeiro lugar, queríamos contos representativos, que tivessem sido um marco para a produção literária subsequente ou que refletissem as peculiaridades do momento "vamp-literário" em que foram escritos. É o caso de "O vampiro", de John Polidori, e "O convidado de Drácula", de Bram Stoker.

Em segundo lugar, buscávamos descobrir como o tema foi abordado pelos autores cuja obra permaneceu até os dias de hoje. Incluem-se aí, por exemplo, "O retrato oval", de Edgar Allan Poe; "A dama pálida", de Alexandre Dumas, pai; a primeira versão de "O Horla", de Guy de Maupassant; e "Tanatopia", do importante poeta Rubén Darío.

Outro critério, não menos importante do ponto de vista do leitor: os contos teriam de ser interessantes. Muitos contos clássicos "envelheceram" e, na época da comunicação instantânea, parecem longos e arrastados. Outros ainda hoje são leituras instigantes, como "A família do *vurdalak*", de Alexei

C. Tolstói; "A verdadeira história de um vampiro", do conde de Stenbock; e "A floração da estranha orquídea", de H. G. Wells.

Buscamos, também, incluir textos ainda não traduzidos para o português ou que não tivessem aparecido em edições recentes. "Manor", de Karl Heinrich Ulrichs, "O velho Éson", de Arthur Quiller-Couch, e "O último vampiro", de Phil Robinson, parecem nunca ter saído no Brasil.

Alguns contos muito relevantes foram deixados de fora por já terem aparecido recentemente em outras edições. É o caso de "A morte amorosa", de Théophile Gautier (1836), e "Carmilla", de Sheridan Le Fanu (1872). Apesar de sua importância, preferimos dar espaço para contos aos quais o leitor brasileiro dificilmente tem acesso.

Por fim, mas não menos importante, pautamo-nos sempre pelo conceito da *diversidade*: diversidade de visões, de estilos, de nacionalidades (a maioria das antologias privilegia os textos de escritores de língua inglesa) e de orientação sexual. Assim, reunimos textos longos e curtos; vampiros humanos, alienígenas, vegetais e reptilianos; contos escritos em inglês, francês, espanhol e alemão; de autores consagrados e de virtuais desconhecidos; vampiros hétero e homoeróticos; histórias de terror, de amor e de humor.

Ao final do livro, incluímos dois apêndices que reúnem o máximo possível de obras vampíricas anteriores ao romance de Bram Stoker, tanto na literatura como nos palcos.

Com vocês, agora, o vampiro antes de Drácula.

Contos

O vampiro

(1819)

John William Polidori

Aconteceu que, em meio às pródigas diversões de um inverno londrino, as festas oferecidas pelas personalidades da moda começaram a ser frequentadas por um cavalheiro que se fazia notar muito mais por suas peculiaridades que pela posição social. Ele contemplava a alegria à sua volta como se dela não pudesse participar. Ao que parecia, o riso leve das beldades apenas atraía sua atenção para que pudesse, com um único olhar, extingui-lo e incutir medo nos corações onde somente reinava a despreocupação. Qualquer um que tivesse essa sensação de assombro não conseguiria explicar de onde provinha: alguns a atribuíam aos mortiços olhos cinzentos que, fixando-se no rosto do interlocutor, não pareciam penetrá-lo até o âmago do coração, e sim se abater sobre a face como um raio plúmbeo, pesando sobre a pele sem conseguir penetrá-la. As peculiaridades do cavalheiro faziam com que fosse convidado a frequentar todas as residências. Todo mundo desejava vê-lo. Aqueles que, acostumados à agitação, eram agora afligidos pelo peso do tédio, deleitavam-se por estar em companhia de uma novidade capaz de despertar seu interesse. Apesar do tom cadavérico da face, que jamais adquiria um matiz mais vivo – fosse pelo rubor da modéstia, fosse pelas emoções arrebatadoras da paixão –, ainda assim a forma e o contorno do rosto eram belos, e muitas mulheres, caçadoras de fama, tentavam conquistar sua atenção – ou obter ao menos alguma mostra daquilo que considerariam atenção. Lady Mercer, que desde seu casamento fora objeto de zombaria dos seres monstruosos que frequentavam os salões de baile, lançou-se diante dele e só faltou vestir-se de saltimbanco para lhe chamar a atenção. Em vão. Quando estavam frente a frente, embora os olhos do cavalheiro aparentassem fitar os dela, era como se não a vissem. Até mesmo aquela mulher de ousadia irrefreável frustrou-se e desistiu da batalha. No entanto, embora a adúltera vulgar fosse incapaz de alterar a direção de seu olhar, ele não era de forma alguma indiferente ao sexo feminino. Ainda assim, parecia ter tanta cautela ao dirigir-se à esposa virtuosa ou à filha inocente que poucos se apercebiam de que ele sequer falasse com as mulheres. Apesar de tudo, tinha a reputação de manter conversas cativantes. Talvez essa fama sobrepujasse a estranheza causada pelo caráter singular, ou talvez pelo aparente ódio ao vício despertasse alguma ternura, mas a verdade era que ele frequentava tanto o convívio das mulheres cujas virtudes domésticas enobrecem o próprio gênero quanto daquelas que o maculam por seus pecados.

Por volta dessa época, chegou a Londres um jovem cavalheiro de nome Aubrey. Era um órfão que, juntamente com a irmã, herdara uma grande fortuna ao perder os pais, ainda na infância. Abandonado à própria sorte por tutores, que consideravam ter por dever apenas a administração do patrimônio, relegando a empregados interesseiros a importante responsabilidade de sua formação, ele cultivara mais a imaginação que o julgamento. Guardava, assim, um exacerbado sentimento romântico de honra e candura – sentimento que todos os dias arruína tantos e tantos jovens tolos. Aubrey acreditava que todos compactuavam com a virtude e que os vícios haviam sido criados pela Providência como mero efeito de cena, como num romance. Pensava que a miséria de um casebre se resumia a vestimentas pobres, não menos eficientes em agasalhar e muito mais convenientes aos olhos de um pintor, devido às dobras irregulares e aos remendos coloridos. Pensava, ainda, que os sonhos dos poetas eram a realidade da vida. Era belo, sincero e rico, e, por essas razões, ao entrar nos círculos da sociedade foi assediado por muitas mães, que competiam em matéria de quem descreveria com menos veracidade suas desinteressantes candidatas; quanto às filhas, suas expressões se animavam à aproximação dele, e seus olhos brilhavam quando ele abria os lábios, levando-o em pouco tempo a falsas ilusões sobre o próprio talento e mérito. Acostumado como estava aos romances, aos quais se entregava nas horas de solidão, o rapaz surpreendeu-se ao descobrir que, salvo pelas velas de sebo e de cera que tremeluziam, não pela presença de fantasmas, mas por ter-se consumido o pavio, não havia qualquer fundamento real para toda a profusão de cenas e descrições adoráveis contidas naquelas obras, nas quais baseara seus estudos. Encontrando, porém, algum consolo na satisfação de suas vaidades, estava prestes a abdicar de seus sonhos, quando o extraordinário ser já descrito cruzou seu caminho.

Ele o observou, atraído pela própria impossibilidade de formar uma ideia sobre o caráter daquele homem que, completamente absorto em si mesmo, não dava mostras de notar objetos externos além do tácito reconhecimento da existência deles, com o intuito de evitá-los. Permitindo à imaginação pintar tudo o que satisfizesse sua propensão a ideias extravagantes, logo transformou o objeto de sua atenção num herói de romance, e se dispôs a observar os frutos de sua fantasia em vez da pessoa que tinha diante de si. Foi apresentado a ele, deu-lhe atenção e conseguiu fazer-se notar o suficiente para que sua presença fosse sempre percebida. Aos poucos, descobriu que a situação financeira de Lord Ruthven era algo confusa; então soube, pelos preparativos observados à rua _______, que ele estava às vésperas de viajar.

Desejoso de obter mais informações a respeito daquela pessoa tão singular, que até então só lhe aguçara a curiosidade, insinuou aos tutores que já era tempo de fazer uma grande viagem, por muitas gerações considerada indispensável para capacitar os jovens para um rápido progresso no mundo do vício, colocando-os em pé de igualdade com os mais velhos e não permitindo que parecessem ter caído do céu, sempre que fossem feitos quaisquer comentários sobre intrigas escandalosas, que uma pessoa habilidosa pode converter em adulação ou elogio. Eles consentiram.

Aubrey de imediato mencionou sua intenção a Lord Ruthven, e foi surpreendido ao receber dele uma proposta para que o acompanhasse. Lisonjeado pela demonstração de estima vinda de alguém que nada parecia ter em comum com o resto da humanidade, de bom grado o jovem aceitou, e em poucos dias ambos cruzaram o canal rumo ao continente.

Até então, Aubrey não tivera chance de estudar o caráter de Lord Ruthven. Agora, com a oportunidade de observar mais de perto as ações dele, descobria que esta sua análise levava a conclusões que divergiam do que a princípio parecera ser o motor de sua conduta. O companheiro era profuso em generosidade; o desocupado, o malandro e o mendigo recebiam das mãos dele mais do que o suficiente para prover as necessidades imediatas. Mas Aubrey não deixou de notar que as esmolas não iam para o virtuoso, levado à miséria pelos infortúnios que vitimam até a virtude. Este era despachado com maldisfarçado escárnio.

Entretanto, quando o libertino pedia algo, não para aliviar suas necessidades, mas para permitir-se chafurdar na luxúria ou mergulhar ainda mais em iniquidade, partia ricamente recompensado. Aubrey atribuía isso, porém, à maior insistência do devasso, que em geral prevalece sobre a timidez discreta do indigente virtuoso. Havia um aspecto da caridade de Ruthven que lhe causou ainda maior impressão: todos que a recebiam inevitavelmente descobriam que sobre aquilo pesava uma maldição, pois terminavam no cadafalso ou afundavam na mais abjeta miséria. Em Bruxelas e em outras cidades por onde passaram, Aubrey admirou-se com a ansiedade com que o companheiro parecia frequentar os antros de devassidão mais afamados. Aí, entregava-se por completo ao espírito das mesas de jogo. Apostava – sempre com sucesso, exceto quando enfrentava algum trapaceiro conhecido –, então perdia ainda mais do que ganhava. Fazia-o com a mesma expressão inabalável com que costumava observar as pessoas à volta. Não era o que ocorria, entretanto, quando encontrava um novato impetuoso ou o desafortunado pai de uma família numerosa. Nessas circunstâncias, seu desejo parecia lei. A aparente distração era posta de lado, e seus olhos brilhavam com maior intensidade que os do gato que brinca com um rato moribundo. Em cada cidade, deixava atrás de si o jovem antes afluente, agora excluído da sociedade, amaldiçoando na solidão de um calabouço o destino que o colocara ao alcance daquele demônio, enquanto mais de um pai se desesperava, entre os olhares suplicantes dos filhos famintos, sem ter um único tostão da riqueza de outrora para comprar o alimento que os tiraria da fome. E, no entanto, ele não obtinha dinheiro algum das mesas de jogo, pois perdia para algum trapaceiro desonesto o último florim que acabava de arrancar por entre os dedos desesperados do inocente. Poderia ser o resultado de alguma habilidade no jogo, mas insuficiente para fazer frente à perícia dos mais experientes. Aubrey com frequência sentia ímpetos de falar sobre isso ao amigo e suplicar-lhe que abandonasse a caridade e a diversão que resultava na ruína de todos, que sequer lhe traziam lucro próprio. Contudo, adiava fazê-lo, pois a cada dia tinha renovada a esperança de que o companheiro lhe desse a oportunidade de falar franca e abertamente. Isso, porém, jamais acontecia. Lord Ruthven, em sua carruagem e em meio aos mais diversos e ricos cenários naturais, era sempre o mesmo: os olhos falavam menos que os lábios e, embora Aubrey estivesse próximo ao alvo de sua curiosidade, não obtinha dele qualquer satisfação além da constante ansiedade de desejar, em vão, penetrar aquele mistério, que em sua imaginação exaltada começava a tomar um ar sobrenatural.

Logo após chegarem a Roma, Aubrey afastou-se do companheiro por algum tempo. Enquanto Lord Ruthven comparecia todos os dias às reuniões matinais oferecidas por uma condessa italiana, foi em busca dos monumentos de outra cidade quase abandonada. Enquanto estava assim ocupado, recebeu correspondências da Inglaterra, que abriu com grande impaciência. A primeira, da irmã, exalava afeto puro. As outras, dos tutores, deixaram-no estupefato. Se antes parecera-lhe haver em seu companheiro um poder maléfico, agora as cartas quase lhe davam razão suficiente para crê-lo. Os tutores insistiam que se afastasse de imediato do amigo, que afirmavam ter natureza terrivelmente violenta e ser dotado de um poder de sedução irresistível, que tornava seus hábitos libertinos ainda mais perigosos para a sociedade. Soubera-se que o desprezo que nutria pela adúltera não advinha de ódio pelo caráter dela, mas que ele exigia, para sua maior satisfação, que a vítima, cúmplice na culpa, fosse arremessada do alto da virtude imaculada para o nível mais baixo da infâmia e degradação. Em suma, depois da partida dele, todas as mulheres de quem havia se aproximado aparentemente pelas virtudes delas tinham deixado cair as máscaras, expondo à vista pública, sem nenhum escrúpulo, toda a deformidade de sua devassidão.

Aubrey decidiu abandoná-lo, pois até aquele momento o caráter dele não deixara transparecer um ponto favorável que fosse. Decidiu inventar algum pretexto plausível para deixá-lo sozinho, pretendendo, nesse meio-tempo, observá-lo mais de perto, sem permitir que qualquer circunstância passasse despercebida. Juntou-se ao mesmo círculo de amizades e logo notou que Lord Ruthven tentava aproveitar-se da inexperiência da filha da dama cuja casa frequentavam. Na Itália, é raro encontrar-se em público com uma mulher solteira. Ele devia, assim, proceder em segredo. Mas Aubrey estava atento a todas suas manobras, e logo descobriu que tinham marcado um encontro, que com certeza resultaria na perdição da jovem ingênua e inconsequente. Sem perda de tempo, invadiu os aposentos de Lord Ruthven e indagou com aspereza sobre as intenções dele quanto à dama, ao mesmo tempo que lhe informava estar a par do encontro planejado para aquela noite. Lord Ruthven retrucou que tinha as mesmas intenções que qualquer outro teria em circunstâncias semelhantes. Pressionado a responder se pretendia casar-se com ela ou não, ele apenas riu. Aubrey retirou-se. De imediato redigiu uma nota, informando que a partir daquele momento declinava de acompanhar o Lord Ruthven pelo resto da viagem combinada, e ordenou ao criado que procurasse outras acomodações. Visitando a mãe da moça, contou-lhe tudo que sabia, não só em relação à filha, mas também quanto ao caráter do pretendente. O encontro amoroso foi impedido. No dia seguinte, Lord Ruthven limitou-se a enviar seu criado para comunicar-lhe sua completa concordância com a separação, mas não demonstrou suspeitar que seus planos tinham sido frustrados pela intervenção de Aubrey.

Deixando Roma, Aubrey foi para a Grécia e, após cruzar a Península, logo se viu em Atenas. Fixou residência na casa de um grego e então ocupou-se em perseguir os registros esmaecidos de uma glória passada, impressos em ruínas que, como que envergonhadas por narrarem os feitos de homens livres para aqueles que não passavam de escravos, haviam se ocultado debaixo do solo protetor ou de líquens variegados. Sob o mesmo teto que ele, vivia um ser tão belo e delicado, que serviria como modelo ao artista que desejasse plasmar na tela a promessa de paraíso feita por Maomé aos fiéis; seus olhos, porém, revelavam demasiado espírito para que alguém julgasse não ter alma. Quando dançava na planície ou corria pelo flanco da montanha, uma gazela não se compararia em beleza, pois quem poderia trocar aqueles olhos, que denotavam natureza tão vivaz, pelo olhar de lânguida luxúria do animal, que apenas ao epicurista deleitaria? Os passos suaves de Ianthe muitas vezes acompanhavam Aubrey em suas buscas arqueológicas. Ela com frequência revelaria, desapercebida, toda a beleza de suas formas, ao entreter-se na perseguição de alguma borboleta colorida, como se flutuasse ao vento, diante do olhar ávido dele, que se esquecia das palavras recém-decifradas em alguma inscrição quase apagada ao contemplar-lhe a silhueta de sílfide.

Enquanto esvoaçava ao redor dele, suas tranças exibiam aos raios do sol tons fugazes de brilho tão delicado que justificavam plenamente a distração do estudioso, de cuja mente fugia o objeto que pouco antes julgara de tão vital importância para a correta interpretação de uma passagem em Pausânias.* Para que, porém, tentar descrever encantos que todos sentem, mas que ninguém pode apreciar? Eram inocência, juventude e beleza, não corrompidas pelos salões lotados e bailes sufocantes.

Enquanto ele traçava esboços das ruínas que desejava relembrar no futuro, ela permanecia a seu lado e observava o efeito mágico do lápis ao traçar os cenários de sua terra natal. Então, passava a descrever-lhe as danças de roda ao ar livre e a pintar-lhe, nas cores radiantes da memória juvenil, a cerimônia de casamento à qual recordava ter assistido em criança. A seguir, voltando-se para temas que evidentemente mais tinham impressionado a sua imaginação, contava-lhe as histórias sobrenaturais ouvidas de sua ama de leite. A sinceridade da jovem e o modo como parecia acreditar naquilo que narrava conseguiram estimular o interesse de Aubrey. Quando ela contava a história do vampiro que vivera durante anos entre seus amigos e entes queridos, vendo-se forçado a cada ano a alimentar-se da vida de alguma mulher adorável para prolongar sua existência pelos meses seguintes, ele sentia o sangue gelar nas veias, ao mesmo tempo que tentava rir e dissuadi-la de fantasias tão inúteis e horrendas. Mas Ianthe citava nomes

* Pausânias (ca. 115-180), viajante e geógrafo grego, escreveu *Descrição da Grécia*, volumosa obra que fornece informações cruciais para estabelecer elos entre a literatura clássica e a arqueologia. É interessante sua citação por Polidori, pois apenas no século 20 os arqueólogos concluíram que a obra de Pausânias constituía um guia muito confiável para as explorações. [N. T.]

de velhos que tinham desmascarado ao menos um desses vampiros, depois de descobrirem que vários parentes e crianças já traziam as marcas da voracidade do monstro. Percebendo-o incrédulo, ela implorou que acreditasse nela, pois sabia-se que todo aquele que ousasse duvidar acabava tendo prova da existência deles, sendo obrigado, à custa de pesar e sofrimento, a admitir serem reais. Ante a descrição detalhada da aparência tradicional daqueles seres monstruosos, o horror dele cresceu, pois correspondia muito bem à aparência de Lord Ruthven. Ele insistiu, entretanto, em afirmar à jovem que os receios dela eram infundados, mesmo surpreso ao notar tantas coincidências que, juntas, suscitavam a crença de que Lord Ruthven pudesse ter algum poder sobrenatural.

Aubrey afeiçoou-se mais e mais a Ianthe. A inocência dela, que contrastava tanto com as virtudes artificiais das mulheres nas quais buscara a ilusão do romance, conquistou seu coração. E, embora desdenhasse da ideia de que um jovem de hábitos ingleses pudesse desposar uma moça grega inculta, ainda assim via-se mais e mais atraído pela beleza quase mágica diante de si. Às vezes afastava-se dela e, traçando planos de alguma pesquisa histórica, partia determinado a não retornar até ter atingido seu objetivo. Mas sempre descobria ser impossível concentrar a atenção nas ruínas enquanto sua mente retinha aquela imagem que parecia ser a única dona de seus pensamentos. Ianthe não se dava conta do amor dele, e exibia a mesma espontaneidade infantil do início. Sempre parecia relutante em deixá-lo, mas apenas porque, enquanto seu guardião ocupava-se em esboçar ou descobrir algum fragmento sobrevivente à ação destruidora do tempo, não tinha quem a acompanhasse a seus lugares favoritos. Ela consultara os pais sobre os vampiros e, diante de várias pessoas, ambos confirmaram sua existência, pálidos de pavor à simples menção da palavra. Pouco depois, Aubrey decidiu fazer mais uma excursão, que lhe tomaria algumas horas. Ouvindo o nome do lugar, suplicaram-lhe que não regressasse de noite, pois teria de passar por um bosque onde nenhum grego permaneceria após o escurecer, por motivo algum. Segundo eles, era ali que os vampiros realizavam suas orgias noturnas, e os males mais terríveis recairiam sobre aquele que ousasse lhes cruzar o caminho. Aubrey fez pouco caso dessas asserções, riu da insistência deles, mas se calou ao perceber como estremeciam diante de sua temeridade em burlar-se de um poder infernal superior, cuja menção bastava para gelar-lhes o sangue.

Na manhã seguinte, Aubrey partiu sozinho para sua excursão. Surpreendera-se ao ver a expressão melancólica do anfitrião e consternou-se quando descobriu que seu desprezo pela crença naqueles demônios temíveis enchera a todos com um grande terror. Estava a ponto de partir quando Ianthe postou-se junto a seu cavalo e suplicou, ansiosa, que ele voltasse antes do cair da noite, pois a escuridão noturna permitia àqueles seres que usassem seus poderes. Ele prometeu fazê-lo. Distraiu-se tanto com suas pesquisas, porém, que não percebeu que em breve o dia terminaria, e que no horizonte surgira uma daquelas nuvens diminutas que, nos climas mais quentes, muito depressa se avoluma numa massa imensa, descarregando toda sua fúria sobre a terra. Por fim, montou o cavalo, determinado a compensar com a velocidade aquele atraso. Mas já era tarde demais. O crepúsculo é quase desconhecido naqueles climas do sul, onde a noite começa assim que o sol se põe. Não havia avançado muito quando a força da tempestade fez-se sentir; os trovões ribombando quase sem descanso. A chuva torrencial e pesada forçava caminho por entre o dossel das árvores, enquanto os relâmpagos azuis pareciam cair e cintilar a seus pés. De súbito, o cavalo disparou, em pânico, e carregou-o numa velocidade alucinante através da floresta cerrada. Exausto, o animal terminou por deter-se e, à luz dos relâmpagos, Aubrey notou estar perto de uma choupana que mal sobressaía acima dos amontoados de folhas mortas e da vegetação arbustiva que a cercavam.

Apeando, aproximou-se da construção, na esperança de encontrar alguém que o guiasse até a cidade, ou pelo menos de obter abrigo contra a inclemência da tempestade. Enquanto se aproximava, os trovões silenciaram por um instante, e ele ouviu os gritos desesperados de uma mulher que se sobrepunham a uma longa gargalhada carregada de um escárnio exultante, prolongando-se em um som quase contínuo. Assustado, mas impelido pelos trovões que rugiam de novo lá no alto, num ato repentino abriu de um só golpe a porta da cabana. A escuridão lá dentro era completa, e ele se deixou guiar pelos sons. Parecia que sua chegada não fora notada, pois, embora chamasse, os sons continuavam e ninguém lhe respondia. De repente, esbarrou em alguém, que no mesmo instante o segurou. Então uma voz gritou: "Frustrado outra vez!", seguindo-se uma risada, e ele foi agarrado por mãos cuja força parecia sobre-humana. Determinado a não ceder a própria vida por pouco, lutou, mas em vão, pois foi erguido e atirado com força contra o piso. O inimigo lançou-se sobre ele, ajoelhou-se sobre seu peito, e já lhe rodeara a garganta com as mãos quando o brilho de várias tochas penetrou pela janela e o interrompeu. De imediato o atacante se ergueu, abandonou a presa e saiu correndo pela porta, rumo à floresta. Num instante, o barulho dos galhos que se partiam enquanto ele corria deixou de ser ouvido. A tempestade havia amainado. Incapaz de mover-se, Aubrey chamou pelos recém-chegados. Ao entrarem, a claridade das tochas iluminou as paredes de barro e o telhado de palha enegrecido de fuligem. A pedido de Aubrey, procuraram a mulher cujos gritos ele ouvira, e com isso ele voltou a ficar imerso em escuridão. Qual não foi seu horror quando, ao retornarem as tochas, distinguiu a forma etérea de sua adorável guia, transformada num cadáver sem vida. Fechou os olhos, na esperança de que aquela visão tivesse sido apenas uma ilusão criada por sua imaginação perturbada; mas, quando tornou a abri-los, ela ainda estava lá, estendida a seu lado. Não havia cor na face ou nos lábios, mas ela ainda assim trazia no rosto uma quietude quase tão cativante quanto a vida que antes o animara. Havia sangue no pescoço e no peito, e viam-se na garganta as marcas dos dentes que haviam aberto suas veias. Os homens apontaram para os ferimentos, exclamando horrorizados: "Um vampiro! Um vampiro!". Improvisaram com presteza uma maca, e Aubrey foi colocado ao lado daquela que tão pouco tempo antes fora motivo de tantos sonhos mágicos e luminosos, agora inerte como a flor da vida que nela murchara. Não sabia sequer o que estava pensando, pois sua mente estava entorpecida e parecia fugir à reflexão, para buscar refúgio no vazio. Quase inconsciente, sua mão empunhou uma adaga de formato peculiar, que fora achada na cabana.

Logo juntaram-se a eles outros grupos que também estavam à procura da jovem, cujo desaparecimento fora notado pela mãe. Os gritos amargurados, ao se aproximarem da cidade, alertaram os pais sobre a terrível catástrofe. Descrever seu pesar seria impossível. Quando perceberam a causa da morte da filha, olharam para Aubrey e apontaram o corpo. Estavam inconsoláveis. Ambos morreram de coração partido.

Ao ser colocado na cama, Aubrey foi acometido por uma febre violenta, acompanhada de delírios frequentes. Nesses momentos, chamava por Lord Ruthven e por Ianthe, e, numa associação inexplicável, parecia suplicar ao antigo companheiro que poupasse a mulher amada. Em outros, lançava imprecações contra ele e o amaldiçoava por tê-la matado. Quis o acaso que Lord Ruthven chegasse a Atenas àquela altura e, por algum motivo, ao saber do estado de Aubrey, imediatamente instalou-se na mesma residência e passou a cuidar dele. Quando Aubrey se recuperou do delírio, ficou horrorizado e assombrado ao ver junto a si o homem cuja imagem agora associava à de um vampiro. No entanto, Lord Ruthven logo o fez aceitar sua presença, pelo uso de palavras gentis que quase indicavam remorso pelo erro que levara à separação, e mais ainda pela gentileza, ansiedade e cuidados que demonstrava.

O nobre parecia muito mudado, e já não era o homem apático que tanto intrigara Aubrey. Contudo, assim que a convalescença deste se firmou, ele aos poucos retornou a seu estado de espírito habitual, até voltar a ser o mesmo de antes – exceto que, vez por outra, Aubrey surpreendia-se ao encontrar o olhar dele fixo no seu, com um sorriso de maligna euforia nos lábios. Sem saber por que, aquele sorriso o apavorava. Ao final da recuperação do enfermo, Lord Ruthven ocupava-se em observar as ondas formadas pela brisa fresca, ou a lenta movimentação dos planetas que, como nosso mundo, orbitam ao redor do sol. Parecia, de fato, evitar os olhos de todos.

A mente de Aubrey debilitara-se com o choque, e a plasticidade de espírito, que antes o caracterizara, parecia ter sumido para sempre. Agora apreciava o silêncio e o isolamento tanto quanto Lord Ruthven. Mas não conseguia encontrar nos arredores de Atenas a solidão que tanto desejava. Se a buscava nas ruínas que antes frequentara, a imagem de Ianthe materializava-se a seu lado. Se a buscava nos bosques, o espectro aparecia entre a folhagem rasteira, à procura de alguma violeta tímida, e virando-se de repente mostrava-lhe à imaginação delirante seu rosto pálido, a garganta ferida e um sorriso doce nos lábios.

Ele decidiu fugir dos cenários onde cada feição criava em sua mente associações tão amargas. Propôs a Lord Ruthven, a quem se considerava ligado devido ao modo como o havia cuidado durante sua enfermidade, que visitassem as regiões da Grécia desconhecidas de ambos. Viajaram em todas as direções e buscaram cada local que pudesse permanecer na memória, mas, embora fossem de um lugar para outro, não pareciam prestar atenção ao que seus olhos viam. Ouviram muitas histórias sobre assaltantes, mas aos poucos deixaram de fazer caso deles, julgando serem produto da imaginação de indivíduos interessados em explorar a generosidade daqueles que eles protegiam contra perigos imaginários. Por negligenciarem o conselho dos habitantes locais, em certa ocasião viajavam com apenas alguns guardas, que mais serviam de guias que de proteção. Porém, ao entrarem por um estreito desfiladeiro, em cujo fundo corria o leito de uma correnteza, entre grandes blocos de rocha caídos das escarpas vizinhas, tiveram motivo para se arrepender de sua negligência. Assim que o grupo penetrou no passo, foi surpreendido pelo zunido de balas passando rente a suas cabeças e pelo eco dos disparos das armas. Num instante, os guardas os deixaram e, escondendo-se detrás de rochas, passaram a atirar na direção dos disparos. Lord Ruthven e Aubrey, seguindo-lhes o exemplo, refugiaram-se atrás de uma curva do desfiladeiro. Logo, entretanto, envergonhados por serem detidos daquela forma pelos bandidos, que com gritos insultuosos os desafiavam a avançar, e sujeitos a morrer sem luta caso algum assaltante os surpreendesse pelas costas, decidiram avançar ao encontro do inimigo. Mal deixaram a proteção das rochas quando Lord Ruthven foi derrubado por um tiro no ombro. Aubrey correu para ajudá-lo e, sem fazer caso dos disparos ou da própria segurança, surpreendeu-se por ver os assaltantes à sua volta. Assim que Lord Ruthven foi ferido, os guardas de imediato ergueram os braços e renderam-se.

Prometendo-lhes uma boa recompensa, Aubrey convenceu os bandidos a levarem o amigo ferido para uma cabana próxima. Depois de concordar com um resgate, deixou de incomodar-se com a presença deles, que se limitavam agora a guardar a porta até que o comparsa que partira com uma ordem de pagamento voltasse com a quantia prometida. As forças de Lord Ruthven declinaram depressa. Dois dias depois a gangrena instalou-se, e a morte pareceu avançar a passos rápidos. Sua conduta e aparência continuavam as mesmas; ele parecia tão indiferente à dor quanto o fora a tudo ao seu redor. Chegando ao fim da última tarde, porém, sua mente pareceu agitar-se, e com frequência ele fixava o olhar em Aubrey, que se viu compelido a oferecer-lhe ajuda com mais ímpeto que o costumeiro.

– Ajude-me! Você pode me salvar! Pode fazer mais que isto... Não me refiro a minha vida, pois me importa tão pouco o fim de minha existência quanto o de um dia. Mas você pode salvar minha honra, a honra de seu amigo.

– Como? Diga-me como! Farei qualquer coisa – respondeu Aubrey.

– Preciso de pouca coisa. Minha vida se esvai e não posso explicar tudo. Mas se ocultar o que sabe a meu respeito, aos olhos do mundo minha honra ficará livre de mácula. E se minha morte permanecer por algum tempo desconhecida na Inglaterra... eu... eu... Mas a vida...

– Eu nada direi.

– Jure! – gritou o moribundo, erguendo-se com violência furiosa. – Jure pelo que sua alma mais venera, por tudo que teme, jure não revelar por um ano e um dia* meus crimes ou minha morte a qualquer ser vivo, de forma alguma, a despeito do que aconteça ou do que veja.

Os olhos dele pareciam saltar das órbitas.

– Eu juro! – disse Aubrey.

Rindo, Lord Ruthven descaiu a cabeça sobre o travesseiro e expirou.

Aubrey retirou-se para descansar, mas não conseguiu dormir. Todas as peculiaridades de seu relacionamento com aquele homem vieram-lhe à mente, sem que soubesse o motivo. Ao recordar-se do juramento, sentiu calafrios, como se tivesse o pressentimento de que algo terrível o aguardava. Levantou-se cedo na manhã seguinte, e estava prestes a entrar na choupana onde deixara o morto quando foi abordado por um dos assaltantes, que lhe informou que o corpo já não estava lá, pois ele e seus companheiros o tinham levado para o alto de um monte próximo, cumprindo a promessa feita ao falecido de que, após sua morte, ele seria exposto ao primeiro

* Um ano e um dia é um período especificado em algumas matérias legais para garantir a completude de um ano inteiro. [N. T.]

raio frio do luar. Atônito, Aubrey chamou alguns homens e decidiu enterrá-lo onde o tinham deixado. Chegando ao cume, porém, não encontrou qualquer vestígio do corpo ou das vestes, embora os bandidos jurassem identificar a pedra exata sobre a qual o haviam deixado. Por algum tempo sua mente perdeu-se em conjeturas, e ele acabou regressando convencido de que haviam enterrado o corpo para ficarem com as roupas.

Desgostoso com o país onde sofrera tantos infortúnios terríveis, e onde tudo parecia conspirar para alimentar a melancolia supersticiosa que se apossara dele, decidiu partir, e logo chegou a Esmirna.* Enquanto esperava por um barco que o levasse a Otranto ou a Nápoles, ocupou-se arrumando os pertences de Lord Ruthven que conservara consigo. Entre eles, achou um estojo com várias armas de ataque, concebidas de modo a garantir a morte da vítima. Havia várias adagas e iatagãs.** Manuseando-os e examinando as formas estranhas, surpreendeu-se ao encontrar uma bainha ornamentada no mesmo estilo da adaga que trouxera da cabana fatídica. Estremeceu e correu a obter novas provas – encontrou a arma, e imagine-se o horror que sentiu ao descobrir que seu formato incomum se encaixava à bainha que tinha em mãos! Os olhos dele não precisavam de mais nenhuma prova e pareciam presos à adaga. Ainda assim desejava não crer, mas a forma peculiar e os mesmos tons cambiantes, que igualavam em esplendor o cabo e a bainha, não deixavam margem a dúvidas. E havia sinais de sangue em ambos.

Deixou Esmirna. Em Roma, já a caminho de casa, sua primeira preocupação foi informar-se sobre a jovem que tentara subtrair às garras sedutoras de Lord Ruthven. Os pais dela estavam alquebrados, financeiramente arruinados, e nada sa-

---

* Antiga cidade grega, atual Izmir, situada na costa do mar Egeu. Tomada pelo Império Otomano no século 15, hoje faz parte da Turquia. [N. T.]

** Antiga espada turca, com lâmina curta e curva. [N. T.]

biam dela desde a partida do nobre. Aubrey quase não suportou tanto horror. Ele temia que ela também tivesse caído vítima do destruidor de Ianthe. Tornou-se sombrio e silencioso, interessado apenas em apressar os postilhões, como se disso dependesse a vida de algum ente querido. Chegou a Calais,* e uma brisa, que parecia obedecer à sua vontade, logo o levou a terras inglesas. Dirigiu-se depressa à mansão da família, onde por um momento os abraços e carinhos da irmã pareceram dissipar todas as lembranças do ocorrido. Se antes ela conquistara o afeto dele com seu carinho infantil, agora que se tornava mulher era ainda mais encantadora como companhia.

Miss Aubrey não tinha a graça gloriosa que conquista o olhar e o aplauso dos frequentadores das reuniões sociais. Nada havia daquela luminosidade fugaz que só existe no ambiente sufocante de um salão lotado. O brilho dos olhos azuis nunca indicara uma mente leviana. Havia neles um encanto melancólico que não parecia advir do sofrimento, mas de algum sentimento íntimo que sugeria uma alma cônscia de uma esfera superior. Seu caminhar não era aquele passo inconsequente que se desvia rumo a uma borboleta ou cor atraente, mas era sereno e ponderado. Sozinha, nunca um sorriso de alegria iluminava seu rosto; mas quando o irmão lhe demonstrava afeto, e junto dela esquecia os pesares que ela sabia lhe terem roubado a serenidade, quem trocaria seu sorriso pelo de qualquer cortesã? Parecia que aqueles olhos, aquele rosto, tocavam a própria e doce música interior. Aos dezoito anos, ainda não fora apresentada à sociedade, já que seus tutores haviam julgado mais apropriado esperar a volta do irmão, que deveria acompanhá-la nas festas e formalidades de praxe.

Decidiu-se que a apresentação da moça às "altas rodas" ocorreria na próxima reunião social, que aconteceria em breve.

---

* Cidade portuária da França, situada no ponto mais estreito do canal da Mancha, que separa as ilhas britânicas do continente europeu. Assim, constitui a cidade francesa mais próxima da Inglaterra. [N. T.]

Aubrey teria preferido recolher-se à mansão de seus ancestrais e cultivar a melancolia que o dominava. Não encontrava interesse na frivolidade mundana, depois de sua mente ter sido dilacerada pelos eventos recentes, mas decidiu sacrificar o conforto pela proteção da irmã. Chegaram à cidade com um dia de antecedência, em preparação para a reunião que atrairia toda a alta sociedade.

Uma multidão estava reunida. Durante algum tempo não houvera qualquer acontecimento social, e todos aqueles que ansiavam por banhar-se à luz dos sorrisos da realeza acorreram ansiosos. Aubrey estava lá com a irmã. Enquanto se isolava a um canto, ignorando todos ao redor e perdendo-se na lembrança de que naquele exato local vira Lord Ruthven pela primeira vez, sentiu o braço ser agarrado, enquanto uma voz que reconheceu claramente sussurrava-lhe ao ouvido: "Lembre-se do juramento". Quase lhe faltou coragem para virar-se, temendo ver um espectro que o fulminaria, quando perto de onde estava distinguiu a mesma figura que lhe atraíra a atenção naquele local, na noite em que fora apresentado à sociedade. Fitou-o, até que suas pernas se recusassem a sustentar-lhe o peso, e teve de apoiar-se no braço de um amigo. Forçando passagem pela multidão, lançou-se dentro da carruagem, que o levou para casa. Percorreu o quarto com passos nervosos, com as mãos na cabeça, como se temesse que os pensamentos lhe arrebentassem o cérebro. Lord Ruthven de novo diante dele... as circunstâncias tão terríveis e incontroláveis... a adaga... o juramento. Levantou-se. Não podia crer que fosse possível... Os mortos voltando à vida! Julgou que a imaginação conjurava uma imagem na qual sua mente se fixava. Era impossível que fosse real. Assim, decidiu voltar a frequentar a sociedade. Tentou obter informações sobre Lord Ruthven, mas o nome congelou-se em seus lábios, e nada descobriu. Algumas noites depois, compareceu com a irmã à recepção oferecida por alguém de suas relações. Deixou-a sob os cuidados de uma matrona, retirou-se a um canto mais quieto e ali se deixou levar por seus pensamentos obsessivos. Ao perceber que muitos já partiam, abandonou o devaneio e, em outro aposento, encontrou a irmã rodeada de gente, com quem parecia conversar, animada. Tentando aproximar-se, pediu a alguém que lhe desse passagem, e, quando a pessoa se virou, o rosto que viu era do homem que tanto abominava. Atirando-se para a frente, agarrou o braço da irmã e, com passos rápidos, puxou-a em direção à saída. Na porta, viu-se barrado pela multidão de criados à espera dos patrões; enquanto lutava para passar por eles, novamente ouviu a voz sussurrar-lhe: "Lembre-se do juramento!". Não ousou se voltar para ver e, apressando a irmã, logo chegaram em casa.

Aubrey quase enlouqueceu. Se antes sua mente já estava obcecada, quanto não estaria agora, quando lhe pesava nos pensamentos a certeza de que o monstro estava vivo de novo! As atenções da irmã eram agora ignoradas, e em vão ela pedia uma explicação para aquela conduta tão ríspida. As poucas palavras que ele dizia a deixavam aterrorizada. Quanto mais Aubrey pensava, mais se acentuava seu espanto. Era assombrado pelo juramento que fizera; deveria, então, permitir que o demônio vagasse entre aqueles que lhe eram caros, espalhando a destruição, sem tentar impedi-lo? Sua irmã poderia ter sido tocada por ele. Entretanto, ainda que rompesse o juramento e revelasse suas suspeitas, quem lhe daria crédito? Pensou em livrar o mundo do miserável com as próprias mãos, mas até a morte, lembrou-se, já havia sido ludibriada. Passou dias nesse estado, trancado no quarto sem receber ninguém, comendo apenas quando a irmã lhe suplicava, com os olhos rasos d'água, que o fizesse pelo bem dela. Chegou a hora em que, incapaz de suportar a quietude e a solidão, deixou a casa e vagou pelas ruas, ansiando escapar da imagem que o assombrava. Descuidou-se da aparência e passou a andar a esmo, fosse sob o sol do meio-dia ou na umidade da meia-noite. Ficara irreconhecível. A princípio voltava para casa ao entardecer, mas, com o tempo, passou a deitar-se para descansar onde quer que a fadiga o vencesse. A irmã, preocupada com a segurança de Aubrey, colocava pessoas para segui-lo, que logo eram deixadas para trás por ele, que fugia de um perseguidor mais veloz que qualquer outro – seus pensamentos. O comportamento de Aubrey, porém, mudou de repente. Assaltado pela ideia de que, ao ausentar-se, teria abandonado os amigos, inadvertidos da presença do demônio entre eles, decidiu retornar à vida social e vigiá-los de perto, de forma que pudesse alertar, a despeito do juramento, todos aqueles a quem Lord Ruthven se insinuasse. Mas, quando entrava num recinto, sua aparência abatida e desconfiada causava má impressão, e seus tremores internos eram tão visíveis que sua irmã, por fim, viu-se compelida a lhe pedir que, pelo bem dela, deixasse de frequentar aqueles ambientes que tanto o abalavam. Os protestos mostraram-se ineficazes, e os tutores decidiram intervir. Temendo que estivesse perdendo a razão, acharam que era hora de fazer de novo valer a confiança depositada neles pelos pais de Aubrey.

Para resguardá-lo das ofensas e sofrimentos que todos os dias encontrava em suas andanças, e impedi-lo de expor em público os sintomas do que julgavam ser loucura, contrataram um médico para morar na residência e cuidar dele o tempo todo. Ele mal parecia notar, tão obcecado estava com aquele único e terrível tema. Sua incoerência finalmente atingiu tamanha magnitude que foi confinado a seus aposentos. Ali ficava deitado por dias, incapaz de levantar-se. Estava emaciado, e seus olhos tinham adquirido um brilho vítreo. Os únicos sinais remanescentes de afeto e memória revelavam-se quando a irmã ia vê-lo. Nessas ocasiões, tinha às vezes um sobressalto e, segurando-lhe as mãos, com olhares que a afligiam, implorava que cumprisse um desejo seu.

– Não o toque! Se tem algum amor por mim, não se aproxime dele!

No entanto, quando ela perguntava a quem se referia, sua única resposta era "É verdade! É verdade!", e voltava a mergulhar num estado do qual nem mesmo ela conseguia tirá-lo. Assim se passaram vários meses, mas aos poucos, com o correr do ano, a incoerência dele tornou-se menos frequente. O desalento diminuiu, e os tutores notaram que várias vezes por dia ele contava nos dedos um número definido, e então sorria.

O prazo do juramento se aproximava do fim quando, no último dia do ano, um dos tutores entrou no quarto e comentou com o médico como era triste que Aubrey estivesse num estado tão terrível quando sua irmã estava para se casar no dia seguinte. Aquilo atraiu de imediato a atenção de Aubrey, que perguntou, ansioso, quem era o noivo. Satisfeitos com esse sinal do retorno do intelecto, que temiam que Aubrey houvesse perdido, disseram o nome do conde de Marsden. Julgando tratar-se de um jovem conde que vira nas reuniões, Aubrey pareceu feliz, surpreendendo-os ao expressar o desejo de comparecer às bodas. Pediu para ver a irmã, o que lhe foi negado, mas em questão de minutos ela foi visitá-lo. Ele novamente parecia estar suscetível aos efeitos daquele sorriso adorável. Estreitou-a contra o peito e beijou-lhe a face, molhada pelas lágrimas que corriam diante do pensamento de que o irmão voltava a nutrir sentimentos de afeição. Ele passou a falar com o carinho de outrora, felicitando-a pelo casamento com alguém tão distinto e de tantos predicados, e de repente percebeu um medalhão no pescoço da irmã. Abrindo-o, ficou atônito ao ver o rosto do monstro que por tanto tempo vinha afligindo sua vida. Num paroxismo de fúria, arrancou o medalhão e esmagou-o sob os pés. Quando ela perguntou por que destruíra a imagem de seu futuro marido, ele a olhou, parecendo não entender. Em seguida, segurou as mãos dela e encarou-a com expressão desesperada, suplicando que jurasse nunca se casar com aquele monstro, pois ele... Não conseguiu continuar; aquela voz parecia outra vez reiterar que não esquecesse o juramento. Virou-se de súbito, julgando que Lord Ruthven estivesse próximo, mas não viu ninguém. Enquanto isso, os tutores e o médico tinham escutado tudo, e, julgando que ele tivesse sofrido uma recaída, entraram para separá-lo à força de miss Aubrey, pedindo a ela que saísse. Aubrey caiu de joelhos aos pés deles e implorou que adiassem o casamento por um único dia. Atribuindo o pedido à insanidade que acreditavam possuí-lo, tentaram acalmá-lo e retiraram-se.

Lord Ruthven aparecera para visitá-lo no dia seguinte ao da reunião e, como todos os outros que o fizeram, não fora recebido. Ao tomar conhecimento da enfermidade de Aubrey, de pronto adivinhou-lhe a causa; mas, quando soube que o consideravam insano, mal conseguiu ocultar dos portadores da notícia sua alegria e seu prazer. Apressou-se em ir até a casa do antigo companheiro, tornando-se presença constante. Fingindo profunda afeição pelo doente e muito interesse por seu destino, aos poucos ganhou a atenção de miss Aubrey. Quem poderia resistir ao poder dele? Sua língua tinha perigos e façanhas a narrar. Dava a entender não sentir afeição por qualquer pessoa no planeta, salvo aquela a quem se dirigia. Contava como, desde que a conhecera, sua existência começara a valer a pena, ainda que fosse apenas para ouvir a voz reconfortante da donzela. Em suma, por dominar tão bem as artes da serpente, conquistou-lhe o afeto, ou talvez fossem estes os desígnios do destino. Ao obter, finalmente, o título da linhagem mais antiga de sua família, foi nomeado para uma importante embaixada – e isso lhe deu um pretexto para antecipar o casamento (a despeito do estado perturbado do irmão dela), que ocorreria um dia antes de sua partida para o continente.

Ao ser deixado só pelo médico e pelos tutores, Aubrey tentou em vão subornar os criados. Pediu pena e papel, e escreveu uma carta à irmã, implorando-lhe que, se acaso desse valor à própria felicidade, à sua honra e à daqueles que já estavam no túmulo e que outrora a haviam carregado nos braços como sua esperança e esperança de sua linhagem, retardasse por algumas horas o casamento, sobre o qual proferiu as mais pesadas maldições. Os criados prometeram entregar a carta, mas levaram-na para o médico, que achou melhor não incomodar ainda mais miss

Aubrey com o que considerava os delírios de um louco. A noite escoou sem qualquer descanso para os moradores da casa. Aubrey ouviu, com um horror que é mais fácil imaginar que descrever, os sons de todos os preparativos. De manhã, o ruído de carruagens assaltou-lhe os ouvidos, e ele ficou quase frenético. A curiosidade dos criados finalmente venceu a diligência, e todos se foram, deixando-o sob a guarda de uma pobre idosa. Aproveitou a oportunidade e de um salto deixou o quarto; num instante, achou-se no salão onde estavam todos reunidos. Lord Ruthven foi o primeiro a percebê-lo. Aproximou-se de imediato, agarrou-o pelo braço e tirou-o do aposento, em um silêncio de ódio. Nas escadarias, Lord Ruthven sussurrou-lhe ao ouvido:

– Lembre-se do juramento, e saiba que, se sua irmã não se tornar minha noiva hoje, será desonrada. As mulheres são fracas!

Assim dizendo, empurrou-o na direção dos criados que, alertados pela idosa, estavam à procura do patrão. Aubrey já não conseguia controlar-se, pois sua fúria, sem ter como extravasar-se, rompera um vaso sanguíneo. Conduziram-no para a cama. Nada disseram à sua irmã, que não se encontrava presente quando ele entrou na sala, pois o médico quis poupá-la. O casamento foi oficiado, e o casal deixou Londres.

A fraqueza de Aubrey aumentou. A efusão de sangue produziu sintomas que indicavam que ele se encontrava a um passo da morte. Pediu que os tutores da irmã fossem chamados e, ao soar da meia-noite, relatou de forma clara o que o leitor acaba de ler. Em seguida morreu.

Os tutores apressaram-se para proteger miss Aubrey, mas chegaram tarde demais. Lord Ruthven desaparecera, e a irmã de Aubrey havia saciado a sede de um VAMPIRO!

John William Polidori (1795-1821) foi um médico e escritor inglês, conhecido por seu envolvimento com o movimento

Romântico. Nasceu em Londres, filho de um intelectual italiano emigrado e uma inglesa. Aos 19 anos, em 1815, concluiu o curso de Medicina pela Universidade de Edimburgo, apresentando uma tese que versava sobre o sonambulismo. Foi o mais jovem formando da instituição até aquela data.

No ano seguinte, quando ainda não era legalmente maior de idade, passou a desempenhar a função de médico pessoal de Lord Byron e acompanhou-o em uma viagem pela Europa. Na Suíça, encontraram-se com Mary Wollstonecraft Godwin, o futuro marido dela, o poeta Percy Bysshe Shelley, e Claire Clairmont, meia-irmã de Mary e então amante de Byron.

Durante a estada na Suíça, a relação entre Polidori e Byron rapidamente azedou. Em uma carta, Byron revelava estar cansado do mau-humor, da futilidade e da vaidade do secretário: "Era exatamente o tipo de pessoa a quem, se caísse do barco, estender-se-ia uma palhinha para verificar se é certo o adágio de que um náufrago se agarra a qualquer coisa".* Polidori parecia querer equiparar-se a ele. Certo dia, perguntou a Byron o que, além de escrever versos, o nobre poderia fazer melhor do que ele, ao que Byron teria respondido: "Três coisas. Primeiro, atingir o buraco da fechadura daquela porta com um tiro. Segundo, atravessar a nado aquele rio. E terceiro, dar-te uma boa sova".**

Byron podia ter certa razão ao irritar-se, mas não se deve esquecer que Polidori era muito jovem e inexperiente demais para estar na companhia de algumas das personalidades mais brilhantes da Europa. Tentava desesperadamente ser uma figura romântica, mas era inábil em lidar com os outros e com a própria vida.***

Dispensado por Byron, Polidori partiu para a Itália em setembro de 1816 e viajou pelo país por quase um ano. Voltou à Inglaterra e tentou se estabelecer como médico em Norwich,

* Christopher Frayling, 1991, p. 12.

** Jeffrey Hoeper, 2000.

*** William Patrick Day, 1991.

mas desistiu da profissão e mudou-se para Londres, onde passou a estudar Direito. Ao mesmo tempo, deu início a uma curta carreira literária.

Morreu em agosto de 1821, angustiado pela depressão e por dívidas de jogo. Apesar da forte evidência de que tivesse se suicidado com a ingestão de ácido prússico, o relatório do legista atestou morte por causas naturais ("pela visita de Deus"), talvez para evitar problemas para a família.

Sua irmã Charlotte transcreveu seus diários, mas censurou as "passagens pecaminosas" e destruiu o original. Essa versão editada foi publicada em 1911.

Polidori não chegou a se destacar como escritor. Publicou um romance e dois volumes de poesia. Quanto a estes últimos, seu sobrinho Dante Gabriel Rossetti admite não serem bons, acrescentando que a prosa do tio era muito melhor.*

Mesmo sendo um escritor de pouco talento, Polidori conseguiu entrar para a história da literatura fantástica com sua única obra de sucesso. Enquanto ainda estava na Suíça, foi incentivado pela condessa de Breuss, que morava a pouca distância da Villa Diodati, a dar continuidade ao fragmento que Byron escrevera algumas noites antes, durante a hoje famosa competição de contos de fantasmas envolvendo Byron, Percy, Mary e o próprio Polidori. Em três dias nasceu o conto, no qual o vampiro fazia sua estreia na prosa de ficção em língua inglesa. Em vez de usar o morto-vivo bestial e repugnante do folclore, Polidori criou um personagem claramente inspirado em Lord Byron, que ele batizou como Lord Ruthven (pronuncia-se "Ríven"). A escolha do nome não foi fortuita: ele já tinha sido usado antes por Caroline Lamb, ex-amante de Lord Byron, no romance *Glenarvon* (1816), para um personagem baseado nele, de forma inequívoca e nada lisonjeira. Agora servia também para um gesto vingativo de Polidori que, por mais infantil e óbvio que possa ter sido, cumpriu e cumpre seu propósito até os dias de hoje, de forma admirável.

* William Michael Rossetti, 1895, p. 33.

Lord Ruthven foi o primeiro vampiro da ficção na forma que hoje reconhecemos: um vilão aristocrático que encontra suas vítimas entre a alta sociedade. Típico do gênero gótico, exerce uma atração magnética sobre as pessoas, é sedutor e ao mesmo tempo está cercado por uma aura sobrenatural e de horror. Essa combinação de características atraentes e repulsivas aparece também nos descendentes literários de Lord Ruthven. Polidori transformou o vampiro mítico, unidimensional e que só sai à noite para sugar o sangue dos vivos numa criatura plenamente inserida no mundo humano.*

"The Vampyre" saiu publicado em abril de 1819 e foi um sucesso imediato. Na Inglaterra, o conto teve cinco edições nesse mesmo ano, e logo foi traduzido para o francês e para o alemão. O êxito adveio não apenas porque o conto explorava o horror gótico, então do agrado do público, mas também por sua autoria ter sido atribuída a Byron. Não se sabe exatamente como isso aconteceu. Ao que parece, Polidori foi ingênuo o suficiente a ponto de deixar o manuscrito com a condessa de Breuss, por intermédio de quem o conto acabou chegando às mãos do editor Henry Colburn, que o publicou na *New Monthly Magazine*. A publicação como obra de Byron pode ter sido apenas um equívoco do editor, ou um ato de má-fé para tirar proveito da notoriedade do poeta.

O episódio contrariou tanto Polidori quanto Byron. Polidori imediatamente escreveu uma carta reivindicando a autoria do conto. Byron também se manifestou, para negar qualquer envolvimento com o texto. No ano seguinte ele publicou o próprio fragmento, tentando eximir-se de qualquer culpa, mas por essa altura "O vampiro" já ganhara fama como obra sua.

É compreensível que Byron não quisesse ser associado a "O vampiro", inclusive pelo estilo nada inspirado de Polidori. As metáforas muitas vezes triviais e a prosa rebuscada e cheia

* Raymond T. McNally, 1975, p. 62.

de desvios podem cansar o leitor, mas o fato é que os fãs da literatura vampírica têm uma dívida de gratidão para com Polidori. Ao completar a história de Byron, mesmo que por motivos pouco altruístas, criou o padrão que viria a definir o vampiro na literatura e, posteriormente, em todas as mídias do século 20.

O vampiro Lord Ruthven ganhou tremenda popularidade e passou a ser usado por outros escritores já em 1820, quando Cyprien Bérard publicou, na França, seu livro *Lord Ruthwen ou Les vampires*, uma continuação ao conto de Polidori. A adaptação teatral do conto, por Charles Nodier, desencadeou uma verdadeira vampiromania no teatro francês, que se espalhou pela Europa.

Um aspecto interessante é que, no conto original, o vilão Ruthven não sofre nenhuma punição por seus crimes, detalhe que deve ter sido escandaloso para os padrões da época. Talvez por visarem a plateias mais amplas, as sequências teatrais e literárias viram-se forçadas a dar ao nobre vilão os castigos que o subversivo Polidori nunca lhe deu.

Em última análise, foi Lord Ruthven, idealizado por Polidori, baseado em Lord Byron e popularizado por Nodier, quem abriu o caminho para que, quase oitenta anos depois, o Conde Drácula surgisse e estabelecesse de vez o vampiro na cultura popular do mundo todo. Curiosamente, ao contrário de seus descendentes Carmilla e Drácula, Lord Ruthven parece nunca ter chegado às telas, embora tenha feito aparições pontuais nas histórias em quadrinhos.

Polidori foi por muito tempo ignorado e até vilipendiado. Demorou para que fosse reconhecido como autor do conto, e até pelo menos a década de 1950 havia quem duvidasse de seu papel no desenvolvimento da ficção vampírica.

Apenas em 1998 mereceu o reconhecimento de ter uma placa comemorativa na rua onde nasceu.

Fragmento de um relato

(1816)

Lord Byron

No ano de 17__, tendo algum tempo antes deliberado sobre uma jornada através de países não muito visitados pelos viajantes, parti na companhia de um amigo, a quem chamarei Augustus Darvell. Alguns anos mais velho que eu, era um homem de considerável fortuna e de família tradicional, privilégios que uma tremenda capacidade o impedia tanto de menosprezar quanto de superestimar. Certas circunstâncias peculiares de sua história particular tornaram-no objeto de minha atenção, de interesse e até de apreço, que nem mesmo suas maneiras reservadas ou as indicações ocasionais de uma inquietude, que por vezes beirava a alienação mental, podiam extinguir.

Eu ainda era jovem, embora tivesse começado cedo a viver a vida. Minha convivência com ele era recente. Tínhamos sido educados nas mesmas escolas e na mesma universidade, mas seu progresso escolar precedera o meu, e ele já era um profundo iniciado no que se chama mundo, enquanto eu ainda era apenas um aprendiz. Estando assim ocupado, ouvia muita coisa sobre sua vida passada e presente. Embora tais relatos trouxessem contradições, muitas e irreconciliáveis, o todo me permitia depreender que ele não era um ser comum, mas alguém que, mesmo que se esforçasse para não ser notado, de qualquer forma seria notável. Posteriormente, cultivei um relacionamento e me empenhei em ganhar sua amizade, mas esta parecia inatingível. Parecia que, de quaisquer afeições que ele pudesse ter sentido, umas haviam-se extinguido; outras, se concentrado. Que seus sentimentos eram agudos tive suficientes oportunidades de constatar, pois, embora ele os pudesse controlar, não conseguia dissimular. No entanto, tinha o poder de dar a uma paixão a aparência de outra, de tal forma que era difícil definir a natureza do que se passava em seu interior; a expressão das feições podia variar tão depressa, embora sutilmente, que era inútil traçá-la até sua origem. Era evidente que alguma inquietação sem cura o dominava; mas se advinha de ambição, amor, remorsos, pesar, de um destes ou de todos, ou meramente de um temperamento mórbido beirando a enfermidade, não fui capaz de descobrir. Poderiam ser aventadas circunstâncias que justificariam a ação de qualquer dessas causas; no entanto, como já afirmei, tudo era tão contraditório que nenhuma delas poderia ser apontada com precisão. Onde existe mistério, em geral considera-se que deva também existir o mal. Não sei como é possível, mas nele com certeza havia o primeiro, embora eu não pudesse avaliar a extensão do segundo – e relutava, tanto quanto o conhecia, a crer em sua existência. Meus avanços eram recebidos com frieza, mas eu era jovem e não era passível de ser desencorajado com facilidade, até que, por fim, tive êxito em alcançar, até certo ponto, aquela interação constituída por lugares comuns e a confiança moderada das tribulações corriqueiras e cotidianas, criadas e cimentadas pela similitude de objetivos e pela constância da convivência, que é chamada intimidade, ou amizade, de acordo com as ideias de quem usa tais termos para expressá-las.

Darvell era muito viajado, e foi a ele que recorri em busca de informação, com vista ao planejamento de minha viagem. Era meu desejo secreto que ele pudesse ser persuadido a acompanhar-me. Era também uma esperança plausível, fundada na nebulosa inquietude que observava nele, e que ganhava novas forças ante a empolgação que ele parecia sentir com tais assuntos e sua aparente indiferença por tudo que o cercava mais de perto. Esse desejo primeiramente insinuei, e depois expressei. A resposta, embora em parte fosse esperada, proporcionou-me todo o prazer da surpresa – ele consentiu. E, depois de todos os preparativos necessários, demos início a nossa viagem. Após passarmos por vários países do sul da Europa, nossa atenção se voltou para o Leste, de acordo com nosso destino original. E foi durante o percurso através dessas regiões que ocorreu um incidente, origem do que tenho a relatar.

A constituição de Darvell, que, a julgar por sua aparência, na infância deveria ter sido mais robusta que o normal, havia algum tempo vinha se deteriorando aos poucos, sem a existência de uma doença aparente. Ele não tinha tosse ou febre, no entanto enfraquecia mais a cada dia. Seus hábitos eram moderados, e ele não esmorecia ou se queixava de fadiga, mas ainda assim era evidente que aquilo o estava consumindo. Tornou-se mais e mais silencioso e insone, e por fim mostrava-se tão alterado que minha apreensão aumentou na proporção do que eu julgava ser o perigo que ele corria.

Decidimos que, chegando a Esmirna, faríamos uma excursão às ruínas de Éfeso e Sárdis.* Tratei de dissuadi-lo da ideia, dado seu estado de indisposição. Em vão; parecia haver uma opressão em sua mente e uma solenidade em seus modos que não se coadunavam com aquela ânsia em dar prosseguimento ao que eu julgava ser um mero capricho, pouco adequado a um enfermo. Não mais criei oposição, e dali a poucos

* A cidade de Éfeso chegou a ter 250 mil habitantes, constituindo um importante porto e centro de comércio. Sárdis foi capital do reino da Lídia. Ambas são citadas na Bíblia, e suas ruínas são destinos turísticos (especialmente com ênfase religiosa) até hoje. [N. T.]

dias partimos juntos, acompanhados apenas de um *serrugee* e um único janízaro.*

Estávamos já na metade do caminho em direção às ruínas de Éfeso, deixando para trás a região mais fértil de Esmirna, e percorríamos aquele trecho selvagem e desabitado que cruza pântanos e desfiladeiros e que leva até as poucas cabanas que ainda restam ao redor das colunas partidas de Diana** – as paredes destelhadas da cristandade expulsa, e a mais recente e, ainda assim total, desolação das mesquitas abandonadas –, quando um súbito e rápido mal-estar de meu companheiro obrigou-nos a fazer uma parada em um cemitério turco, cujas lápides encimadas por turbantes eram a única indicação de que a vida humana em algum momento tivesse visitado aquele local solitário. O único caravançará*** que víramos ficara horas para trás, nenhum vestígio de vila ou mesmo de cabana estava visível, e aquela "cidade dos mortos"**** parecia ser o único abrigo para meu desafortunado amigo, que estava a ponto de tornar-se o último de seus habitantes.

Naquela situação, olhei em volta procurando um local mais apropriado para nosso descanso. Ao contrário do aspecto usual dos campos-santos maometanos, os ciprestes aqui eram poucos e esparsos. A maioria das lápides estava caída, gasta pela idade. Sobre uma das mais imponentes, e sob uma das árvores mais esparramadas, Darvell apoiou-se, numa posição semirreclinada, com grande dificuldade. Pediu água. Eu tinha

* A palavra *serrugee* parece ter sido inventada por Byron. Janízaro é um soldado da guarda de elite do exército turco, criada no século 14 e desfeita em 1826. [N. T.]

** O Templo de Diana, mais corretamente chamado de Templo de Ártemis, era considerado uma das sete maravilhas do mundo antigo. [N. T.]

*** Abrigo para hospedagem das caravanas. [N. T.]

**** Tradução literal do termo "necrópole" (do grego *necro*, "morto", e *polis*, "cidade"), também aplicado a cemitérios. [N. T.]

algumas dúvidas quanto a poder encontrá-la, mas preparei-me para sair à procura, numa hesitação desanimada. Mas ele desejava que eu ficasse e, voltando-se para Suleiman, o janízaro, que junto de nós fumava com grande tranquilidade, disse:

– Suleiman, *verbana su*. – Isto é, "traga-nos água".

Depois prosseguiu, descrevendo com grande minúcia o local onde poderia ser encontrada, em um pequeno poço para camelos, poucas centenas de jardas para a direita. O janízaro obedeceu.

Perguntei a Darvell:

– Como você sabe isso?

Ele respondeu:

– Por nossa localização. Você deve notar que este lugar foi um dia habitado, e não o teria sido se não houvesse fontes. E também por já ter estado aqui antes.

– Você esteve aqui antes! Como nunca mencionou isso? O que teria você vindo fazer neste lugar onde ninguém ficaria nem um momento sequer além do necessário?

Para essa questão não obtive resposta. Nesse ínterim, Suleiman retornou com a água, deixando o *serrugee* e os cavalos na fonte. Saciar a sede pareceu revivê-lo por um momento, e acalentei esperanças de que ficasse bem para prosseguir ou ao menos retornar, implorando-lhe que tentasse. Ele ficou em silêncio e pareceu reunir forças num esforço para falar. Começou:

– Este é o final de minha jornada, e de minha vida. Vim aqui para morrer, mas tenho um pedido para você, ou antes, uma ordem, e estas devem ser minhas últimas palavras. Você me atenderá?

– Certamente, mas ainda tenho esperanças.

– Não tenho esperanças, ou qualquer desejo senão este: oculte minha morte a todo olhar humano.

– Espero não ser necessário. Vai se recuperar, e...

— Paz! Assim deve ser, prometa-me.

— Prometo.

— Jure, por tudo o que...

E então ele proferiu um juramento de grande solenidade.

— Não há necessidade disso. Vou atender a seu pedido, e duvidar de mim é...

— Não há outro modo; é preciso que jure.

Fiz o juramento, o que pareceu aliviá-lo. Ele removeu do dedo um anel de sinete, gravado com alguns caracteres arábicos, e o estendeu para mim. Continuou:

— No nono dia do mês, ao meio-dia precisamente (o mês que quiser, mas esse deve ser o dia), jogue este anel nas fontes salgadas que fluem para a baía de Elêusis.* No dia seguinte, à mesma hora, vá às ruínas do templo de Ceres e espere por uma hora.

— Por quê?

— Você verá.

— O nono dia do mês, você diz?

— O nono.

Quando observei que estávamos no nono dia do mês, sua expressão se alterou, e ele fez uma pausa. Enquanto jazia ali, mais e mais debilitado, uma cegonha, carregando uma serpente no bico, pousou numa lápide perto de nós e, sem devorar a presa, pareceu encarar-nos fixamente. Não sei o que me levou a enxotá-la, mas a tentativa foi inútil. Ela voou em círculos e voltou exatamente ao mesmo ponto. Darvell apontou para ela e sorriu. Disse, não sei se para si mesmo ou para mim, apenas isto:

— Está bem assim.

— O que está bem? O que quer dizer?

---

* Hoje chamada de golfo de Elefsina. Às suas margens situa-se a cidade de Elêusis ou Eleusina, atualmente subúrbio da capital grega, Atenas, da qual dista dezoito quilômetros. [N. T.]

– Não importa. Você deve me enterrar esta tarde, exatamente onde aquela ave está agora. Já sabe o resto de minhas instruções.

Então passou a dar-me diversas orientações sobre o melhor modo de esconder sua morte. Ao terminar, perguntou:

– Vê aquela ave?

– Certamente.

– E a serpente que se contorce em seu bico?

– Sem dúvida. Não há nada incomum nisso, é sua presa natural. É estranho, contudo, que não a devore.

Ele sorriu de modo horrível e então disse, com a voz fraca:

– Ainda não é a hora!

Quando terminou de dizê-lo, a cegonha voou e se foi. Meus olhos a seguiram por um momento – não mais do que tardaria contar até dez. Senti o peso de Darvell aumentar sobre meu ombro e, voltando-me para olhar seu rosto, percebi que estava morto!

Fiquei chocado com a certeza repentina de que não podia ser um equívoco. Em poucos minutos, seu rosto escureceu quase por completo. Poderia ter atribuído a algum veneno aquela mudança tão súbita, acaso não soubesse que ele não tivera qualquer chance de ingeri-lo inadvertidamente. O dia terminava, o corpo se alterava depressa, e não restava nada a não ser atender a seu pedido. Com a ajuda do iatagã do janízaro e de meu próprio sabre, cavamos uma cova rasa no local indicado por Darvell. A terra cedeu com facilidade, tendo já recebido antes algum inquilino maometano. Escavamos tão fundo quanto o tempo nos permitiu, e, jogando a terra seca sobre o que restara daquela pessoa singular recentemente falecida, removemos alguns tufos de grama mais verde do solo menos ressequido ao nosso redor, colocando-os sobre o sepulcro.

Entre o espanto e a dor, não derramei uma lágrima.

George Gordon Byron (1788-1824), poeta e grande expoente do Romantismo inglês, nasceu em Londres, filho da escocesa Catherine Gordon e do capitão John Byron. O garoto foi levado pela mãe para Aberdeen, na Escócia, onde viveram na penúria. O pai, ausente, só aparecia para pedir dinheiro, e morreu na França, em 1791, num provável suicídio. Nascido com uma deformidade no pé direito, George mancava e era extremamente sensível quanto à sua condição, o que lhe afetou o caráter.

Com dez anos, herdou do tio-avô o título de Lord Byron e as propriedades da família, no condado de Nottingham, na Inglaterra, para onde se mudou com a mãe. Teve ainda cedo suas primeiras paixões e desilusões amorosas. Em 1805, entrou para o Trinity College, em Cambridge, onde ficou popular e se entregou a uma vida desregrada que o deixou muito endividado. Em 1806, publicou por conta própria seu primeiro volume de poemas, que recebeu fortes críticas e acabou sendo modificado e publicado com outro título. Ainda assim, não foi bem recebido. Em resposta, o autor publicou uma sátira anônima e mordaz sobre os críticos literários.

Nos anos seguintes, Byron continuou desfrutando os prazeres mundanos de Londres, a ponto de pôr em risco sua saúde. Após formar-se, em 1809, deixou a Inglaterra pela primeira vez, para o *Grand Tour* europeu que era então costumeiro para os jovens da nobreza. Viajou por Portugal, Espanha, Malta e Albânia, e em seguida pela Grécia, onde teve um caso de amor com um jovem que lhe ensinou italiano, e pela Turquia, onde atravessou a nado o estreito de Dardanelos.

Retornou ao solo inglês em 1811, e nos dois anos seguintes teve uma série de casos amorosos. Um deles, escandaloso, foi com Lady Caroline Lamb, que anos depois se vingaria em seu romance *Glenarvon* (1816), por meio de um personagem que era uma caricatura maldisfarçada e francamente ofensiva de Byron, batizado como Lord Ruthven.

Byron casou-se, em 1815, com Annabela Milbanke, que lhe deu uma filha, Ada. O casamento foi infeliz e durou pouco. Em 1816, após a separação, ele deixou a Inglaterra acompanhado de seu médico John William Polidori. Exilando-se na Europa continental, Byron buscava liberdade para prosseguir seu modo de vida, que afrontava os padrões morais da sociedade britânica. Foi para a Suíça, onde se encontrou com o poeta Percy Bysshe Shelley e a futura esposa dele, Mary Wollstonecraft Godwin, e a meia-irmã desta, Claire Clairmont, com quem Byron teve um caso e uma filha, Allegra. Daí foi para a Itália, onde teve uma série de amantes enquanto continuava escrevendo e publicando suas poesias. Em 1818, a venda da propriedade ancestral resolveu seus problemas financeiros, mas não sua insatisfação. Estava envelhecido, o cabelo longo e grisalho, e mergulhado em promiscuidade. Entretanto, logo em seguida iniciou um caso com uma condessa casada, envolveu-se na revolução da Itália contra o domínio austríaco e conheceu a fundo a vida do povo italiano. Foi um dos períodos mais produtivos e felizes de sua vida. Em 1822, quando morava em Pisa, onde também estavam os Shelley, morreram primeiro Allegra e depois Percy, que se afogou num naufrágio.

Foi para a Grécia em 1823, para tomar parte na luta pela independência do país. Em abril de 1824 adoeceu após tomar uma chuva, morrendo dez dias depois, em Mesolongi, na costa do mar Jônico. Seu coração foi enterrado lá, e o corpo foi embalsamado e enviado para a Inglaterra.

Lord Byron ainda hoje é tido como um dos maiores poetas europeus. O poema "Don Juan" (1819-1824) é considerado sua obra-prima, apesar de ter ficado inacabado. Outro trabalho muito conhecido é *A peregrinação de Childe Harold*, cujos dois primeiros cantos foram publicados em 1812, após seu retorno do *Grand Tour*, e valeram-lhe o sucesso no mundo literário. Logo depois disso, publicou *Oriental Tales*, "O Giaur", *O corsário* e *Lara*, obras também aclamadas. Assim, estabeleceu-se o chamado "herói byroniano", cuja origem remonta ao poeta inglês Milton, do século 17, e permeia a obra de Byron. O herói byroniano tem uma personalidade bem característica, idealizada, cheia de falhas que só fazem aumentar seu fascínio. É detentor de um talento imenso e comportamento apaixonado, e ao mesmo tempo é um rebelde que despreza as instituições sociais, a posição social e os títulos. Arrogante ou excessivamente confiante, marcado por amores frustrados, esconde um passado obscuro e sombrio. Todos esses traços levam a um comportamento autodestrutivo. Não por acaso essa descrição cai como uma luva no próprio poeta.

A fama de Byron deriva não só da obra que deixou, mas também de sua vida incomum, repleta de escândalos sexuais e atos excêntricos. Ele era o equivalente do *pop star* atual, e sua personalidade cativou a Europa.

Byron tornou-se o queridinho da época, sendo convidado para os melhores salões, agraciado com audiências com a realeza e alvo dos suspiros das mocinhas. Lady Caroline Lamb referiu-se a ele como "louco, perverso, e perigoso de conhecer".* Atraente, charmoso e com fama de mau, foi a estrela da temporada social de 1812 em Londres, mesma época em que a valsa entrava na moda. Por causa do problema no pé, não dançava e mantinha-se à parte, aparentemente cultivando um desprezo soturno pela frivolidade que o cercava, e isso aumentou ainda mais o fascínio e a atração sexual que exercia.**

Na verdade, o personagem público de Byron era confessamente uma imagem fabricada, a personificação calculada do próprio herói byroniano de sua poesia, e cristalizava a noção de que a vida podia ser tratada como teatro. Seu "olhar satânico" (*satanic scowl*) fora retirado dos vilões de

---

* "Mad, and bad, and dangerous to know", citado por Lezlie Kinyon, 2003.

** Lezlie Kinyon, 2003.

Ann Radcliffe.* Segundo sua ex-esposa, Annabella Millbanke, "a expressão byroniana era imitada por todo canto, por gente que praticava ao espelho, na esperança de conseguir a mesma curvatura do lábio superior, o mesmo franzir das sobrancelhas".**

Byron acabou por cansar-se da imagem que criara, mas já perdera o controle sobre a própria influência na sociedade. A máquina havia sido posta em movimento, e a sua *persona* seguiu criando monstros, num processo que dura até os dias de hoje.

Embora Lord Byron não tenha sido o primeiro nem na poesia nem na prosa vampírica, e seu "O Giaur" (1813) não tenha tido a mesma repercussão que "O vampiro" de Polidori, ninguém foi mais importante que ele na criação do mito do vampiro moderno – menos por sua produção literária que pela dramatização de sua vida. Até hoje se reconhecem nos vampiros (como Edward Cullen, da vilipendiada franquia *Crepúsculo*, grande sucesso comercial da primeira década do século 21, e Angel, herói da série de televisão homônima, de 1999 a 2004) as características do poeta: romântico, atraente, misterioso e trágico. Heróis com o poder vampírico da persuasão e um magnetismo sensual, por vezes homens de ação, mas nem por isso deixando de manter-se nas sombras, ocultando um segredo terrível, solitários e à margem da humanidade.***

O fascínio por ele continua atual, com Sociedades Byronianas ao redor do mundo e constantes lançamentos de livros e artigos a seu respeito. Byron aparece como personagem ficcional na literatura e no cinema. O romance *O vampiro* (1995), de Tom Holland, faz um amálgama de criador e criatura: nele,

---

* Christopher Frayling, 1991, p. 6.

** Lezlie Kinyon, 2003.

*** Lezlie Kinyon, 2003.

Byron é transformado em vampiro durante sua primeira visita à Grécia.

O passo decisivo para consolidar a imagem de Byron como o protótipo do vampiro atual foi dado por John William Polidori. Valendo-se do fragmento de uma história criada por Byron na Villa Diodati e logo em seguida abandonada, o ex-companheiro de viagem, agora desafeto, escreveu o conto "O vampiro", em que moldava o perverso vilão à imagem e semelhança do poeta, de forma explícita. Publicado em 1819, com autoria falsamente atribuída a Byron, por engano ou má-fé, o conto foi um sucesso total. Byron apressou-se em enviar uma carta a seu editor, negando ser o autor e acrescentando: "Além do mais, cultivo uma aversão pessoal aos vampiros, e a pouca familiaridade que tenho com eles de forma alguma me induziria a divulgar seus segredos".* Para demonstrar que o conto era alheio, publicou o próprio texto como um apêndice de *Mazeppa* (1820). A semelhança é incontestável. O declínio inexplicável de Darvell parece estar associado aos ataques de um vampiro, e ele mesmo aparenta estar se transformando em um. Não há, porém, menção alguma aos vampiros, e não seria demais supor que Byron tenha editado o texto antes da publicação, suprimindo qualquer menção a eles para distanciar-se do trabalho de seu antigo médico.

Seus esforços, no entanto, foram inúteis: "O vampiro" continuou um sucesso, e seguiu sendo atribuído a ele. Por ironia, foi com esse conto (*Le Vampire, nouvelle traduite de l'anglais de Lord Byron*) que a obra de Byron finalmente se estabeleceu na França. O sucesso no país foi tão grande que, mesmo depois de esclarecida a questão da autoria, os leitores protestaram pela supressão do conto na segunda edição das obras de Byron, e ele voltou a ser incluído na terceira edição,

---

* Jeffrey D. Hoeper, 2000.

com a explicação: "Decidimos ceder à pressão de numerosos leitores, ressuscitando 'O vampiro'".*

Apesar da indignação de Byron, o fato é que, direta ou indiretamente, graças a ele o personagem do vampiro literário nasceu e se consolidou.

---

* Richard Switzer, 1955, pp. 108-9.

O retrato oval

(1842)

Edgar Allan Poe

O castelo, onde meu criado se atrevera a forçar a entrada para não permitir que eu, em minha desesperada condição de ferido, passasse a noite a céu aberto, era uma daquelas edificações em que o desalento e a grandeza se amalgamavam e que, em meio aos Apeninos,* contemplavam, carrancudos, a passagem do tempo, não menos na realidade do que na imaginação da sra. Radcliffe.** Tudo fazia crer que seu abandono era temporário e bastante recente. Instalamo-nos num dos aposentos menores e de mobília menos suntuosa, situado numa torre isolada. Apesar de requintadas, as decorações eram gastas e antiquadas. As paredes estavam revestidas com tapeçarias e adornadas com inúmeros e multiformes brasões, além de um bom número de inspiradas pinturas modernas, em molduras de belos arabescos dourados. Por estas pinturas, que pendiam não só das paredes principais, mas dos vários recantos que a bizarra arquitetura do castelo tornava necessários, senti grande interesse, talvez em virtude de um princípio de delírio. Assim, pedi a Pedro que fechasse as pesadas venezianas do quarto – uma vez que a noite já caíra –, acendesse o candelabro alto junto a minha cabeceira e escancarasse as cortinas de veludo preto e franjado do dossel que envolvia a cama. Com tais providências eu esperava que, se não conseguisse dormir, ao menos pudesse

---

* Cadeia de montanhas que, com quase 1,5 mil quilômetros de extensão, atravessa a Itália de norte a sul, da Ligúria à Calábria. [N. T.]

** Ann Radcliffe (1764-1823), escritora inglesa, autora de romances góticos. [N. T.]

contentar-me em olhar as pinturas, alternando a contemplação com o manuseio de um pequeno livro que encontrara sobre o travesseiro, e cujo propósito era comentá-las e descrevê-las.

Li por um longo, longo tempo, e com grande devoção contemplei os quadros. As horas voaram ligeiras, gloriosas, até que a sombria meia-noite chegou. A posição do candelabro me desagradava. Estendendo a mão com dificuldade, e tentando não perturbar o criado que dormia, ajeitei-o de forma que a luz incidisse em cheio sobre o livro.

A ação teve, porém, um efeito inesperado. Os raios das inúmeras velas (pois havia muitas) agora recaíam sobre um nicho do quarto que até então estivera encoberto pela sombra de um dos balaústres da cama. Assim, notei, sob a luz vívida, uma imagem que antes me passara despercebida. Era o retrato de uma mulher jovem. Passei os olhos rapidamente pela pintura e então cerrei-os. A princípio, a razão de assim proceder não ficou aparente nem mesmo à minha própria percepção. Mas, enquanto minhas pálpebras permaneceram fechadas, procurei na mente as razões para ter agido dessa forma. Fora um movimento impulsivo, uma tentativa de ganhar tempo para a reflexão — para assegurar-me de que a visão não me enganara —, de acalmar e dominar minha imaginação e permitir-me um olhar mais sóbrio, mais preciso. Um instante depois, voltei a contemplar a pintura com atenção.

De que, agora, eu podia vê-la do modo correto não havia mais dúvida, pois o primeiro lampejo das velas sobre o quadro pareceu dissipar o estupor sonolento que se havia apoderado de meus sentidos, e lançou-me sem aviso de volta à vigília.

O retrato, como já disse, era de uma mulher jovem. Mostrava apenas a cabeça e os ombros, representados na forma que recebe o nome técnico de vinheta, num estilo que lembrava as obras de Sully.* Os braços, o colo e até as pontas dos cabelos radiantes

---

* Thomas Sully (1783-1872), pintor estadunidense, de origem inglesa, conhecido por sua obra como retratista. [N. T.]

se fundiam de modo imperceptível com as sombras indistintas, mas profundas que compunham o fundo do quadro. A moldura oval exibia uma ornamentação elaborada, filigranada no estilo mourisco. Como objeto de arte, nada seria mais admirável que a pintura em si. Mas não poderia ter sido a execução da obra, ou a beleza imortal do rosto, o que me tocara de modo tão súbito e veemente. Menos ainda poderia ser que minha imaginação, arrancada do torpor, houvesse confundido o retrato com uma pessoa viva. No ato, dei-me conta de que as particularidades da composição, da representação e da moldura haviam dissipado de imediato tal ideia, e teriam impossibilitado considerá-la mesmo que por um instante. Refletindo atentamente sobre esses pontos, permaneci por talvez uma hora, meio sentado, meio reclinado, com o olhar fixo no retrato. Ao final, satisfeito com o real segredo de seu efeito, recostei-me na cama. Encontrara o feitiço da pintura numa absoluta verossimilhança de expressão, a qual de início surpreendeu-me para então desconcertar-me, dominar-me e, por fim, deixar-me estarrecido. Com um medo profundo e respeitoso, reconduzi o candelabro a sua posição anterior. Agora que a causa de minha profunda agitação estava fora de vista, apanhei ansioso o livro que comentava as pinturas e sua história. Buscando o número que designava o retrato oval, li estas palavras vagas e surpreendentes:

"Era uma donzela de rara beleza, tão encantadora quanto cheia de alegria. E amaldiçoada foi a hora em que viu, amou e desposou o pintor. Ele, passional, estudioso, austero, tendo já na Arte sua prometida. Ela, uma donzela de rara beleza, tão encantadora como cheia de alegria; toda luz e sorrisos, travessa como uma corça; amando e apreciando todas as coisas; abominando tão somente sua rival, a Arte; temendo apenas a paleta e os pincéis e outros instrumentos malfadados que a privavam do semblante de seu amado. Assim, foi terrível para a donzela ouvir o pintor expressando o desejo de retratar até mesmo a jovem noiva. Era, porém, humilde e obediente, e por muitas semanas sentou-se, dócil, na câmara escura da torre, onde apenas a luz vinda do alto incidia sobre a tela pálida. Mas, ele, o pintor, regozijava-se com seu trabalho, que prosseguia hora após hora, dia após dia. E era um homem apaixonado, intempestivo e calado, que se perdeu em delírios, a ponto de não se permitir perceber que a luz tão lúgubre daquela torre solitária drenava a saúde e o espírito da noiva, que definhava aos olhos de todos, exceto aos dele. E, no entanto, ela sorria e continuava a sorrir, sem protestos, por saber que o pintor (que tinha grande renome) extraía dessa tarefa um prazer fervoroso e ardente, e trabalhava dia e noite para retratar aquela que tanto o amava, e que, porém, a cada dia mostrava-se mais abatida e debilitada. Em verdade, houve quem visse o retrato e aos murmúrios comentasse a semelhança, como um prodígio, uma prova tanto do poder do pintor quanto de seu profundo amor por aquela que retratava de forma tão extraordinária. Entretanto, quando o trabalho estava quase concluído, ninguém mais era admitido na torre, pois o pintor fora arrebatado pelo ardor de seu trabalho e apenas raramente erguia os olhos da tela, mesmo que para fitar a face da esposa. Ele se recusava a ver que os matizes que aplicava na tela eram extraídos da mulher que tinha ao lado. Quando várias semanas haviam passado, e pouco restava a fazer, salvo uma pincelada sobre a boca e um toque sobre o olho, o espírito da dama outra vez tremeluziu como a chama da lamparina. E a pincelada foi aplicada e o toque colocado; e, por um momento, o pintor permaneceu em transe diante da obra que criara. Mas, no instante seguinte, enquanto ainda a admirava, ficou trêmulo e empalideceu; e assombrado, e exclamando em alta voz: 'Isto é de fato a própria Vida!', virou-se para olhar sua amada. Ela estava morta."

O escritor estadunidense **Edgar Allan Poe** (1809-1849) nasceu em Boston, Massachusetts, e teve uma vida curta e turbulenta. Seus pais morreram de tuberculose quando tinha dois anos de idade, e ele foi adotado por um comerciante de quem incorporou o nome Allan. Recebeu educação clássica, e em 1826 entrou para a Universidade de Virgínia, de onde acabou expulso por participar de jogatinas. Mais tarde foi expulso também da academia militar de West Point, por faltar às aulas.

Passou a dedicar-se à literatura e foi para Nova York, à época o maior centro literário dos Estados Unidos. Nos anos seguintes, trabalhou em vários jornais, primeiro em Nova York, depois na Filadélfia e de novo em Nova York. Também se tornou um alcoólico, ao mesmo tempo que persistia na carreira literária. Em 1836, casou-se com sua prima Virginia Clemm, então com quatorze anos de idade. O casamento durou doze anos, marcados pela precariedade econômica. A morte da esposa, em 1847, após uma enfermidade de vários anos, afetou Poe profundamente, fazendo com que bebesse cada vez mais.

À idade de quarenta anos, foi encontrado delirante nas ruas de Baltimore, Maryland, e levado para um hospital, onde morreu incapaz de contar o que lhe ocorrera. As causas da morte nunca foram explicadas. Sua memória foi vilipendiada na biografia escrita por seu agente literário, e os detalhes reais de sua vida somente aos poucos foram sendo descobertos.

Poe foi um dos expoentes do movimento Romântico nos Estados Unidos, destacando-se pela riqueza de imagens e pela musicalidade. "O corvo" (1845) é seu poema mais conhecido. Suas opiniões sobre teoria poética, apresentadas em *A filosofia da composição* (1846), influenciaram Baudelaire (seu tradutor para o francês), Mallarmé e Dostoiévski. Alcançou respeito como crítico literário. Valorizou o conto, à época tido como uma arte menor frente ao romance e à poesia épica, e seus esforços foram fundamentais para que o gênero crescesse em importância nas gerações seguintes.

É considerado um precursor de vários gêneros literários: "Os crimes da rua Morgue" e "O mistério de Marie Roget" criaram as bases das futuras histórias de detetives. Com "O relato de Arthur Gordon Pym" influenciou a ficção científica, em especial Jules Verne e, mais tarde, Ray Bradbury. Com a presença recorrente de elementos como a morte, a decadência e a loucura, contos como "A queda da casa de Usher", "Berenice", "A máscara da morte vermelha" e "O gato preto" nortearam o desenvolvimento dos contos de horror.

Poe nunca abordou o vampiro de modo explícito, embora muitas de suas histórias tenham uma inspiração sutil, mas nítida na essência do vampirismo.* Um dos artifícios que usava de modo brilhante para aumentar a tensão, sem apelar para imagens violentas ou sanguinárias, era deixar subentendidas as ideias usadas como base para o conto. Mesmo empregando elementos associados ao vampiro (aparência física, comportamento, conceitos, objetos), o fato de não os mencionar abertamente acentua a inquietação do leitor, em razão da incerteza quanto às causas dos fenômenos descritos. Outro motivo para evitar a menção direta ao tema poderia ser o desgaste sofrido pelo vampiro, graças aos excessos rocambolescos do teatro francês na década de 1820 e à posterior vulgarização na literatura de folhetim inglesa nas duas décadas seguintes.

Reconhece-se a inspiração vampírica em vários contos: em "Berenice" (1835), o narrador, a princípio debilitado, fortalece-se à medida que sua prima debilita-se e morre, mas é ela quem por fim assume características de vampira; em "Morella" (1835), uma mulher drena a vontade de seu marido; já em "Ligeia" (1838), um viúvo casa-se novamente e a segunda mulher definha e também morre, mas o corpo dela volta à vida animado pelo espírito da primeira; em "O homem da multidão" (1840), um homem só consegue viver em meio a multidões, de cuja energia se alimenta. Alguns estudiosos identificam vários elementos vampíricos até mesmo em "A queda da casa de Usher", uma das obras mais famosas de Poe.**

---

* J. O. Bailey, 1964, p. 448.

** Num artigo minucioso, J. O. Bailey (1964) toma por base o texto de Montague Summers e identifica sintomas de vampirização nos irmãos Usher, reconhecendo a casa como vampírica. Sugere, ainda, que Poe tenha lido a introdução (por sinal, falsa) do conto de Polidori.

Talvez o conto de Poe em que o tema esteja mais explícito seja "O retrato oval", no qual um artista transfere vampiricamente a essência de sua esposa para o quadro que está pintando. Esse conto foi publicado pela primeira vez em abril de 1842, na revista *Graham's Magazine*, numa versão mais longa intitulada "Life in Death". A versão definitiva, mais curta e rebatizada como "The Oval Portrait", saiu no periódico *The Broadway Journal*, em abril de 1845. A principal alteração foi a supressão de um longo prólogo, em que o narrador falava do ferimento sofrido e sua decisão de tomar ópio para tentar diminuir a dor. Foram cortados também pequenos trechos que insinuavam que era a droga a causadora dos delírios descritos. As referências ao alucinógeno pouco tinham a ver com o tema central do conto e só diminuíam a eficiência da narrativa. Eliminando o supérfluo, Poe aumentou a incerteza e a angústia que a leitura gera no leitor.

Ao situar a ação nos Apeninos, Poe segue uma tradição da literatura gótica inglesa, que ambientava as histórias em paisagens italianas, não só pela sua exuberância cênica, mas porque, na época, as regiões mediterrâneas eram percebidas pelos países do norte da Europa como decadentes e obscurantistas. Decorre daí sua alusão a Ann Radcliffe, uma das autoras mais emblemáticas do gótico literário.

A inspiração para o conto pode ter vindo de uma pintura de Sully, amigo de Poe, que mostra uma menina segurando a medalha que traz ao pescoço, ou talvez de um quadro em que o italiano renascentista Tintoretto retrata sua filha morta. O romance *Os mistérios de Udolpho* (1794), de Anne Radcliffe, poderia ter sido outra fonte de inspiração.

É possível que "O retrato oval" tenha influenciado Oscar Wilde ao escrever *O retrato de Dorian Gray* (1891). Anos antes de publicar o romance, Wilde elogiou a expressão rítmica de Poe. Na obra de Wilde, a pintura revela aos poucos a maldade de quem está retratado.

A família do vurdalak

(1847)

Alexei Tolstói

O ano de 1815 reunira em Viena o que havia de mais distinto em erudição europeia, os espíritos brilhantes da sociedade e as altas autoridades diplomáticas. No entanto, o Congresso havia terminado.* Os emigrados monarquistas preparavam-se para retornar em definitivo a seus castelos, os guerreiros russos para rever seus lares abandonados e alguns poloneses descontentes para levar a Cracóvia seu amor pela liberdade, onde o abrigariam sob a égide da tríplice e dúbia independência conseguida pelos príncipes de Metternich e de Hardenberg e pelo conde de Nesselrode.**

Como no final de um baile animado, o grupo de amigos, pouco antes tão ruidoso, viu-se reduzido a um punhado de pessoas que, dispostas ao prazer e fascinadas pelo encanto das damas austríacas, tardavam em fazer as malas e partir. Esse alegre grupo, ao qual eu pertencia, reunia-se duas vezes por semana no castelo da senhora viúva princesa de Schwarzenberg, a alguns quilômetros da cidade, para além do pequeno

* O Congresso de Viena foi uma conferência entre as potências europeias, realizada em 1814-1815 com o intuito de reorganizar o mapa político da Europa depois da queda de Napoleão. As decisões foram tomadas pelos quatro grandes vencedores: Áustria, Rússia, Grã-Bretanha e Prússia. [N. T.]

** Estadistas que participaram do Congresso de Viena, representando seus países. O príncipe de Metternich-Winneburg-Beilstein (1773-1859) era chanceler da Áustria, Karl August Freiherr von Hardenberg (1750-1822) era o representante principal da Prússia e o conde Karl Robert Nesselrode (1780-1862) era o chefe da delegação da Rússia. [N. T.]

burgo de Hitzing. A gentileza da anfitriã, acentuada por sua amabilidade e fineza de espírito, tornavam deveras agradável a estada em sua residência.

Nossas manhãs eram consagradas aos passeios. Jantávamos todos juntos, fosse no castelo, fosse nas redondezas, e à noite, sentados junto a um aconchegante fogo de lareira, distraíamo-nos conversando e contando histórias. A única proibição era falar de política, pois já estávamos fartos do assunto. As narrativas traziam lendas de nossos respectivos países ou nossas próprias recordações.

Uma noite, quando cada um já contara algo, e nossos espíritos se achavam naquele estado de tensão que a penumbra e a quietude acentuam, o marquês de Urfé, velho emigrante que todos apreciávamos pela alegria jovial e pelo modo saboroso como narrava suas antigas boas venturas, aproveitou um momento de silêncio e tomou a palavra:

– Suas histórias, senhores, sem dúvida são espantosas, mas me parece que lhes falta um ponto essencial, a saber, a autenticidade, pois não creio que algum dos senhores tenha visto com os próprios olhos as coisas maravilhosas que acabam de narrar, nem que possa afiançar a veracidade delas com sua palavra de cavalheiro.

Fomos obrigados a concordar, e o velho continuou, alisando o enfeite de renda ao pescoço:

– Quanto a mim, senhores, conheço apenas uma história desse gênero, mas é ao mesmo tempo tão estranha, tão horrível e tão verdadeira que é suficiente para encher de terror a imaginação do mais cético. Dela fui tanto testemunha como ator, infelizmente; e, ainda que não goste de recordá-la, ofereço-me para contá-la, caso as damas o permitam.

O consentimento foi unânime. A bem da verdade, alguns olhares temerosos se desviaram para os desenhos que a luz da lua começava a formar no piso. Mas logo o pequeno grupo se acomodou e todos se calaram para ouvir a história do marquês. Ele tirou uma pitada de rapé, aspirou-a devagar e começou seu relato.

Antes de mais nada, senhoras, peço-lhes perdão se, no decorrer da narrativa, acontecer de falar mais sobre meus casos amorosos do que conviria a um homem de minha idade. Mas a compreensão da história exige que os mencione. Além disso, é perdoável à velhice ter seus momentos de esquecimento, e será de fato culpa das senhoras se, vendo-as tão belas diante de mim, eu tiver a tentação de crer-me ainda jovem. Conto-lhes, pois, sem mais preâmbulos, que em 1759 estava perdidamente apaixonado pela bela duquesa de Gramont. Essa paixão, que eu acreditava profunda e duradoura, não me dava descanso dia ou noite, e a duquesa, como costumam fazer as belas jovens, comprazia-se em aumentar meu tormento com sua *coquetterie*. Num arroubo de enfado, solicitei e obtive um posto diplomático junto ao *hospodar* da Moldávia,* então em negociações com o gabinete de Versalhes** em assuntos que seriam tanto tediosos quanto inúteis relatar.

À véspera de minha partida, fui ver a duquesa, que recebeu-me com ar menos zombeteiro que de costume e disse, com certa emoção na voz:

— Urfé, está cometendo uma grande loucura. Mas eu o conheço e sei que jamais voltará atrás numa decisão. Assim, peço uma única coisa: aceite este pequeno crucifixo como prova de minha amizade e use-o até regressar. É uma relíquia de família à qual damos grande valor.

Com uma galanteria talvez inapropriada para o momento, beijei não a relíquia, mas a encantadora mão que me pre-

* Título dos governantes da Moldávia, do século 15 até 1866. O termo, de origem eslava, significa *senhor*. [N. T.]

** Referência ao governo da França. A corte francesa estava sediada no palácio de Versalhes, localizado na cidade de mesmo nome, hoje subúrbio de Paris. [N. T.]

senteava, e coloquei ao redor do pescoço este crucifixo aqui, que nunca mais tirei.

Não vou fatigá-las, senhoras, com detalhes de viagem ou minhas observações sobre húngaros e sérvios, povos pobres e ignorantes, mas corajosos e honestos que, subjugados como estavam pelos turcos, não tinham esquecido sua dignidade nem sua antiga independência. Basta dizer que, tendo aprendido um pouco de polonês durante uma estada em Varsóvia, logo dominei também o sérvio, pois, como certamente as senhoras sabem, os dois idiomas não são mais do que ramos de uma mesma língua, o eslavo, assim como o russo e o boêmio.

Sabia, portanto, o suficiente para me fazer compreender, quando um dia cheguei a um vilarejo cujo nome pouco interessa. Encontrei os moradores da casa onde me hospedaria num estado de consternação que era ainda mais estranho pelo fato de ser domingo, dia em que o povo sérvio tem por costume entregar-se a diferentes prazeres, como a dança, o tiro de arcabuz, a luta e outros. Atribuí a atitude de meus anfitriões a alguma infelicidade recente, e já me retirava quando um homem de uns trinta anos, alto e de imponente figura, aproximou-se de mim e me tomou pela mão.

— Entre, entre, estrangeiro — disse ele. — Não se deixe abater por nossa tristeza. Vai entendê-la quando souber a razão.

Contou-me então que seu pai, um velho chamado Gorcha, de caráter irrequieto e intratável, um dia havia se levantado da cama e tirado da parede o longo arcabuz turco.

— Filhos — dissera ele aos dois rapazes, Georges e Pierre —, vou às montanhas juntar-me aos valentes que caçam esse cão Alibek. — Era o nome de um bandido turco que, fazia algum tempo, devastava o país. — Esperem-me por dez dias e, se não voltar no décimo, rezem uma missa dos mortos por mim, pois terei sido assassinado. Mas — continuara o velho Gorcha, assumindo seu ar mais sério — se, Deus os livre, eu regressar depois de dez dias completos, para o bem de todos, não me deixem entrar. Nesse caso, ordeno que esqueçam que fui seu pai e trespassem-me com uma estaca de álamo,* diga o que eu disser ou faça o que fizer, pois não serei mais que um maldito *vurdalak* cujo propósito é sugar seu sangue.

É o caso de lhes explicar, senhoras, que os *vurdalaks*, ou vampiros dos povos eslavos, não são, na opinião do país, nada mais que corpos mortos saídos dos túmulos para sugar o sangue dos vivos. Até aí seus hábitos são os mesmos de todos os vampiros, mas há algo que os torna mais temíveis. Os *vurdalaks*, senhoras, sugam de preferência o sangue dos parentes próximos e dos amigos mais chegados, que uma vez mortos tornam-se também vampiros, de forma que na Bósnia e na Hungria fala-se de aldeias inteiras transformadas em *vurdalaks*. O padre Augustin Calmet, em sua curiosa obra sobre aparições, cita casos apavorantes. Os imperadores da Alemanha várias vezes nomearam comissões para esclarecer casos de vampirismo. Instituíam-se atas e exumavam-se cadáveres que, ao serem degolados, revelavam-se repletos de sangue, e que eram queimados em praça pública depois de ter o coração trespassado. Magistrados que testemunharam tais execuções afirmam ter escutado os cadáveres emitirem urros no momento que o carrasco lhes cravava a estaca no peito. Fizeram depoimentos formais, corroborados por seus juramentos e suas assinaturas.

Depois deste esclarecimento, será fácil compreender, senhoras, o efeito que as palavras do velho Gorcha produziram em seus filhos. Os dois se atiraram aos pés dele e suplicaram que os deixasse ir em seu lugar, mas ele respondeu dando-lhes as costas e partiu cantando o refrão de uma velha balada. O dia de minha chegada à aldeia era precisamente aquele

* Em várias regiões, madeiras específicas são usadas contra o vampiro (álamo, espinheiro, sorveira, carvalho, entre outras), em geral por terem alguma conotação religiosa. [N. T.]

em que expiraria o prazo fixado por Gorcha, e não foi difícil entender a inquietação de seus filhos.

Era uma família boa e honesta. Georges, o mais velho dos dois filhos, de traços masculinos e bem-marcados, era um homem sério e resoluto. Seu irmão Pierre, belo jovem de dezoito anos, trazia na fisionomia mais doçura que arrojo e parecia o favorito da irmã mais nova, de nome Sdenka, que bem passaria como exemplo típico da beleza eslava. Fora a beleza incontestável sob todos os pontos de vista, uma longínqua semelhança com a duquesa de Gramont impressionou-me no ato. Havia, sobretudo, um traço característico na fronte que em toda minha vida nunca vi, a não ser nessas duas mulheres. Esse rasgo podia não agradar à primeira vista, mas depois de visto algumas vezes tornava-se irresistivelmente atraente.

Talvez por ser eu tão jovem, talvez por essa semelhança, aliada a um espírito original e inocente, ter de fato um efeito irresistível, não conversara com Sdenka por mais de dois minutos e já sentia uma simpatia muito viva, que ameaçava se tornar um sentimento mais terno caso prolongasse minha estada no povoado.

Estávamos diante da casa, reunidos ao redor de uma mesa farta de queijos e terrinas de leite. Sdenka fiava. Sua cunhada preparava a ceia das crianças, que brincavam na areia. Pierre tentava parecer despreocupado, assobiando enquanto limpava um iatagã, uma longa faca turca. Georges, de cotovelos apoiados na mesa, cabeça entre as mãos e rosto angustiado, devorava a estrada com os olhos e nada dizia.

Quanto a mim, vencido pela tristeza geral, fitava melancólico as nuvens que emolduravam o céu dourado do entardecer, e a silhueta de um mosteiro meio escondida por trás de um pinheiral sombrio.

Esse mosteiro, soube depois, em outros tempos gozara de celebridade por conta de uma imagem milagrosa da Virgem que, dizia a lenda, fora levada por anjos e depositada sobre um carvalho. No começo do século passado, porém, os turcos haviam invadido o país. Degolaram os monges e saquearam o mosteiro. Dele só restavam as paredes e uma capela servida por uma espécie de ermida, cujas ruínas eram visitadas por curiosos e abrigavam os peregrinos, que, vagando de um lugar de devoção a outro, apreciavam parar no mosteiro da Virgem do Carvalho. Como disse, soube disso depois, uma vez que naquela noite tinha de tudo na cabeça, menos arqueologia sérvia. Como costuma acontecer quando soltamos as rédeas da imaginação, pensava nos tempos passados, nos dias de minha infância, na bela França que eu trocara por um país longínquo e selvagem. Pensava na duquesa de Gramont e – por que não admitir? – pensava também em algumas contemporâneas das senhoras suas avós, cujas imagens desfilavam em meu coração seguindo a da adorável duquesa. Logo esqueci meus anfitriões e a inquietação deles.

De repente, Georges rompeu o silêncio.

– Mulher, a que horas o velho partiu?

– Às oito. Ouvi claramente o sino do mosteiro.

– Então está bem; ainda não deve ter passado das sete e meia. – E calou-se, voltando a fixar os olhos no longo caminho que se perdia na floresta.

Esqueci-me de dizer, senhoras, que, ao suspeitarem que alguém seja vampiro, os sérvios evitam mencionar-lhe o nome ou falar dele de modo direto, com receio de evocá-lo do túmulo. Assim, já havia algum tempo que Georges, ao falar do pai, o chamava de 'o velho'.

Alguns instantes passaram-se em silêncio. De súbito, uma das crianças perguntou a Sdenka, puxando-a pelo avental:

– Tia, quando é que o vovô volta para casa?

Um tapa de Georges foi a resposta à pergunta intempestiva. A criança começou a chorar, e seu irmãozinho, com ar surpreso e temeroso, disse:

– Papai, por que nos proíbe de falar no vovô?

Outro tapa o fez calar. As duas crianças agora choravam, e toda a família se persignou. Foi quando o relógio do mosteiro começou a bater as oito horas. Mal a primeira badalada ressoou em nossos ouvidos, vimos um vulto humano sair do bosque e vir em nossa direção.

– É ele! Deus seja louvado! – gritaram juntos Sdenka, Pierre e sua cunhada.

– Deus nos proteja em Sua santa guarda! – disse Georges, solene. – Como saber se os dez dias transcorreram de todo ou não?

Todos olharam para ele, assustados. O vulto ainda se aproximava. Era um velho corpulento, de bigode prateado; a figura pálida e severa arrastava-se penosamente com ajuda de um cajado. À medida que avançava, Georges se tornava mais sombrio. O velho parou quando chegou até nós, e seus olhos emaciados e afundados nas órbitas correram pela família, parecendo nada enxergarem.

– Então – disse com voz oca –, ninguém se levanta para me receber? Que significa este silêncio? Não veem que estou ferido?

Percebi então que o velho sangrava no flanco esquerdo.

– Ampare seu pai – disse eu a Georges –, e você, Sdenka, traga-lhe algo revigorante, pois ele parece prestes a desmaiar!

– Meu pai – disse Georges, aproximando-se de Gorcha –, mostre-me a ferida, entendo dessas coisas e sei como tratá-la...

Fez menção de abrir a casaca do velho, que o empurrou com aspereza e cobriu o flanco com ambas as mãos.

– Saia, desastrado, você me machucou!

– Então o ferimento é no coração! – gritou Georges, muito pálido. –Vamos, vamos, tire a casaca, é preciso, é preciso, eu estou dizendo!

O velho aprumou-se, rígido.

– Cuidado – disse com voz abafada. – Se me tocar, vou amaldiçoá-lo!

Pierre colocou-se entre Georges e o pai.

— Deixe-o, bem se vê que ele está sofrendo!

— Não o contrarie — emendou sua mulher. — Sabe que ele nunca tolerou isso!

Nesse momento, avistamos um rebanho de ovelhas que voltava do pasto, seguindo para a casa em meio a uma nuvem de pó. Ainda longe, o cão pastor que o acompanhava parou ao perceber Gorcha e, por não reconhecer o velho dono ou por outro motivo qualquer, eriçou os pelos e começou a uivar como se tivesse visto algo sobrenatural.

— Que tem esse cão? — perguntou o velho, com ar cada vez mais irritado. — Que significa isso? Por acaso me tornei um estranho em minha própria casa? Dez dias passados na montanha transformaram-me a ponto de meus próprios cães não me reconhecerem?

— Você ouviu? — disse Georges à mulher.

— O quê?

— Ele admite que transcorreram os dez dias!

— Não, pois ele voltou dentro do prazo estabelecido!

— Muito bem, muito bem, eu sei o que é preciso fazer.

O cão continuava a uivar.

— Quero que o matem! — gritou Gorcha. — Vocês me ouviram?

Georges não se moveu, mas Pierre levantou-se e, com lágrimas nos olhos, pegou o arcabuz do pai e atirou no animal, que rolou na poeira.

— Era meu cão favorito — murmurou ele. — Não entendo por que nosso pai quis que ele fosse morto.

— Porque ele merecia — disse Gorcha. — Vamos, sinto frio, quero entrar!

Enquanto esta cena se passava do lado de fora, Sdenka preparara para o velho uma tisana de aguardente fervida com peras, mel e passas secas, mas o pai rechaçou-a, enojado. Demonstrou igual aversão pelo prato de arroz com carneiro oferecido por Georges, e foi sentar-se num canto da lareira, murmurando entredentes palavras ininteligíveis.

A lenha de pinheiro ardia na lareira e a luz tremulante animava a figura do velho, tão pálido e abatido que, não fosse a iluminação, poderia ser tomado por um morto. Sdenka sentou-se ao lado dele.

— Meu pai, o senhor não deseja comer nem repousar. Não gostaria de nos contar suas aventuras nas montanhas?

Ao dizer isso, a jovem sabia que estava tocando num ponto fraco, pois o velho adorava falar de guerras e combates. Assim, uma espécie de sorriso apareceu nos lábios desbotados, sem chegar aos olhos, e ele respondeu, acariciando os belos cabelos louros dela:

— Sim, minha filha, sim, Sdenka, quero muito contar o que aconteceu nas montanhas, mas deixarei para outra hora, pois estou cansado. Direi, no entanto, que Alibek já não vive, e que foi por minha mão que pereceu. Se alguém duvida — continuou, correndo o olhar por toda a família —, eis a prova!

Ele desatou uma espécie de alforje que trazia às costas, e de dentro tirou uma cabeça lívida e ensanguentada, à qual, porém, a sua não ficava devendo nada em palidez. Desviamos os olhos, horrorizados, mas Gorcha entregou a cabeça a Pierre e disse:

— Tome, pregue acima da porta, e todos os passantes saberão que Alibek foi morto e que os caminhos estão livres dos bandidos, a não ser pelos janízaros do sultão!

Pierre obedeceu, desgostoso.

— Agora entendo — disse ele. — O pobre cão que matei só uivava por ter farejado carne morta!

— Sim, farejou carne morta — respondeu com ar sombrio Georges, que tinha saído sem que ninguém percebesse e que nesse momento retornava, trazendo um objeto que depositou num canto e que me pareceu ser uma estaca.

— Georges — disse sua mulher, a meia-voz —, espero que não pretenda...

— Meu irmão — acrescentou a irmã —, que está pretendendo fazer? Mas não, não, você não faria nada, não é?

— Deixe-me — respondeu Georges. — Sei o que é necessário fazer e não farei nada além disso.

Enquanto isso, a lua havia surgido, e a família retirou-se para passar a noite em um cômodo da casa que apenas uma divisória muito fina separava de meu quarto. Confesso que o que testemunhara naquela noite havia-me impressionado a imaginação. Minha luz tinha se apagado. A lua entrava por uma janela baixa, junto à cama, e banhava o chão e as paredes com um luar cristalino, quase igual ao que brilha agora, senhoras, nesta sala onde estamos. Queria dormir e não conseguia. Atribuía a insônia à claridade do luar. Procurei algo para usar como cortina, mas nada achei. Então, ouvindo vozes confusas por trás da divisória, prestei atenção.

— Deite-se, mulher — dizia Georges. — E vocês, Pierre e Sdenka, não se preocupem; eu velarei por vocês.

— Mas, Georges — respondeu a mulher —, eu é que deveria ficar de vigília. Você trabalhou a noite passada, deve estar cansado. Além do mais, devo cuidar de nosso primogênito. Você sabe que desde ontem ele não está bem!

— Fique tranquila e durma, velarei por nós dois!

— Mas, meu irmão — disse Sdenka, com sua voz mais doce —, a vigília não me parece necessária. Nosso pai já dormiu, e veja como está tranquilo e sossegado.

— Nenhuma das duas me entendeu — disse Georges, num tom que não admitia réplica. — Estou ordenando que durmam e deixem que eu as proteja.

Fez-se assim um profundo silêncio. Logo senti as pálpebras pesarem e o sono tomou conta de mim.

Acreditei ver minha porta se abrir devagar e o velho Gorcha aparecer na soleira. Adivinhei sua forma mais do que a vi, pois o quarto estava muito escuro. Pareceu-me que seus olhos apagados tentavam adivinhar meus pensamentos e seguiam o movimento de minha respiração. Avançou um pé, depois outro. Então, com extrema precaução, pôs-se a andar em minha direção com passos de lobo. De um salto parou ao lado da cama. Minha angústia era indescritível, mas uma força invisível me mantinha imóvel. O velho se debruçou sobre mim e aproximou tanto o rosto lívido do meu, que pensei ter sentido seu hálito cadavérico. Então, fiz um esforço sobre-humano e despertei, banhado em suor. Não havia ninguém no quarto, mas, ao olhar pela janela, vi distintamente o velho Gorcha do lado de fora, o rosto colado no vidro e os olhos apavorantes fixos em mim. Tive a força de não gritar e a presença de espírito de continuar deitado, como se não tivesse visto nada. Entretanto, o velho parecia querer apenas se assegurar de que eu dormia, pois não fez qualquer tentativa de entrar. Depois de me examinar bem, afastou-se da janela, e escutei-o entrar no aposento ao lado. Georges caíra no sono e roncava de fazer tremer as paredes. A criança tossiu nesse momento, e reconheci a voz de Gorcha.

— Não está dormindo, pequeno? — disse.

— Não, vovô, e queria muito conversar com o senhor!

— Ah, queria conversar comigo. E sobre o que conversaríamos?

— Queria que me contasse como combateu os turcos, porque eu também lutaria contra eles de boa vontade!

— Pensei nisso, criança, e trouxe um pequeno iatagã que lhe darei amanhã.

— Ah, vovô, me dê agora, já que estou acordado.

— Mas, pequeno, por que você não falou comigo quando era dia?

— Porque papai me proibiu!

— Ele é prudente, seu papai. Então, gostaria de ver seu pequeno iatagã?

— Sim, gostaria muito, mas não aqui, porque papai pode acordar!

— Onde, então?

— Se sairmos, prometo portar-me bem e não fazer barulho!

Pensei distinguir um riso de escárnio de Gorcha e ouvi o garoto levantar-se. Eu não acreditava em vampiros, mas o pesadelo recente me deixara abalado. Não querendo ter de me recriminar depois, ergui-me e golpeei a divisória. Seria suficiente para acordar as sete pessoas adormecidas, mas nada indicava que tivessem ouvido. Lancei-me à porta, mas estava fechada por fora e os ferrolhos resistiram a meus esforços. Enquanto tentava forçá-la, vi o velho passar diante da janela com a criança nos braços.

— Acordem! Acordem! — gritei com todas as forças, e voltei a socar a divisória. Georges foi o único que acordou.

— Onde está o velho? — perguntou ele.

— Rápido — gritei. — Ele acaba de levar seu filho!

Com um pontapé, Georges arrombou a porta, fechada por fora como a minha, e correu na direção do bosque. Consegui por fim despertar Pierre, sua cunhada e Sdenka. Reunimo-nos diante da casa e, depois de alguns minutos, vimos Georges retornar com o filho. Encontrara-o desmaiado no caminho, mas o garoto logo voltou a si e não parecia pior que antes. Crivado de perguntas, respondeu que o avô não lhe fizera mal algum. Tinham saído para conversar mais à vontade, mas lá fora ele havia perdido os sentidos, sem saber por quê. Quanto a Gorcha, tinha sumido.

Como se pode imaginar, passamos em claro o resto da noite.

No dia seguinte, soube que o Danúbio, que atravessava a estrada principal a um quarto de légua da aldeia, começava a arrastar grandes blocos de gelo, como sempre ocorre no fim do outono e no início da primavera. A passagem estava interditada por alguns dias, e eu não poderia nem pensar em partir. Além disso, ainda que pudesse, a curiosidade retinha-me, junto com outro atrativo mais forte. Quanto mais olhava Sdenka, mais me sentia tentado a amá-la. Não sou daqueles, senhoras, que acredita nas paixões súbitas e irresistíveis descritas nos romances, mas penso que há casos em que o amor se desenvolve mais depressa que o costumeiro. A beleza original de Sdenka; a singular semelhança com a duquesa de Gramont, da qual eu fugira em Paris para reencontrar aqui num traje pitoresco e falando uma língua estranha e harmoniosa; o rasgo característico no rosto pelo qual, na França, vinte vezes ter-me-ia deixado matar – tudo isso, unido à peculiaridade da situação e dos mistérios que me cercavam, deve ter contribuído para que amadurecesse em mim um sentimento que, em outras circunstâncias, seria vago e fugaz.

No decorrer do dia, ouvi Sdenka conversando com o irmão mais novo.

– Que pensa de tudo isso? Você também suspeita de nosso pai?

– Não ouso suspeitar dele – respondeu Pierre –, ainda mais porque a criança disse que ele não lhe fez nenhum mal. Quanto ao desaparecimento, você sabe que ele nunca prestou contas de suas ausências.

– Eu sei, mas então precisamos salvá-lo, porque você conhece Georges...

– Sim. Falar com ele será inútil, mas esconderemos a estaca e ele não poderá buscar outra, pois deste lado das montanhas não cresce um álamo sequer!

– Sim, vamos esconder a estaca, mas não contaremos às crianças, pois poderiam dizer algo na frente de Georges!

– Tomaremos cuidado – disse Pierre, e se separaram.

A noite chegou sem que soubéssemos nada do velho Gorcha. Como na véspera, eu estava em minha cama, a lua iluminando o quarto. Quando o sono começou a turvar meus pensamentos, senti, como por instinto, a aproximação dele. Abri os olhos e vi seu rosto lívido colado contra o vidro.

Desta vez quis me levantar, mas foi impossível. Parecia que meus membros estavam paralisados. Depois de me olhar por algum tempo, o velho se afastou. Ouvi-o andar em volta da casa e bater de leve na janela do quarto onde dormiam Georges e a mulher. O menino se virou na cama e gemeu em seu sonho. Passaram-se alguns momentos de silêncio, depois ouvi novas batidas na janela. O menino gemeu de novo e então despertou.

– É o senhor, vovô? – perguntou a criança.

– Sou eu – respondeu uma voz abafada. – E trago seu pequeno iatagã.

– Mas não posso sair, papai me proibiu!

– Não precisa sair. Só abra a janela e me dê um abraço!

O menino se levantou, e ouvi a janela abrir-se. Então, reunindo toda minha energia, saltei da cama e apressei-me em bater na divisória. Num minuto Georges estava de pé. Ouvi-o xingar, sua mulher deu um grito, e logo toda a casa estava reunida em torno do menino desfalecido. Gorcha desaparecera, como na noite anterior. Com esforço conseguimos reviver o menino, que estava muito fraco, respirando com dificuldade. O pobrezinho ignorava a causa do desmaio. Sua mãe e Sdenka atribuíram-na ao medo de ser surpreendido falando com o avô. Eu nada disse. Quando o menino ficou mais calmo, todos se deitaram, exceto Georges.

Ao amanhecer, ouvi-o acordar a mulher e falarem em voz baixa. Sdenka juntou-se a eles e ouvi as duas mulheres soluçando. O menino estava morto.

Passo em silêncio pelo desespero da família. Ninguém, porém, atribuía a morte ao velho Gorcha. Ao menos, não abertamente. Georges se calava, mas sua expressão sempre sombria tinha algo de terrível.

Durante dois dias, o velho não apareceu. No terceiro, o menino foi enterrado. Na noite seguinte, acreditei ouvir passos em volta da casa e uma voz de velho chamando o irmãozinho do defunto. Pareceu-me também ver o rosto de Gorcha colado a minha janela, mas não sabia se era realidade ou efeito da imaginação, pois naquela noite a lua estava encoberta.

De todo modo, achei ser meu dever contar a Georges. Ele perguntou à criança, que respondeu ter de fato ouvido o chamado do avô e tê-lo visto olhando pela janela. Com severidade, Georges instruiu o filho a acordá-lo caso o velho aparecesse de novo.

Todas estas circunstâncias não impediram que minha ternura por Sdenka crescesse ainda mais. Não era possível, durante o dia, falar-lhe a sós. De noite, a ideia de uma partida iminente feria-me o coração. O quarto de Sdenka estava separado do meu por uma espécie de corredor que dava para a rua de um lado e para o pátio do outro. Entrando no corredor, vi a porta de Sdenka entreaberta.

Involuntariamente, parei. Um roçar de vestido que eu bem conhecia fez meu coração bater forte. Depois, ouvi palavras cantadas a meia-voz. Eram as palavras de despedida que um rei sérvio, indo para a guerra, dirigia a sua amada.

> *Ó, meu jovem álamo*, dizia o velho rei, *parto para a guerra e tu me esquecerás!*
>
> *As árvores que crescem ao pé da montanha são esguias e flexíveis, mas não se comparam a ti!*
>
> *Os frutos da sorveira que o vento balança são vermelhos, mas teus lábios são mais vermelhos!*
>
> *E eu, eu sou como um velho carvalho já sem folhas, e minha barba é mais branca que as espumas do Danúbio!*
>
> *E tu me esquecerás, ó minha alma, e morrerei de desgosto, porque o inimigo não ousará matar o velho rei!*
>
> E a bela respondeu: *Juro permanecer fiel e não te esquecer. Se falhar em meu juramento, que tu possas, depois da morte, vir tomar meu sangue!*
>
> E o velho rei respondeu: *Que assim seja!*, e partiu para a guerra. E logo a bela o esqueceu!

Sdenka parou, como se temesse terminar a balada. Não resisti mais. Sua voz tão doce, tão expressiva, era a voz da duquesa de Gramont... Sem refletir, empurrei a porta e entrei. Sdenka acabava de tirar uma espécie de casaquinho que as mulheres de seu país usam. Uma camisa bordada em ouro e seda vermelha, presa na cintura pela saia quadriculada simples, compunha toda sua roupa. As belas tranças louras estavam desfeitas, e a roupa singela realçava seus atrativos. Ela não se irritou com minha entrada brusca, mas pareceu confusa, corando levemente.

– Oh, por que veio? – perguntou ela. – E o que pensariam de mim se nos surpreendessem?

– Sdenka, minha alma, fique tranquila; a nosso redor todos dormem, e só o grilo na grama e o besouro em voo poderiam escutar o que tenho a lhe dizer.

– Oh, meu amigo, saia, saia! Se meu irmão nos surpreender, estou perdida!

– Sdenka, não sairei até que prometa sempre me amar, como a bela prometeu ao rei da canção. Logo partirei, Sdenka, e quem sabe quando nos veremos de novo? Sdenka, amo-a mais que minha alma, mais que minha vida. Minha vida e meu sangue são seus. Não me daria uma hora em troca disso?

– Muitas coisas podem acontecer em uma hora – disse Sdenka, com ar pensativo, mas deixou a mão na minha. Então continuou, com um tremor: – Não conhece meu irmão. Tenho o pressentimento de que virá aqui.

– Acalme-se, minha Sdenka; seu irmão está cansado devido às vigílias, adormeceu embalado pelo vento que brinca nas árvores e o sono dele é pesado. A noite é longa, e não lhe peço mais que uma hora! E depois, adeus, talvez para sempre!

– Não, não; para sempre, não! – disse ela com emoção, e depois recuou, como que assustada com a própria voz.

– Oh, Sdenka! – exclamei. – Não tenho olhos a não ser para você, não tenho ouvidos a não ser para você, não sou mais dono de mim. Obedeço a uma força superior. Perdoe-me, Sdenka! – E, como um louco, apertei-a contra meu peito.

— Você não é meu amigo — disse ela, desvencilhando-se, e foi se refugiar no fundo do quarto.

Não sei o que lhe respondi, pois estava confuso com minha audácia — não porque esta já não me houvesse valido em circunstâncias semelhantes, mas porque, apesar de minha paixão, não podia evitar um sentimento de respeito sincero pela inocência de Sdenka.

No início, é verdade, eu tinha lançado algumas frases de galanteio que não desagradavam às beldades de nossa época, mas logo me envergonhei e deixei de fazê-lo, ao ver que a jovem não compreendia, em sua simplicidade, o que as senhoras adivinhavam por meias-palavras, como revelam seus sorrisos.

Lá estava eu diante dela, sem saber o que dizer, quando de repente a vi estremecer e fitar aterrorizada a janela. Segui a direção de seus olhos e vi distintamente a figura imóvel de Gorcha observando-nos do lado de fora.

No mesmo momento, senti uma pesada mão cair sobre meu ombro. Voltei-me. Era Georges.

— Que faz aqui? — perguntou-me.

Desconcertado pela brusca repreensão, apontei para o pai dele, que olhava pela janela e que desapareceu assim que Georges o viu.

— Ouvi o velho e vim advertir sua irmã — respondi.

Georges me olhou como se quisesse ler o fundo de minha alma. Depois, pegou-me pelo braço, conduziu-me a meu quarto e se foi, sem dizer uma palavra.

No dia seguinte, a família estava reunida diante da casa, em volta de uma mesa repleta de leite e queijos.

— Onde está o menino? — perguntou Georges.

— No pátio — respondeu a mãe —, divertindo-se sozinho com sua brincadeira preferida, que é imaginar que luta contra os turcos.

Mal disse essas palavras quando, para nossa imensa surpresa, vimos a figura imponente de Gorcha sair do bosque e vir devagar em nossa direção. Ao chegar, ele se sentou à mesa, como fizera no dia de minha chegada.

– Meu pai, seja bem-vindo – murmurou sua nora, em voz quase inaudível.

– Seja bem-vindo, meu pai – repetiram Sdenka e Pierre, em voz baixa.

– Meu pai – disse Georges com voz firme, mas mudando de cor –, nós o esperávamos para fazer a prece!

O velho se voltou, franzindo as sobrancelhas.

– A prece, já! – repetiu Georges, e fez o sinal da cruz. – Ou por São Jorge...

Sdenka e sua cunhada inclinaram-se na direção do velho e suplicaram-lhe que fizesse a prece.

– Não, não, não – disse o velho. – Ele não tem direito de me dar ordens e, se insistir, vou amaldiçoá-lo!

Georges levantou-se e correu para dentro da casa. Voltou em seguida, com os olhos cheios de fúria.

– Onde está a estaca? – gritou ele. – Onde vocês esconderam a estaca?

Sdenka e Pierre trocaram olhares.

– Cadáver! – disse Georges ao velho. – Que fez a meu primogênito? Por que matou meu filho? Devolva-me a criança, cadáver!

Ao falar, ficava mais e mais pálido; seus olhos, mais e mais agitados.

O velho o fitou com olhar malévolo, sem se mover.

– A estaca, a estaca! – gritou Georges. – Que aquele que a escondeu seja responsável pelos males que nos atingirem!

Nesse momento, ouvimos as risadas alegres do menino sobrevivente, que chegou montado a cavalo sobre uma grande estaca, emitindo com sua voz infantil o grito de guerra dos sérvios ao atacar o inimigo.

Vendo a cena, o olhar de Georges flamejou. Tirou a estaca da criança e se precipitou sobre o pai, que soltou um urro e correu em direção ao bosque com uma velocidade tão pouco condizente com sua idade que parecia sobrenatural.

Georges saiu em sua perseguição, e logo os perdemos de vista.

O sol se pusera quando Georges regressou, pálido como a morte e com os cabelos em pé. Sentou-se perto do fogo e acreditei ouvir seus dentes baterem. Ninguém ousou perguntar nada. Chegando a hora costumeira de retirarem-se, pareceu recobrar a energia e, chamando-me de lado, disse, de modo muito natural:

— Meu caro hóspede, acabo de ver o rio e não há mais gelo. O caminho está livre e nada impede a sua partida. É inútil despedir-se de minha família — continuou ele, lançando um olhar a Sdenka. — Todos lhe desejam, por meu intermédio, toda a felicidade que se pode desejar neste mundo, e espero que guarde uma boa lembrança de nós. Amanhã, ao amanhecer, encontrará o cavalo selado e seu guia a postos para conduzi-lo. Adeus. De vez em quando lembre-se de seu anfitrião e perdoe-o se sua estada aqui não tiver sido tão livre de tribulações quanto ele teria desejado.

O semblante sério de Georges tinha nesse momento uma expressão quase cordial. Conduziu-me a meu quarto e me apertou a mão uma última vez. Depois estremeceu, e seus dentes bateram como se tremesse de frio.

Deixado só, nem sonhava em me deitar, como as senhoras bem podem imaginar. Outras ideias me preocupavam. Já havia amado várias vezes na vida. Já tivera acessos de ternura, de despeito e de ciúmes, mas nunca, mesmo ao deixar a duquesa de Gramont, havia sentido tristeza semelhante à que me destroçava o coração naquele instante. Antes que o sol surgisse, eu vestira meus trajes de viagem e pensei em tentar um último encontro com Sdenka. Mas Georges me esperava no vestíbulo. Qualquer possibilidade de voltar a vê-la foi-me negada.

Montei no cavalo e saí a galope. Prometi a mim que, voltando de Iassi,* passaria de novo por esta aldeia. Tal esperança, apesar de longínqua, aos poucos afastou minhas preocupações. Já pensava com satisfação no momento do retorno, e minha imaginação traçava de antemão todos os detalhes, quando um movimento brusco do cavalo quase me fez cair da sela. O animal parou de repente, retesou-se sobre as patas dianteiras e emitiu pelas narinas o som que avisa seus semelhantes da proximidade do perigo. Olhei com atenção e vi, uma centena de passos à frente, um lobo cavando a terra. O barulho que fiz o espantou, e, metendo as esporas no flanco de meu cavalo, forcei-o a avançar. No lugar de onde o lobo saíra, vi uma cova recente. Pareceu-me, além disso, distinguir a ponta de uma estaca projetando-se algumas polegadas acima da terra que o lobo acabava de revirar. Mas não posso afirmar com certeza, porque passei bem depressa pelo lugar.

Aqui, o marquês se calou, e aspirou uma dose de rapé.

– E então, foi tudo? – perguntaram as damas.

– Infelizmente, não! – respondeu ele. – O que ainda tenho para lhes contar é para mim uma lembrança bem mais penosa, e daria qualquer coisa para me livrar dela. – E seguiu com o relato.

Os assuntos que me levaram a Iassi detiveram-me ali muito mais tempo do que previra. Não os concluí antes de seis meses. Que posso dizer sobre o que se passou nesse ínterim? É uma verdade triste de admitir, mas não é menos verdade que há poucos sentimentos duradouros cá neste mundo. O êxito de minha negociação, o encorajamento que recebia do gabinete de Versalhes, e a política, essa vilã que tanto nos aborreceu nestes últimos tempos, não tardaram a enfraquecer em meu espírito a recordação de Sdenka. Além disso, a mulher do *hospodar*, que era muito bela e dominava com per-

* Cidade da atual Romênia, à época capital da Moldávia. Em romeno, *Iași*. [N. T.]

feição nosso idioma, desde minha chegada deu-me a honra de escolher-me entre os estrangeiros residentes em Iassi. Criado como fui nos princípios da galanteria francesa, meu sangue gaulês se revoltaria com a ideia de retribuir com ingratidão a amabilidade que me dedicava. Assim, respondi com cortesia a seus convites e, para defender os interesses e direitos da França, comecei por me identificar com todos os do *hospodar*.

Chamado de volta a meu país, parti pela mesma estrada por onde viera. Não pensava mais em Sdenka ou sua família quando, uma noite, cavalgando pelos campos, ouvi um relógio soar oito horas. O som não me pareceu desconhecido, e o guia informou que vinha de um mosteiro não muito distante. Perguntei qual. Era o da Virgem do Carvalho. Apressei o passo do cavalo e logo batíamos à porta do mosteiro. O eremita veio atender e nos conduziu ao alojamento dos viajantes, tão repleto de peregrinos que perdi a vontade de pernoitar ali. Perguntei se encontraria hospedagem na aldeia.

– Encontrará mais de uma – respondeu o eremita, com um suspiro profundo. – Graças ao ímpio Gorcha, casas vazias não faltam!

– Como? – perguntei. – O velho Gorcha ainda vive?

– Oh, não; ele foi enterrado, e muito bem, com uma estaca no coração! Mas havia tomado o sangue do filho de Georges. Uma noite, o menino apareceu à porta chorando, dizendo que sentia frio e queria entrar. A tola da mãe não teve coragem de mandá-lo de volta ao cemitério, ainda que ela mesma o tivesse enterrado, e abriu a porta. Ele a atacou e sugou-a até a morte. Enterrada por sua vez, voltou para sugar o sangue do filho mais novo, e depois do marido, e depois do cunhado. Todos tiveram o mesmo destino.

– E Sdenka? – perguntei.

– Enlouqueceu de dor. Pobrezinha, nem fale dela!

A resposta nada animadora do eremita tirou-me a coragem de repetir a pergunta.

— O vampirismo é contagioso — continuou ele, persignando-se. — Muitas famílias na aldeia foram atacadas e muitas morreram inteiras. Se quer um conselho, passe a noite no mosteiro. Na aldeia, mesmo que não seja atacado pelos *vurdalaks*, o medo que lhes causarão será suficiente para branquear seus cabelos antes que eu faça soar os sinos matinais. Sou apenas um religioso pobre, mas a generosidade dos viajantes me permite acolhê-los bem. Tenho queijos deliciosos, passas secas cuja visão lhe trará água à boca e algumas garrafas de vinho de Tokay, que nada fica devendo ao que é servido à Sua Santidade, o Patriarca!

Nesse momento, pareceu-me que o eremita virava taverneiro. Supus que contara aquelas histórias para me dar a chance de agradar a Deus e imitar a "generosidade dos viajantes que lhe permitia acolhê-los bem". Além disso, a palavra *medo* sempre teve sobre mim o mesmo efeito de um clarim sobre um corcel de guerra. Ficaria envergonhado se não partisse de imediato. Tremendo, o guia pediu permissão para ficar, e concedi-a de bom grado.

Demorei meia hora para chegar à aldeia. Estava deserta. Luz alguma iluminava as janelas, canção alguma se ouvia. Passei em silêncio diante das casas, reconhecendo a maioria, até chegar à de Georges. Por recordação sentimental ou por temeridade juvenil, decidi passar a noite lá. Apeei do cavalo e bati ao portão. Ninguém respondeu. Empurrei a porta, que se abriu rangendo nas dobradiças, e entrei no pátio. Amarrei o cavalo todo arreado num galpão, onde encontrei aveia suficiente para alimentá-lo, e avancei resoluto até a casa.

Nenhuma porta estava fechada, mas todos os aposentos estavam vazios. O quarto de Sdenka parecia ter sido abandonado na véspera. Ainda havia algumas roupas sobre a cama. Sobre uma mesa, algumas joias que ganhara de mim brilharam ao luar, entre elas um pequeno crucifixo esmaltado que eu havia comprado ao passar por Peste.* Não pude evitar um aperto no coração, ainda que meu amor tivesse terminado. Envolvi o corpo com o casaco e acomodei-me na cama. Logo o sono me dominou. Não lembro detalhes, mas sei que em sonhos revi Sdenka, bela, inocente e amorosa como no passado. Ao vê-la, recriminei-me por ser egoísta e inconstante. Perguntei-me como pudera abandonar e esquecer a pobre menina que me amava. Depois, a imagem dela se fundiu com a da duquesa de Gramont, formando uma única pessoa. Joguei-me aos pés de Sdenka e implorei perdão. Todo o meu ser, toda a minha alma, confundiram-se num inefável sentimento de melancolia e felicidade.

Assim sonhava quando um som harmonioso, como o sussurro de uma brisa ligeira agitando um campo de trigo, trouxe-me à beira do despertar. Pensei ouvir as espigas balançando melodiosamente e o canto dos pássaros entremeado ao rolar de uma cascata e ao murmúrio das árvores. Depois me pareceu que todos esses sons confusos eram apenas o roçar de um vestido de mulher, e fixei-me nessa ideia. Abri os olhos e vi Sdenka a meu lado. Sob o brilho intenso da lua, distingui os menores detalhes dos traços adoráveis que em outra época me haviam sido tão caros, e cujo valor o sonho recente me fizera redescobrir. Pareceu-me mais bela e mais madura. Usava as mesmas roupas simples com que a vira da última vez, sozinha – a camisa bordada em ouro e seda, a saia atada ao redor da cintura.

– Sdenka! – disse, sentando-me na cama. – É mesmo você, Sdenka?

– Sim, sou eu – respondeu, com voz doce e triste. – Sou sua Sdenka, que você esqueceu. Ah, por que não voltou antes? Agora tudo está terminado; é preciso que você parta. Um

* Cidade situada na margem esquerda do rio Danúbio; uniu-se a Buda, na margem direita, para constituir Budapeste, hoje capital da Hungria. [N. T.]

momento mais e estará perdido! Adeus, meu amigo, adeus para sempre!

— Sdenka, contaram-me as muitas desgraças que sofreu! Venha, vamos conversar. Isso a confortará!

— Oh, meu amigo, não deve acreditar em tudo o que dizem de nós. Mas vá embora, vá bem rápido, pois se ficar estará perdido.

— Mas Sdenka, qual o perigo que me ameaça? Não pode me dar uma hora, apenas uma hora, para que possamos conversar?

Sdenka estremeceu, e uma estranha mudança lhe sobreveio.

— Sim, uma hora — disse ela. — Uma hora, não é? Como quando eu cantava a balada do velho rei e você entrou neste quarto? É o que quer dizer? Mas, não — ela se contradisse —, parta agora, vá! Parta bem rápido, peço-lhe; fuja, fuja para o mais longe que puder!

Uma energia selvagem animava seus traços. Não compreendi o motivo pelo qual ela falava daquele modo, mas estava tão bonita que resolvi ficar, apesar de tudo. Cedendo, por fim, a meus pedidos, sentou-se junto a mim, falou dos tempos passados e confessou, corando, que me amara desde o dia em que cheguei. Entretanto, pouco a pouco, notei nela uma grande mudança. Sua reserva de outros tempos dera lugar a uma estranha desenvoltura. O olhar, antes acanhado, tinha agora certa dureza. Percebi, surpreso, que o modo como agia estava longe da timidez que a caracterizara antes.

Seria possível, perguntei-me, que Sdenka nunca tivesse sido a jovem pura e inocente que antes parecera ser? Teria assumido aquele comportamento apenas por medo do irmão? Teria eu sido ludibriado por sua falsa virtude? Mas por que, então, insistia para que eu partisse? Seria talvez um refinamento de *coquetterie*? E eu que acreditava conhecê-la! Mas não importava! Se Sdenka não era uma Diana como eu pensara, podia muito bem compará-la a uma outra divindade, não menos adorável e – louvado seja Deus! – prefiro o papel de Adonis ao de Actéon!*

Se essa frase clássica que disse a mim mesmo lhes parece fora de moda, senhoras, por favor, recordem que o que tenho a honra de lhes contar passou-se no ano da graça de 1758. A mitologia estava em voga, e quero situar as coisas no devido contexto. Houve muitas mudanças desde então, e não faz tanto tempo que a Revolução, destruindo ao mesmo tempo as lembranças do paganismo e a religião cristã, colocou a deusa Razão em seu lugar. Essa deusa, senhoras, jamais foi minha padroeira quando me encontrava na companhia das damas e, na época de que falo, estava menos disposto do que nunca a lhe dedicar sacrifícios. Abandonei-me sem reservas à atração que sentia por Sdenka e fui ao encontro de suas provocações. Já tínhamos passado certo tempo em doce intimidade quando, divertindo-me em enfeitar Sdenka com todas as joias, quis pendurar-lhe ao pescoço a pequena cruz esmaltada que encontrara sobre a mesa. Quando tentei fazê-lo, Sdenka recuou, estremecendo.

– Chega de infantilidades, meu querido – disse ela. – Deixe dessas bobagens e vamos falar de você e de seus planos!

Sua inquietação me fez pensar. Examinando-a com atenção, notei que não mais trazia ao pescoço, como antes, a coleção de pequenas imagens, relicários e amuletos com incenso que os sérvios costumam usar da infância à morte e dos quais nunca se despem.

– Sdenka, onde estão as imagens que você costumava levar no pescoço?

– Eu as perdi – respondeu ela, com impaciência, e rapidamente mudou de assunto.

Por algum motivo, um pressentimento se apossou de mim. Tentei partir e Sdenka me deteve.

---

* Na mitologia, Adonis era o favorito de Afrodite, a deusa do amor. Actéon foi despedaçado por cães como castigo por ter visto Ártemis banhar-se nua. [N. T.]

– Como? Você pediu uma hora e já quer partir depois de alguns minutos! – argumentou ela.

– Sdenka, tinha razão em me pedir para partir. Creio ouvir ruídos e temo que nos surpreendam!

– Fique tranquilo, meu querido; a nosso redor tudo dorme, e só o grilo na grama e o besouro em voo poderiam escutar o que tenho a dizer-lhe!

– Não, não, Sdenka, preciso ir embora!

– Pare, pare – disse Sdenka. – Amo-o mais que minha alma, mais que minha vida; você me disse que sua vida e seu sangue eram meus!

– Mas seu irmão, seu irmão, Sdenka, tenho o pressentimento de que virá aqui!

– Acalme-se, minha alma; meu irmão adormeceu embalado pelo vento que brinca nas árvores, e seu sono é pesado. A noite é longa, e não lhe peço mais que uma hora!

Ao dizer isso, Sdenka estava tão bela que o vago terror que me agitava começou a ceder ao desejo de ficar a seu lado. Uma mistura de temor e de volúpia, impossível de descrever, preenchia meu ser. À medida que eu fraquejava, Sdenka ficava mais terna. Estava decidido a ceder e, ao mesmo tempo, prometi-me ficar alerta; mas, como já disse, nunca fui muito sábio. Quando Sdenka, notando minha resistência, propôs que afastássemos o frio da noite com alguns copos de um vinho encorpado, que disse ter ganhado do bom eremita, aceitei a proposta com uma rapidez que a fez sorrir. O vinho produziu seu efeito. Desde o segundo copo, a má impressão que tive com o episódio do crucifixo e das imagens se desfez por completo. Sdenka, em seus trajes desalinhados, com os belos cabelos em meias-tranças e as joias iluminadas pela lua, parecia-me irresistível. Não me contive mais e a tomei nos braços.

Então, senhoras, deu-se uma dessas misteriosas revelações que jamais terão explicação, e nas quais a experiência me forçou a crer, embora até então eu não estivesse inclinado a admiti-las.

A força com que tomei Sdenka nos braços fez com que uma ponta da cruz que as senhoras viram há pouco, o presente de despedida da duquesa de Gramont, me espetasse o peito. Senti uma dor aguda, como um raio de luz atravessando todo o corpo. Olhei Sdenka e vi que seu rosto, embora ainda belo, estava contraído pela morte, que seus olhos não enxergavam e que seu sorriso era uma convulsão de agonia estampada na face de um cadáver. Ao mesmo tempo, senti no quarto o odor nauseabundo que costuma emanar de sepulturas mal fechadas. A verdade horrenda esmagou-me sob seu peso, e recordei tarde demais os avisos do eremita. Entendi a posição precária em que me encontrava e senti que tudo dependia de minha coragem e sangue-frio. Dei as costas a Sdenka para ocultar o horror que minha fisionomia devia estar expressando. Meu olhar recaiu na janela, e vi o infame Gorcha, apoiado sobre uma estaca ensanguentada e fitando-me com olhos de hiena. A outra janela estava ocupada pela face pálida de Georges que, nesse momento, exibia uma semelhança assustadora com o pai. Os dois vigiavam meus movimentos, e eu não tinha dúvidas de que se lançariam sobre mim caso tentasse fugir. Assim, não demonstrei tê-los percebido e, com um esforço violento, continuei, senhoras, sim, continuei a dedicar a Sdenka os mesmos carinhos que me deleitavam antes da descoberta terrível. Nesse meio-tempo, buscava com angústia um modo de escapar. Percebi que Gorcha e Georges trocavam olhares de cumplicidade com Sdenka, já ficando impacientes. Também ouvi lá fora uma voz de mulher e gritos de crianças, tão pavorosos que poderiam ser tomados por urros de gatos selvagens.

Chegou a hora de partir, disse a mim mesmo, *e quanto antes melhor!*

Então, disse a Sdenka, em voz alta para ser ouvido por seus horríveis parentes:

— Estou muito cansado, minha menina. Gostaria de deitar-me e dormir umas horas, mas antes preciso ver se meu cavalo comeu sua forragem. Peço-lhe que não se vá e que aguarde meu retorno.

Beijei seus lábios frios e descorados e saí. Encontrei meu cavalo coberto de suor e debatendo-se inquieto. Não tocara a aveia, mas o relincho que deu ao me ver arrepiou-me, pois temi que traísse minhas intenções. Entretanto, os vampiros provavelmente haviam ouvido minha conversa com Sdenka e não pensaram em dar o alarme. Assegurei-me de que o portão estava aberto e, lançando-me sobre a sela, enfiei as esporas nos flancos do cavalo e partimos em disparada.

Tive tempo de perceber, ao passar pela porta, que havia uma multidão numerosa reunida em torno da casa, quase todos com os rostos colados contra os vidros. Creio que minha saída repentina os desorientou de início, porque por algum tempo não ouvi, no silêncio da noite, nada além do galope rítmico de meu cavalo. Quando acreditei que já podia felicitar-me pelo estratagema, de repente ouvi detrás de mim um barulho que lembrava uma tempestade ressoando nas montanhas. Mil vozes confusas gritavam, uivavam e pareciam brigar entre si. Depois, como que em consenso, todas se calaram, e ouvi um tropel retumbante, como se um batalhão de soldados se aproximasse em marcha acelerada.

Apressei meu cavalo, fustigando-lhe os flancos. Uma febre ardente fazia pulsar minhas artérias e, enquanto me esgotava num esforço supremo para manter a presença de espírito, ouvi atrás de mim uma voz que gritava:

— Pare, pare, meu querido! Amo-o mais que minha alma, amo-o mais que minha vida! Pare, pare, seu sangue me pertence!

De repente, um sopro gelado roçou minha orelha e senti Sdenka saltar na garupa.

— Meu coração, minha alma! — dizia. — Não tenho olhos a não ser para você, não tenho ouvidos a não ser para você, não sou mais dona de mim. Obedeço a uma força superior. Perdoe-me, meu querido, perdoe-me!

E, envolvendo-me com seus braços, tentava me puxar para trás e morder minha garganta. Uma luta terrível se travou entre nós. Por algum tempo me defendi como pude, até que, afinal, consegui agarrá-la pela cintura com uma das mãos e pelas tranças com a outra e, levantando-me nos estribos, atirei-a ao chão.

Logo minhas forças me abandonaram e o delírio me dominou. Mil imagens alucinantes perseguiam-me, com caretas terríveis. Georges e seu irmão Pierre corriam a meu lado, tentando cortar-me o caminho. Não conseguiram, e eu já ia comemorar quando, voltando-me, vi o velho Gorcha que se apoiava em sua estaca para dar saltos como os montanheses tiroleses quando transpõem os abismos. Gorcha também ficou para trás. Então sua nora, que puxava os filhos detrás de si, atirou-lhe um deles, que ele recebeu na ponta da estaca. Servindo-se dela como catapulta, lançou o menino sobre mim, com toda a sua força. Desviei-me do projétil, mas, com o instinto de um verdadeiro mastim, o pequeno monstro se agarrou ao pescoço de meu cavalo e só com grande esforço consegui arrancá-lo. O outro menino foi lançado da mesma forma, todavia caiu adiante do cavalo e foi pisoteado. Não sei o que mais se passou, mas quando voltei a mim já era dia claro e me vi deitado na estrada, ao lado de meu cavalo moribundo.

Assim termina, senhoras, um namorico que deveria ter me curado para sempre do desejo de buscar novidades. Os contemporâneos de suas avós poderão dizer se me tornei mais sábio depois disso.

Seja como for, ainda tremo ao pensar que, se tivesse sucumbido aos meus inimigos, também teria sido transformado em vampiro. Mas o Céu não permitiu que as coisas chegassem a tanto e, longe de desejar o sangue das senhoras, nada mais peço, velho como estou, além do privilégio de derramar meu sangue a suas ordens!

O conde **Alexei Constantinovitch Tolstói** (1817-1875) foi um diplomata, escritor e dramaturgo russo, nascido em São Petersburgo. Descendente de uma família de nobres ucranianos, era parente distante do afamado escritor Liev Tolstói. Passou a maior parte da vida na corte de Moscou, onde ocupou vários cargos. Tinha uma educação refinada, além de grande talento e versatilidade. Na década de 1850, começou a escrever versos satíricos, em especial sobre a burocracia governamental. Em 1861, desiludido com a corte, retirou-se da vida pública e voltou para as terras da família, onde morreu em 1875, financeiramente arruinado, de uma overdose de morfina.

Ao longo da vida, escreveu baladas, poesias, sátiras e contos fantásticos. Sua principal contribuição à literatura russa foi a trilogia de dramas históricos sobre os séculos 16 e 17: *A morte de Ivan, o Terrível* (1866), *Czar Féodor Ivanovich* (1868) e *Czar Bóris* (1870).

Na ficção fantástica, foi influenciado por Goethe, que conheceu em pessoa e cujo poema "A noiva de Corinto" traduziu para o russo, e pelos contos de E. T. A. Hoffmann e Prosper Mérimée.

O conto "La Famille du vourdalak" ("Sem'ya vurdalaka", Семья вурдалака) foi escrito sob o pseudônimo Krasnogorsky (derivado do nome da propriedade da família Tolstói, Krasny Rog), provavelmente em 1839. Ele veio a público pela primeira vez em 1847, na França,* e não foi publicado na Rússia senão anos mais tarde. Essa demora foi motivada pela animosidade e sarcasmo com que a imprensa de São Petersburgo recebera as primeiras incursões de Tolstói no horror gótico. Na época em que escreveu o conto, esse gênero era sua leitura preferida, mas não era do gosto da elite intelectual russa. Mais tarde,

* Christopher Frayling, 1991, p. 253.

recebeu reconhecimento por sua habilidade em utilizar o folclore da Rússia como base para a ficção, e foi considerado por Ivan Turguêniev como um dos mestres do conto fantástico moderno. Tolstói produziu ainda outro conto de vampiros: "Upyr" (1841).

A trama de "A família do *vurdalak*" faz lembrar todo o processo de descoberta, pela elite cultural, do vampiro do folclore rural centro-europeu e das "epidemias" vampíricas do século 18. O europeu do oeste, culto e refinado, chega à aldeia isolada e inculta, onde é alertado pelos camponeses quanto ao perigo dos vampiros, ou *vurdalaks*. Inicialmente incrédulo, as evidências acabam convencendo-o de que os mortos-vivos são reais.

Tolstói introduziu na narrativa vários elementos folclóricos: a volta do desmorto para sugar os parentes próximos; a transmissão da condição vampírica às vítimas; a capacidade de animais, como cães e cavalos, de perceber a presença do vampiro; a estaca feita de uma madeira específica; a necessidade de outras providências, além do estaqueamento, para matar em definitivo o vampiro. Por outro lado, ele incluiu também aspectos então consagrados na ficção vampírica. Um dos mais notáveis é a questão da sedução e da sexualidade exacerbada dos vampiros, presente já na poesia alemã do século anterior e incorporada por Polidori. Outro aspecto é a aversão do vampiro aos símbolos religiosos, que ganharia muito espaço, como elemento moralizante e punitivo, a partir de Drácula, no final do século 19.

Em 1963, esse conto foi bem adaptado pelo diretor italiano Mario Bava em um dos episódios de seu filme *As três faces do medo* (*I tre volti della paura*, também chamado de *Black Sabbath*). Num detalhe interessante, a obra traz a primeira e única aparição do ator inglês Boris Karloff como vampiro. Outras adaptações são *A noite dos demônios* (*La notte dei diavioli*), do também italiano Giorgio Ferroni, que atualiza a história para a época do filme (1972), situando-a em um país não identificado, vizinho à Itália; e "La família Vourdalak", episódio da série de TV espanhola *El Quinto Jinete,* dirigido pelo diretor José Antonio Páramo, em 1975, e passado na Sérvia do século 18.

A dama pálida

(1849)

Alexandre Dumas, pai

1. OS MONTES CÁRPATOS

Sou polonesa nascida em Sandomir,* ou seja, num país onde as lendas se tornam objeto de devoção, onde cremos tanto em nossas tradições familiares como nos Evangelhos ou talvez até mais. Não há um de nossos castelos que não tenha seu espectro, nenhuma de nossas cabanas que não tenha sua assombração doméstica. Entre ricos e entre pobres, no castelo como na cabana, tanto o princípio amigo como o princípio inimigo são reconhecidos. Às vezes, ambos entram em atrito e combatem. Então ouvem-se sons misteriosos nos corredores, rugidos assustadores nas velhas torres, tremores pavorosos por trás das muralhas, e foge-se tanto da cabana como do castelo. Camponeses e nobres correm à igreja em busca da cruz bendita ou de santas relíquias, únicas proteções contra os demônios que os atormentam.

No entanto, dois outros princípios, mais terríveis e obstinados, e ainda mais implacáveis, se fazem presentes: a tirania e a liberdade. O ano de 1825 viu travar-se, entre a Rússia e a Polônia, uma dessas batalhas que parecem exaurir o sangue de um povo inteiro, como frequentemente se exaure todo o sangue de uma família.

---

* Cidade ao sul de Varsóvia, às margens do rio Vístula, o mais importante da Polônia. *Sandomierz*, em polonês. [N. T.]

Meu pai e meus dois irmãos insurgiram-se contra o novo czar, e haviam-se juntado às forças reunidas sob a bandeira da independência polonesa, sempre abatida, sempre reerguida.

Um dia, soube que meu irmão mais moço havia sido morto. Noutro, informaram-me que o mais velho estava ferido de morte. Por fim, depois de ter ouvido durante um dia inteiro, aterrorizada, o som dos canhões aproximando-se mais e mais, vi chegar meu pai com uma centena de cavaleiros, tudo o que restava dos três mil homens que comandara.

Veio encerrar-se em nosso castelo, com a intenção de ser sepultado sob suas ruínas. Meu pai, que por si mesmo nada receava, tremia por mim. De fato, restava-lhe apenas a morte, pois tinha a certeza de que não sairia com vida das mãos do inimigo. Quanto a mim, porém, esperavam-me a escravidão, a desonra, a vergonha. Dentre os cem homens sobreviventes, meu pai escolheu dez, chamou o intendente, deu-lhe todo o ouro e joias que possuíamos e, lembrando-se de que, durante a segunda divisão da Polônia, minha mãe, quase criança ainda, encontrara um refúgio inviolável no mosteiro de Sahastru, em plenos Cárpatos,* ordenou-lhe que me conduzisse a esse mosteiro, que certamente não seria menos hospitaleiro com a filha do que fora com a mãe.

Apesar do grande amor que meu pai sentia por mim, as despedidas não foram longas. Era muito provável que, no dia seguinte, os russos já estivessem nas vizinhanças do castelo, então não havia tempo a perder. Vesti às pressas um traje de montaria, que costumava usar quando acompanhava meus irmãos nas caçadas. Arrearam para mim o cavalo mais seguro de toda a estrebaria e, depois de colocar as próprias pistolas, obra-prima da indústria de Tula,** na bolsa de minha sela, meu pai me abraçou e deu a ordem de partida.

---

* Cadeia montanhosa da Europa Central, que forma um arco através da Eslováquia, Hungria, Ucrânia e Romênia. [N. T.]

** Primeira fábrica de armas da Rússia, chegou a ser o maior centro de fundição de ferro no Leste europeu. [N. T.]

Naquela noite e no dia seguinte, cavalgamos vinte léguas, seguindo as margens de um dos rios sem nome que deságuam no Vístula. Essa primeira etapa acelerada colocou-nos fora do alcance dos russos. Com os últimos raios do sol, vimos cintilar os cumes nevados dos montes Cárpatos. Ao fim do segundo dia, alcançamos a base deles, e na manhã do terceiro começamos a percorrer um de seus desfiladeiros. Nossos montes Cárpatos não se parecem com as montanhas civilizadas do ocidente deles. Tudo o que a natureza tem de estranho e grandioso ali se apresenta ao olhar em sua mais completa majestade. Os cumes tempestuosos perdem-se nas nuvens, cobertos por neves eternas. As imensas florestas de pinheiros debruçam-se sobre o espelho polido de lagos que se assemelham a mares, lagos cujo cristal, profundo como o azul do céu, jamais foi navegado por um bote ou perturbado pela rede de um pescador. A voz humana ressoa ali a cada tanto, entoando uma canção moldava respondida pelos gritos dos animais selvagens. Canção e gritos despertarão algum eco solitário, surpreso por um rumor qualquer que o fez descobrir a própria existência. Por milhas viaja-se à sombra do dossel de bosques repletos das maravilhas inesperadas que os lugares solitários nos revelam a cada passo e que fazem nosso espírito passar do assombro à admiração. Ali, a ameaça está por toda parte, composta por mil perigos diferentes, mas não há tempo de sentir medo, tão sublimes são esses perigos. Ora são as cascatas improvisadas pela água do degelo que, saltando de rocha em rocha, invadem de súbito o caminho estreito pelo qual seguimos; ora são árvores que, minadas pelo tempo, desprendem-se do solo e tombam com terrível ruído, parecido com um tremor de terra; ora, por fim, são as tempestades cujas nuvens nos envolvem e em meio às quais se vê o relâmpago faiscar, afastar-se e contorcer-se como uma serpente de fogo.

E então, depois desses cumes alpestres e dessas florestas primitivas, assim como antes existiam montanhas gigantes e florestas sem limites, surgem estepes infindáveis, um verdadeiro mar com ondas e tempestades, savanas áridas e onduladas onde a vista se perde num horizonte sem fim. Já não é o terror que se apodera do viajante, mas uma tristeza, uma melancolia vasta e profunda que nada consegue distrair, pois o aspecto da região é, até onde o olhar alcança, sempre o mesmo. Subimos e descemos vinte vezes uma encosta sempre igual, buscando em vão algum caminho. Vendo-nos assim tão perdidos em isolamento, no meio de desertos, acreditamo-nos sozinhos no seio da natureza, e a melancolia se torna desolação. De fato, o avanço parece tornar-se uma tarefa inútil, que não levará a nenhum lugar. Não há aldeias, castelos ou cabanas; não há sequer um vestígio de habitação humana. Somente às vezes, como uma tristeza a mais na paisagem já tão triste, surge um pequeno lago sem caniços ou arbustos, adormecido no fundo de uma ravina como um outro Mar Morto, barrando-nos o caminho com suas águas verdes, das quais umas poucas aves aquáticas alçam voo, emitindo longos gritos dissonantes. Depois de subir a próxima colina e descer em outro vale, subimos a colina seguinte, e assim por diante até, por fim, sairmos da região encrespada, que aos poucos se suaviza.

Uma vez fora dela, se rumarmos para o sul veremos a paisagem recuperar sua grandiosidade, e surge uma cadeia de montanhas muito altas, de formatos pitorescos e aspecto rico, adornada de florestas e cortada por riachos. Com a sombra e a água, a vida renasce na paisagem. Ouve-se o sino de uma ermida. Vê-se uma caravana serpentear pelo flanco de uma montanha. Afinal, aos últimos raios do sol distinguem-se, como um bando de aves brancas apoiadas umas às outras, as casas de uma aldeia, que parecem ter-se agrupado em defesa contra algum ataque noturno — pois com a vida retorna o perigo, e já não são, como nos primeiros montes que cruzamos, os bandos de ursos e lobos que se devem temer, mas sim os bandos de bandidos moldavos.

Enquanto isso, avançávamos. Dez dias de marcha transcorreram sem incidentes. Já podíamos avistar o cume do monte Pion, erguendo-se acima de toda essa família de gigantes. Na vertente meridional situava-se o convento de Sahastru, meu destino. Chegaríamos em três dias.

Estávamos em fins de julho. O dia tinha sido escaldante e, por volta das quatro da tarde, começamos a respirar, com prazer ímpar, o primeiro ar fresco do fim do dia. Depois de passar pelas torres em ruínas de Niantzo, descíamos em direção a uma planície que já se avistava entre as montanhas. Do ponto onde estávamos, já era possível seguir com os olhos o curso do rio Bistrita, de margens ornamentadas pelas grandes flores brancas das campânulas. Contornávamos um precipício em cujo fundo corria um rio que, naquele ponto, ainda não passava de um riacho. No caminho estreito, duas montarias mal conseguiam seguir emparelhadas. O guia nos precedia, montado de lado no cavalo, cantando uma canção de modulações monótonas, cuja letra eu acompanhava com interesse.

O cantor era também o poeta. Quanto à canção, apenas aqueles homens das montanhas poderiam exprimir toda sua tristeza selvagem e sua simplicidade sombria. Dizia:

Nos pântanos de Stavila,
Onde tanto sangue guerreiro correu,
Vê aquele cadáver?
Não é um filho da Ilíria.
É um salteador cheio de fúria
Que, traindo a doce Maria,
Exterminou, mentiu, incendiou.

Uma bala, pelo coração do bandido,
Passou como a tempestade,
Em sua garganta há um iatagã.
Mas há três dias, ó mistério,

Sob o pinheiro soturno e solitário,
Seu sangue cálido rega a terra,
Entristecendo o pálido Ovigan.

Seus olhos azuis para sempre brilharão.
Fujamos todos, infeliz daquele
Que ao cruzar o pântano perto dele passe,
É um vampiro! O lobo feroz
Do cadáver impuro se afasta,
E sobre a montanha de face nua
O fúnebre abutre para longe voa.

De repente, ouviu-se um estampido, como de uma arma de fogo, e uma bala zuniu. A canção foi interrompida, e o guia, já sem vida, rolou para o fundo do precipício, enquanto seu cavalo estacava tremendo, esticando a cabeça inteligente em direção ao abismo onde seu mestre desaparecera.

Ao mesmo tempo, um grande alarido soou, e vimos uns trinta bandidos descerem pelas encostas da montanha. Estávamos completamente cercados.

Os homens que me escoltavam eram velhos soldados habituados à batalha e não se deixaram intimidar. Ainda que colhidos de surpresa, pegaram as armas e revidaram. Eu mesma dei o exemplo. Agarrei uma pistola e, sentindo a desvantagem de nossa posição, gritei *Avante!* e esporeei meu cavalo, que avançou rumo à planície.

Mas enfrentávamos montanheses que saltavam de uma rocha para outra como verdadeiros demônios dos abismos, atirando enquanto se moviam e mantendo sempre a nossos flancos as posições conquistadas.

Além disso, nossa manobra tinha sido prevista. Num ponto onde a montanha formava um platô e o caminho se alargava, um jovem nos esperava diante de uma dezena de cavaleiros. Vendo-nos, partiram a galope a nosso encontro, atacando-nos de frente, enquanto nossos perseguidores desceram pelas encostas, cortando a retirada e cercando-nos por todos os lados.

A situação era grave, mas desde a infância eu estava habituada às cenas de guerra, e pude analisá-la sem perder nenhum detalhe.

Todos os homens vestiam peles de carneiro e enormes chapéus redondos coroados com flores naturais, como os dos húngaros. Cada um deles estava armado com um longo fuzil turco, que agitava após atirar, dando gritos selvagens, e na cintura trazia um sabre curvo e um par de pistolas.

Quanto ao chefe, teria no máximo 22 anos. Tinha a tez pálida e olhos pretos, e os cabelos caíam em cachos sobre as costas. Vestia uma túnica moldava orlada com pele, presa à cintura por uma faixa com listras de ouro e seda. Um sabre curvo brilhava em sua mão, e quatro pistolas reluziam na cintura. Durante o combate, emitia gritos roucos e inarticulados que pareciam não pertencer a nenhuma língua humana, e que, no entanto, exprimiam seus desejos, pois seus homens obedeciam a ele, jogando-se de barriga no chão para evitar os tiros de nossos soldados, levantando-se para revidar o fogo, derrubando os que restavam de pé, abatendo os feridos e transformando o combate numa carnificina.

Vi tombarem, um após o outro, dois terços de meus defensores. Restavam quatro de pé, cerrando fileiras a meu redor, sem pedir clemência por saberem que não a teriam, sem desejarem mais que vender a vida o mais caro possível. Então, o jovem chefe deu um grito mais expressivo que os outros, apontando para nós com a ponta do sabre. Sem dúvida, era a ordem para envolver-nos num círculo de fogo e fuzilar-nos todos juntos, pois os longos mosquetes dos moldavos abaixaram-se em um só movimento. Compreendi que nossa hora final chegara. Elevei os olhos e as mãos aos céus, numa última prece, e esperei a morte.

Nesse momento, vi um homem que, saltando de rocha em rocha, parecia não descer, mas voar. Parou sobre uma pedra, dominando toda a cena como uma estátua sobre um pedestal, e estendeu a mão sobre o campo de batalha, dizendo apenas uma palavra:

— Basta!

A esse comando, todos os olhos se elevaram, como que obedecendo ao novo mestre. Um único bandido recolocou o fuzil ao ombro e disparou.

Um de nossos homens soltou um grito. O projétil o atingira no braço esquerdo. Ele se voltou de imediato para enfrentar o homem que o ferira, mas, antes que seu cavalo avançasse quatro passos, um clarão reluziu por sobre nós, e o bandido caiu no chão, com a cabeça perfurada por uma bala.

Tantas emoções levaram-me ao limite de minhas forças, e desmaiei.

Quando voltei a mim, estava deitada sobre a grama, com a cabeça apoiada sobre os joelhos de um homem, de quem só via a mão branca coberta de anéis que rodeava minha cintura. De pé diante de mim, os braços cruzados com o sabre sobre um deles, estava o chefe moldavo que liderara o ataque.

— Kostaki — disse aquele que me amparava, em francês, num tom de autoridade —, ordene a seus homens que se retirem imediatamente e deixe esta mulher sob meus cuidados.

— Irmão, irmão — respondeu o outro, que parecia mal conseguir conter-se. — Irmão, cuidado para não abusar de minha paciência. Deixei-lhe o castelo; portanto, deixe-me a floresta. No castelo você é o senhor, mas aqui eu sou todo-poderoso. Aqui, basta que eu diga uma palavra para fazê-lo obedecer a mim.

— Kostaki, sou o mais velho. Isso significa que sou o senhor em todos os lugares, tanto na floresta como no castelo. Tenho sangue Brankovan, assim como você, sangue real que tem por natureza comandar, e eu comando.

— Você, Gregoriska, manda em seus criados, não em meus soldados.

– Seus soldados são bandidos, Kostaki. Bandidos que farei pendurar nas ameias do castelo se não me obedecerem agora mesmo.

– Muito bem! Tente comandá-los, então!

Senti o homem retirar seu joelho e pousar minha cabeça suavemente sobre uma pedra. Meu olhar ansioso o seguiu, e vi o mesmo homem que, por assim dizer, havia caído do céu em meio à batalha e que eu apenas entrevira antes de desmaiar, no momento em que ele falara.

Era um rapaz de 24 anos, alto, com grandes olhos azuis onde se liam uma determinação e uma firmeza peculiares. Os longos cabelos louros, indicadores da raça eslava, caíam sobre os ombros como os do Arcanjo Miguel, emoldurando uma face jovem e fresca. Os lábios erguiam-se num sorriso desdenhoso, deixando entrever uma fileira dupla de pérolas. Seu olhar era aquele que combina a águia com o relâmpago. Estava vestido com uma espécie de túnica de veludo preto. Um pequeno barrete parecido ao de Rafael,* enfeitado com uma pena de águia, cobria sua cabeça. Vestia calças justas e botas bordadas. A cintura era circundada por um cinto, suportando uma faca de caça. Portava numa bandoleira uma carabina de dois tiros, cuja pontaria um dos bandidos pudera comprovar.

Estendeu a mão, e essa mão estendida parecia comandar o próprio irmão. Disse algo em língua moldava. Suas palavras pareceram causar forte impressão entre os bandidos.

Em seguida, o jovem chefe respondeu na mesma língua, e deduzi que as palavras estavam entremeadas com ameaças e imprecações.

A esse longo e ardente discurso, porém, o mais velho dos irmãos não respondeu. Os bandidos se inclinaram. A um gesto seu, eles se colocaram detrás de nós.

---

* O pintor renascentista italiano Rafael (1483-1520). [N. T.]

– Muito bem! Que assim seja, Gregoriska – disse Kostaki, voltando a falar em francês. – Esta mulher não irá para a caverna, mas não deixará de ser minha. Acho-a bonita, eu a conquistei e quero-a para mim.

Com essas palavras, lançou-se sobre mim e envolveu-me nos braços.

– Esta mulher será conduzida ao castelo e levada até minha mãe, e não a deixarei até chegarmos lá – respondeu meu protetor.

– Meu cavalo! – gritou Kostaki em moldavo.

Dois bandidos se apressaram em obedecer, e levaram o cavalo ao chefe. Gregoriska olhou em volta, tomou pelas rédeas um cavalo sem dono e saltou sobre ele sem tocar os estribos.

Kostaki saltou na sela quase tão rápido quanto o irmão, apesar de ainda me segurar nos braços, e partiu a galope.

O cavalo de Gregoriska parecia haver recebido o mesmo impulso, e emparelhou com o de Kostaki.

Era curioso ver como os dois cavaleiros voavam lado a lado, sombrios, silenciosos, sem se perderem de vista um só instante, sem parecerem se ver, abandonando-se a seus cavalos, cujo galope desesperado os levava por bosques, rochedos e precipícios.

Minha cabeça, voltada para trás, permitia-me ver os belos olhos de Gregoriska fixos nos meus. Kostaki percebeu, ergueu-me a cabeça, e nada mais vi, a não ser seu olhar sombrio, que me devorava. Baixei as pálpebras, mas em vão. Mesmo de olhos fechados, continuava a ver o olhar lancinante que penetrava até o fundo de meu peito e atravessava meu coração. Então uma estranha alucinação apoderou-se de mim: pareceu-me ser a Lenore do poema de Bürger,* levada por cavalo e cavaleiro fantasmas, e, ao sentir que nos detínhamos,

* No poema "Leonor" (1774), de Gottfried Bürger, a personagem-título é levada por um espectro numa cavalgada que termina em um cemitério, onde ela descobre ser a própria Morte quem a carregara. [N. T.]

foi com terror que abri os olhos, pois estava convencida de que não veria a minha volta senão cruzes partidas e túmulos abertos. O que de fato vi era pouco mais animador: o pátio interno de um castelo moldavo construído no século 14.

2. O CASTELO DE BRANKOVAN

Kostaki deixou-me deslizar de seus braços para o chão e quase imediatamente saltou a meu lado; mesmo tendo sido rápido, o movimento apenas acompanhou o de Gregoriska que, como afirmara, no castelo era de fato o senhor.

Vendo os dois jovens que chegavam trazendo a estrangeira, os serviçais acorreram. Embora atendessem tanto Kostaki quanto Gregoriska, estava claro terem maior deferência e respeito mais profundo para com este. Duas mulheres aproximaram-se. Gregoriska deu-lhes uma ordem em moldavo e acenou-me com a mão para que o seguisse.

O olhar que acompanhava o sinal era tão respeitoso que não hesitei. Cinco minutos depois, encontrei-me em um aposento que o menos exigente dos homens teria achado desnudo e inóspito, mas que, sem dúvida, era o melhor naquele castelo.

Era um amplo cômodo quadrado, com uma espécie de divã de sarja verde, que servia de assento durante o dia e cama durante a noite. Havia ali cinco ou seis grandes cadeiras de carvalho, um baú volumoso e, em um canto, um trono semelhante a uma grande e magnífica cadeira de coro. Não havia cortinas nas janelas ou na cama.

Chegava-se ao aposento por uma escada ao longo da qual se abriam nichos abrigando três estátuas dos Brankovan, em tamanho maior que natural.

De imediato minha bagagem foi levada para o quarto. As mulheres ofereceram-me ajuda, mas, considerando a forma como os últimos acontecimentos haviam descomposto minha aparência, preferi manter o traje de montaria, que harmonizava mais com meus anfitriões do que qualquer outro que tivesse. Mal havia me recuperado um pouco, escutei baterem suavemente à porta.

— Entre — respondi com naturalidade em francês, que, como sabem, é para nós, poloneses, quase uma língua materna.

Gregoriska entrou.

— Ah, senhora, alegra-me que fale francês.

— Também eu, senhor, estou feliz por falar esse idioma, pois assim pude apreciar sua generosa conduta para comigo — respondi. — Foi nessa língua que me defendeu dos desígnios de seu irmão, e é nela que lhe expresso meu agradecimento sincero.

— Obrigado, senhora. É natural que me preocupasse por uma mulher em sua situação. Caçava nas montanhas quando ouvi um tiroteio longo e continuado. Compreendi tratar-se de um ataque armado e fui em direção ao fogo, como se diz em linguagem militar. Cheguei a tempo, graças aos céus. Mas, se me permite perguntar, senhora, por qual obra do acaso uma dama tão distinta teria se aventurado por nossas montanhas?

— Sou polonesa, senhor — respondi. — Meus irmãos acabam de morrer na guerra contra os russos. Meu pai, que deixei prestes a defender nosso castelo contra o inimigo, a estas alturas por certo já terá ido ao encontro de ambos. E eu, por ordens dele, fugi do massacre e vim buscar refúgio no mosteiro de Sahastru, onde em circunstâncias semelhantes minha mãe, quando jovem, encontrou um porto seguro.

— A senhora é inimiga dos russos. Tanto melhor; essa posição lhe será de grande valia no castelo, e precisamos de todas as forças para travar o combate que se avizinha. Agora que já sei quem é, senhora, gostaria que soubesse quem somos: o nome Brankovan não lhe será estranho, não?

Fiz uma breve reverência.

— Minha mãe é a última princesa desse nome, a última descendente do monarca que derrotou os Cantimir, esses miseráveis seguidores de Pedro, o Grande.* Ela desposou, em primeiras núpcias, a meu pai, Serban Waivady, também príncipe, mas de linhagem menos ilustre. Meu pai foi educado em Viena, onde pôde apreciar as vantagens da civilização. Resolveu fazer de mim um europeu. Partimos para a França, a Itália, a Espanha e a Alemanha. Um filho não deveria, bem sei, dizer o que vou lhe contar, mas para nosso bem é preciso que nos conheça, e a senhora entenderá meus motivos. Durante as primeiras viagens de meu pai, quando eu era muito pequeno, minha mãe teve um envolvimento amoroso com um chefe de partisãos. É como – explicou Gregoriska, sorrindo – são chamados, neste país, homens como aqueles que a atacaram. Minha mãe, eu dizia, envolvera-se com o conde Giordaki Koproli, meio grego, meio moldavo, e escreveu a meu pai pedindo o divórcio. Para tanto, amparava-se no fato de não desejar, ela, uma Brankovan, continuar casada com um homem que a cada dia se tornava mais estrangeiro no próprio país. Infelizmente, meu pai não precisou dar seu consentimento ao pedido, que pode lhe parecer estranho, mas que, entre nós, é comum e natural. Meu pai acabara de morrer de um aneurisma do qual padecera por muito tempo, e fui eu quem recebeu a carta.

"Eu nada podia fazer a não ser desejar sinceros votos de felicidade a minha mãe. Mandei esses votos numa carta, anunciando que ela estava viúva. Na mesma carta, pedia-lhe permissão para continuar viagem, o que me foi concedido.

"Era minha intenção fixar-me na França ou Alemanha, para não ter de me defrontar com o marido de minha mãe, um homem que me detestava e que eu não podia amar. De súbito, descobri que o conde Giordaki Koproli acabava de ser assassinado, ao que se dizia pelos antigos cossacos de meu pai.

* Piotr Alekseievitch Románov (1672-1725), foi czar da Rússia e o primeiro imperador do Império Russo, tendo governado de 1682 a 1725. [N. T.]

"Apressei-me em voltar. Amava minha mãe, compreendia o isolamento e a necessidade dela ter ao lado, em tal momento, as pessoas que lhe eram caras. Ainda que jamais tivesse nutrido por mim um amor muito terno, eu era seu filho. Regressei uma manhã, sem ser esperado, ao castelo de nossos ancestrais.

"Encontrei aqui um jovem que a princípio tomei por estrangeiro, para em seguida descobrir ser meu irmão. Era Kostaki, filho do adultério e que o segundo casamento legitimou. Kostaki, a criatura indômita que a senhora conheceu, para quem a única lei são as paixões, que neste mundo nada tem por sagrado, a não ser sua mãe; que me obedece como o tigre obedece ao braço que o domou, mas com um eterno rugir, sustentado pela tênue esperança de um dia poder devorar-me. No interior do castelo, na morada dos Brankovan e dos Waivady, sou ainda o senhor, mas fora deste lugar, uma vez em pleno campo, ele volta a ser o selvagem filho dos bosques e dos montes, desejoso de que tudo se dobre à sua vontade férrea. Como foi que ele e seus homens cederam hoje, não sei dizer. Um velho costume, um resquício de respeito. Contudo, não arriscaria uma nova prova. Permaneça aqui, não saia deste quarto. Por este pátio e pelo interior das muralhas, respondo inteiramente. Dê um passo fora do castelo e não posso fazer nada, a não ser dar a vida para defendê-la.

— Não poderia eu, então, seguindo os desejos de meu pai, continuar meu caminho para o mosteiro de Sahastru?

— Faça-o, tente, ordene e eu a acompanharei. Mas eu, eu perecerei no caminho, e a senhora... a senhora não chegará.

— O que fazer, então?

— Fique aqui, espere, aconselhe-se com o que ocorrer e tire partido das circunstâncias. Imagine ter caído num covil de bandidos, e que apenas sua coragem poderá tirá-la dessa situação. Apenas o sangue-frio pode salvá-la. Minha mãe é boa e generosa, apesar de preferir Kostaki, o fruto de seu amor. A senhora vai conhecê-la. Ela a defenderá da paixão brutal de Kostaki. Coloque-se sob a proteção dela. A senhora é bela; ela a amará. Além do mais – e ele me olhou com uma expressão indefinível –, quem poderia conhecê-la sem amá-la? Vamos agora ao salão de jantar, onde minha mãe nos espera. Não se mostre tímida ou desafiadora. Fale em polonês, idioma que aqui ninguém conhece. Traduzirei suas palavras para minha mãe e, fique tranquila, direi apenas o que precisa ser dito. Acima de tudo, nem uma palavra sobre o que acabo de revelar-lhe. Que ninguém desconfie de que nos entendemos. A senhora ainda ignora a astúcia e a dissimulação do mais sincero dentre nós. Venha.

Eu o segui. A escada era iluminada por tochas de resina vegetal, sustentadas por mãos de ferro presas às paredes. Ficava evidente que aquela iluminação não era habitual, e que estava ali por minha causa.

Chegamos ao salão de jantar. Ao abrir a porta, Gregoriska disse em moldavo uma palavra que depois aprendi significar "a estrangeira". Uma mulher alta avançou em nossa direção. Era a princesa Brankovan.

Os cabelos brancos estavam trançados em volta da cabeça, recoberta por um barretezinho de marta zibelina coroado por um penacho, testemunha de sua nobre origem. Vestia uma espécie de túnica de tecido de ouro, o busto salpicado de pedras preciosas, por cima de um longo vestido à moda turca, cujo forro combinava com o barrete. Trazia nas mãos um rosário de contas de âmbar, que desfiava rapidamente entre os dedos.

A seu lado estava Kostaki, envergando o esplêndido e majestoso traje magiar,* no qual ele parecia ainda mais estranho. Era uma túnica de veludo verde, de mangas amplas, que chegava abaixo dos joelhos, com calças de caxemira vermelha e sapatos de marroquim bordado a ouro. Tinha a cabeça des-

* Os magiares são uma etnia que habita predominantemente a Hungria, mas também outros países, em especial Romênia (na região da Transilvânia) e Eslováquia. [N. T.]

coberta, e os longos cabelos pretos caíam sobre o pescoço nu, circundado apenas por um filete estreito da camisa de seda branca.

Saudou-me sem muito jeito, e disse em moldavo algo que era ininteligível para mim.

– Pode falar em francês, meu irmão – disse Gregoriska. – A senhora é polonesa e entende a língua.

Kostaki disse algumas palavras num francês quase tão incompreensível quanto o moldavo, mas a mulher interrompeu, estendendo o braço com solenidade. Compreendi que informava aos filhos que cabia a ela me receber.

Foi então que começou, em moldavo, um discurso de boas-vindas cujo sentido sua fisionomia fazia entender. Mostrou-me a mesa, indicou um lugar a seu lado e com um gesto abrangeu toda a casa, como se dissesse que era minha. Sentou-se primeiro, com uma dignidade benevolente, fez o sinal da cruz e começou uma prece. A seguir cada um tomou seu lugar, como determinava a etiqueta; o de Gregoriska ficava próximo a mim. Eu era a visitante e, assim, cabia a Kostaki ocupar o lugar de honra, junto à mãe.

Smeranda era como se chamava a princesa.

Gregoriska também havia mudado de roupa. Trajava uma túnica magiar, como o irmão, mas de veludo grená, enquanto as calças eram de caxemira azul. Uma joia magnífica pendia de seu pescoço, o Nisham do Sultão Mamude.*

Os demais moradores do castelo comiam à mesma mesa, nos lugares apropriados à sua condição, entre os amigos ou entre os serviçais.

A refeição foi triste. Nem uma vez Kostaki me dirigiu a palavra, embora seu irmão tivesse sempre a atenção de falar comigo em francês. Quanto à mãe, oferecia-me de tudo com o

---

* Referência a uma comenda conferida pelo Sultão Mamude II (1785-1839), que governou o Império Otomano de 1808 até sua morte em 1839. Trata-se provavelmente da Ordem da Glória (em turco, *Nişan-i İftihar*), a segunda mais elevada no Império Otomano, instituída em 1831 como um reconhecimento ao mérito. [N. T.]

ar solene que nunca abandonava. Gregoriska dissera a verdade: ela era uma verdadeira princesa.

Depois de comer, Gregoriska aproximou-se da mãe. Disse-lhe em moldavo que eu precisava me retirar para descansar, depois de semelhante dia. Smeranda concordou com um aceno de cabeça, estendeu-me a mão, como teria feito a uma filha, e desejou-me uma boa noite em seu castelo.

Gregoriska não se enganava. Eu desejava muito esse momento de solidão. Agradeci à princesa, e ela me acompanhou até a porta, onde me esperavam as duas mulheres que antes haviam me levado até meu quarto. Eu a saudei e a seus filhos, e voltei ao aposento de onde saíra uma hora antes.

O divã fora transformado em cama. Era a única alteração. Agradeci às mulheres, fazendo-lhes sinal de que trocaria de roupa sozinha. Elas se retiraram de imediato, dando mostras de respeito que indicavam terem recebido ordens para me obedecer em tudo.

Permaneci naquele quarto imenso, onde minha vela, quando eu me movimentava, só iluminava o lugar por onde eu passava, nunca o aposento inteiro. Singular jogo de luz, que estabelecia uma luta entre o clarão da vela e os raios da lua, que entravam pela janela sem cortinas.

No quarto havia duas portas além daquela por onde eu entrara, e que dava para a escada. Ambas tinham enormes ferrolhos que se fechavam do lado em que eu me encontrava, suficientes para me reconfortar. Fui até a porta de entrada. Como as outras, tinha seus meios de defesa. Abri a janela, que dava para um precipício. Compreendi que Gregoriska havia escolhido com cuidado meu aposento.

Por fim, voltando para a cama, encontrei sobre a mesa de cabeceira um bilhete dobrado. Abri-o e li, em polonês:

Durma tranquila; nada terá a temer, desde que permaneça dentro do castelo.

Gregoriska

Segui o conselho. Deitei-me e o cansaço venceu as preocupações. Adormeci.

3. OS DOIS IRMÃOS

A partir daquele momento, passei a residir no castelo e, a partir daquele momento, começou o drama que contarei.

Os dois irmãos enamoraram-se por mim, cada um com as nuances de sua personalidade. Kostaki já no dia seguinte disse que me amava, declarando que eu seria dele e de mais ninguém, e que preferiria me matar a deixar que fosse de outro.

Gregoriska não disse nada, mas cercou-me de cuidados e atenções. Todos os recursos de uma educação esmerada e todas as recordações de uma juventude passada nas cortes mais nobres da Europa foram usados para me agradar. E, oh!, não foi difícil. Ao primeiro som de sua voz, ela me acariciou a alma. O primeiro olhar de seus olhos penetrou-me até o coração.

Ao fim de três meses, Kostaki havia repetido uma centena de vezes que me amava, e eu o odiava. Ao fim de três meses, Gregoriska não havia dito uma só palavra de amor, e eu sentia que, quando ele o exigisse, seria inteiramente sua.

Kostaki renunciara a suas incursões. Não mais deixava o castelo. Por ora havia abdicado em favor de uma espécie de lugar-tenente que, de tempos em tempos, vinha receber ordens e depois desaparecia.

Smeranda me devotava uma amizade tão intensa que me assustava. Era evidente que protegia Kostaki, e parecia ter mais ciúmes de mim do que ele próprio. No entanto, como ela não entendia polonês ou francês, e eu não entendia o moldavo, não podia interceder com muito empenho em favor do filho. Ainda assim, aprendera três palavras em francês, que repetia toda vez que pousava os lábios em minha testa:

— Kostaki ama Edwige.

Um dia, uma notícia terrível veio somar-se às minhas penas: a liberdade tinha sido concedida a meus quatro acompanhantes, sobreviventes do combate, e eles partiram de volta para a Polônia, com a palavra de honra de que um deles retornaria, antes de três meses, para trazer-me notícias de meu pai. De fato, um deles voltou certa manhã. Nosso castelo fora tomado, incendiado e arrasado, e meu pai tinha morrido ao defendê-lo.

Eu estava, a partir de então, sozinha no mundo.

Kostaki redobrou o assédio, e Smeranda, a ternura. Mas agora eu alegava luto por meu pai. Kostaki insistia, dizendo que, quanto mais isolada eu estivesse, mais precisaria de apoio. Sua mãe insistia, como e com ele, talvez até mais.

Gregoriska contara-me sobre o domínio que os moldavos têm sobre si mesmos quando não querem demonstrar seus sentimentos. Ele próprio era um exemplo vivo. Seria impossível estar mais ciente de seu amor do que eu estava; mas, se me perguntassem em que baseava essa certeza, não conseguiria dizer. Ninguém no castelo vira sua mão tocar a minha, ou seus olhos buscarem os meus. Apenas o ciúme permitia a Kostaki sentir a rivalidade, como apenas meu amor me permitia sentir seu amor. No entanto, admito, a capacidade de domínio de Gregoriska sobre si mesmo me perturbava. Eu certamente acreditava, mas não era o bastante. Precisava ser convencida.

Uma noite, acabava de retirar-me a meu quarto quando ouvi baterem com leveza em uma das duas portas trancadas por dentro. Pelo modo como batiam, percebi que era alguém amigo. Aproximei-me e perguntei quem era.

– Gregoriska – respondeu uma voz, num timbre acerca do qual jamais me enganaria.

– Que deseja? – perguntei, tremendo toda.

– Se confia em mim, se crê que sou um homem honrado, conceda-me um pedido.

– E qual é?

– Apague a luz, como se fosse dormir e, dentro de meia hora, abra-me a porta.

– Volte dentro de meia hora. – Isso foi tudo o que respondi.

Apaguei a luz e esperei. Meu coração batia forte, pois compreendi que se tratava de algum acontecimento importante. A meia hora transcorreu; ouvi baterem com ainda mais suavidade que da primeira vez. Naquele ínterim, eu desaferrolhara a porta, então precisei apenas abri-la.

Gregoriska entrou. Mesmo sem que me pedisse, fechei a porta detrás dele e passei o ferrolho. Ele ficou um instante em silêncio e imóvel, impondo-me silêncio com um gesto. Depois, tendo-se assegurado de que nenhum perigo iminente nos ameaçava, conduziu-me ao centro do grande aposento e, sentindo por meu tremor que não poderia ficar de pé, trouxe-me uma cadeira. Sentei-me – ou, antes, deixei-me cair sobre ela.

– Oh, meu Deus! – disse-lhe. – O que acontece? Por que tantas precauções?

– Porque minha vida, o que não seria nada, e talvez a sua também dependem da conversa que teremos agora.

Apertei-lhe a mão, assustada. Ele levou minha mão aos lábios, pedindo-me perdão com o olhar por semelhante audácia. Baixei os olhos. Dava-lhe consentimento.

– Eu a amo – disse ele, numa voz melodiosa como uma canção. – E a senhora, me ama?

– Amo – respondi.

– Aceitaria ser minha mulher?

– Sim.

Passou a mão sobre a testa com um profundo suspiro de felicidade.

– Então não se recusaria a seguir-me?

– Eu o seguiria para qualquer lugar!

– A senhora compreende que não poderemos ser felizes a não ser fugindo.

– Sim! – exclamei. – Fujamos!

– Silêncio! – disse ele, com um sobressalto. – Silêncio!

— Tem razão.

E, toda trêmula, aproximei-me dele.

— Eis o que fiz — disse-me Gregoriska. — Eis o que me fez demorar tanto em confessar-lhe meu amor. Eu desejava que, uma vez certo de seu amor, nada pudesse se opor a nossa união. Sou rico, Edwige, muito rico, mas à moda dos senhores moldavos: rico em terras, rebanhos e vassalos. Pois bem! Vendi terras, rebanhos e aldeias ao mosteiro de Hango por um milhão de francos. Deram-me trezentos mil em pedras preciosas, cem mil em ouro e o resto em letras de câmbio em Viena. Um milhão lhe parece suficiente?

Apertei sua mão.

— Seu amor é o suficiente, Gregoriska, julgue por si mesmo.

— Muito bem, escute. Amanhã vou ao mosteiro de Hango fazer os últimos arranjos com o superior. Ele tem cavalos prontos para mim. Estarão à nossa espera a partir das nove horas, escondidos a cem passos do castelo. Depois do jantar, a senhora subirá como fez hoje. Como hoje, apagará a luz, e como hoje, entrarei aqui. Mas amanhã, em vez de sair sozinho, a senhora me acompanhará, alcançaremos a porta que dá para o campo, pegaremos nossos cavalos, montaremos e, depois de amanhã, de dia, teremos percorrido trinta léguas.

— Quem dera que já fosse depois de amanhã!

— Querida Edwige!

Gregoriska apertou-me contra seu coração, e nossos lábios se encontraram.

Ele bem o havia dito: era um homem honrado a quem eu abrira a porta de meu quarto. E compreendia perfeitamente que, se não lhe pertencia de corpo, pertencia-lhe de alma.

A noite transcorreu sem que eu pudesse dormir um só instante. Via-me fugindo com Gregoriska. Sentia-me levada por ele como Kostaki me levara! Só que, desta vez, a corrida terrível, apavorante, fúnebre, transformava-se em doce e deslumbrante abraço, ao qual a velocidade aumentava o deleite, pois a velocidade em si também traz deleite.

Veio o dia.

Desci.

Pareceu haver algo ainda mais sombrio do que o normal na forma como Kostaki me saudou. Seu sorriso não era mais uma ironia; era uma ameaça. Quanto a Smeranda, pareceu-me a mesma de sempre.

Durante o almoço, Gregoriska mandou pedir seus cavalos. Kostaki aparentou não dar qualquer atenção à ordem. Por volta das onze horas, Gregoriska saudou-nos, informando que só retornaria de noite, e pediu à mãe que não o esperasse para jantar; depois, voltando-se para mim, pediu que aceitasse suas desculpas.

Saiu. Os olhos de seu irmão o seguiram até que deixasse o aposento e, naquele instante, emitiram um tal brilho de ódio que me fez tremer.

O dia se passou em meio ao transe que bem podem imaginar. Eu não confidenciara nossos planos a ninguém, e nem mesmo em prece teria ousado contar a Deus. Parecia-me, porém, que todos sabiam, que cada olhar fixo em mim podia penetrar-me e ler o fundo de meu coração. O jantar foi um suplício sombrio e taciturno. Kostaki pouco falava e, desta vez, apenas dirigiu-se em moldavo à mãe, e a cada palavra seu tom de voz me sobressaltava.

Quando me levantava para voltar ao meu quarto, como de costume, Smeranda beijou-me e, ao fazê-lo, disse a frase que nos últimos oito dias não ouvira sair de seus lábios:

– Kostaki ama Edwige.

As palavras perseguiram-me como uma ameaça. Uma vez no quarto, parecia que uma voz fatal murmurava ao meu ouvido: *Kostaki ama Edwige!* Ora, o amor de Kostaki, Gregoriska dissera, era a morte.

Por volta das sete horas começava a escurecer, e vi Kostaki atravessar o pátio. Voltou-se para olhar em minha direção, mas dei um passo atrás para que não me visse.

Estava inquieta, pois, enquanto foi possível vê-lo de minha janela, ele se dirigia à estrebaria. Arrisquei-me a tirar os ferrolhos de minha porta e deslizar para o quarto adjacente, de onde podia observá-lo. De fato havia ido à estrebaria. Tirou seu cavalo favorito e arreou-o ele mesmo, com o cuidado de quem confere importância aos mínimos detalhes. Trajava a mesma roupa com a qual o vira pela primeira vez. Como arma, levava apenas o sabre.

Depois de arrear o cavalo, lançou o olhar mais uma vez para a janela de meu quarto. Não me vendo, saltou sobre a sela, fez abrir o mesmo portão pelo qual deveria retornar seu irmão e afastou-se a galope, na direção do mosteiro de Hango.

Meu coração se apertou de maneira terrível. Um pressentimento mortal dizia-me que Kostaki ia ao encontro do irmão. Permaneci à janela enquanto pude vislumbrar o caminho, que fazia uma curva a um quarto de légua do castelo e se perdia na entrada de um bosque. Mas a noite ficava cada vez mais densa a cada instante, e o caminho terminou por se apagar totalmente. Ainda assim permaneci ali.

Por fim, minha inquietação, por seu próprio excesso, devolveu-me as forças. Como era óbvio que as notícias de um irmão ou de outro chegariam primeiro ao salão de baixo, desci para lá.

Meu primeiro olhar foi para Smeranda. Vi, pela tranquilidade de sua expressão, que não tinha qualquer apreensão. Dava as ordens costumeiras para a refeição, e os talheres dos dois irmãos estavam em seus lugares.

Não ousei interrogar ninguém. De mais a mais, o que perguntaria? Ninguém no castelo, exceto Kostaki e Gregoriska, falava as duas únicas línguas que eu conhecia.

Os menores ruídos sobressaltavam-me.

Jantava-se normalmente às nove horas. Eu havia descido às oito e meia. Seguia com os olhos o ponteiro dos minutos, cuja marcha era bem visível sobre a ampla face do relógio. O ponteiro errante cobriu a distância que o separava do quarto de hora. O quarto de hora soou. A vibração ressoou sombria e triste, e logo o ponteiro recomeçou sua marcha silenciosa, e de novo o vi percorrer a distância com a regularidade e lentidão de uma ponta de compasso.

Minutos antes das nove horas, pensei ouvir o galopar de um cavalo no pátio. Smeranda também ouviu, pois voltou a cabeça na direção da janela, mas a noite era escura demais para que fosse possível enxergar algo. Oh, se tivesse me olhado nesse momento, poderia ter adivinhado o que se passava em meu coração!

Não se ouvira o trotar de mais que um cavalo. Era simples. Eu bem sabia que só um cavaleiro regressaria. Mas qual?

Passos soaram na antessala. Eram lentos, e pareceram pesar em meu coração.

A porta se abriu, e vi uma sombra desenhar-se na escuridão. A sombra deteve-se por um momento na soleira da porta. Meu coração estava suspenso.

A sombra avançou e, à medida que entrou no círculo de luz, voltei a respirar.

Reconheci Gregoriska.

Um instante a mais de dor, e meu coração se partiria.

Reconheci Gregoriska, mas pálido como um morto. Bastava apenas vê-lo para saber que algo terrível ocorrera.

– É você, Kostaki? – perguntou Smeranda.

– Não, minha mãe – respondeu Gregoriska com voz abafada.

–Ah! Aí está você – disse ela. – E até quando sua mãe teria de esperá-lo?

– Minha mãe – respondeu Gregoriska, olhando para o carrilhão. – São só nove horas.

E, no mesmo instante, de fato, soaram as nove.

– É verdade – disse Smeranda. – Onde está seu irmão?

Não pude evitar pensar que Deus fez a Caim essa mesma pergunta.

Gregoriska não respondeu.

– Ninguém viu Kostaki? – perguntou Smeranda.

O *vatar*, ou mordomo, foi se informar.

— Por volta das sete horas — disse ele —, o conde esteve na estrebaria, selou ele mesmo seu cavalo e partiu rumo a Hango.

Nesse momento, meus olhos encontraram os de Gregoriska. Não sei dizer se era verdade ou não, mas pareci ter visto uma gota de sangue no meio de sua testa. Levei lentamente o dedo à minha, indicando o local onde pensava ver a mancha. Gregoriska compreendeu. Pegou o lenço e limpou-se.

— Bem — murmurou Smeranda —, talvez tenha encontrado algum urso ou lobo que resolveu caçar. Eis aí por que um filho faz uma mãe esperar. Diga, Gregoriska, onde você o deixou?

— Minha mãe — respondeu Gregoriska, com a voz emocionada, mas firme —, meu irmão e eu não saímos juntos.

— Muito bem — disse Smeranda. — Sirvam o jantar. Que nos sentemos à mesa e que as portas sejam fechadas. Os que ficarem de fora dormirão ao relento.

As duas primeiras partes da ordem foram executadas ao pé da letra. Smeranda tomou seu lugar, Gregoriska sentou-se à direita da mãe, e eu à esquerda. Então os criados saíram para cumprir a terceira parte e fechar as portas do castelo. Nesse momento, ouviu-se um grande barulho no pátio e um criado muito assustado entrou na sala, dizendo:

— Princesa, o cavalo do conde Kostaki acaba de entrar no pátio, sozinho e coberto de sangue!

— Oh! — murmurou Smeranda, tornando-se pálida e ameaçadora. — Foi assim que, uma noite, o cavalo do pai dele voltou.

Lancei um olhar para Gregoriska, que de pálido passara a lívido.

De fato, certa noite o cavalo do conde Koproli chegara ao pátio do castelo banhado de sangue. Uma hora mais tarde, os criados haviam encontrado o corpo coberto de ferimentos e o trazido.

Smeranda pegou uma tocha das mãos de um criado, foi até a porta, abriu-a e desceu ao pátio. O cavalo, muito assustado, era controlado por três ou quatro criados, que uniam suas forças para acalmá-lo. Ela se aproximou. Olhou o sangue que manchava a sela e viu um ferimento na testa do animal.

– Kostaki foi morto de frente, em duelo, e por um único inimigo – disse ela. – Busquem seu corpo, minhas crianças; mais tarde iremos atrás do assassino.

O cavalo havia entrado pelo portão de Hango, e foi por ele que todos os serviçais saíram. Vimos suas tochas afastando-se pelo campo e entrando na floresta, como numa bela noite de verão veem-se os vaga-lumes cintilando nas campinas de Nice ou de Pisa.

Smeranda esperava de pé diante do portão, como se soubesse que a busca não seria longa. Nem uma lágrima correu dos olhos da mãe desolada, e ainda assim era possível sentir o desespero retumbando no fundo de seu coração.

Gregoriska estava de pé detrás dela, e eu perto de Gregoriska. Quando saímos da sala, por um instante ele pareceu querer oferecer-me o braço, mas não teve coragem.

Em mais ou menos um quarto de hora, vimos reaparecer, no fim do caminho, uma tocha, depois duas, depois todas. Mas naquele momento, em vez de dispersas pelo campo, vinham concentradas em torno de um ponto comum. Este ponto, via-se, era uma liteira com um homem estendido.

O cortejo fúnebre avançava devagar. Em dez minutos chegou ao portão. Ao verem a mãe à espera do filho morto, aqueles que o traziam descobriram as cabeças em sinal de respeito e então entraram silenciosos no pátio. Smeranda entrou depois deles, e nós a seguimos. Chegamos, assim, ao grande salão, onde depositaram o corpo.

Com um gesto majestoso, Smeranda fez com que todos se distanciassem. Aproximou-se do cadáver, ajoelhou-se a seu lado e afastou os cabelos dele que, como um véu, cobriam seu rosto. Olhou-o por um bom tempo, os olhos sempre secos, e abriu o traje moldavo, afastando a camisa manchada de sangue. O ferimento estava do lado direito do peito. Devia ter sido feito por uma lâmina reta de dois gumes.

Lembrei-me de ter visto naquele mesmo dia, pendendo da ilharga de Gregoriska, a longa faca de caça que servia de baioneta para sua carabina. Procurei a arma em sua cintura, mas havia desaparecido.

Smeranda ordenou que trouxessem água, molhou seu lenço e lavou o corte. Um sangue fresco e puro tingiu de vermelho as bordas da ferida.

O espetáculo diante de meus olhos tinha ao mesmo tempo algo de atroz e de sublime. O salão imenso enfumaçado pelas tochas, os rostos bárbaros, os olhos brilhando de ferocidade, os trajes estranhos, a mãe que à visão do sangue ainda fresco calculava quanto tempo fazia que a morte lhe tomara o filho, o grande silêncio interrompido somente pelos soluços dos bandidos que Kostaki chefiara – tudo isso, repito, era ao mesmo tempo atroz e sublime de ver.

Por fim, Smeranda aproximou os lábios da testa do filho, levantou-se e jogou para trás as longas tranças de cabelos brancos, que se haviam desfeito:

– Gregoriska! – disse ela.

Gregoriska se sobressaltou e sacudiu a cabeça, como se saísse de um transe:

– Sim, minha mãe.

– Venha aqui, meu filho, e escute-me.

Gregoriska tremeu, mas obedeceu. À medida que se aproximava do corpo, o sangue, mais abundante e mais vermelho, fluía da ferida. Felizmente Smeranda não olhava mais para o filho morto, pois, à visão do sangue acusador, não teria precisado mais buscar o assassino.

– Gregoriska, sei muito bem que você e Kostaki não se amavam. Bem sei que por parte de pai você é um Waiwady e ele era um Koproli, mas por parte de mãe ambos são Brankovan. Sei que você é um homem das cidades do ocidente e ele era um filho das montanhas orientais, e no entanto, pelo ventre que os carregou, vocês eram irmãos. Pois bem, Gregoriska, quero saber se teremos de levar meu filho até seu pai sem que o juramento seja feito. Se posso chorar tranquila, como uma mulher, confiando em você, ou seja, um homem, para o castigo.

— Diga o nome do assassino de meu irmão, senhora, e ordene. Juro que antes de uma hora, se assim o exigir, ele terá deixado de viver.

— Jure, Gregoriska, jure sob pena de minha maldição. Você me ouve, meu filho? Jure que o assassino morrerá, que você não deixará pedra sobre pedra da casa dele. Que mãe, filhos, irmãos, esposa ou noiva dele perecerão por sua mão. Jure e, ao jurar, chame sobre si a cólera dos céus se acaso falhar a esse juramento sagrado. Se falhar a esse juramento sagrado, submeta-se à miséria, à execração de seus amigos, à maldição de sua mãe.

Gregoriska estendeu a mão sobre o cadáver.

— Juro que o assassino morrerá.

A esse juramento estranho, cujo verdadeiro sentido talvez apenas eu e o falecido pudéssemos compreender, vi ou acreditei ver ocorrer um prodígio horrendo. Os olhos do cadáver se abriram e fixaram-se em mim, mais vivos do que jamais os vira, e senti, como se sua dupla emanação fosse palpável, um fogo ardente penetrar meu coração.

Foi mais do que podia suportar. Desmaiei.

4. O MOSTEIRO DE HANGO

Quando despertei, estava em meu quarto, deitada na cama. Uma das duas mulheres estava comigo. Perguntei onde estava Smeranda; responderam-me que velava junto ao corpo do filho. Perguntei onde estava Gregoriska; responderam-me que estava no mosteiro de Hango. Não havia mais questão de fugir. Não estava Kostaki morto? Não havia mais questão de casamento. Poderia eu casar-me com o fratricida?

Três dias e três noites se passaram assim, em meio a sonhos estranhos. Em vigília ou em sonho, eu sempre via aqueles dois olhos vivos no rosto morto. Era uma visão horrível.

O enterro de Kostaki estava previsto para o terceiro dia. Naquela manhã, levaram-me um traje completo de viúva, enviado por Smeranda. Vesti-o e desci.

A casa parecia vazia. Todos estavam na capela, e para lá me encaminhei. Smeranda, a quem fazia três dias que não via, veio a meu encontro quando cruzei o umbral. Parecia uma estátua da dor. Com um movimento lento, pousou os lábios gelados em minha testa e, numa voz que parecia saída do túmulo, pronunciou suas palavras habituais: "Kostaki ama Edwige".

Não fazem ideia do efeito que tais palavras tiveram sobre mim. Aquela declaração de amor feita no presente e não no passado; aquele "ama Edwige" em lugar de "amava Edwige"; o amor do além-túmulo que me vinha buscar em vida: tudo produziu sobre mim um efeito devastador.

Ao mesmo tempo, um sentimento estranho me dominou, como se eu fosse de fato a mulher daquele que morrera, e não a noiva do que estava vivo. O ataúde atraía-me para si, a despeito de mim, dolorosamente, como a serpente fascina e atrai a ave. Busquei os olhos de Gregoriska.

Vi-o, pálido e de pé, apoiado numa coluna, com os olhos voltados para o céu. Não sei dizer se me viu.

Os monges do convento de Hango cercavam o corpo, entoando salmos do rito grego, por vezes harmoniosos, mas em geral monótonos. Senti o desejo de também orar, mas as preces morreram-me nos lábios. Meu espírito estava tão perturbado que antes parecia estar assistindo a um consistório de demônios que a uma reunião de padres.

Quando levaram o corpo desejei segui-lo, mas faltaram-me as forças. Senti as pernas cederem e tive de me apoiar à porta.

Smeranda veio até mim e fez um sinal a Gregoriska, que obedeceu e se aproximou, dizendo-me, em moldavo:

– Minha mãe ordena-me que repita palavra por palavra o que vai dizer a você.

Então, Smeranda voltou a falar. E quando terminou:

– Estas são as palavras de minha mãe: "Você chora por meu filho, Edwige. Você o amava, não é? Agradeço-lhe as lágrimas e o amor. A partir de agora é tão minha filha como se Kostaki fosse seu marido. A partir de agora tem uma pátria, uma mãe, uma família. Vertamos juntas as lágrimas que devemos aos mortos, depois tornemo-nos ambas dignas daquele que já não vive... Eu, sua mãe; você, sua mulher! Adeus! Volte a seus aposentos. Seguirei meu filho até sua última morada. Ao voltar, trancar-me-ei sozinha e você não me verá de novo até que eu tenha vencido minha dor. Fique tranquila, eu a vencerei, pois não quero que ela me mate".

Só pude responder a essas palavras, traduzidas por Gregoriska, com um gemido.

Voltei a meu quarto e o cortejo afastou-se. Vi-o sumir numa curva do caminho.

O convento de Hango distava do castelo apenas meia légua em linha reta, mas os obstáculos do terreno forçavam o caminho a vários desvios, e por isso a viagem demorava cerca de duas horas.

Estávamos em novembro, e os dias eram frios e curtos. Era noite fechada quando vi reaparecerem as tochas. Era o cortejo fúnebre retornando. O cadáver já repousava no túmulo ancestral. Tudo havia terminado.

Já relatei a estranha obsessão que me dominou após o evento fatal, quando nos vestimos todos de luto e, sobretudo depois de ter visto os olhos que a morte fechara abrirem-se e fixarem-se em mim. Naquela noite, abatida pelas emoções do dia, estava ainda mais triste. Escutava o relógio do castelo marcar as horas, e entristecia-me ainda mais à medida que se aproximava a hora provável da morte de Kostaki.

Ouvi soar quinze para as nove. Então, uma sensação estranha apoderou-se de mim. Um estremecimento de terror percorreu todo meu corpo e me congelou. Depois, juntou-se a esse terror algo parecido a um sono invencível que anuviou meus sentidos, oprimiu meu peito e velou meus olhos. Estendi os braços e, recuando, caí na cama.

Meus sentidos, porém, não me tinham abandonado de todo, e ouvi o que soava como passos aproximando-se da porta. Pareceu-me que a porta se abria, e a seguir não vi nem ouvi mais nada. Senti apenas uma dor aguda no pescoço, para depois cair em completa letargia.

À meia-noite despertei; a lamparina ainda acesa. Quis me levantar, mas estava tão fraca que precisei tentar duas vezes até vencer a fraqueza. Desperta, ainda sentia a mesma dor que em sonho sentira no pescoço. Apoiada à parede, arrastei-me até o espelho e me olhei. Sobre a artéria de meu pescoço havia uma marca como a de uma agulha, e pensei que talvez algum inseto me houvesse picado durante o sono.

Estava morta de cansaço, então me deitei de novo e dormi.

No dia seguinte, despertei como de costume. Como de hábito, quis levantar-me assim que abri os olhos, mas senti uma fraqueza que apenas havia sentido uma vez na vida, um dia depois de perder sangue. Aproximei-me do espelho, e minha palidez me impressionou.

O dia transcorreu triste e sombrio. Sentia-me estranha. Onde quer que estivesse, tinha necessidade de descansar, e qualquer movimento era um esforço.

A noite desceu e trouxeram-me a lamparina. As mulheres, compreendi pelos gestos, ofereciam-se para ficar comigo. Agradeci-lhes, e saíram.

À mesma hora da noite anterior, senti os mesmos sintomas. Quis me levantar e pedir socorro, mas nem pude chegar à porta. Ouvi vagamente o som do relógio batendo quinze para as nove. Os passos ressoaram e a porta se abriu, mas não vi nem ouvi nada, e, como na véspera, caí de costas na cama. Como na véspera, senti uma dor aguda no mesmo lugar. Como na véspera, despertei à meia-noite, só que mais fraca e mais pálida que na noite anterior.

No dia seguinte repetiu-se, ainda, a horrível obsessão. Havia decidido descer para junto de Smeranda, por mais fraca que estivesse, quando uma das criadas entrou no quarto e anunciou o nome de Gregoriska.

Ele a seguia. Quis me levantar para recebê-lo, mas caí sentada na cadeira. Ele soltou uma exclamação ao ver-me e quis se lançar sobre mim, mas tive forças para detê-lo, erguendo um braço.

— Que vem fazer aqui? — perguntei.

— Vim dizer-lhe adeus! Vim dizer-lhe que estou deixando este mundo, que sem seu amor e sua presença tornou-se insuportável, e retiro-me ao mosteiro de Hango.

— Minha presença foi-lhe retirada, Gregoriska, mas não meu amor. Oh, ainda o amo, e para minha grande dor esse amor é agora quase um crime.

— Então posso esperar que reze por mim, Edwige.

— Sim, mas não rezarei por muito tempo — acrescentei, com um sorriso.

— O que tem, por que está tão pálida?

— Eu tenho... que Deus se apiede de mim, e que me chame a Ele!

Gregoriska se aproximou, segurou minha mão, que não tive forças para retirar, e encarou-me fixamente.

— Essa palidez não é natural, Edwige. O que acontece?

— Se lhe dissesse, Gregoriska, acharia que enlouqueci.

— Não, não, diga-me, Edwige, suplico-lhe. Estamos num país que não é como os outros, numa família que não é como as outras. Conte-me, conte-me tudo, eu lhe suplico.

Contei-lhe tudo. A estranha alucinação que se apossava de mim à hora em que Kostaki teria morrido. O terror, o entorpecimento, o frio glacial, a prostração que me jogava ao leito, o ruído de passos que pensava ouvir, a porta que pensava ver abrir, a dor aguda, a palidez e fraqueza crescentes. Imaginei que minha narrativa pareceria a Gregoriska um princípio de loucura, e terminei-a envergonhada. Mas percebi que, ao contrário, ele prestara profunda atenção. Depois que me calei, ficou um instante a refletir.

– Então, você adormece toda noite às quinze para as nove? – perguntou ele.

– Sim, apesar de meus esforços para resistir ao sono.

– E acredita ver a porta se abrir?

– Sim, apesar de fechá-la com o ferrolho.

– E sente uma dor aguda no pescoço?

– Sim, embora mal veja nele a marca de uma ferida.

– Permite-me vê-la?

Inclinei a cabeça sobre o ombro, e ele examinou a cicatriz.

– Edwige – disse Gregoriska, depois de um instante –, confia em mim?

– E você ainda pergunta!

– Acredita em minha palavra?

– Como nos santos Evangelhos.

– Muito bem. Edwige, por minha palavra, juro que não lhe restam senão oito dias de vida, se não concordar em fazer, hoje mesmo, o que vou lhe dizer...

– E se eu concordar?

– Se concordar, talvez se salve.

– Talvez?

Ele se calou.

– Aconteça o que acontecer, Gregoriska – respondi –, farei o que mandar.

– Muito bem! Escute e, sobretudo, não se assuste. Em seu país, como na Hungria e na Romênia, existe uma tradição.

Tive um sobressalto, porque essa tradição me veio à lembrança.

–Ah! – disse ele. – Você sabe a que me refiro?

–Sim – respondi. – Vi, na Polônia, pessoas que sofreram essa terrível fatalidade.

– Você se refere aos vampiros, não?

— Sim. Quando era criança vi desenterrarem, no cemitério de uma aldeia que pertencia a meu pai, quarenta pessoas que morreram numa quinzena, sem que a causa da morte fosse identificada. Dezessete delas exibiam todos os sinais de vampirismo. Não haviam sofrido decomposição e estavam coradas, parecendo vivas. As outras tinham sido suas vítimas.

— E que fizeram para livrar a região?

— Enterraram uma estaca no coração de cada uma, e em seguida queimaram os corpos.

— Sim, é o que em geral se faz, mas para nós não basta. Para livrá-la do fantasma, é preciso primeiro saber quem é, e pelos Céus, eu saberei. Sim; se necessário lutarei corpo a corpo com ele, seja quem for.

— Ah, Gregoriska! — exclamei, assustada.

— Eu disse "seja quem for", e o repito. Mas, para que eu saia vitorioso nessa tarefa, você deve concordar com tudo que vou pedir.

— Diga.

— Esteja pronta às sete horas. Desça à capela, mas sozinha. É preciso vencer sua fraqueza, Edwige, é preciso. Lá, receberemos as bênçãos nupciais. Aceite, minha querida, pois para defendê-la é necessário que eu tenha, perante Deus e os homens, o direito de cuidar de você. Voltaremos para cá, e então veremos.

— Oh, Gregoriska! — exclamei. — Se for ele, você será morto!

— Nada tema, minha querida Edwige. Apenas aceite.

— Sabe muito bem que farei tudo o que desejar, Gregoriska.

— Então, até a noite.

— Sim, faça tudo o que tenha de fazer, e eu o auxiliarei o melhor que puder. Vá!

Ele partiu. Um quarto de hora depois, vi um cavaleiro galopar rumo ao mosteiro. Era ele.

Mal o perdi de vista, ajoelhei-me e rezei com fervor, como não se reza nos países sem fé de vocês, oferecendo meus pensamentos a Deus e aos santos, em sacrifício. Não me ergui até soarem as sete horas.

Estava enfraquecida como quem agoniza, pálida como uma morta. Cobri a cabeça com um grande véu escuro, desci as escadas amparando-me nas paredes e cheguei à capela sem cruzar com ninguém.

Gregoriska estava a minha espera, junto ao padre Bazile, superior do convento de Hango. Levava uma espada santa, relíquia de um velho cruzado que tomara Constantinopla com Villehardouin e Balduíno de Flandres.*

– Edwige – disse, pousando a mão sobre a espada –, com a ajuda de Deus, é isto que quebrará o encanto que ameaça sua vida. Aproxime-se, portanto, resoluta. Eis aqui um homem santo que, depois de ouvir minha confissão, receberá nossos juramentos.

A cerimônia teve início. É possível que nunca tenha havido algo ao mesmo tempo mais simples e mais solene. Ninguém auxiliava o sacerdote. Ele mesmo colocou sobre nossas cabeças as coroas nupciais. Vestidos ambos de luto, demos a volta no altar com um círio na mão. Depois, o religioso pronunciou as palavras santas e completou:

– Vão agora, meus filhos. Que Deus lhes conceda a força e a coragem de lutar contra o inimigo da espécie humana. Armados com inocência e justiça, vocês derrotarão o demônio. Vão, e benditos sejam.

Beijamos o livro santo e deixamos a capela. Então, pela primeira vez, apoiei-me no braço de Gregoriska, e pareceu-me que, ao tocar aquele braço valente, ao contato com aquele

---

* Godofredo de Villehardouin (c. 1150-c. 1212-18), cavaleiro e historiador francês, e Balduíno, conde de Flandres (1172-1205), participaram da Quarta Cruzada, cujo objetivo original de atacar o Islã foi abandonado em favor do saque e tomada da cidade de Constantinopla, capital do Império Bizantino. Villehardouin escreveu *Da conquista de Constantinopla*, um dos primeiros livros escritos em francês. Balduíno foi o primeiro imperador do Império Latino de Constantinopla, em 1204-1205. [N. T.]

nobre coração, a vida ressurgia em minhas veias. Sentia-me confiante de vencer, porque Gregoriska estava comigo. Voltamos a meu quarto.

– Edwige, não há tempo a perder – disse Gregoriska. – Quer dormir, como de hábito, e que tudo se passe durante o sono? Ou quer permanecer acordada e ver tudo?

– A seu lado, nada temo. Quero ficar desperta, quero ver tudo.

Gregoriska tirou do peito um ramo, ainda úmido de água benta, e o entregou a mim.

– Pegue este ramo, deite-se na cama, reze à Virgem e espere sem temor, pois Deus está conosco. Acima de tudo, não solte o ramo. Com ele, você pode comandar o próprio inferno. Não me chame e não grite. Reze, tenha esperança e espere.

Deitei-me, cruzei as mãos sobre o peito e nele apoiei o ramo bento. Gregoriska escondeu-se por trás do grande trono que estava num canto do quarto.

Contei os minutos e, sem dúvida, Gregoriska também o fazia.

Soaram os três quartos. O ressoar das batidas ainda ecoava quando senti o mesmo entorpecimento, o mesmo terror, o mesmo frio glacial; mas aproximei dos lábios o ramo bento, e as sensações dissiparam-se. Então, ouvi distintamente o barulho daqueles passos lentos e medidos subindo a escada e vindo para minha porta. Ela se abriu devagar, sem ruído, como se uma força sobrenatural a empurrasse, e então...

Então vi Kostaki, pálido como quando o trouxeram morto. Os longos cabelos pretos, espalhados pelos ombros, pingavam sangue. Vestia o traje costumeiro, mas a camisa estava aberta e via-se a ferida sangrenta. Tudo estava morto. A carne, a roupa, o caminhar eram os de um cadáver. Só os olhos, aqueles olhos terríveis, estavam vivos. E, coisa estranha, em vez de aquela visão aumentar meu pavor, fez crescer minha coragem. Deus o enviara, sem dúvida, para que eu julgasse minha posição e pudesse defender-me contra o inferno.

Ao primeiro passo do fantasma em direção à cama, cravei meus olhos, decidida, em seu olhar plúmbeo, e exibi o ramo bento. O espectro tentou avançar, mas um poder maior que o seu o manteve no lugar. Estacou.

– Oh! – murmurou ele. – Ela não dorme, e sabe de tudo!

Falava em moldavo e, no entanto, eu entendia como se as palavras tivessem sido ditas numa língua conhecida.

Estávamos assim cara a cara, o espectro e eu, meus olhos presos aos dele, quando, sem ter de virar a cabeça, vi Gregoriska sair do esconderijo como um anjo vingador, a espada em riste. Fez o sinal da cruz com a mão esquerda e avançou devagar, com a arma apontada para o fantasma. Ao ver o irmão, este por sua vez empunhou o sabre, com uma gargalhada terrível. Assim que o sabre tocou a arma benta, porém, o braço do espectro pendeu inerte junto ao corpo.

Kostaki deu um suspiro cheio de revolta e desespero.

– Que quer? – perguntou ao irmão.

– Em nome do Deus vivo, ordeno que me responda! – disse Gregoriska.

– Fale – disse o fantasma, rangendo os dentes.

– Fui eu quem lhe armou uma emboscada?

– Não.

– Fui eu quem o atacou?

– Não.

– Fui eu quem o golpeou?

– Não.

– Você se atirou contra minha espada, apenas isso. Portanto, aos olhos de Deus e dos homens, não sou culpado do crime de fratricídio. Portanto, você não recebeu uma missão divina, mas infernal. Portanto, você saiu do túmulo não como uma alma santa, mas como um espectro maldito, e ao túmulo regressará.

– Sim, com ela! – gritou Kostaki, fazendo um esforço supremo para agarrar-me.

– Sozinho! – gritou Gregoriska. – Esta mulher me pertence!

Ao dizer isso, pousou na ferida aberta do morto a ponta da arma benta. Kostaki gritou como se uma espada incandescente o tivesse tocado e levou a mão esquerda ao peito, dando um passo atrás. Num movimento que parecia sincronizado ao dele, Gregoriska avançou um passo. Então, fixando o olhar nos olhos do morto, com a espada no peito do irmão, deu início a uma caminhada lenta, terrível, solene. Era como a passagem de dom Juan e o comendador.* O espectro recuava sob a arma sagrada e sob a vontade irresistível do defensor de Deus, que o seguia passo a passo, sem uma palavra. Ambos estavam sem fôlego, lívidos, enquanto o vivo empurrava o morto para trás, forçando-o a deixar o castelo, sua morada de outrora, rumo ao túmulo, sua nova e eterna morada.

Oh, foi horrível ver aquela cena, juro!

E, no entanto, emudecida por uma força superior, invisível e desconhecida, sem me dar conta do que fazia, levantei-me e segui os dois. Descemos as escadas, iluminadas apenas pelos olhos ardentes de Kostaki. Assim percorremos a galeria e o pátio. Cruzamos o portão com os mesmos passos medidos, o espectro recuando, Gregoriska com o braço estendido, e eu seguindo ambos.

Esse percurso fantástico durou cerca de uma hora. Era preciso reconduzir o morto a seu túmulo. Mas, em vez de tomar o caminho habitual, Kostaki e Gregoriska atravessaram em linha reta o terreno, pouco importando os obstáculos, que pareciam deixar de existir. Sob os pés deles, os regatos secavam, as árvores recuavam, as pedras se afastavam. Os mesmos milagres operavam para mim. Todo o céu me parecia toldado por um grosso manto escuro, a lua e as estrelas haviam desaparecido, e eu não via nada brilhando na noite a não ser os olhos flamejantes do vampiro.

---

* Referência à ópera *Don Giovanni* (1787), de Lorenzo da Ponte e Wolfgang Amadeus Mozart, baseada no mito espanhol de dom Juan. Ao final da ópera, o libertino *don* Giovanni é punido pelo fantasma do pai de uma das mulheres que seduziu, o comendador *don* Pedro, assassinado por ele. [N. T.]

Assim chegamos a Hango, e assim cruzamos a cerca de arbustos que servia de muro ao cemitério. Mal entrei, distingui nas sombras o túmulo de Kostaki, lado a lado com o do pai. Nunca os tinha visto, e no entanto pude reconhecê-los. Naquela noite, tudo me era revelado.

À beira da cova aberta, Gregoriska parou.

– Kostaki – disse ele –, nem tudo terminou para você. Uma voz vinda do Céu me diz que será perdoado caso se arrependa. Promete voltar ao túmulo? Promete não voltar a sair? Por fim, promete dedicar a Deus a devoção que dedicou ao inferno?

– Não! – respondeu Kostaki.

– Você se arrepende? – perguntou Gregoriska.

– Não!

– Pela última vez, Kostaki.

– Não!

– Muito bem! Clame a Satã por socorro, e eu clamarei a Deus. E veremos, uma vez mais, quem sairá vencedor.

Dois gritos ressoaram ao mesmo tempo, as espadas se cruzaram soltando fagulhas, e o combate durou um minuto que me pareceu um século. Kostaki tombou; vi erguer-se a espada temível, vi-a enterrar-se em seu corpo e cravá-lo à terra recém-revirada. Um grito poderoso, que nada tinha de humano, cortou o ar.

Corri.

Gregoriska estava de pé, mas cambaleava. Corri e o amparei nos braços.

– Está ferido? – perguntei, ansiosa.

– Não – respondeu ele –, mas num duelo assim, querida Edwige, não é o ferimento que mata, é a luta. Lutei com a morte, a ela pertenço.

– Querido, querido – gritei –, afaste-se daqui e a vida talvez retorne!

– Não, eis meu túmulo, Edwige. Mas não percamos tempo. Pegue um pouco dessa terra impregnada com o sangue dele e coloque-a sobre a mordida que ele lhe infligiu. É a única forma de preservar-se, no futuro, contra esse amor terrível.

Obedeci, tremendo. Abaixei-me para pegar a terra ensanguentada e, ao fazê-lo, vi o cadáver preso ao solo pela espada benta que lhe atravessava o coração. Um sangue escuro e abundante jorrava do ferimento, como se ele acabasse de morrer naquele instante. Amassei um pouco de terra com sangue e apliquei sobre minha ferida o cataplasma horrendo.

– Agora, minha Edwige adorada – disse Gregoriska, com voz fraca –, escute bem minhas últimas instruções. Deixe esta região assim que puder, pois só a distância lhe trará segurança. O padre Bazile recebeu hoje meus últimos desejos, e vai cumpri-los. Edwige, um beijo! O último, o único, Edwige! Morro!

Com essas palavras, Gregoriska tombou ao lado do irmão.

Em outra circunstância qualquer, no meio de um cemitério, junto a um túmulo aberto, com dois cadáveres estendidos lado a lado, eu teria enlouquecido. Contudo, como já disse, Deus me dera força à altura dos acontecimentos dos quais eu não apenas era testemunha, mas também protagonista.

No momento em que olhei ao redor, buscando socorro, vi a porta do mosteiro abrir e os monges, conduzidos pelo padre Bazile, avançaram dois a dois, trazendo tochas acesas e entoando as preces fúnebres. O padre Bazile acabara de chegar ao mosteiro. Tinha previsto o que se passaria e, à frente de toda a irmandade, adentrava o cemitério.

Encontrou-me viva, entre dois mortos. Kostaki tinha a face contorcida numa convulsão final. Gregoriska, ao contrário, tinha o rosto calmo e quase sorridente.

Como recomendara Gregoriska, enterraram-no junto ao irmão: o cristão guardando o amaldiçoado.

Smeranda, ao saber da nova desgraça e de como eu participara dela, quis me ver. Veio ao meu encontro no mosteiro de Hango, e ouviu de mim tudo o que ocorreu naquela noite terrível. Contei-lhe todos os detalhes da história inacreditável. Ela escutou como Gregoriska o fizera, sem espanto, sem pavor.

— Edwige — respondeu ela, após um momento de silêncio —, por mais estranho que seja o que acaba de me contar, não é senão a mais pura verdade. A linhagem dos Brankovan foi amaldiçoada até a terceira e quarta gerações, porque um Brankovan matou um padre. Mas a maldição chegou ao fim, pois, mesmo que tenha se casado, você é virgem. A linhagem termina comigo. Se meu filho lhe deixou um milhão de francos, fique com o dinheiro. De minha parte, exceto as doações de caridade que pretendo fazer, você terá o resto de minha fortuna. Agora, siga o conselho de seu marido. Parta o mais rápido possível para algum país onde Deus não permite que prodígios tão terríveis aconteçam. Não preciso que mais ninguém chore meus filhos. Adeus, e não se preocupe comigo. Minha sorte futura não pertence senão a mim e a Deus.

E, beijando minha testa como de costume, deixou-me e se recolheu ao castelo de Brankovan.

Oito dias depois, parti para a França. Como previu Gregoriska, minhas noites deixaram de ser visitadas pelo terrível espectro. Minha saúde se restabeleceu, e não guardei desses eventos nada além da palidez mortal que acompanha até o túmulo todo aquele que foi vítima do beijo de um vampiro.

O escritor francês **Alexandre Dumas**, pai (Dumas Davy de la Pailleterie, 1802-1870), nasceu no vilarejo de Villers-Cotterêts, nas vizinhanças de Paris. Neto de uma escrava nativa de São Domingos, Antilhas, e filho de um afamado general de Napoleão, desde criança foi um ávido leitor. Aos 20 anos mudou-se para Paris, onde conseguiu emprego no Palácio Real. Passou a escrever artigos para revistas e peças de teatro. Em 1824, ao assistir à segunda montagem de *O vampiro*, de Charles Nodier, Carmouche e Jouffroy, tornou-se entusiasta da figura do vampiro. Foi a primeira peça de teatro à qual assistiu, e causou-lhe viva impressão, como relata em suas *Memórias*

(1852-54).* Quis o acaso que o jovem escritor estivesse sentado ao lado do próprio autor da peça que, incógnito, estudava a reação do público. Como resultado desse encontro casual, algum tempo depois Dumas tornou-se um dos protegidos de Nodier e, por meio dele, ganhou acesso aos melhores círculos culturais parisienses.

Obteve seu primeiro êxito em 1829, com a peça teatral *Henri III et sa cour* ("Henrique III e sua corte"). A forma romanceada como apresentou a história caiu no agrado do público burguês, assegurando-lhe boa reputação como dramaturgo. Quando passou para a atividade de romancista, provou ter habilidade excepcional para gerenciar a nova carreira. De imediato percebeu que podia reescrever seus textos teatrais e aproveitar a grande demanda de histórias seriadas pelos jornais populares. Montou um estúdio de produções, onde trabalhava com diversos colaboradores, produzindo enorme quantidade de romances. Não se furtava a escrever a quatro mãos, e seu parceiro mais conhecido foi Auguste Maquet.

Casou-se em 1840, mas isso não impediu que mantivesse inúmeros casos amorosos, que lhe deram pelo menos três filhos extraconjugais. Um deles, reconhecido ainda em criança, Alexandre Dumas, filho, seguiu os passos do pai e produziu romances memoráveis, como *A dama das camélias* (1848), base da ópera *La Traviata*, de Verdi.

Além de escritor, Dumas, pai, era um aventureiro, e tomou parte da Revolução de 1830. Em 1851, fugiu da França por motivos políticos e se estabeleceu na Rússia, onde viveu por dois anos, sempre escrevendo com grande sucesso. Em 1861, envolveu-se na luta que Giuseppe Garibaldi travou pela unificação da Itália. Fez e perdeu várias fortunas, e morreu pobre, em 1870, aos 68 anos.

Dumas foi um dos escritores mais prolíficos de todos os tempos. Por sua condição de mestiço, foi alvo de racismo, o

---

* Christopher Frayling, 1991, p. 131-144.

que não impediu, porém, que alcançasse grande sucesso. Ao longo da vida, escreveu centenas de peças, romances e diários de viagem, bem como contos infantis e um dicionário de culinária. Notabilizou-se especialmente pelos romances de fundo histórico, recheados de liberdades literárias, aventuras maravilhosas e personagens inesquecíveis, que fizeram dele um dos autores de língua francesa mais lidos no mundo todo. Suas narrativas saíam publicadas na forma de séries, com capítulos semanais em periódicos populares, muitos dos quais ele mesmo ajudou a fundar.

Produziu cerca de oitenta romances, dos quais os mais famosos são *Os três mosqueteiros* (1844) e sua sequência *Vinte anos depois* (1845), *O conde de Monte Cristo* (1844-45), *A rainha Margot* (1845) e *O homem da máscara de ferro* (1848-50).

Mais de 25 anos depois de ver os vampiros no palco pela primeira vez, Dumas voltou ao tema vampírico com sua própria peça, baseada na obra de Nodier e também chamada *Le Vampire*. Escrita em colaboração com A. Maquet, foi aos palcos em 1851, no teatro Ambigu Comique.

O texto aqui apresentado, "A dama pálida", constitui os quatro últimos capítulos do livro *Les Mille et un fantômes – Une journée à Fontenay-aux-Roses*, coletânea de histórias relacionadas com o oculto, escrita com a colaboração de Paul Bocage e Paul Lacroix. Essas histórias apareceram inicialmente no periódico *Le Constitutionnel*, sendo publicadas como livro em 1849. Segundo o próprio Dumas, o volume deveria ser o primeiro de uma série. Nesta que é uma de suas poucas incursões na literatura fantástica, Dumas conta uma visita que fez à vila de Fontenay-aux-Roses, próxima a Paris, em 1831. Logo depois de sua chegada ao lugar, um homem apresenta-se às autoridades e confessa em público o assassinato da esposa. Aterrorizado, exige ser preso, afirmando que, após ter decapitado a mulher, a cabeça separada do corpo lhe havia falado. Dumas visita a cena do crime com o prefeito, e constata-se que o crime de fato aconteceu. Mais tarde, participa de um jantar em que cada convidado conta um caso sobrenatural do qual tenha tomado parte. Essas histórias compõem o livro, estruturado como um debate entre um médico racionalista, que nega a existência de forças sobrenaturais, e o prefeito e a maioria dos convidados, cujos relatos reafirmam a existência delas.

A última história do livro foi publicada em inglês num volume da coleção *The Parlour Novelist* com o título de "The Pale-Faced Lady". Curiosamente, uma versão mais curta, com Edwige e Gregoriska casando-se no final, foi publicada em 1849 na revista inglesa *The New Monthly Magazine and Humorist*, dentro de um artigo anônimo que relatava casos sobrenaturais. Talvez seja a tradução de uma versão mais antiga da história definitiva, já que Dumas costumava reescrever e alongar seus escritos.

Dumas introduziu os montes Cárpatos como cenário da literatura vampírica, embora implicitamente o personagem Urfé já os tivesse cruzado em "A família do *vurdalak*"; o castelo dos Brankovan não ficaria muito distante de Iassi, capital da Moldávia e destino do personagem de Tolstói.

O texto era destinado à leitura pelo grande público, e Dumas carregou nas tintas da religião – a espada sagrada, a força de Deus empurrando o vampiro de volta ao túmulo, o percurso fantástico ao final, a batalha contra a morte. A religião tem mais destaque do que, por exemplo, no conto de Tolstói, em que tinha um papel coadjuvante, um simples meio de detecção do vampiro.

Dumas acrescentou ao relato um movimento e uma ação antes ausentes dos contos vampíricos, centrados basicamente no horror evocado pela simples ideia de interagir com um vampiro. Lançando mão dos relatos reunidos pelo padre beneditino Augustin Calmet e divulgados por Prosper Mérimée na obra pseudofolclórica *A Guzla* (1827), ele imprimiu à narrativa uma dimensão épica até então desconhecida nas histórias de vampiros.* Fez a aventura prevalecer sobre o terror numa história movimentada, com cenas que poderiam ter sido escritas para um filme, se acaso o cinema já existisse à época. A bela mocinha, o herói viril e o vilão sombrio envolvem-se em perseguições, cenas românticas, encontros furtivos e duelos emocionantes, repletos de frases de efeito e gestos teatrais. Não há dúvida de que Dumas realmente sabia contar uma história!

Apesar de seu caráter tão cinematográfico, até onde sabemos "A dama pálida" nunca foi adaptada para as telas.

---

* Ricardo Ibarlucía & Valeria Castelló-Joubert, 2003, p. 262.

Manor

(1884)

Karl Heinrich Ulrichs

I

Bem no meio do oceano nórdico situa-se um grupo de 35 ilhas solitárias e desoladas, equidistantes de Escócia, Islândia e Noruega, que recebem o nome de Ilhas Féroe.* São ilhas desoladas, rochosas, envoltas em nuvens, onde os céus ressoam com os gritos melancólicos das gaivotas em voo, cercadas por ondas que se avolumam quase sempre debaixo de uma densa neblina. As montanhas atingem alturas entre seiscentos e novecentos metros acima do nível do mar. Há rochas escarpadas, ravinas sombrias e densas florestas de pinheiros, milhares de cascatas, que muitas vezes se precipitam de grandes alturas, despencando de uma pedra a outra. Penhascos abismais tornam praticamente inacessíveis as margens íngremes de baías e fiordes. O mar, repleto de rochedos, que em alguns pontos o bloqueiam por completo, lança-se em redemoinhos e correntes violentas.**

* As Ilhas Féroe, ou Faroés, constituem um arquipélago situado no Atlântico Norte, entre a Noruega e a Islândia. São formadas, na verdade, por dezoito ilhas principais, e pouco menos de 800 ilhas menores, ilhotas e rochedos. [N. T.]

** A descrição das ilhas é razoavelmente fiel, exceto pelas florestas de pinheiros, inexistentes nas Féroe. O arquipélago não tem árvores nativas e conta com pequenos bosques de plantas introduzidas, em especial a partir do sul da América do Sul, cujo clima é semelhante. [N. T.]

Apenas dezessete das ilhas são habitadas. Dessas, Strömö e Wagö* são separadas só por um canal estreito, que um bom nadador pode cruzar a nado. Os nomes de vários lugares remontam a um passado distante em que não existiam igrejas nas ilhas, e as crenças antigas ainda não haviam sido banidas. Um exemplo é Thorshavn,** na costa de Strömö, isto é, "a ilha da força".

Foi nessa época que um pescador e seu filho de quinze anos partiram de Strömö em seu barco a remo. Formou-se uma tempestade, e o barco deles virou, lançando o rapazinho contra a costa rochosa de Wagö. Um jovem barqueiro, ao ver o que acontecia, mergulhou nas ondas e nadou por entre as rochas até alcançar o garoto que flutuava inerte. Levou-o até uma rocha, sentou-se e o acomodou no colo, entre seus braços. O garoto então abriu os olhos.

– Como você se chama? – perguntou o marinheiro.

– Har. Sou de Strömö.

Cruzando o canal no barco a remo, o barqueiro levou Har de volta a Strömö, entregando-o a Lara, mãe do garoto. Ao se despedirem, Har, agradecido, abraçou seu salvador. O corpo sem vida de seu pai foi depois jogado à praia pelas ondas.

O nome do barqueiro era Manor. Era um órfão, quatro anos mais velho que Har. Manor gostou do garoto, e ansiava revê-lo. De tanto em tanto cruzava de barco o canal rumo a Strömö ou, com a chegada do verão, vencia a nado as ondas cálidas, no fim da tarde, depois de um dia de trabalho. Har ia até a costa, subia em um rochedo e acenava com um len-

---

* Nomes em alemão; na realidade, as ilhas são mais conhecidas pelos nomes feroeses (respectivamente Streymoy e Vágar) e dinamarqueses (Strømø e Vågø). Streymoy é a maior e mais populosa das ilhas. O canal que separa as duas ilhas varia entre 1 e 2,5 quilômetros de largura. [N. T.]

** O nome Thorshavn (em dinamarquês) ou Torshávn (feroês) significa "porto de Thor", em alusão ao deus nórdico dos raios, trovões e tempestades. É a capital das Ilhas Féroe desde 1866. [N. T.]

ço quando via o barquinho de Manor aproximando-se. Passavam uma ou duas horas juntos, remavam no mar sereno e cantavam canções de marinheiros. Ou tiravam as roupas, mergulhavam nas ondas e nadavam até a areia da praia mais próxima, espantando as focas que lá estavam banhando-se ao sol. Ou penetravam nas escuras florestas de pinheiros imponentes, cujos topos sussurrantes proclamavam a linguagem de Thor; ou, ainda, sentavam-se em alguma pedra sob a ramagem de uma velha faia, onde conversavam e faziam planos. Sempre que algum baleeiro percorria o estreito com as velas enfunadas, o desejo de ambos era estar a bordo. E enquanto permaneciam ali, sentados naquela pedra, Manor rodeava os ombros de Har com um braço e o chamava de "Min Jong", meu menino. O garoto nunca estivera mais à vontade do que quando Manor o abraçava daquele modo. E, quando Manor chegava tarde, ia em silêncio até o grande arbusto de lilás que sombreava a janela de Har e batia no vidro. Har levantava e esgueirava-se para fora da casa, indo ao encontro dele. Sentia-se feliz na companhia de Manor.

II

Um dia, chegou um navio dinamarquês de três mastros, que ancorou no porto de Wagö, em busca de marinheiros para uma viagem de dois meses de caça à baleia. Manor subiu a bordo, e o capitão de imediato aceitou o jovem esguio e ágil. Har ofereceu-se como grumete. Ao saber, porém, Lara se lamentou:

— Você é meu único filho. O mar tomou de mim seu pai. Quer também me abandonar?

Har ficou, e Manor se foi quando o navio levantou âncora.

Os dois meses se passaram, e o inverno retornou. Certa manhã, Har subiu ao rochedo, olhou ao longe e, vendo o navio aproximar-se, agitou com alegria o lenço. Era um dia tempestuoso, porém, e as ondas estavam altas. O navio se dirigia para a baía de Wagö, mas, incapaz de alcançar a ilha, foi desviado de seu curso para os perigosos recifes de Strömö, e naufragou diante dos olhos de Har. O rapaz testemunhou a luta dos marinheiros lançados ao mar contra as ondas. Viu um dos homens agarrar-se a uma prancha com o braço forte, mas um instante depois o homem e a prancha foram tragados pelos torvelinhos da arrebentação. Har conhecia aquele marinheiro. Era Manor.

A maré alta levou muitos corpos à praia. Foram colocados lado a lado na areia, estendidos sobre palha. Har ajudou a examinar os corpos. Por fim o corpo de Manor também foi trazido e disposto junto aos demais. Foi colocado diante de Har, com os cabelos molhados, os olhos cerrados, frios, os lábios e faces pálidos e exangues. O corpo esguio ainda era belo de ver, mesmo na morte.

– Ah, Manor, como desejaria voltar a vê-lo! – exclamou Har, jogando-se em prantos sobre o corpo amado, e, por um instante, saboreou o prazer daquele abraço.

Os corpos foram transportados para o outro lado do estreito e, no mesmo dia, foram enterrados nas dunas de areia de Wagö.

III

Naquela noite, em casa, Har permaneceu triste e calado. Lara tentou reconfortá-lo, mas ele não queria ser consolado, e amaldiçoou os deuses. Recolheu-se ao leito, mas não conseguiu adormecer. Por volta da meia-noite, cochilou.

Foi então despertado por um ruído. Ergueu o olhar. O som estava vindo do lado de fora da janela. Os ramos do arbusto de lilás moveram-se e suas folha secas farfalharam. A janela se abriu e por ela entrou um vulto que Har reconheceu. Apesar da escuridão, de imediato soube quem era. O vulto aproximou-se com passos lentos e deitou-se na cama a seu lado. Embora tremesse de medo, Har não o deteve. Sentiu uma carícia nas faces, mas a mão que o afagava era fria, oh, tão fria, tão fria! Arrepios febris percorreram-lhe o corpo. Sua boca quente e carnuda foi beijada por lábios gélidos. Ele sentiu as vestes molhadas do vulto que o beijava, e cabelos úmidos roçaram sua testa. O horror o inundou, mas havia nele uma mescla de prazer. O vulto deu um suspiro, que lhe pareceu querer dizer: "A saudade me trouxe até você. Não consigo encontrar paz no túmulo!".

Har não ousou dizer nada, e mal ousava respirar. A seguir o vulto se levantou e suspirou, como se dissesse: "Devo agora retornar". Saiu pela janela e foi-se, assim como havia chegado.

— Manor esteve aqui — murmurou Har para si mesmo.

Naquela mesma noite, um pescador de Strömö percorria o estreito em seu barco a remo. O mar cintilava.* Fagulhas gotejavam dos remos. Então, pouco antes da meia-noite, o homem ouviu um barulho estranho. Viu algo se mover rapidamente através das ondas luminosas, algo cujo formato não conseguia distinguir e que se deslocava na direção de Strömö com a velocidade de um grande peixe. Não era um peixe, contudo; isso ele podia perceber apesar da escuridão.

Na noite seguinte, Manor retornou, tão gelado quanto na primeira visita, mas agora mais intenso. Envolveu Har nos braços frios, beijou-lhe as faces e a boca e descansou a cabeça sobre o peito suave do garoto. Har tremia. Seu coração batia forte com aquele abraço tão íntimo.

A cabeça de Manor repousava exatamente sobre o local onde o coração de Har batia descompassado. Os lábios gelados buscaram a suave protuberância do peito, que, logo acima

* Há um fenômeno em que o mar emite uma claridade fosforescente, em decorrência da presença de grande quantidade de organismos planctônicos bioluminescentes, isto é, diminutos seres vivos que flutuam livres nas águas e que produzem luminosidade. [N. T.]

do coração, movia-se no ritmo da pulsação. Manor começou então a sugar, ansioso e sedento, como um bebê no seio da mãe. Depois de alguns instantes, porém, a intensidade arrefeceu. Ele se levantou da cama e foi embora. Har sentia-se como se tivesse sido sugado por algum animal.

Nessa noite, o pescador também estava atarefado no canal. Exatamente na mesma hora de antes, ouviu de novo o barulho na água, desta vez mais perto. À luz fraca da lua, conseguiu distinguir que se tratava de um homem. Nadava sobre o lado direito, como nadam às vezes os marinheiros, mas estava envolto em uma mortalha. Parecia não notar em absoluto o pescador, embora tivesse o rosto voltado para ele. Estava nadando de olhos fechados. A visão perturbou-o tanto que o pescador recolheu as redes sem sequer as ter aberto, e remou o barco de volta para a terra.

Manor retornou nas noites seguintes. Às vezes abraçava o jovem enquanto este se encontrava adormecido, pois vez por outra Har era vencido pelo sono antes da vinda de Manor. Nessas ocasiões, acordava entre os braços frios. E todas as noites os lábios de Manor buscavam a delicada protuberância acima do coração. À luz do dia, às vezes Har via uma gota diminuta de sangue ainda brotando de seu mamilo esquerdo. Ele a limpava com a camisa. Às vezes encontrava uma manchinha de sangue já na camisa. Apenas na noite da lua cheia Manor deixou de aparecer.

O morto com frequência é dominado por uma imensa saudade de alguma pessoa amada que ficou para trás, e esse sentimento é tão forte que ele abandona o túmulo durante a noite para ir até o ente querido. Vem daí a velha crença de que, à meia-noite, Urd* restitui a certas pessoas um breve período de vida, concedendo-lhes então estranhos poderes do além-

* Na mitologia nórdica, era uma das três nornas, divindades que teciam o destino dos seres. Urd era a anciã guardiã do passado; Verdandi, a mãe, era a vigia do presente; e Skuld, a jovem, controlava o destino. [N. T.]

-túmulo. Isso se dá especialmente no caso de pessoas jovens, arrebatadas pela morte de forma trágica quando ainda se encontram na flor da idade. Aquele que retorna tem grande carência por sangue e calor humanos. Assim, ele anseia pelo sangue fresco dos vivos e, como um apaixonado, por seus abraços. Mas também demonstra saudade intensa, e com isso muitas vezes provoca grande angústia.

E foi o que aconteceu neste caso. Har passava o dia atormentado, imerso em sua dor. Mas esperava a noite com impaciência, ansiando pela sublime emoção do abraço da meia-noite.

IV

Doze dias se passaram.

— Você está tão pálido, tão sem cor — disse Lara. — O que está acontecendo, Har?

— Nada, mãe — respondeu ele.

— Você anda quieto demais.

Ele suspirou.

Na última casinha do vilarejo morava uma mulher velha e sábia, que conhecia segredos de todos os tipos. Preocupada, a mãe de Har foi vê-la. A mulher sábia lançou as varetas rúnicas.*

— Há um morto que o visita — disse ela.

— Um morto? — perguntou Lara.

— Sim, durante a noite — respondeu a mulher. — E alguém morrerá se o visitante não for detido no momento certo, antes que seja tarde demais.

Horrorizada, Lara voltou para casa.

— É verdade, Har, que você está sendo visitado por um morto? — perguntou ao filho.

* Varinhas com runas inscritas, utilizadas em adivinhações dentro da cultura nórdica. [N. T.]

Ele baixou o olhar para o chão.

— Manor tem vindo aqui — murmurou ele, e lançou-se nos braços da mãe, em prantos.

— Que os deuses tenham misericórdia de você — disse ela.

— Os deuses? — retrucou ele. — Oras! O que podem fazer por mim agora? Quando ele se agarrou à prancha, ah, céus!, era aquele o momento de me concederem sua graça, se tivessem essa intenção. Mas deixaram que se afogasse, sem nenhuma misericórdia. Como eu o amava!

Ela, então, notou as manchas de sangue na camisa dele. Assim, foi até os anciãos do vilarejo. Eles cruzaram de barco o canal, indo para Wagö, junto com Lara, seu filho e a velha sábia.

Disseram para os habitantes da ilha:

— As covas que vocês fizeram não estão bem fechadas. Um de seus mortos sai todas as noites e vai até nossa ilha. Ele está tomando o sangue deste rapaz.

A isso os habitantes de Wagö responderam:

— Sabemos uma forma de prendê-lo.

Então cortaram uma grande estaca de pinheiro, tão alta quanto um homem e da grossura de um braço, e com um machado a apararam de forma a ficar com quatro lados, tendo na parte inferior uma ponta com o comprimento de um pé. A seguir foram até as dunas onde estavam enterrados os marinheiros. Um homem carregava a estaca, e outro levava um pesado machado. Abriram a cova de Manor, onde ele jazia imóvel, envolto na mortalha.

— Vejam! Ele ainda está do mesmo jeito que o colocamos — exclamou um dos moradores de Wagö.

— Isso porque, ao voltar, ele sempre retoma a posição original — disse a velha sábia.

— A face dele quase parece mais fresca do que antes — disse outro habitante da ilha.

— Não é nenhuma surpresa — replicou a velha. — É por esse motivo que Har está tão pálido.

Har pulou para dentro da cova e lançou-se sobre o corpo de seu amado.

— Manor! Manor! — gritou o garoto, com voz assustada. — Eles querem estaquear você, Manor, acorde! Abra os olhos! Seu Har o está chamando!

Mas Manor não abriu os olhos. Permaneceu imóvel entre os braços de Har, da mesma forma como o fizera doze dias antes, estendido sobre a palha, na praia.

Har não queria soltá-lo, e foi necessário que o puxassem à força. Apoiaram a ponta da estaca no peito de Manor. Com um gemido, Har deu as costas à cena. Abraçou a mãe e escondeu o rosto no ombro dela.

— Mãe! — exclamou o rapaz. — Por que fez isso comigo?

Ele ouviu o dorso plano do machado abater-se como um martelo sobre a estaca, que gemeu. Um golpe pesado, seguido por outro e por mais meia dúzia de golpes.

— Agora ele está preso! — exclamou um dos homens de Wagö.

— Isso deve impedir que continue saindo daí — disse outro.

Har foi carregado para longe, quase inconsciente.

— Agora ele vai deixar você em paz, meu filho amado — disse Lara, quando já estavam de volta a sua cabana.

Ele foi triste para a cama.

— Ele não virá nunca mais — disse Har a si mesmo, cheio de pesar.

Estava cansado e atordoado. Naquele estado de inquietação, rolou de um lado a outro no leito. Os minutos passaram devagar e as horas se arrastavam. A meia-noite chegou e o sono ainda não havia cerrado suas pálpebras.

Ouça! O que foi isso? No arbusto de lilás... Mas não, era impossível. Ainda assim! De novo, como antes, ele ouviu os ramos do arbusto farfalharem. A janela se abriu. Manor retornara. Har perdeu o fôlego. O corpo de Manor exibia no peito um grande ferimento quadrado que lhe trespassava o corpo até as costas. Ele se deitou ao lado de Har, abraçou-o e começou a sugar, desta vez com ardor redobrado e muito maior voracidade.

Naquela noite, porém, Lara estava desperta no aposento ao lado e ouviu tudo, tremendo de medo. Pela manhã, bem cedo, entrou no quarto de Har e foi até a cama.

– Meu pobre filho – disse ela. – Ele esteve aqui novamente, não é?

– Sim, mãe. Ele esteve de novo aqui comigo – respondeu Har.

A cama estava toda manchada com o sangue morto que escorrera do enorme ferimento.

V

Algumas horas depois, novamente um barco atravessou o estreito rumo a Wagö. Desta vez, Har não estava a bordo. Voltaram às dunas e abriram outra vez a cova. A estaca quadrada ainda estava lá, mas não no peito de Manor. O morto estava curvado ao redor da estaca, a qual impedia que ele se deitasse com o corpo reto.

– Ele conseguiu se libertar – disse a mulher sábia. – A estaca tem a mesma grossura do alto à base.

– Ele se contorceu e ergueu o corpo desde a parte de baixo até em cima – comentou um morador de Wagö.

– Deve ter custado um esforço sobre-humano – disse outro.

Seguindo as instruções da mulher sábia, fizeram uma estaca mais robusta, duas vezes mais grossa no alto do que na base, parecendo um prego com uma cabeça. Arrancaram da cova a estaca antiga e cravaram a nova em Manor.

– Ele está bem pregado agora – disse o homem que manejava o machado, desferindo um último golpe contra a cabeça da estaca.

– Pode se contorcer à vontade, mas não vai conseguir sair – completou outro morador da ilha.

Lara voltou para casa e contou a Har o que havia acontecido.

— Agora tudo terminou — disse ele a si mesmo quando foi para a cama.

Ficou lá deitado, sem conseguir dormir. A meia-noite chegou. Tudo permaneceu mergulhado em silêncio. Nada agitou os ramos do arbusto de lilás do lado de fora da janela. O pescador não foi mais perturbado por nenhum nadador cruzando o canal de olhos fechados.

— Agora ele vai deixar você em paz — disse Lara ao filho. — Ele o atormentou demais.

— Mãe, ah, mãe! Ele não me atormentou! — exclamou o garoto, consumido pela dor da saudade, pela esperança inútil. — Mãe! Não tenho mais por que viver!

Ele havia definhado tanto que já não conseguia se levantar da cama.

— Você está tão cansado, tão fraco, meu filho amado!

— Ele está me chamando para junto dele — sussurrou o rapaz.

Certa manhã, muito cedo, Lara estava sentada junto à cama do filho, que ainda dormia. Um mês havia transcorrido desde o naufrágio. Ela começou a chorar, e ele abriu os olhos.

— Mãe, eu tenho que morrer — disse ele, com voz débil.

— Oh, não, meu filho! Você é novo demais para morrer! — protestou Lara.

— Sim, sim! Ele esteve comigo de novo. Nós conversamos. Nós nos sentamos sobre uma pedra à sombra da velha faia na floresta, como de costume; ele passou o braço ao redor de meus ombros e me chamou de "Min Jong". Ele vai voltar esta noite para me buscar. Ele prometeu. Não consigo viver sem ele.

Lara debruçou-se sobre o filho, e suas lágrimas copiosas o banharam.

— Meu pobre filho — lamentou-se ela, colocando a mão na testa dele.

Quando a noite caiu, ela acendeu uma lamparina e ficou de vigília junto ao leito do rapaz. Ele permaneceu ali prostrado, imóvel e em silêncio, mas desperto, com o olhar perdido na distância.

– Mãe! – exclamou ele.

– O que deseja, meu querido filho? – perguntou ela.

– Quero que me coloque na cova dele – pediu o rapaz. – Faria isso por mim? E remova do peito dele aquela estaca horrível.

Ela prometeu que o faria, apertando-lhe a mão, e o beijou.

– Ah, como será adorável repousar na cova com ele!

A meia-noite chegou. Subitamente transfigurado, ele ergueu um pouco a cabeça, como que escutando algo. Com olhos brilhantes, olhou pela janela, para os ramos do arbusto de lilás.

–Veja, mãe, ele está vindo!

Essas foram suas últimas palavras. A seguir, ele revirou os olhos. Descaiu sobre os travesseiros e morreu.

E eles fizeram o que ele havia pedido.

Karl Heinrich Ulrichs (1825-1895) nasceu em Aurich, reino de Hanover, que hoje integra a Alemanha. Ainda criança, percebia-se mais feminino do que os demais garotos, e na adolescência reconheceu sua atração por outros homens. Formou-se em Direito e, em 1848, passou a atuar no serviço público, do qual pediu demissão em 1854, para não sofrer sanções por sua homossexualidade, que chegara à atenção de seus superiores. Passou, então, a trabalhar como repórter de um importante jornal e como secretário de políticos.

Pioneiro no movimento pelos direitos gays, foi autor da primeira teoria científica sobre a homossexualidade (e de fato, para alguns autores, da sexualidade como um todo*), que co-

* Kennedy, 1997, p. 26.

meçou a divulgar em 1863, publicando ao longo dos anos seguintes uma série de estudos sobre o tema. Até então, a homossexualidade era vista como um vício adquirido, e ele propôs que tivesse origem inata. Argumentando pela naturalidade da condição homossexual, ao demonstrar sua base biológica Ulrichs buscava, sobretudo, proteger os gays de perseguições legais, religiosas e sociais.*

Tendo assumido publicamente a luta pelos direitos dos homossexuais, tornou-se o primeiro ativista gay de que se tem notícia.** Defendeu não só os direitos dos gays, mas também das minorias étnicas e religiosas e das mulheres. Quando Hanover foi anexado pela Prússia, em 1866, foi preso duas vezes por fazer oposição pública ao domínio prussiano.

Pela postura combativa, Ulrichs enfrentou grande resistência dentro do meio jurídico, na família e na sociedade. Foi preso várias vezes, e seus escritos foram banidos de diversos estados da Confederação Germânica. No Congresso de Juristas Alemães, em 1867, foi vaiado ao pedir que as leis contra a homossexualidade fossem revistas. Viu-se impedido pelo governo de praticar a advocacia.

Em 1880, com o avanço da legislação contra os homossexuais, e tendo a saúde debilitada, decidiu sair da Alemanha. Depois de viajar pela Itália por vários anos, acabou se estabelecendo em L'Aquila, na região central do país. Ali viveu até a morte, sem nunca ter deixado de escrever, publicando suas obras por conta própria. Foi nessa fase da vida que se dedicou à ficção e à poesia.***

---

* Em seus escritos, Ulrichs não usava o termo "homossexual", ainda inexistente no início de sua ação ativista. Incidentalmente, acredita-se que o primeiro uso documentado das palavras "homossexual" e "heterossexual" está na carta enviada a Ulrichs, em maio de 1868, pelo escritor austríaco Karl Maria Kertbeny (1824-1882).

** Simon LeVay, 1996.

*** Michael Lombardi-Nash, 2000.

O grande legado de Ulrichs foi redescoberto na década de 1980. Tornou-se uma figura *cult* na Europa, e ruas de várias cidades alemãs receberam seu nome. Todo ano seu aniversário é comemorado na praça em Berlim batizada em sua homenagem, e o cemitério em L'Aquila onde está enterrado é ponto de visitação.

Ulrichs publicou o conto "Manor" em 1885, na coletânea *Matrosengeschichten* ("Histórias de marinheiros"). Em 1914, houve uma nova impressão, por meio da qual décadas depois o conto foi redescoberto, sendo incluído na edição da primavera de 1977 do periódico *Schwuchtel: Eine Zeitung der Schwulenbewegung* [Schwuchtel: um jornal do movimento gay].

A narrativa combina aspectos tradicionais das histórias de vampiro com inovações introduzidas por Ulrichs. São elementos então já estabelecidos na ficção vampírica: o cadáver que readquire vida ao sair de noite do túmulo para sugar o sangue dos vivos, a palidez e a temperatura fria do corpo, a aparência saudável do cadáver contrastando com o aspecto exaurido da vítima, a força e o vigor físico do desmorto, o uso de estaca para prender o cadáver no túmulo. Os detalhes peculiares ao conto incluem a reanimação do morto pela norna Urd, a necessidade de que a estaca tenha uma forma específica e o vampiro que suga não o pescoço, mas o mamilo da vítima.

O maior ineditismo do conto, contudo, reside no fato de vampiro e vítima serem ambos do sexo masculino, e com uma ligação afetiva homossexual prévia. O retorno pós-morte de Manor para junto de seu amado faz lembrar as noivas mortas tão comuns na poesia e na prosa alemãs, com a devida adaptação de Ulrichs para seu foco de interesse. Atualmente, "Manor" é considerada a primeira história vampírica explicitamente gay.

É interessante perceber que a "vítima", Har, só começa a definhar depois de Manor ser estaqueado pela segunda vez (quando aparentemente já não pode mais deixar o túmulo). Assim, parece que a causa de sua morte não é o vampirismo em si, mas o desejo de se juntar ao ente amado. Segundo um estudioso da obra de Karl Heinrich Ulrichs, uma análise final do conto não esclarece se a ligação entre homossexualidade e vampirismo em "Manor" seria positiva ou negativa, e talvez seja nisso que resida o fascínio da história.*

Tendo sido publicado e republicado dentro da comunidade LGBTQIA+, o conto passou virtualmente inadvertido ao *mainstream* vampírico, e permanece um tanto obscuro até os dias de hoje. Com sua inclusão na presente antologia, esperamos tornar mais conhecidos não só esse texto, por si só bastante interessante, mas também a figura notável de Ulrichs e sua histórica luta pelo direito à diversidade sexual.

* Michael Lombardi-Nash, 2000.

O Horla

(primeira versão, 1886)

Guy de Maupassant

O doutor Marrande, o mais ilustre e eminente dos alienistas, pedira a três de seus colegas e a quatro estudiosos das ciências naturais que passassem uma hora em sua companhia, no sanatório que dirigia, pois desejava que conhecessem um de seus pacientes.

Assim que os amigos estavam reunidos, disse-lhes:

— Apresentarei a vocês o caso mais incomum e inquietante com que já deparei. Na verdade, nada lhes direi sobre meu paciente. Ele falará por si.

Então o doutor tocou uma campainha. Um funcionário fez entrar um homem. Era excessivamente magro, de uma magreza cadavérica, como são magros alguns loucos obcecados por um pensamento, pois o pensamento doentio devora a carne do corpo mais que a febre ou a tísica.

Tendo cumprimentado os presentes e se acomodado em uma cadeira, o enfermo começou seu relato.

Senhores, sei por que estão aqui reunidos, e estou pronto para contar-lhes minha história, como me foi pedido por meu amigo, o doutor Marrande. Por muito tempo ele acreditou que eu estivesse louco. Hoje, duvida. Em breve todos vocês saberão que meu espírito é tão sadio e tão lúcido quanto os de vocês, para minha infelicidade, para a sua e para a de toda a humanidade.

Mas começarei pelos fatos, pelos fatos puros e simples. Ei-los.

Tenho 42 anos. Não sou casado, e minha riqueza é suficiente para que eu viva com algum luxo. Assim, moro em uma propriedade às margens do Sena, em Biessard, próximo a Rouen. Amo a caça e a pesca. Tenho, nos fundos de minha propriedade, acima dos grandes penhascos que dominam minha casa, a floresta de Roumare, uma das mais exuberantes da França, e à minha frente está um dos mais belos rios do mundo.

Minha morada é ampla, pintada de branco por fora, bonita, antiga, e situa-se em meio a um grande jardim com árvores magníficas, que se estende até a floresta, subindo pelos penhascos enormes que acabo de mencionar.

Minha criadagem compõe-se, melhor dizendo, compunha-se de um cocheiro, um jardineiro, um criado de quarto, uma cozinheira e uma arrumadeira que também fazia as vezes de governanta. Todos estavam comigo fazia entre dez e dezesseis anos, e, portanto, conheciam-me bem: conheciam minha casa, a região, tudo o que compunha minha vida. Eram empregados bons e tranquilos. Isso é relevante para o que contarei.

Acrescento que o Sena, que margeia meu jardim, é navegável até Rouen, como sabem, e que eu via passar todos os dias grandes embarcações, tanto a vela quanto a vapor, provenientes de todos os cantos do mundo.

Bem, fez um ano, no outono passado, que fui de súbito acometido por sintomas estranhos e inexplicáveis. Primeiro, uma espécie de inquietação nervosa que me mantinha insone noites inteiras; uma excitação tão intensa que o menor ruído me fazia estremecer. Meu humor tornou-se ácido. Sofria de cóleras repentinas incompreensíveis. Chamei um médico, que me receitou brometo de potássio e duchas.

Assim, passei a tomar duchas da manhã à noite e a medicar-me com brometo. Com efeito, logo voltei a dormir, mas era um sono mais terrível que a insônia. Apenas me deitava, fechava os olhos e perdia os sentidos. Sim, eu caía no nada, um nada absoluto, uma morte do ser por inteiro, na qual era dominado de um golpe, horrivelmente, pela sensação apavorante de um peso esmagador sobre o peito, e de uma boca que, sobre a minha, me sugava a vida. Oh, esses pesadelos!; não conheço nada que seja tão apavorante.

Imaginem um homem que está sendo assassinado enquanto dorme, e desperta com a faca na garganta; que se contorce coberto de sangue, e que não consegue respirar, e que vai morrer, e que não entende o que está acontecendo... Assim era!

Emagreci de forma inquietante, contínua, e pareceu-me de repente que meu cocheiro, um homem bastante gordo, começava também a emagrecer, como eu.

– O que você tem, Jean? – perguntei-lhe, por fim. – Está doente?

– Creio que peguei a mesma doença que o senhor – respondeu ele. – São as noites que me arruínam os dias.

Pensei, então, que houvesse dentro da casa alguma influência febril em virtude da vizinhança do rio, e estava para me afastar de lá por dois ou três meses, apesar de estarmos em plena estação de caça, quando um pequeno fato incomum, observado por acaso, levou-me a uma sequência de descobertas tão inverossímeis, fantásticas e assustadoras que resolvi ficar.

Sentindo sede, certa noite, bebi meio copo de água e notei que a jarra, pousada sobre a cômoda na frente de minha cama, estava cheia até a rolha de cristal.

Tive, durante a noite, um desses sonhos terríveis de que lhes falei. Acendi uma vela, tomado de uma angústia indescritível, e, como quisesse outra vez tomar água, percebi com assombro que a jarra estava vazia. Não podia crer em meus olhos. Ou alguém havia entrado em meu quarto, ou eu era um sonâmbulo.

Na noite seguinte, quis tirar a prova. Assim, tranquei minha porta a chave, para garantir que ninguém poderia entrar no quarto. Adormeci e despertei como todas as noites. Alguém bebera toda a água que eu tinha visto duas horas antes.

Quem havia bebido aquela água? Eu, sem dúvida; e, no entanto, estava certo, absolutamente certo de não ter feito um movimento sequer durante meu sono profundo e doloroso.

Então recorri a estratagemas para me convencer de que não tinha realizado tais atos inconscientes. Uma noite coloquei, ao lado da jarra, uma garrafa de vinho tinto, uma xícara de leite, ao qual tenho horror, e bolos de chocolate, que adoro.

O vinho e os bolos continuavam intactos. O leite e a água desapareceram. A partir de então, a cada noite eu trocava as bebidas e os alimentos. Jamais os produtos sólidos ou compactos foram tocados, e quanto aos líquidos não foram bebidos senão leite fresco e, sobretudo, água.

No entanto, a dúvida pungente permanecia em minha alma. Não seria eu que me levantava, sem ter consciência disso, e que bebia mesmo aquilo que detestava, porque meus sentidos, entorpecidos pelo sono sonambúlico, poderiam ter sido alterados e perdido suas repugnâncias habituais, adquirindo gostos diferentes?

Dessa forma, fiz uso de um novo ardil contra mim mesmo. Envolvi com musselina branca todos os objetos que infalivelmente seriam tocados e os recobri ainda com um guardanapo de cambraia.

Depois, no momento de deitar-me, esfreguei grafite nas mãos, nos lábios e no bigode.

Quando despertei, todos os objetos continuavam imaculados, apesar de terem sido tocados, pois o guardanapo não estava na mesma posição em que eu o pusera; além do mais, a água e o leite haviam sido bebidos. Ora, a porta fechada com chave de segurança e as janelas que por prudência trancara a cadeado não teriam permitido a entrada de ninguém.

Foi então que me fiz uma pergunta temível: quem estava ali, todas as noites, junto comigo?

Percebo, senhores, que lhes conto tudo isso depressa demais. Vocês sorriem, a opinião dos senhores já está formada: "É um louco". Eu deveria lhes ter descrito com mais detalhes a emoção de um homem que, trancado em casa e sabendo-se são de espírito, percebe, através do vidro de uma jarra, que a água desaparece enquanto ele dorme. Deveria tê-los feito compreender a tortura renovada a cada noite e a cada manhã, e o sono invencível, e os despertares ainda mais apavorantes.

Mas prossigo.

Inesperadamente, o milagre cessou. Nada mais foi tocado dentro de meu quarto. Havia terminado. Eu me sentia melhor, aliás. Minha alegria retornava quando soube que um dos vizinhos, o senhor Legite, encontrava-se exatamente no mesmo estado em que eu estivera. Voltei a pensar em alguma influência febril na região. Meu cocheiro me havia deixado fazia um mês, muito adoentado.

O inverno tinha passado, a primavera começava. Certa manhã, enquanto caminhava perto de meu canteiro de roseiras, eu vi, distintamente, bem perto de mim, a haste de uma das rosas mais belas partir-se como se colhida por mão invisível; depois, a flor acompanhou a curva que seria descrita por um braço que a levasse à boca, e ficou suspensa no ar transparente, por si só, imóvel, assustadora, a três passos de meus olhos.

Tomado de um espanto insano, lancei-me sobre ela para agarrá-la. Não achei nada. Havia desaparecido. Fui dominado, então, por uma cólera imensa contra mim mesmo. Era inadmissível que um homem lúcido e sério tivesse semelhantes alucinações!

Mas teria sido de fato uma alucinação? Procurei pela haste. Encontrei-a de imediato, recém-cortada, no alto do arbusto, entre duas outras rosas que restavam no ramo; antes eram três, e isso eu vira perfeitamente.

Voltei em seguida para casa, com a alma transtornada. Senhores, escutem-me, eu sou calmo; não acredito no sobrenatural, nem mesmo hoje eu acredito. No entanto, a partir daquele momento, tive a certeza, a mesma certeza de que existe o dia e existe a noite, de que perto de mim havia um ser invisível que me havia assombrado, que havia partido e que retornara.

Pouco depois, tive a prova disso.

Entre meus criados, antes rebentavam todos os dias discussões acaloradas por mil motivos que antes pareciam fúteis, mas que dali em diante fizeram todo o sentido para mim.

Um copo, um belo copo de Veneza, quebrou-se sozinho sobre o aparador da sala de jantar em pleno dia.

O criado de quarto acusou a cozinheira, que acusou a arrumadeira, que acusou não sei quem.

As portas que haviam sido fechadas de noite apareciam abertas de manhã. O leite era roubado, toda noite, dentro da despensa. Ah!

O que era? De que natureza? Uma curiosidade crescente, temperada com cólera e espanto, mantinha-me dia e noite num estado de extrema agitação.

Mas a casa voltou a ficar tranquila; e eu de novo acreditava em sonhos quando aconteceu o que contarei a seguir.

Era 20 de julho, às nove da noite. Fazia muito calor. Eu deixara a janela escancarada, a lamparina acesa sobre a mesa iluminando um livro de Musset aberto na *Nuit de Mai.** Eu estava estirado em uma grande poltrona, onde adormecera.

Ora, tendo dormido cerca de quarenta minutos, abri os olhos, sem fazer um movimento, despertado por alguma emoção confusa e estranha. Nada vi a princípio, mas de repente pareceu-me que uma página do livro havia virado sozinha. Nenhuma brisa havia entrado pela janela. Fiquei surpreso e esperei. Passados uns quatro minutos eu vi, vi, sim, eu vi, senhores, com meus olhos, outra página erguer-se e descair sobre a precedente, como se um dedo a folheasse. Minha cadeira parecia vazia, mas compreendi que ele estava lá, ele! Cruzei o quarto de um salto para pegá-lo, para tocá-lo, para agarrá-lo, se isso fosse possível... Mas, antes que eu a alcançasse, a cadeira tombou, como se alguém fugisse diante de mim. A lamparina também caiu e se apagou, com o vidro partido.

* "Noite de maio" (1835), um longo poema em que Alfred de Musset descreve como o poeta é visitado por sua musa, "espectro insaciável". [N. T.]

A janela, bruscamente empurrada como se um gatuno a tivesse agarrado ao fugir, chocou-se contra o suporte... Ah!

Joguei-me sobre a campainha e a fiz soar. Quando meu criado de quarto apareceu, eu lhe disse:

– Derrubei e quebrei tudo. Traga-me outra luz.

Não dormi mais naquela noite. E, no entanto, eu poderia ter sido, uma vez mais, ludibriado por uma ilusão. Ao despertar, meus sentidos estavam perturbados. Não teria sido eu quem derrubara a cadeira e a luz, quando me precipitei como um louco?

Não, não havia sido eu! Eu o sabia sem duvidar um segundo. No entanto, eu queria acreditar nisso.

Esperem. O Ser! Como poderia chamá-lo? O Invisível. Não, não era suficiente. Eu o batizei Horla.* Por quê? Não sei. Desde então o Horla não me deixou mais. Dia e noite tinha a sensação, a certeza da presença desse vizinho impalpável, e também a certeza de que ele exauria minha vida, hora a hora, minuto a minuto.

A impossibilidade de vê-lo me exasperava, e eu acendia todas as luzes de meu aposento, como se pudesse, com essa claridade, revelá-lo.

Eu o vi, afinal.

Vocês não acreditam em mim. No entanto, eu o vi. Eu estava sentado diante de um livro qualquer, sem ler, mas espreitando, com todos os meus sentidos aguçados ao extremo, espreitando aquele que sentia perto de mim. Por certo ele estava lá. Mas onde? Que fazia? Como alcançá-lo?

Diante de mim, minha cama, um velho leito de carvalho com dossel. À direita, a chaminé. À esquerda, a porta que havia fechado com cuidado. Detrás de mim, um grande armário com espelho do qual todo dia fazia uso para barbear-me, vestir-me e onde tinha o costume de olhar-me da cabeça aos pés cada vez que passava diante dele.

---

* Há várias hipóteses para a origem do nome: entre outras, pode vir de *hors là*, isto é, "lá fora", ou de *horsain*, "estrangeiro" no dialeto da Normandia. [N. T.]

Assim, eu fingia ler, para ludibriá-lo, pois ele também me espionava. De repente, senti, tive a certeza de que ele lia por cima de meu ombro, que estava ali, junto à minha orelha.

Levantei-me, virando-me tão rápido que quase caí. Pois bem! Enxergava-se como em pleno dia... e não me vi em meu espelho! Ele estava vazio, limpo, pleno de luz. Minha imagem não estava lá, e eu estava de frente para ele. Só via o grande vidro, límpido de cima a baixo! Olhava com olhos enlouquecidos, e não ousava avançar, sentindo que ele se encontrava entre nós, ele, e que ele ainda me escapava, mas que seu corpo imperceptível tinha absorvido meu reflexo.

Como senti medo! Eis que, de repente, comecei a distinguir minha imagem em meio a uma bruma no fundo do espelho, em meio à bruma como que através de uma cortina de água. Parecia-me que essa água deslizava da esquerda para a direita, lentamente, deixando minha imagem mais nítida a cada segundo. Foi como o fim de um eclipse. Aquilo que me ocultara não parecia ter contornos precisos, mas uma espécie de transparência opaca que aos poucos ia clareando.

Por fim, consegui distinguir-me completamente, da mesma forma como o fazia ao me olhar todos os dias.

Eu o vira. O terror persistiu em mim, e até hoje me faz estremecer.

No dia seguinte eu já estava aqui, onde implorei que me dessem abrigo.

Agora, senhores, concluo a narrativa.

— O doutor Marrande, depois de duvidar por muito tempo, decidiu-se a realizar, sozinho, uma viagem por minha região — disse o enfermo. — Três vizinhos meus estão neste momento como eu estive. Não é verdade?

O médico respondeu:

— É verdade!

— O senhor recomendou-lhes que deixassem água e leite todas as noites em seus quartos para verificar se desapareciam. Meus vizinhos assim o fizeram. Esses líquidos não desapareceram, como em minha casa?

O médico respondeu com uma gravidade solene.

– Sim, desapareceram.

– Portanto, senhores, um Ser, um Ser novo, que certamente vai se multiplicar como nós nos multiplicamos, acaba de surgir sobre a Terra.

"Ah, vocês sorriem! Por quê? Porque esse Ser permanece invisível. No entanto, senhores, nosso olho é um órgão de tal forma elementar que apenas consegue distinguir aquilo que é indispensável à nossa existência. O que é pequeno demais lhe escapa, o que é grande demais lhe escapa, o que está longe demais lhe escapa. Ele ignora os animais que vivem dentro de uma gota de água. Ele ignora os habitantes, as plantas e o solo das estrelas vizinhas; ele nem sequer vê o que é transparente.

"Coloquem diante dele um espelho perfeito, sem moldura. Nosso olho não o distinguirá e nos lançará sobre ele, como uma ave aprisionada numa casa, chocando-se contra as vidraças. Ele não vê os corpos sólidos e transparentes que existem; não vê o ar do qual nos nutrimos, não vê o vento que é a maior força da natureza, que derruba os homens, destrói edifícios, arranca árvores, eleva o mar em montanhas de água que esfacelam as falésias de granito.

"Por que causaria espanto que nosso olho não visse um corpo novo, ao qual falta a propriedade de deter os raios luminosos?

"Vocês veem a eletricidade? E, contudo, ela existe!

"Esse ser, que denominei Horla, existe também.

"O que é? Senhores, ele é aquele que a Terra aguarda depois do homem! Aquele que veio para nos destronar, subjugar, domesticar e, talvez, alimentar-se de nós, como fazemos com bois e javalis.

"Ao longo dos séculos é pressentido, temido, anunciado. O medo do invisível sempre assombrou nossos ancestrais.

"Ele chegou.

"Todas as lendas de fadas, gnomos, criaturas aladas incorpóreas e daninhas – é a ele que elas se referem. Ele, adivinhado pelo homem inquieto e já trêmulo.

"E tudo aquilo que os senhores mesmos fazem há tantos anos, aquilo que denominam hipnotismo, sugestão, magnetismo – é ele que os senhores anunciam, que os senhores profetizam.

"Digo-lhes que ele chegou. Vagueia inquieto como os primeiros homens, ainda ignorante de sua força e sua potência, que conhecerá em breve, muito em breve.

"E eis aqui, senhores, para terminar, um fragmento de jornal que caiu em minhas mãos e que veio do Rio de Janeiro. Leio-lhes: 'Uma espécie de epidemia de loucura parece grassar já há algum tempo na província de São Paulo. Os habitantes de diversas vilas fugiram, abandonando terras e residências, afirmando terem sido perseguidos e atacados por vampiros invisíveis que se alimentavam de seu alento durante o sono, e que não bebiam nada além de água e ocasionalmente leite!'.

"Acrescento: alguns dias antes do primeiro ataque do mal que quase me matou, lembro-me perfeitamente de ter visto passar um grande navio brasileiro de três mastros, com a bandeira desfraldada. Contei-lhes que minha casa fica à beira do rio, toda branca. Ele estava escondido nesse navio, certamente.

"Nada mais tenho a acrescentar, senhores."

O doutor Marrande ergueu-se e murmurou:

– Eu tampouco. Não sei se este homem está louco ou se somos nós dois que o estamos... ou se... nosso sucessor de fato acaba de chegar.

26 de outubro de 1886

Henri-René-Albert-Guy de Maupassant (1850-1893), aclamado escritor francês, nasceu e cresceu na Normandia, serviu na guerra franco-prussiana entre 1870 e 1872 e depois foi para Paris, onde estudou Direito.

Teve grande influência do escritor Gustave Flaubert (1821-1880), de quem foi protegido e aprendiz literário. Com ele aprendeu muito sobre estilo, como o rigor na composição, a impessoalidade, exatidão, a relativização dos pontos de vista narrativos e o gosto por finais abertos. Em 1878, passou a escrever para jornais importantes, como *Le Figaro* e *Gil Blas*, dedicando-se à ficção nas horas livres.

O conto "Bola de sebo" (1880), publicado numa antologia organizada por Émile Zola, valeu-lhe reconhecimento por parte do público e foi o ponto de partida para uma carreira de sucesso. Entre suas obras de maior êxito destacam-se os contos "Mademoiselle Fifi" (1882) e "Dois amigos" (1882), as antologias *Pensão Tellier* (1881) e *Contos da galinhola* (1883), e os romances *Uma vida* (1883), *Bel-Ami* (1885), *Pedro e João* (1888) e *Forte como a morte* (1889). Produziu cerca de trezentos contos, além de seis romances e ainda crônicas de viagens.

Nos últimos anos de vida tornou-se solitário, desenvolvendo um medo constante da morte e mania de perseguição. Como decorrência da sífilis contraída na juventude, começou a sofrer de perda de memória, cegueira e alucinações. Depois de tentar o suicídio, foi internado numa casa de repouso parisiense, onde morreu em 1893, aos 43 anos.

Considerado um dos criadores do conto moderno, sua importância não se limitou à literatura francesa, tendo servido como modelo, por exemplo, para Somerset Maugham e O. Henry. Seus contos constituíram o modelo mais tarde seguido pelo movimento Naturalista da literatura, que se aproximava dos problemas da sociedade para contá-los de modo isento, sem deixar de lado a qualidade literária.

Dava grande atenção aos detalhes, num estilo conciso e econômico sem espaço para longas caracterizações psicológicas, privilegiando a descrição precisa, por vezes até brutal, da realidade. Seus personagens parecem atores de uma tragédia grega, lutando contra o destino para serem vencidos ao final. A visão pessimista pode ter resultado dos males que sofria e da certeza de sofrer de problemas mentais, recorrentes em sua família.

Maupassant tinha livre trânsito tanto pela escrita realista quanto pelo fantástico e sobrenatural, que o fascinavam e que frequentemente aparecem como sintomas da mente perturbada de seus personagens. Também o interesse pela recém-surgida psiquiatria transparece em sua ficção.

O conto "Le Horla", publicado em 1887 na coletânea de mesmo nome, é uma das obras mais conhecidas do autor. Na forma de diário, o narrador descreve, em datas sucessivas, o aumento gradual de sua obsessão e a intensificação daquilo que pode ser a atividade de um ser sobrenatural ou a manifestação de sua loucura crescente.

Bem menos conhecida é a primeira versão do conto, publicada com o mesmo nome no periódico *Gil Blas*, em outubro de 1886, e escolhida para o presente livro. Essa primeira versão é mais sucinta e direta, e está na forma da demonstração de um caso clínico por um médico ante seus pares. Maupassant encontrou a inspiração para esse cenário nas aulas dadas pelo neurologista e pesquisador francês Jean-Martin Charcot, às quais assistiu, fascinado, de 1885 a 1886.*

Em "O Horla", o vampiro é visto à luz das teorias médicas da época; L. F. Calmeil, por exemplo, em 1845 afirmou que o vampirismo era uma "espectropatia", um tipo de alucinação que afetava ao mesmo tempo toda uma família ou comunidade. As sensações descritas no conto e as ações do personagem assemelham-se ao relato de Calmeil sobre uma de suas pacientes, "uma monomaníaca que exibia os principais sintomas do vampirismo".**

---

* O conto "Carta de um louco" ("Lettre d'un fou", 1885) pode ser considerado um esboço anterior às duas versões de "O Horla".

** L.-F. Calmeil, 1845, p. 433.

Ao transpor a essência vampírica para um ser invisível, Maupassant segue a tendência do final do século 19, de fragmentação do modelo tradicional do vampiro, que assume formas não humanas de acordo com a imaginação de cada autor. Assim, H. G. Wells transformou-o em planta ("A floração da estranha orquídea"), e Phil Robinson, num animal extraordinário ("O último dos vampiros").

"O Horla" marca, também, a estreia do vampiro dentro da ficção científica, principalmente por sua fundamentação nas teorias científicas de então. O tratamento do tema deixa de ser folclórico e passa a refletir a racionalidade que era moda entre a elite cultural. Além disso, na segunda versão do conto, de 1887, o ser invisível torna-se um extraterrestre, contituindo-se o primeiro vampiro proveniente do espaço.

Alguns estudiosos veem em "O Horla" um prenúncio da loucura do próprio autor, mas a insanidade e a obsessão foram temas presentes desde o início de sua obra. De qualquer modo, o conto tem uma qualidade quase profética, pois alguns anos depois a saúde mental de Maupassant ficou comprometida pelo sofrimento físico e pela dor.

Para o leitor brasileiro, um detalhe muito interessante é a introdução do Brasil no mapa das ocorrências vampíricas. A epidemia de loucura começa na província de São Paulo e dali embarca para a Europa num navio brasileiro. O evento faz lembrar a cena em que, uma década depois, Drácula chega como clandestino à Inglaterra desenvolvida e civilizada, vindo de uma terra "mais primitiva", Transilvânia, literalmente "o país além da floresta".

Uma versão cinematográfica de "O Horla" foi lançada em 1963, *Diary of a Madman*, (direção de Reginald Le Borg, com Vincent Price e Nancy Kovack).

Um mistério da Campagna

(1887)

Anne Crawford

I

O relato de Martin Detaille
sobre o que se passou na Vigna Marziali

Neste instante, a voz de Marcello está me importunando, talvez porque, depois de anos de separação, voltei a encontrar-me com um velho conhecido, que tomou parte de sua estranha história. Sinto o impulso de contá-la, e pedi a *monsieur* Sutton que me ajudasse. À época, ele tomou nota dos acontecimentos, e está disposto a colaborar comigo para que Marcello seja relembrado.

Num dia de primavera, Marcello apareceu em meu pequeno estúdio cercado pelos loureiros e verdes aleias da Villa Medici.

– Venha, *mon enfant.** Deixe de lado suas tintas – disse ele, e sem cerimônia alguma tirou a paleta de minha mão. – Tenho uma carruagem esperando lá fora, e vamos em busca de um refúgio.

Enquanto falava, ele ia lavando os pincéis, e isso amoleceu meu coração, pois é algo que odeio fazer. Despiu-me da jaqueta de veludo e tirou, de um prego na parede, meu casaco mais

* "Minha criança", em francês. [N. T.]

apresentável. Deixei que me vestisse como a uma criança. Ele sempre fazia o que queria, e sabia disso; e num instante estávamos instalados na carruagem, percorrendo a Via Sistina rumo à Porta San Giovanni, conforme suas instruções ao cocheiro.

Conto a história como posso porque, embora meus companheiros, que não sabem direito o que dizem, já me tenham afirmado que falo bem o inglês, escrever é algo bem diferente. *Monsieur* Sutton pediu-me que utilizasse seu idioma, pois já esqueceu tanto do meu que não tem mais confiança para usá-lo, mas prometeu corrigir meus erros, de forma que o que tenho para contar não soe ridículo e faça as pessoas rirem ao ler sobre Marcello. Argumento que quero escrever isto para meus conterrâneos, não para os dele; mas ele me lembra que Marcello tinha muitos amigos ingleses que ainda vivem, e que os ingleses não se esquecem como nós. É inútil discutir com *monsieur* Sutton, pois, como nós, tampouco eles cedem e, portanto, concordei em fazer-lhe a vontade. Penso que ele tem algum motivo que não me revela, mas não importa. Traduzirei tudo para meu idioma, para minha própria gente. Para mim, as frases inglesas parecem sempre andar de lado, ou olhar à volta da esquina, ou ficar de ponta-cabeça, e têm tantas pequenas caudas como uma pipa. Tentarei não recorrer ao meu próprio idioma, mas ele terá de me desculpar se eu me esquecer. Pode ter certeza de que não o faço para ofendê-lo. Agora que já me expliquei, deixem-me prosseguir.

Ao sairmos pela Porta San Giovanni, o cocheiro conduzia o mais devagar possível; mas Marcello nunca foi prático. Como poderia, pergunto-lhes, tendo uma ópera na cabeça? Assim, nós nos arrastávamos pelo caminho, e ele mantinha um olhar sonhador diante de si. Finalmente, quando alcançamos o ponto onde começavam os casarios e vinhedos, ele passou a olhar ao redor.

Vocês sabem como são as coisas por lá; portões de ferro encimados por nomes ou iniciais enferrujados e, para além deles, caminhos retos margeados de rosas e lavanda, guiando até alguma casinha triste, com árvores atrás e um suave descampado estendendo-se até a Campagna,* numa solidão suficiente para que ninguém possa ouvir se você for assassinado ali. Paramos em vários portões desses, e Marcello os examinou, mas nenhum local lhe agradou. Ele parecia não duvidar de que acharia algo de seu gosto, mas não estava sendo o caso. Descia da carruagem, corria até o portão e retornava dizendo:

– O formato daquelas janelas perturbaria minha inspiração.

Ou:

– Aquela pintura amarela arruinaria meu dueto no segundo ato.

Uma vez chegou a aprovar o aspecto da casa, mas no caminho cresciam calêndulas, que ele detestava. E assim prosseguimos e prosseguimos, até o momento em que achei que não encontraríamos mais nada para recusar. Por fim, encontramos um lugar que lhe pareceu adequado, embora fosse muito isolado, e ocorreu-me que seria muito *agaçant*** viver tão longe do mundo, tendo por única companhia oliveiras melancólicas e carvalhos-verdes – azinheiras, como vocês os chamam.

– Viverei aqui e serei famoso! – disse ele, decidido, enquanto puxava a haste de metal que fazia soar um grande sino do lado de dentro.

Esperamos, e ele a puxou de novo, impaciente, e bateu o pé.

– Ninguém vive aqui, *mon vieux*!*** Vamos, está ficando tarde e está tão úmido, e você sabe que, para minha voz tenor, a umidade...

Ele bateu o pé de novo e me interrompeu, irritado.

– Desde quando você tem voz tenor? Você é um idiota! Um baixo seria mais sensato; nada pode lhe fazer mal. Você não

---

* A Campagna, ou Campagna Romana, é uma grande planície que circunda Roma. À época em que se passa o conto, era muito apreciada pelos artistas interessados em paisagens. [N. T.]

** "Chato", "irritante", em francês. [N. T.]

*** "Meu velho", em francês. [N. T.]

tem nada, e ainda se diz meu amigo! Vá embora sem mim. – Como eu poderia fazê-lo, sendo tão longe para ir a pé? – Vá e cante canções apaixonadas para suas inglesinhas magricelas! Elas lhe agradecerão com uma xícara de chá horroroso, e você vai se sentir no paraíso! Este aqui é o *meu* paraíso, e aqui ficarei até que um anjo venha abri-lo para mim.

Ele estava contrariado e agindo de modo irracional, e esses eram os momentos em que se tornava mais adorável, de forma que esperei, e envolvi a garganta com meu lenço, e cantei uma ou duas passagens apenas para evitar que a umidade do ar me afetasse a voz.

– Cale-se! Fique quieto – gritou ele. – Não consigo ouvir se vem gente.

Finalmente alguém surgiu, um vigia de aspecto rude, um *guardiano*, como são chamados aqui, que nos olhou como se fôssemos doidos. Um de nós certamente era, e não era eu. Marcello falava um italiano bastante bom, com sotaque francês, é verdade, mas o homem o entendeu, em especial quando ele ergueu a bolsa. Ouvi-o enquanto proferia uma enxurrada impetuosa de motivos persuasivos, num só fôlego. Então, passou uma moeda de ouro para a mão calosa do *guardiano*, e os dois partiram rumo à casa, enquanto o homem dava de ombros, resignado. Marcello gritou para mim, olhando para trás:

– Volte para casa na carruagem, ou vai se atrasar para sua detestável festa inglesa! Vou passar a noite aqui.

*Ma foi!** Aproveitei sua permissão e o deixei, pois a voz tenor é tirânica como uma mulher ciumenta. Além do mais, eu estava furioso. A despeito disso, dei risada. Ele tinha o temperamento de um artista, que às vezes nos parecia absurdo, sublime ou intensamente irritante. Mas os surtos não duravam muito, e todos concordavam que, se fôssemos mais parecidos com ele, nossos quadros valeriam mais. Não alcançara ainda o

* "Francamente!", em francês; a tradução literal é "Minha fé". [N. T.]

portão da cidade quando meu ânimo serenou, e passei a recriminar-me por largá-lo naquele lugar deserto com a bolsa cheia de dinheiro, pois ele não era nada pobre, e o sombrio *guardiano* poderia ver-se tentado a matá-lo. Nada seria mais fácil que assassiná-lo durante o sono e enterrá-lo em algum lugar sob os olivais, ou numa câmara de uma das catacumbas em ruínas tão comuns nas bordas da Campagna. Com certeza existia uma centena de lugares convenientes. Detive o cocheiro e ordenei que retornasse, mas ele abanou a cabeça e mencionou algum compromisso na Piazza de São Pedro às oito. O cavalo começou a mancar, como se entendesse e fosse cúmplice de seu mestre. Que poderia eu fazer? Disse a mim mesmo que era o destino e deixei que me levasse de volta à Villa Medici, onde tive de pagar-lhe uma gorda quantia por aquela expedição maluca. Ele partiu ligeiro, sem que o cavalo mancasse, deixando-me abismado com tão estranha tarde.

Não dormi bem à noite, embora minha canção tivesse sido aplaudida e as inglesinhas me houvessem adulado muito. Tentei não pensar em Marcello, e ele não me perturbou até que fui para a cama. Mas, como disse, não consegui dormir.

Imaginei-o morto, sendo enterrado na escuridão pelo *guardiano*. Vi o homem arrastando o corpo, a bela cabeça chocando-se contra as pedras, descendo com ele por passagens sombrias e, por fim, abandonando-o ensanguentado e coberto de terra debaixo de um arco sombrio em um recesso, então voltando para contar as moedas de ouro. Mas caí novamente no sono e sonhei que Marcello estava ao portão, batendo o pé, e depois não mais consegui dormir. Levantei-me com a chegada da aurora, vesti-me e fui para meu estúdio no final da alameda de loureiros. Apanhei a jaqueta de pintar e lembrei-me de como ele a tirara de meus ombros. Peguei os pincéis que tinha lavado para mim; no fim das contas estavam apenas meio limpos, duros de tinta e sabão. Senti-me bem por ficar bravo com ele e resmungar uns "*sacré*", pois o fato de poder ralhar com ele me dava a certeza de que ainda estava vivo. Então peguei o estudo de seu busto, que fizera para o quadro de Múcio Cévola colocando a mão no fogo,* e perdoei-o, pois quem seria capaz de contemplar aquela face sem amá-la?

Trabalhei com o calor da amizade no pincel, e fiz o melhor para dotar as feições com a expressão de desprezo e obstinação que vira ao portão. Ela não poderia ser mais adequada a meu tema! Será que a tinha visto pela última vez? Vocês vão perguntar por que não larguei o trabalho e fui logo ver se algo lhe acontecera, mas havia várias razões contrárias a isso. Nossa exposição anual não demoraria, meu quadro mal estava começado e meus colegas haviam apostado que não ficaria pronto. Eu estava à espera do modelo para o rei dos etruscos, um sujeito que cozinhava castanhas na Piazza Montanara e que havia consentido em rebaixar-se e posar para mim, como se me fizesse um grande favor. Além disso, para dizer a verdade, a manhã havia começado a dissipar minhas fantasias. Eu tinha a luminosidade ideal para trabalhar e não era imaginativo por natureza. Assim, ao sentar-me diante do cavalete, disse a mim mesmo que havia sido um tolo, e que Marcello estava perfeitamente bem. O cheiro das tintas ajudava a sentir-me prático de novo. Pensava até, a cada instante, que ele poderia aparecer já farto de seu capricho, e cheguei a preparar e praticar o pequeno sermão que lhe faria. Alguém bateu à porta e gritei "*Entrez!*", pensando que fosse ele. Mas não; era Pierre Magnin.

— Há um homem estranho, um camponês, procurando-o — disse ele. — Traz seu endereço num pedaço de papel sujo, com a caligrafia de Marcello, e uma carta dirigida a você, que não quis me entregar. Diz que deve ver "*il signor Martino*". Ele daria um modelo excelente para um assassino! Venha, fale com ele e mantenha-o ocupado enquanto faço um esboço de seu busto.

* Caio Múcio Cévola, personagem da Roma Antiga (século 6 a.C.), provavelmente lendário, que, ainda jovem, colocou a mão no fogo diante do inimigo, deixando-a queimar, para provar sua bravura. [N. T.]

Segui Magnin pelo jardim até o lado de fora, pois o porteiro não tinha deixado o homem entrar. Era o *guardiano* de ontem. Ele exibiu os dentes brancos e disse: "Bom dia, *signore*", como um cristão. Aqui em Roma não parecia nem um pouco assassino, apenas um camponês rude e curtido de sol. Viera numa carroça grosseira, e tinha amarrado o cavalo feio a uma argola no muro. Estendi a mão para pegar a carta e fingi dificuldade ao lê-la, pois via Magnin com seu caderno de esboços na sombra do saguão de entrada. A nota dizia o seguinte — ainda a tenho, e vou copiá-la. Estava escrita a lápis, numa folha arrancada da caderneta de bolso:

Mon vieux!

Passei uma boa noite, e o homem me aceitará aqui por todo o tempo que eu desejar. Nada vai me acontecer, exceto que desfrutarei de uma paz divina, e já tenho um motif *famoso na cabeça. Vá à minha pensão e pegue algumas roupas e todos os meus manuscritos, com bastante papel pautado e algumas garrafas de Bordeaux, e entregue tudo a meu mensageiro. Seja rápido!*

A fama prepara-se para descer sobre mim! Se quiser me ver, não venha antes de oito dias. Não abrirei o portão se vier antes. O guardiano *é meu escravo e tem instruções de matar qualquer intruso que, alegando ser amigo, tente entrar sem ser convidado. E ele o fará, pois me confessou já ter assassinado três homens.*

(Claro que era uma piada. Eu conhecia Marcello.)

Quando vier, vá à poste restante *e pegue minha correspondência. Aqui está meu cartão, que o autorizará. Não esqueça de penas e um vidro de tinta!*

Seu Marcello

A única coisa a ser feita era pedir a Magnin, que terminara seu esboço, que trancasse meu estúdio, saltar na carroça e ir sacolejando obedecer às ordens. Fomos até a pensão, na Via del Governo Vecchio, e lá fiz um embrulho com tudo em que consegui pensar. A senhoria reteve-me com mil perguntas sobre quando o *signore* voltaria. Ele pagara adiantado pelo quarto, de forma que ela não precisaria ficar ansiosa sobre o aluguel. Quando lhe contei onde ele estava, a senhoria balançou a cabeça, e falou do ar ruim de lá, e disse "Pobre *signorino!*", com tanta melancolia que parecia que ele já havia sido enterrado, depois olhou-nos pela janela com ar fúnebre enquanto nos afastávamos. Fiquei irritado com ela por fazer com que me sentisse supersticioso. Na esquina da Via del Tritone, desci e dei um franco ao homem, por puro sentimentalismo, e gritei quando se afastou "Lembranças ao *signore*!", mas ele não me ouviu e foi embora chacoalhando estupidamente, quando eu desejava também ter ido junto. Marcello às vezes era nossa cruz, mas sempre o amávamos.

Os oito dias transcorreram mais depressa do que eu esperara, e a quinta-feira chegou, brilhante e ensolarada para minha expedição. À uma hora, desci até a Piazza de Spagna e barganhei com o proprietário de um cavalo bem-nutrido, relembrando o quanto a falta de juízo do querido Marcello tinha me custado uma semana antes, e partimos num passo rápido para a Vigna Marziali, cujo nome já ia esquecendo de mencionar. Meu coração batia forte, embora eu não soubesse por que sentia tanta emoção. Chegando ao portão de ferro, o *guardiano* atendeu depressa e, nem bem coloquei os pés no longo caminho florido, vi Marcello, que vinha apressado ao meu encontro.

– Sabia que viria – disse ele, enlaçando o braço no meu, e assim caminhamos rumo à casinha cinzenta, que tinha uma espécie de pórtico e vários balcões, e um relógio de sol na frente.

Havia janelas gradeadas no térreo, e o lugar, para meu alívio, parecia seguro e habitável. Ele contou que o homem não dormia ali, e sim numa cabana pequena mais para baixo, em direção à Campagna, e que ele, Marcello, trancava-se com segurança toda noite, o que também me aliviou saber.

— O que você tem para comer? — perguntei.

— Ah, tenho carne de cabrito, feijão e polenta, com queijo pecorino, e há pão preto e vinho em abundância — respondeu ele, sorridente. — Como pode ver, não estou morrendo de fome.

— Não trabalhe demais, *mon vieux*. Você vale muito mais do que sua ópera jamais valerá.

— Pareço estar trabalhando demais? — retrucou ele, voltando-me o rosto na luz direta do exterior.

Estava um tanto ofendido com minhas palavras sobre sua ópera, e eu havia sido tolo em dizer aquilo.

Examinei com olho crítico sua face, e ele me encarou, desafiador.

— Não, ainda não — respondi, meio a contragosto, sem poder afirmar que parecia.

Mas seus olhos tinham um ar inquieto, introspectivo, e havia uma sombra quase imperceptível em volta deles. Era como se as têmporas estivessem levemente afundadas, e uma névoa tênue pairasse por sobre sua beleza, tornado-a estranha e distante. Detivemo-nos diante da porta e ele a abriu, enquanto o *guardiano* seguia-nos com passadas lentas e retumbantes.

— Eis meu Paraíso — disse Marcello, e entramos na casa que era igual a todas as outras do tipo.

Um saguão com baixos-relevos de gesso e uma escadaria adornada com fragmentos antigos levavam aos aposentos superiores. Marcello subiu a escada correndo com leveza, e eu o ouvi trancar uma porta lá em cima e retirar a chave antes de juntar-se a mim no alto da escada.

— Esta é minha oficina — explicou ele, abrindo uma porta baixa. A chave estava na fechadura e, portanto, não era a que ele fechara. — Diga-me se não poderei compor como um anjo neste lugar!

Eu estava tão ofuscado pela luz brilhante do sol, depois da penumbra do saguão, que a princípio pisquei como uma coruja, e então vi o amplo aposento, quase vazio, exceto por uma mesa, coberta com partituras, e uma cadeira tosca.

– Você está procurando a mobília – disse ele, rindo. – Ela está do lado de fora. Venha ver.

Ele me arrastou para uma porta de madeira carcomida e vidro esverdeado rústico, que se abria para um balcão enferrujado. Ele estava certo: a mobília estava do lado de fora. Uma vista maravilhosa encheu meus olhos. Os montes Sabinos, as colinas Albanas e a ampla Campagna, com suas torres medievais e aquedutos em ruínas, e a vasta planície até o mar. Tudo refulgindo, e ainda assim tranquilo, ao sol. Não admirava que ele pudesse compor ali! O balcão rodeava a casa, e para a direita meu olhar recaiu sobre uma aleia de azinheiras que terminava num bosque de altos loureiros, que pareciam bem velhos. Encostados a eles reluziam pedaços de esculturas e alguns sarcófagos antigos, e mesmo lá do alto eu podia ouvir o fio d'água que caía de uma máscara antiga para um duto longo e tosco. Vi o *guardiano* trigueiro cavoucando entre seus repolhos e cebolas, e ri ao pensar que o imaginara um assassino! De seu pescoço pendia um pequeno relicário, que balançava de um lado a outro sobre o peito queimado de sol, e ele parecia bem inocente ao sentar-se numa coluna antiga para comer um pedaço de pão com a cebola que acabava de desenterrar, fatiando-a com uma faca que nem de longe lembrava um punhal. Calei-me sobre tais pensamentos, pois Marcello teria rido deles. Juntos observávamos o homem que agora usava as mãos para beber da fonte murmurante, e Marcello debruçou-se sobre o parapeito e gritou um longo "Olá!". O *guardiano* ergueu os olhos devagar, acenou com a cabeça e levantou-se calmamente da pedra onde se abaixara para alcançar o jato de água.

– Vamos jantar – explicou Marcello. – Eu estava esperando você.

Ouvi os passos pesados do homem nos degraus, e ele entrou, trazendo numa cesta uma estranha refeição.

Havia queijo pecorino, feito de leite de cabra, pão preto com uma consistência de pedra, uma grande tigela de salada aparentemente composta de ervas-daninhas e um chouriço que encheu a sala com o cheiro forte do alho. O homem desapareceu, para retornar com uma travessa repleta, um cozido fumegante de carne de cabrito desfiada com polenta e acho que também azeite.

— Está vendo? Eu lhe disse que vivia bem — disse Marcello.

Era uma refeição medonha, mas tive de comer, e fiquei satisfeito por ao menos poder tomar um vinho tosco, com gosto de terra e raízes. Quando terminamos, perguntei:

— E sua ópera, como está indo?

— Não diga uma palavra sobre isso! — gritou ele, apontando para uma pilha manuscrita. —Veja o quanto compus, mas não me fale nada. Não quero gastar em palavras as minhas ideias.

Isso não era típico de Marcello, que amava discutir o próprio trabalho, e olhei-o atônito.

— Venha — disse ele. — Desçamos ao jardim, e você vai me contar sobre nossos colegas. Como estão? Magnin encontrou um modelo para sua Clitemnestra?*

Fiz a vontade dele, como sempre, e sentamo-nos num banco de pedra atrás da casa, olhando em direção ao bosque de loureiros e conversando sobre os quadros e estudantes. Eu queria caminhar pela aleia de azinheiras, mas ele me impediu.

— Se teme a umidade, não vá — disse. — Aquilo é como uma câmara mortuária. Fiquemos aqui e agradeçamos por esta paisagem celestial.

— Então fiquemos — respondi, resignado como sempre.

---

* Na mitologia grega, irmã de Helena de Troia e casada com o rei de Micenas, Agamenon. É citada na *Oresteia* de Ésquilo e na *Odisseia* de Homero. [N. T.]

Ele acendeu um charuto, oferecendo-me outro em silêncio. Se não desejava falar, também eu poderia calar-me. De vez em quando ele fazia alguma observação indiferente, e eu respondia no mesmo tom.

Era como se nós, velhos amigos do peito, fôssemos agora estranhos recém-apresentados, ou que nos tivéssemos distanciado depois de uma longa separação. Havia algo nele que eu não conseguia captar. Sim, os dias de isolamento tinham interposto entre nós vários anos e uma espécie de timidez. Não me parecia natural, naquele momento, bater nas costas dele ou lhe dirigir velhas piadas ingênuas. Ele devia sentir igual constrangimento, pois agíamos como dois garotos que tinham ansiado por um folguedo e agora não sabiam como brincar.

Deixei-o às seis. Não parecia que estava me despedindo de Marcello. Parecia que mais tarde iria encontrar-me com meu velho companheiro em Roma, e que o que deixava ali era um mero simulacro indistinto. Ele me acompanhou até o portão e apertou minha mão e, por um instante, o antigo Marcello olhou através de seus olhos. Mas não trocamos as palavras finais enquanto eu partia.

– Quando precisar de mim, avise-me. – Foi tudo o que eu lhe disse.

– *Merci* – respondeu ele.

Durante todo o caminho de volta a Roma senti um arrepio. A mão dele estava tão fria, e eu pensava e pensava qual seria o problema.

Naquela noite, expus minhas ansiedades a Pierre Magnin, que balançou a cabeça e declarou que ele talvez estivesse contraindo malária, cujo início às vezes se manifestava nas vítimas por meio de um comportamento um tanto estranho.

– Ele não pode ficar lá! Devemos trazê-lo o mais rápido possível! – exclamei.

– Nós dois conhecemos Marcello muito bem e sabemos que não há nada que possa ir contra sua vontade – disse Pierre. – Vamos deixá-lo em paz, e ele vai se cansar de seu capricho. Um toque de malária não o matará e, numa noite dessas, ele vai reaparecer entre nós, alegre como sempre.

Mas ele não o fez. Trabalhei duro e terminei meu quadro, exceto por alguns retoques, mas Marcello ainda não havia aparecido. Talvez fosse por minha dedicação extrema, ou por ter-me instalado naquele lugar úmido, pois eu insistia em aplicar a meu traço algo mais material que a emoção. Qualquer que fosse o motivo, fiquei enfermo, mais enfermo do que já me sentira em toda a vida. Era quase crepúsculo quando fui acometido, lembro-me perfeitamente, embora não consiga me lembrar do que aconteceu depois. Ou melhor, nunca soube, pois Magnin me encontrou inconsciente, e assim permaneci por algum tempo. Depois comecei a delirar, o tempo todo falando de Marcello. Já contei que tudo ocorreu pouco antes do crepúsculo; mas no momento exato em que o sol se põe as cores aparecem como realmente são. Os artistas sabem disso, e eu estava dando os últimos retoques aqui e ali em meu quadro, especialmente na face de Múcio Cévola – ou, antes, Marcello.

O resto do quadro estava bastante bom, mas aquele rosto, que deveria ser o principal, pareceu esmaecer e encolher. As feições tornaram-se cada vez mais pálidas, e pareciam se afastar de mim. Um estranho véu as recobriu e os olhos pareceram fechar-se. Não me assusto com facilidade, e sei as peças que certas técnicas de pintura podem pregar sob alguns tipos de luz. O momento passou, e os tons acinzentados do crepúsculo se instalaram. Recuei um passo para olhar. Nesse instante, os lábios, que tinham ficado quase brancos, entreabriram-se e suspiraram! Uma ilusão, sem dúvida. Provavelmente eu já estava bastante doente e delirando, pois em minha imaginação o suspiro fora real. Não exatamente um suspiro, mas um arfar exausto. Suponho que foi nesse instante que desmaiei, e quando voltei a mim estava em minha cama. A meu lado estavam Magnin e *monsieur* Sutton. Uma irmã de caridade ocupava-se de frascos de remédios e falava aos sussurros. Estendi as mãos, que estavam magras e amareladas, com as unhas longas e pálidas. Ouvi a voz de Magnin como se viesse de longe.

— *Dieu Merci!**

E agora *monsieur* Sutton vai lhes contar o que eu não soube senão muito tempo depois.

II

O relato de Robert Sutton
sobre o que se passou na Vigna Marziali

Tenho bastante estima por Detaille, e senti-me satisfeito por ser-lhe útil, mas nunca compartilhei de sua admiração por Marcello Souvestre, embora lhe reconhecesse as virtudes. Era certamente promissor, devo admitir. Mas era um sujeito excêntrico e frívolo, de forma alguma o tipo de pessoa que nós, ingleses, nos damos ao trabalho de entender. É minha função escrever histórias, mas, não tendo necessidade desse tipo de personagem, nunca lhe dediquei particular atenção. Como disse, eu estava satisfeito por ajudar Detaille, que é uma pessoa íntegra, e de boa vontade deixei minhas atividades para ficar à cabeceira de sua cama. Magnin sabia que eu era amigo dele e muito acertadamente procurou-me ao saber quão séria era sua enfermidade, com boa chance de arrastar-se por um longo tempo. Encontrei-o delirando, obcecado com Marcello.

— Diga-me que *motif* é esse! Sei que é uma *marche funèbre*! — dizia ele.

Então cantou uma melodia peculiar que, tendo eu alguma formação musical, registrei no papel. Não se parecia com nada que já tivesse ouvido. A irmã de caridade me lançava olhares severos. Como poderia ela saber, porém, que para nós

* "Graças a Deus!", em francês. [N. T.]

tudo é motivo de interesse e que, assim, a observação passa a ser um hábito mecânico? O pobre Detaille repetiu e repetiu a melodia peculiar, para então interromper-se. Pareceu examinar seu quadro e gritou que as cores estavam desbotando.

— Marcello! Marcello! — gritou ele. — Você também está desbotando! Deixe-me ir ao seu encontro!

Fraco como estava, ele não poderia deixar o leito senão com as forças propiciadas pelo delírio.

— Não consigo! — prosseguiu ele. — Eles me amarraram!

Então, Detaille pareceu tentar roer uma corda em volta dos pulsos, mas em seguida começou a chorar.

— Será que ninguém pode ir até você e trazer notícias suas? Ah, se eu pudesse ao menos saber que está vivo!

Magnin me olhou. Eu sabia o que ele pensava. Ele não abandonaria seu colega, mas eu devia ir. Não me importo em dizer que não relutei em fazê-lo. Ficar ali, à cabeceira de Detaille, ouvindo sua ladainha, me deixava nervoso, e o que Magnin pedia deveria ser trabalhoso, mas de forma alguma desinteressante para alguém de meu ofício, de modo que concordei em ir. Eu sabia tudo sobre a estranha reclusão de Marcello graças a Magnin e ao próprio Detaille, que dela se lamentara sem rodeios durante uma ceia na Academia, que eu frequentava com regularidade.

Sabia que seria inútil chamar ao portão da Vigna Marziali. Não apenas não seria recebido, como despertaria a ira e a suspeita de Marcello. Nem por um instante eu duvidava que estivesse vivo, embora me parecesse plausível que estivesse meio maluco, pois seus compatriotas perdem o equilíbrio com facilidade. Pessoas excêntricas têm sua excentricidade agravada no final do dia e à noite. Quando isso acontece, seus nervos perdem a capacidade de resistir, e um homem equilibrado pode se impor. Por isso, decidi tentar descobrir alguma coisa à noite, imaginando ainda que seria mais fácil passar despercebido. Eu sabia que ele gostava de vagar ao ar livre quando devia estar na cama e não duvidava que teria ao menos um vislumbre dele, que era tudo de que necessitava.

Minha primeira providência foi dar uma longa caminhada para além da Porta San Giovanni, coisa que fiz de manhã bem cedo, avançando com passos regulares até chegar a um portão de ferro do lado direito da estrada, acima do qual estava escrito *Vigna Marziali*. Sem me deter, segui em frente e alcancei um caminho ladeado de arbustos que descia à direita, rumo à Campagna. Coberto de cascalho, estava quase tomado por uma vegetação luxuriante de hera e sabugueiros, e tinha as marcas evidentes das últimas chuvas pesadas. Não havia pegadas humanas, e assim concluí ser pouco usado. Desci cauteloso por esse caminho, mantendo-me atento ao que estava atrás e adiante de mim, hábito que adquirira em minhas andanças solitárias pelos Abruzzi.* Levava comigo um revólver de qualidade – um velho companheiro – e não temia pessoa alguma. Começava a sentir um interesse dramático na missão e estava determinado a não deixar que surpresas desagradáveis a perturbassem. Desci pela planície, seguindo o caminho muito além do que tinha planejado, pois a cerca-viva impedia a visão. Quando cheguei lá embaixo e olhei ao redor, a Vigna Marziali estava bem longe, à direita. Percebi, ao primeiro olhar, que por trás da casa cinzenta uma aleia de azinheiras terminava num bosque de loureiros. A seguir, havia uma espécie de horta com um casebre de teto de palha, possivelmente do caseiro. Não vi canil algum, de forma que não havia cães de guarda. Nos fundos da plantação primitiva havia uma extensão gramada, limitada por uma cerca de madeira que eu poderia pular num salto. Agora já conhecia o percurso, mas quis explorar o local um pouco mais. Foi oportuno, pois descobri que, logo depois da cerca, havia uma vala profunda, naquele momento cheia de água por causa das chuvas. Era funda demais para ser atravessada a pé e larga demais para ser transposta de um pulo. Ocorreu-me que seria bem simples remover uma tábua da cerca e usar como ponte. Medi com os

---

* Região montanhosa da Itália centro-meridional. [N. T.]

olhos a largura e decidi que, sim, a tábua transporia a vala. Depois disso voltei pelo mesmo caminho e, chegando, encontrei Detaille ainda delirando.

Como ele não estava em condições de entender, pareceu-me que seria inútil toda aquela missão visando trazer-lhe algum conforto. Mas um momento de consciência poderia surgir, e além do mais, eu começava a tomar gosto pela empreitada. Assim, concordei com Magnin que devia retirar-me para comer algo e descansar, e retornar à Vigna naquela noite. Informei a minha senhoria que iria para o campo e retornaria no dia seguinte. A seguir fui até Nazarri, onde me provi de sanduíches e abasteci meu frasco de viagem com aquilo que eles chamam de *sherry*, pois, embora não seja um grande apreciador de vinho, estava preocupado com o frio da noite.

Era por volta das sete quando parti, seguindo fielmente meus passos da manhã. Chegando ao caminho, ocorreu-me que talvez estivesse claro demais para cruzar a vala sem ser notado. Assim, preparei um lugar em meio à cerca-viva e ali me acomodei, resguardado pela cortina espessa e emaranhada de hera pendente.

Talvez estivesse fora de forma, e exausto pela caminhada matinal, pois caí no sono. Quando acordei já era noite. As estrelas cintilavam, uma neblina úmida me descia garganta abaixo, e sentia-me enrijecido e gelado. Tomei um gole do *sherry* e achei horrível a bebida, mas me aqueceu. Consultei o relógio, que marcava quinze para as onze. Levantei-me, sacudi das roupas as folhas e gravetos, e segui pelo caminho abaixo. Chegando à cerca, sentei-me e refleti sobre o que estava fazendo. Que esperava descobrir? O que *havia* para ser descoberto? Nada! Nada além de Marcello estar vivo, e eu estava convicto de que essa não seria descoberta alguma. Eu era um tolo que se deixara seduzir pela teatralidade e pelo mistério de todo aquele absurdo, a ponto de inventar um monte de precauções! Bem, ao menos eu poderia usar tudo aquilo, descrevendo meu comportamento em alguma futura história.

Como ainda não tinha o suficiente para um capítulo, teria de seguir em frente e obter mais material.

– Vamos lá! – disse a mim mesmo. – Você é um asno, mas isto talvez seja instrutivo.

Sem fazer barulho, levantei a tábua superior da cerca. Naquele ponto havia um pequeno degrau para atravessá-la, e era fácil mover as madeiras. Ajeitei minha ponte com alguma dificuldade e cruzei-a, cuidadoso, para dirigir-me, apressado e em silêncio, ao bosque de loureiros.

A escuridão era profunda, e meus olhos tardaram em habituar-se. No fim das contas, não havia muito para ser visto. Uns bancos de pedra formando um semicírculo e pedaços de colunas colocados de pé, com bustos antigos em cima. Um pouco para a direita havia uma espécie de arco dando para alguns degraus que pareciam penetrar no solo, talvez a entrada para uma alguma catacumba. No meio do recinto exíguo havia uma mesa de pedra, fixa com firmeza à terra. Não havia ninguém naquele lugar: essa certeza eu tinha. Sentei-me, já acostumado com a penumbra, e devorei alguns sanduíches com uma fome feroz.

Tendo chegado até ali, será que nada aconteceria que me recompensasse por todo o empenho? De repente, ocorreu-me que seria absurdo esperar que Marcello viesse até mim e representasse, diante de meus olhos, para minha especial satisfação, qualquer momice maluca que estivesse preparando. Não sei por que eu tinha achado que algo poderia acontecer naquele bosque, a não ser pelo fato de parecer um lugar para isso. Eu deveria ir olhar a casa e, se visse alguma luz acesa, seria a prova de que ele estava lá. Qualquer tolo teria tido essa ideia, mas um novelista cria o cenário de sua trama e espera que os personagens deslizem pelos trilhos como marionetes; somente quando minhas criações me surpreendem é que as sinto vivas. Chegando ao fim da aleia de azinheiras, tinha a casa diante de mim. Vi mais repolhos e cebolas depois que deixei o arvoredo, e notei que nesse espaço aberto eu poderia ser visto com facilidade por qualquer um que estivesse lá em cima, no balcão. Enquanto retornava ao refúgio das azinheiras, uma janela do andar de cima, não a do balcão, iluminou-se; mas a luz durou pouco, e então um brilho apareceu através do vidro oval da porta no térreo.

Mal tive tempo de correr para trás do tronco mais grosso perto de mim quando a porta se abriu. Aproveitei o rangido para subir como um gato pela árvore de tronco inclinado, estendendo-me sobre um galho que se projetava.

Como esperara, Marcello saiu. Estava muito pálido e se movia mecanicamente, como um sonâmbulo. Chocou-me ver como seu rosto estava magro e as sombras profundas que a luz da vela lançava nas faces afundadas e nos olhos vidrados, que pareciam arder febrilmente, sem nada enxergar. Os lábios estavam brancos, tão retesados que podia ver os dentes brilhando. A vela, então, caiu-lhe da mão, e com passadas lentas, curiosamente regulares, ele veio até a escuridão das azinheiras. Eu o observava de cima, mas creio que se estivesse de pé a sua frente não teria me notado. Quando se foi, desci e fui atrás dele. Tinha descalçado os sapatos e meu avanço era absolutamente silencioso. Além do mais, estava certo de que ele não olharia para trás.

Ele seguiu adiante com o mesmo passo mecânico até chegar ao bosque. Ajoelhei-me detrás de um velho sarcófago na entrada e esperei. Que faria ele? Permaneceu lá, imóvel, sem olhar em volta, como se a engrenagem de relógio dentro de si tivesse parado de trabalhar. Senti que ele estava se tornando psicologicamente interessante, afinal. De repente, abriu os braços como fazem os soldados no campo de batalha ao serem feridos de morte, e esperei que tombasse. Em vez disso, deu um passo à frente.

Olhei na mesma direção e vi uma mulher que deveria ter-se escondido por ali enquanto eu esperava defronte à casa. Ela saiu da penumbra e se aproximou devagar. Então deitou a cabeça no ombro dele, e os braços abertos a envolveram, de forma que o rosto dela escondeu-se no pescoço dele.

Era isso. Tudo aquilo para espionar um caso de amor! A ópera, o isolamento com a desculpa de trabalhar, a recusa tirânica em receber Detaille sem um convite expresso – tudo não passava de disfarce para uma intriga vulgar que, por motivos apenas dele conhecidos, não poderia ter lugar na cidade. Eu estava furioso! Se Marcello passava seu tempo zanzando naquele buraco úmido toda a noite, não era estranho que parecesse tão adoentado e meio louco! Eu sabia muito bem que ele não era um santo, e por que seria? Mas nunca imaginara que fosse um tolo. Ele tivera muitos casos românticos, mas com discrição, sem ser inutilmente misterioso; ninguém nunca havia se intrometido, e nem nós deveríamos tê-lo feito. Disse a mim mesmo que aquela mistura de sangue francês e italiano tinha toda a culpa: a inconstância e insensatez francesas, e o amor italiano pela dissimulação. Fiz um balanço dos detalhes de minha misteriosa expedição. Suponho que na raiz de minha ira estivesse certo desapontamento dramático por não o encontrar assassinado, e eu me desprezava por todo o trabalho a que me dera para este desfecho ridículo: vê-lo com uma mulher nos braços. Eu não via o rosto dela, e sua figura estava envolta da cabeça aos pés por algo longo e escuro; mas podia perceber que era alta e delgada, e um par de mãos brancas aparecia entre as dobras de sua vestimenta. Sob meu olhar atento e indignado, o casal começou a andar, e ainda abraçados desceram os degraus. Quer dizer que nem mesmo a solidão do bosque de loureiros seria suficiente para satisfazer a louca paixão de Marcello pelo segredo. Permaneci imóvel por um instante e então fui até onde tinham desaparecido e escutei. Apenas silêncio. Com cautela, risquei um fósforo e olhei para baixo. Podia ver os degraus por uma curta distância abaixo de mim, e então a escuridão parecia elevar-se e engoli-los. Devia ser uma catacumba, como tinha imaginado, ou talvez antigas termas romanas, que Marcello teria tornado confortáveis o suficiente. Era bem provável que ambos agora estivessem tendo um delicioso jantarzinho frio lá embaixo. Meu estômago vazio me disse que eu poderia até mesmo perdoá-lo se acaso pudesse partilhar com eles a comida. Eu estava assustadoramente faminto, assim como furioso, e sentei-me num dos bancos de pedra para terminar meus sanduíches.

A ideia de esperar para ver o casalzinho apaixonado retornar à superfície nem por um instante me ocorreu. Havia descoberto tudo, e que grande farsa era! Desejava retornar a Roma antes que minha ira acalmasse, para contar a Magnin como fora idiota a missão em que me mandara. E se ele quisesse discutir comigo, tanto melhor!

No caminho para casa fui compondo frases cortantes em francês, mas elas de repente esfriaram e se petrificaram quando descobri que o portão da cidade estava fechado. Nem me ocorrera pedir um passe, e Magnin deveria ter-me alertado. Outro motivo de queixa contra ele! Saboreei meu ressentimento, que me aqueceu enquanto eu percorria os arredores. Do lado de fora dos portões havia casas e mesmo alguns locais para comer, mas nenhuma luz era visível, e eu não queria chamar a atenção batendo em uma porta no meio da noite. Assim, escondi-me detrás de um pedaço de muro. Já estava me habituando a me esconder. Acomodei meu casacão o melhor que pude, tomei mais um gole de *sherry* e esperei. Finalmente, o portão foi aberto e me esgueirei para dentro, tentando não parecer que havia passado fora toda a noite, como um bandido. O guarda me olhou desconfiado, com certeza estranhando a falta de bagagem. Se tivesse uma mochila, poderia ter sido tomado por um turista inglês inocentemente maluco, dando-se ao equivocado prazer de vir caminhando desde Frascati ou Albano. Mas um sujeito de casacão, com as mãos nos bolsos, flanando através do portão da cidade ao romper da aurora como se voltasse de um passeio naturalmente intrigou os oficiais, que me olharam e deram de ombros.

Por sorte encontrei uma carruagem madrugadora na Piazza do Laterano, pois me sentia exausto. Em breve chegava a minhas acomodações na Via della Croce, nas quais minha senhoria me deixou entrar, sem demora. Por fim tive o prazer de tirar as roupas úmidas do orvalho da noite e deitar-me. A fúria esfriara um pouco, e não receei baixar demais sua temperatura cedendo ao desejo irresistível de dormir. Uma ou duas horas não fariam diferença para Magnin – que ele me imaginasse ainda rondado a Vigna Marziali! Eu precisava dormir, não importava o que ele pensasse.

Dormi longamente, e fui despertado por minha senhoria, Sora Nanna, parada a meu lado dizendo:

– Há um *signore* que quer vê-lo.

– Sou eu. Magnin – disse uma voz por trás dela. – Não consegui esperar que viesse me ver.

Ele parecia consumido pela ansiedade e pela vigília.

– Detaille ainda delira, só que agora pior que antes – prosseguiu ele. – Pelo amor de Deus, conte-me o que descobriu! Por que não diz nada?

Ele me sacudiu pelo braço como se achasse que eu ainda dormia.

– Não tem nada a dizer? Você deve ter visto algo! Você viu Marcello?

– Ah, sim, eu o vi.

– Bem?

– Bem, ele estava muito confortável... e bem vivo. Tinha os braços de uma mulher a seu redor.

Ouvi minha porta bater com estrépito, um "*Sacré gamin!*"* feroz e depois passos descendo a escada. Senti-me perfeitamente feliz em causar semelhante impressão. Virei-me e retomei o sono interrompido, com um sentimento quase cordial com relação a Magnin, que nesse momento devia estar subindo a Escadaria Espanhola de dois em dois degraus, transpirando

* Algo como "Que rapaz!", em francês. [N. T.]

de forma horrível. Isso não ajudaria o pobre Detaille. Ele não entenderia a novidade. Depois de ter dormido o bastante, levantei-me, refresquei-me com um banho e algo para comer e então saí para ver Detaille. Não era sua culpa que eu tivesse agido como um idiota, e tinha pena dele.

Encontrei-o delirando como no dia anterior, só que pior, como Magnin dissera.

— Tenha cuidado, Marcello, ninguém pode salvá-lo! — continuava ele a clamar, num tom fraco e rouco, mas com a regularidade de um sino, com um movimento peculiar dos pés, como se caminhasse por uma longa estrada, exausto, mas forçando-se a avançar, depois ele parava e se entregava a um choro infantil. — Meus pés estão feridos — murmurava ele, choroso. — Estou tão cansado! Mas estou indo! Eles me seguem, mas sou forte!

A seguir, vinha uma luta violenta com os perseguidores invisíveis, durante a qual ele, de repente, começava a cantar sua musiquinha, alternando com os gritos de alerta. A voz que cantava era muito diferente da que falava. Ele continuava sem parar, repetindo a ária singular batizada por ele mesmo de *Marcha fúnebre*, a qual já se tornara muito desagradável para mim. Se era verdade o que dizia, não se destinava certamente a nenhum enterro cristão. Enquanto cantava, as lágrimas rolavam por seu rosto, e Magnin, sentado a seu lado, secava-as com a ternura de uma mulher. No intervalo da cantoria, ele juntava as mãos, de forma débil, pois se mostrava muito fraco quando o delírio não o fazia violento, e gritava de modo lastimoso.

— Marcello, nunca mais o verei! Por que nos deixou?

Por fim, quando ele parou por um instante, Magnin deixou sua cabeceira, acenou para que a irmã tomasse o lugar e me levou para o outro aposento, fechando a porta atrás de si.

— Agora me conte exatamente como viu Marcello — disse ele.

Assim, contei toda minha absurda experiência, deixando de lado, porém, a irritação pessoal, pois ele parecia frágil demais, esgotado demais para que alguém pudesse ficar bravo com ele. Magnin me fez repetir várias vezes a descrição do rosto de Marcello e o modo como ele saíra da casa. Isso pareceu impressioná-lo mais do que o caso amoroso.

– Pessoas enfermas têm estranhas intuições, e continuo achando que Marcello está muito doente e em perigo. Espere! – disse ele, com gravidade, e, interrompendo-se, foi até a porta e chamou "*ma soeur!*"*, num sussurro.

Ela ouviu e, depois de arrumar a roupa de cama, e uma vez mais secar as lágrimas do enfermo, veio sem ruído até onde estávamos, com o lenço úmido ainda na mão. Era uma mulher alta e de aparência forte, com penetrantes olhos pretos e muito segura de si. Estranhamente, adotara o nome religioso de Claudius, em vez de algum outro mais feminino.

– *Ma soeur*, a que horas ele saltou da cama e o tivemos de segurar por um bom tempo?

– Um pouco depois das onze e meia – respondeu ela, sem hesitação.

Ele se voltou para mim.

– A que horas Marcello saiu para o jardim?

– Bem, pode ter sido às onze e meia – respondi, contrariado. – Eu diria que três quartos de hora poderiam ter-se passado desde que consultara meu relógio. Mas, veja bem, não poderia jurar.

Odeio que as pessoas tentem estabelecer coincidências misteriosas, e era bem o que ele estava fazendo.

– Tem certeza da hora, *ma soeur*? – perguntei, um tanto ríspido.

Ela me olhou calmamente, com os grandes olhos pretos.

– Ouvi o relógio de Trinità de' Monti soar a meia hora pouco antes.

– Tenha a bondade de contar a *monsieur* Sutton exatamente o que aconteceu – pediu Magnin.

* Forma de tratamento para freiras, literalmente "Minha irmã". [N. T.]

— Um instante, *monsieur*.

Ela foi com suavidade e presteza até Detaille, ergueu-o com seu braço vigoroso e levou-lhe um copo aos lábios, do qual ele bebeu de forma mecânica. Depois, voltou até onde estávamos e postou-se de modo a poder vigiá-lo pela porta aberta.

— Ele não ouve nada — explicou ela, colocando o lenço para secar sobre uma cadeira, depois continuou: — Eram onze e meia, e o paciente estava bastante inquieto, quer dizer, mais do que antes. Pode ter sido quatro ou cinco minutos depois que o relógio terminou de soar quando ele ficou quieto de repente, e depois todo o seu corpo começou a tremer, a ponto de a cama tremer junto.

O inglês dela era admirável, como ocorre com tantas irmãs, de forma que não preciso traduzir, apenas transcrever as palavras dela.

— Ele continuou tremendo, e pensei que teria um ataque, e disse a *monsieur* Magnin que estivesse pronto para chamar um médico. Então os tremores pararam, ele ficou perfeitamente rígido, os cabelos se arrepiaram e os olhos pareceram querer saltar fora das órbitas, embora não pudesse ver nada, o que constatei ao passar a vela diante deles. Num salto, pulou da cama e correu para a porta. Não imaginei que fosse tão forte. Antes que chegasse lá, peguei-o em meus braços, pois está leve agora, e embora se debatesse carreguei-o de volta para o leito, como uma criança. *Monsieur* Magnin veio do outro quarto no instante em que ele tentava se levantar de novo, e juntos o seguramos até que desistisse, mas ele ainda gritou o nome de *monsieur* Souvestre por muito tempo. Depois, ficou muito frio e exausto, claro, e lhe dei um pouco de caldo de carne, embora não fosse a hora apropriada para isso.

— Creio que é melhor que você conte tudo para a irmã — disse-me Magnin. — É bom que a enfermeira saiba de tudo.

— Muito bem — disse-lhe —, mas pode ser que fique escandalizada.

Ela mesma respondeu.

– Tudo o que diz respeito ao paciente nos interessa. Nada me choca.

Com isso, sentou-se e escondeu as mãos nas longas mangas, preparando-se para ouvir. Repeti tudo o que contara a Magnin. Nem por um instante ela desviou de minha face os olhos brilhantes, e escutou com tanta frieza como um médico ouvindo o relato de um caso difícil, embora me parecesse quase um sacrilégio descrever para uma irmã de caridade o comportamento de um jovem apaixonado.

– Que diz disso tudo, *ma soeur*? – perguntou Magnin, quando terminei.

– Não digo nada, *monsieur*; é suficiente que eu o saiba.

Ela tirou as mãos de dentro das mangas, pegou o lenço, que por essa altura já estava seco, e voltou depressa para junto da cama.

– Pergunto-me se a choquei, afinal de contas – falei a Magnin.

– Ah, não – respondeu ele. – As *soeurs* veem muitas coisas, e são tão indiferentes como um confessor, sem se permitirem sentimentos pessoais. Já vi a *soeur* Claudius escutar impassível os delírios mais abomináveis, apenas persignando-se por baixo do hábito ao ouvir as mais horrendas blasfêmias. Era o fim do verão quando o pobre Justin Revol morreu. Você não estava por aqui.

Magnin pousou a mão na própria testa.

– Você mesmo não parece bem – disse-lhe eu. – Vá, tente dormir. Eu fico.

– Muito bem – respondeu ele. – Mas não conseguirei descansar se você não prometer que vai se lembrar de tudo o que ele disser e repetir depois quando me levantar.

Ele se deixou cair como um saco no sofá duro e num instante já adormecera. Eu, que estivera tão zangado com ele poucas horas antes, coloquei uma almofada sob sua cabeça e deixei-o confortável.

Sentado na sala ao lado, fiquei ouvindo os delírios monótonos de Detaille enquanto *soeur* Claudius lia seu livro de orações. Já escurecia quando vários dos acadêmicos entraram para visitar o enfermo e balançaram a cabeça. Olharam ao redor, buscando Magnin. Apontei para a outra sala, com um dedo sobre os lábios; eles concordaram com a cabeça e saíram na ponta dos pés.

Não foi um esforço de memória repetir as palavras de Detaille quando Magnin acordou, pois eram sempre as mesmas. Tivemos outra irmã naquela noite, e *soeur* Claudius só retornaria no meio do dia seguinte. Ofereci-me para revezar com Magnin na vigília, pois ele estava ficando muito nervoso e exausto, e parecia esperar que o ataque da noite anterior se repetisse. A nova irmã era uma mulherzinha suave e de aparência delicada, que tinha lágrimas nos olhos castanhos ao debruçar-se sobre o doente e que se persignava de tempos em tempos, segurando o crucifixo que pendia de sua cintura. No entanto, era tranquila e solícita, tão pontual como *soeur* Claudius para administrar os remédios.

O médico veio ao cair da noite e receitou novos medicamentos. Sem emitir sua opinião sobre o paciente, apenas alertou que esperássemos por uma crise.

Magnin mandou vir uma ceia e comemos calados; na verdade, sem muita fome. Ele consultava o relógio sem parar.

— Se acontecer a mesma coisa esta noite, ele vai morrer! — disse ele, e recostou a cabeça sobre os braços.

— Pois então vai morrer por um motivo muito tolo — respondi, com raiva, porque achava que ele ia chorar, como os franceses costumam fazer, e queria irritá-lo para que não o fizesse, de forma que continuei. — Ele estaria morrendo por um *vaurien** que há uma semana está agindo como um idiota nessa conduta ridícula. Souvestre pode ficar febril o tanto quanto quiser, mas não me peça para ir tomar conta dele.

* "Inútil", em francês. [N. T.]

— Não é a febre — retrucou ele, lentamente. — É um pressentimento vago e terrível que tenho. Acho que ficar ouvindo Detaille me deixa nervoso. Escute, soam as onze! Fiquemos atentos!

— Se você realmente espera outro ataque, deve informar à irmã — observei, e assim ele descreveu a ela, em poucas palavras, o que poderia ocorrer.

— Muito bem, *monsieur* — respondeu a mulher, sentando-se em silêncio junto do leito.

Magnin ficou à cabeceira, e eu ao lado dele. Não se ouvia outro som senão a lamentação incessante de Detaille.

E agora, antes de prosseguir, devo interromper-me e pedir que creiam em mim. Será quase impossível, bem sei, pois eu mesmo já zombei de relatos como este, e afirmação alguma me faria dar-lhes crédito. Mas eu, Robert Sutton, juro que tais fatos aconteceram. Mais que isso não posso fazer. É a verdade.

Vigiávamos Detaille com atenção. Ele repousava de olhos fechados e estivera bastante inquieto. De repente, ficou imóvel, e então começou a tremer, exatamente como *soeur* Claudius havia descrito. Era um tremor curioso, uniforme, que parecia atingir cada fibra, e a armação de ferro da cama sacudia como se mãos fortes a segurassem nas duas extremidades. Seguiu-se a rigidez total, que ela também descrevera, e não exagero ao dizer que seus cabelos curtos não só *pareciam* estar em pé, mas que na verdade estavam. Uma lamparina lançava a sombra de seu perfil contra a parede à esquerda da cama, e quando olhei para a silhueta imóvel, que parecia pintada na parede, vi os cabelos lentamente se levantarem, até que a linha onde se encontravam com a testa ficasse bem diferente, abrupta, em vez de suavemente curva. Seus olhos se arregalaram, primeiro numa fixidez assustadora, e depois numa angústia também assustadora, mas com certeza ele não nos via.

Esperamos, sem respirar, pelo que viria. A pequenina irmã estava próxima a ele, com os lábios apertados e um pouco pálidos, mas muito calma.

— Não tenha medo, *ma soeur* — sussurrou Magnin.

— Não, *monsieur* — respondeu ela, num tom profissional, aproximando-se mais do paciente.

Segurou-lhe as mãos, rígidas como as de um cadáver, para aquecê-las entre as suas.

Pousei minha mão sobre o coração dele, cujo batimento era tão leve que quase acreditei ter parado. Ao aproximar a face de seus lábios, não senti o hálito. Parecia que o rigor duraria para sempre.

Súbito, sem transição, ele se lançou com imensa força, literalmente de um salto, indo parar quase no centro do quarto, espalhando-nos em todas as direções como folhas ao vento.

Num instante, eu estava sobre ele, agarrando-o com toda a força, para evitar que chegasse à porta. Magnin fora atirado para trás, contra a mesa, e ouvi os frascos de medicamentos se quebrando com o impacto. Ele tinha aparado a queda com a mão e, quando veio me ajudar, o sangue escorria de um corte no pulso. A irmã se aproximou. Detaille a havia jogado violentamente de joelhos e, agora, com o instinto de enfermeira, ela tentava atirar um xale sobre o peito nu dele. Nós quatro deveríamos formar um grupo estranho!

Quatro? *Mas éramos cinco!* Marcello Souvestre estava diante de nós, à porta. Todos o vimos, pois estava lá. Tinha o rosto lívido voltado em nossa direção, sem expressão. As mãos pendiam dos lados, tão brancas como o rosto. Apenas os olhos, fixos em Detaille, tinham alguma vida.

— Graças a Deus você finalmente veio! — exclamei. — Não fique aí parado como um idiota. Pode fazer o favor de nos ajudar?

Mas ele não se moveu. Fiquei possesso e, soltando Detaille, pulei sobre ele para puxá-lo para a frente. Minhas mãos estendidas chocaram-se contra a porta, e senti como se uma teia de aranha me envolvesse. Ela pareceu cobrir-me a boca e os olhos, cegando-me e sufocando-me, para depois tremular e esgarçar-se e, em seguida, flutuar para longe de mim.

Marcello se fora!

Detaille soltara-se das mãos de Magnin e jazia no chão, como se seus membros estivessem partidos. A irmã tremia violentamente ao ajoelhar-se a seu lado para tentar erguer-lhe a cabeça. Depois de uma troca de olhares, abaixamo-nos para tomá-lo nos braços, e o levamos de volta para a cama, enquanto *soeur* Marie recolhia em silêncio os cacos dos vidros.

– Viu aquilo, *ma soeur*? – ouvi o sussurro rouco de Magnin.

– Sim, *monsieur* – respondeu ela, com voz trêmula, agarrada ao crucifixo. Depois disse, num tom profissional: – Permite que cuide de seu pulso, *monsieur*?

Apesar do tremor das mãos dela, o curativo que fez era irrepreensível.

Magnin foi para o quarto vizinho, e ouvi quando se jogou pesadamente numa cadeira. Detaille parecia adormecido. Sua respiração era regular. Os olhos fechados tinham aparência pacífica; as mãos, pousadas de forma natural sobre a colcha. Não se mexera desde que o acomodáramos aí. Fui em silêncio até onde Magnin estava sentado no escuro. Sem se mexer, ele apenas disse:

– Marcello está morto!

– Ou morto ou agonizante – respondi. – Precisamos encontrá-lo.

– Sim – sussurrou Magnin. – Devemos ir, mas não chegaremos a tempo.

– Vamos assim que amanhecer – disse eu, e ficamos em silêncio de novo.

Quando, por fim, a manhã chegou, ele saiu em busca de alguém que ficasse em seu lugar.

– Não é necessário que falemos sobre esta noite. – Foi tudo o que disse a *soeur* Marie.

– Tem razão, *monsieur* – murmurou a irmã, e soubemos que podíamos confiar nela.

Detaille ainda dormia. Teria sido a crise prevista pelo médico? Talvez, mas certamente não naquela forma assustadora.

Insisti com meu companheiro que tomássemos um desjejum antes de partir, mas não posso dizer que tenha sentido o gosto do que passou entre meus lábios.

Alugamos uma carruagem fechada, pois não sabíamos o que traríamos de volta, embora nenhum de nós tivesse externado os pensamentos em voz alta. Ainda era cedo quando chegamos à Vigna Marziali, sem ter trocado uma palavra no caminho. Fiz soar o sino, enquanto o cocheiro nos olhava com curiosidade. Prontamente apareceu o *guardiano* que Detaille já mencionou.

— Onde está o *signore*? — perguntei através do portão.

— *Chi lo sa?** — respondeu ele. — Está por aqui, pois não deixou a Vigna. Devo chamá-lo?

Chamá-lo? Eu sabia que nenhuma voz mortal poderia alcançar Marcello agora, mas tentei fantasiar que ele ainda estivesse vivo.

— Não, deixe-nos entrar — respondi. — Queremos fazer-lhe uma surpresa, ele vai gostar.

O homem hesitou, mas finalmente abriu o portão. Entramos, enquanto a carruagem nos esperava do lado de fora. Fomos direto para a casa. A porta dos fundos estava escancarada. O vento forte que soprara de noite tinha arrancado folhas e ramos das árvores, carregando-os para dentro do saguão de entrada, através do umbral. Era evidente que a porta havia ficado aberta desde que eles caíram ali. O *guardiano* nos deixou, provavelmente para escapar à ira de Marcello por ter-nos permitido entrar, e subimos as escadas sem que nos impedisse. Magnin foi na frente, pois conhecia a casa melhor que eu, pela descrição que Detaille fizera. Ele falara sobre o quarto de esquina, com seu balcão, e fizemos de conta que Marcello poderia estar ali, absorto no trabalho, mas não o chamamos em voz alta.

Ele não estava. Os papéis espalhavam-se pela mesa como se tivesse andado compondo, mas o tinteiro estava seco e em-

* "Quem sabe?", em italiano. [N. T.]

poeirado, e não devia ser usado havia dias. Percorremos em silêncio os outros quartos. Talvez ele ainda dormisse? Mas não! Encontramos a cama intacta e, portanto, ele não poderia ter dormido ali naquela noite. Todos os quartos estavam destrancados, exceto um, e essa porta fechada fez nossos corações baterem mais rápido. Marcello não poderia estar ali, porém, pois não havia chave na porta. Vi a luz do sol brilhando através do buraco da fechadura. Gritamos seu nome, sem resposta. Batemos com força, e ainda nada. Assim, encostei meu ombro contra a porta, que era velha e estava rachada em vários lugares, e consegui arrombá-la.

Nada havia ali, exceto uma mesa de escultor, sustentando algo coberto por um pano branco, e as ferramentas de esculpir no chão. À visão do pano, ainda úmido, respiramos fundo. Podia estar ali fazia algum tempo, porém não mais que vinte e quatro horas. Não o erguemos.

— Ele poderia se irritar — disse Magnin, e concordei, pois no mundo artístico é quase um crime desvelar uma obra pelas costas de um escultor.

Nenhum de nós manifestou surpresa por ele modelar; uma interdição parecia pairar sobre nossas línguas. O pano moldava-se ao objeto, revelando a silhueta de um busto feminino, e a deixamos oculta sob o véu.

Uma escada estreita em caracol levava para cima, por uma abertura. Subimos para uma espécie de belvedere, que proporcionava uma vista soberba. Era um terraço pequeno e aberto, no teto da casa. Ao primeiro olhar, via-se não haver ninguém ali.

Já tínhamos estado na casa toda, pequena e de construção simples, evidentemente destinada apenas ao veraneio. Debruçando-nos sobre a amurada, víamos o jardim lá embaixo. Não havia ninguém, exceto o *guardiano*, deitado entre seus repolhos, com os braços por trás da cabeça, meio adormecido. O bosque de loureiros ficara em minha memória desde o princípio; apenas tinha parecido mais natural ir antes à casa. Descemos os degraus em silêncio e para lá dirigimos nossos passos.

Quando nos aproximamos, o *guardiano* veio a nosso encontro, devagar.

— Viram o *signore*? — perguntou o homem, e a estúpida placidez de seu rosto revelou-me que ao menos ele não estava envolvido no desaparecimento.

— Não, ainda não — respondi. — Mas em algum lugar o encontraremos, tenho certeza. Talvez tenha saído para caminhar um pouco, e vamos esperá-lo. O que é isso aqui?

Fiz a pergunta tentando aparentar despreocupação. Estávamos, então, ao lado do pequeno arco sobre o qual já sabem.

— Isso? Nunca desci aí, mas disseram que é antigo. Os senhores querem ver? Posso trazer uma lamparina.

Aceitei, e ele foi para sua cabana. Eu trazia no bolso um par de velas, pois pretendera explorar o lugar caso não encontrássemos Marcello. Não me saía do pensamento que, naquela noite, ele tinha desaparecido por ali. Mas eu as mantive escondidas, pois dariam à nossa busca um ar de premeditação que poderia gerar curiosidade.

— Onde viu o *signore* pela última vez? — perguntei, quando ele voltou com a lamparina.

— Levei-lhe o jantar ontem de noite.

— A que horas?

— Era a Ave-Maria, *signore* — respondeu ele. — É a hora em que ele sempre janta.

Seria inútil fazer mais perguntas. Ele era evidentemente pouco observador e mentiria para nos agradar.

— Deixe-me ir na frente — disse Magnin, pegando a lamparina.

Descemos os degraus. Um ar frio pareceu encher nossos pulmões e ao mesmo tempo sufocar-nos. Lá embaixo jazia uma escuridão espessa. Os degraus, como podia ver à luz de minha vela, eram modernos, assim como a abóbada sobre eles. Uma placa fora fixada na parede. A despeito de minha agitação, parei para lê-la, talvez porque ficasse satisfeito em adiar o que nos estivesse esperando lá embaixo. Era o seguinte:

Questo antico sepolcro Romano scopri il Conte Marziali nell'anno 1853, e piamente conservò.

A inscrição dizia: "O conde Marziali descobriu este antigo sepulcro romano no ano 1853, e piamente o conservou".

Li aquelas palavras com mais rapidez do que me custou escrevê-las aqui, então apressei-me em seguir Magnin, cujos passos soavam tênues abaixo de mim. Ao apressar-me, um golpe de ar apagou minha vela. Tentei seguir em frente tateando a parede, horrivelmente sombria e viscosa, e, de repente, um grito distante subiu lá de baixo e deteve meu coração – um grito de horror!

– Onde está você? – chamei, mas Magnin gritava meu nome e não me ouviu. – Estou aqui! Estou no escuro!

Eu me apressava o mais que podia, mas havia várias curvas.

– Encontrei-o! – Ouvi mais para baixo.

– Vivo? – gritei.

Não houve resposta.

Um último trecho curto me deixou frente a frente com o brilho da lamparina. Vinha de um portal baixo, e para além dele estava Magnin, olhando a escuridão. Quando ergueu a luz acima dele, soube por sua expressão que nossos medos se confirmavam.

Sim, Marcello estava lá, estendido no chão, olhando para o teto, morto e já rígido, como se constatava à primeira vista. Fomos para seu lado sem dizer uma palavra. Então, ajoelhei-me e o toquei, apenas por formalidade, e disse, como se já não o soubesse:

– Está morto já há algumas horas.

– Desde a noite de ontem – disse Magnin, com horror na voz, mas ainda assim com certa satisfação, como se dissesse: "Vê? Eu estava certo".

Marcello tinha a cabeça jogada para trás, e sua bela face não estava contorcida. Ele aparentava ter morrido de exaustão, como que deslizando inconscientemente da vida para a morte.

Sua camisa estava aberta, deixando visível parte do peito, de um branco doentio. Pouco acima do coração havia uma marca.

— Passe-me a lamparina — sussurrei, debruçando-me sobre ele.

Era um pontinho marrom-arroxeado, que devia ter mudado de cor durante a noite.

Examinei-o com cuidado. Diria que o sangue havia sido sugado até a superfície e que fora feita uma perfuração ou uma pequena incisão. A leve efusão subcutânea me levou a tal conclusão. Uma gota minúscula de sangue coagulado fechava o ferimento quase imperceptível, que examinei com a ponta de um dos fósforos de Magnin. Não era mais profundo que a espessura da pele, e, portanto, não era a perfuração de um estilete, por mais fino que fosse, ou a marca de um projétil. Ainda assim era estranho, e nos viramos ao mesmo tempo para ver se ninguém se escondia ali, ou se não havia uma segunda saída. Mas seria loucura pensar que o assassino, se houvesse um, permaneceria ao lado da vítima.

Teria Marcello feito amor com uma bela *contadina,** e seria esta a vingança de algum amante ciumento? Mas não era uma punhalada. Poderia uma gota de veneno no ferimento diminuto ter feito aquele trabalho mortífero?

Nossos olhares vasculharam a escuridão ao redor, e vi que os olhos de Magnin estavam cheios de lágrimas; sua face, tão pálida quanto aquela que no chão se voltava para cima e cujas pálpebras eu tentara em vão fechar. A câmara era baixa, belamente ornamentada com baixos-relevos de gesso, à moda daquela outra tão bem conhecida, não muito distante daqui pela mesma estrada. Espíritos alados, grifos e arabescos, modelados com leveza assombrosa, revestiam paredes e teto. Não havia outra porta além daquela pela qual tínhamos entrado. No centro, havia um sarcófago de mármore, com os temas usuais esculpidos na superfície: de um lado, Hércules conduzindo uma figura coberta

* "Camponesa", em italiano. [N. T.]

por um véu; do outro, uma dança de ninfas e faunos. Um espaço central tinha a seguinte inscrição, entalhada fundo na pedra e ainda parcialmente preenchida com pigmento vermelho:

D.M.
VESPERTILIAE·THC·AIMA-
ΤΟΠΩΤΙΔΟC·Q·FLAVIUS
VIX·IPSE·SOSPES·MON·
POSVIT

— O que é isto? — sussurrou Magnin, cujo pé tocara algo.

Eram uma picareta e um longo pé-de-cabra, como os que os camponeses usam para talhar os blocos de *tufa*.* Quem poderia tê-los trazido para cá? Deviam pertencer ao *guardiano*, mas ele afirmara nunca ter descido aqui. Eu acreditava nele por saber que os italianos têm horror à escuridão e a lugares isolados. Mas para que Marcello os quisera? Não nos ocorria que a curiosidade arqueológica pudesse tê-lo levado a tentar abrir o sarcófago, cuja tampa evidentemente nunca tinha sido erguida, justificando a expressão "conservou-o piamente".

Quando ergui o olhar das ferramentas, meus olhos recaíram sobre a linha de argamassa no encaixe entre a tampa e a pedra abaixo dela. Notei que parte dela havia sido removida, talvez com a picareta a meus pés. Testei-a com a unha e me pareceu bastante friável. Sem uma palavra, peguei o instrumento, e Magnin instintivamente seguiu meu movimento com a lamparina. Não sei o que nos impeliu a fazê-lo. Eu não pensava; tinha apenas um desejo irresistível de ver o que havia lá dentro. Vi que parte da argamassa tinha se partido e estava em pequenos fragmentos pelo chão, coisa que não notara antes. Não demorei para completar o trabalho. Tirei a lamparina da mão de Magnin, pousando-a no chão, e ela iluminou em cheio a face morta de Marcello. À sua luz, encontrei uma

* Rocha vulcânica existente na maior parte da região de Roma. [N. T.]

fenda entre os dois blocos de pedra, e ali enfiei a ponta do pé-de-cabra, enterrando-o mais com um golpe da picareta. A pedra lascou e depois rachou. Magnin tremia.

– Que vai fazer? – perguntou ele, olhando na direção em que Marcello jazia.

– Ajude-me! – exclamei, e aplicamos toda a nossa força no pé-de-cabra.

Sou um homem forte, e senti uma espécie de fúria cega quando a pedra se recusou a ceder. E se a ferramenta se partisse? Com outro golpe afundei-a mais e, usando-a como alavanca, fizemos peso sobre ela, nossos braços estendidos até que cada músculo estivesse sob tensão máxima. A pedra moveu-se um pouco. Quase desmaiando, paramos para descansar.

Do teto pendiam restos enferrujados de uma corrente de ferro que no passado devia ter sustentado um candelabro. Subindo no sarcófago, prendi ali a lamparina.

– Agora! – disse, e de novo forçamos a tampa, que se ergueu.

Alternamos entre levantar e empurrar, até que a tampa se desequilibrou e desabou com estardalhaço para o outro lado. O estrondo foi tão forte que as paredes pareceram balançar. Por um instante, fiquei totalmente surdo, enquanto pedacinhos de gesso do teto caíram sobre nós. Depois de uma breve pausa para nos recuperar do choque, debruçamo-nos sobre o sarcófago e olhamos o interior.

A luz incidia em cheio e vimos... Como é possível contar? Estendido, em meio às dobras de tecido mofado, estava o corpo de uma mulher, perfeito como em vida, com as faces levemente rosadas, macios lábios vermelhos e um colo de pérola viva que parecia palpitar como que animado por algum sonho delicioso. O material apodrecido que a envolvia fazia um contraste horrendo com suas formas adoráveis, suaves como a manhã. Os braços repousavam ao longo do corpo, as palmas rosadas viradas um pouco para fora, os olhos fechados, tranquilos como os de uma criança. O cabelo, que brilhava louro-avermelhado na luz pálida, envolvia-lhe a cabeça em incontáveis trancinhas, por sob as quais pequenos cachos escapavam em anéis sobre a testa. Eu juraria que as veias azuis naquele pescoço de perfeição divina continham sangue vivo!

Estávamos absolutamente paralisados, e Magnin, arfante, debruçou-se por sobre a borda, pálido como a morte, muito mais pálido do que a face vívida e quase sorridente na qual seus olhos se fixavam. Não duvido que eu estivesse tão pálido como ele diante daquela visão inexplicável. Enquanto eu olhava, os lábios pareceram ficar mais vermelhos. Eles *estavam* mais vermelhos! Pequenos dentes perolados apareceram entre eles. Eu não os tinha visto antes, e então uma gota límpida de rubi escorreu para o queixo arredondado e daí deslizou para um lado, caindo no pescoço. Horrorizado, contemplei a morta-viva até que meus olhos não mais suportaram a visão. Ao desviá-los, minha vista caiu de novo sobre a inscrição, mas agora eu a podia ver – *e ler* – por inteiro.

"Para Vespertília" – essa parte estava em latim, e mesmo o nome latino da mulher sugeria algo maléfico esvoaçando ao crepúsculo.* Mas o pleno horror da natureza daquela coisa ocultara-se aos olhos romanos sob o grego της αἱματοπωτίδος, "a tomadora de sangue, a mulher vampira". E Flavius – seu amante –, *vix ipse sospes*, ele próprio "mal conseguiu salvar-se" daquele abraço mortal, então a enterrou ali e colocou um selo sobre o sepulcro, confiando no peso da pedra e na força da argamassa para aprisionar para sempre a bela criatura monstruosa que amava.

– Assassina infame! – gritei. – Você matou Marcello!

Uma súbita calma vingadora me dominou.

– Dê-me a picareta – disse a Magnin.

Ainda posso me ouvir dizendo aquilo. Ele a apanhou e me entregou, como num sonho. Parecia pouco mais útil que um idiota,

* Referência ao grupo de morcegos chamados, em inglês, *vesper bats*, ou "morcegos do anoitecer", pertencentes à família dos Vespertilionídeos. [N. T.]

e gotas de suor brilhavam em sua testa. Peguei meu canivete e, do longo cabo de madeira da picareta, cortei uma estaca fina e pontiaguda. Então, sem qualquer repugnância, entrei pelo lado do sarcófago, com os pés entre as pregas da mortalha em decomposição de Vespertília, que esmaguei como cinzas sob as botas.

Olhei um instante para o colo alvo, mas apenas para escolher o ponto mais adorável, onde a rede de veias azuis resplandecia como turquesas opacas, e num só golpe cravei a estaca pontiaguda, enterrando-a ainda mais com a pressão de minha bota.

Um grito terrível soou, tão penetrante e horrendo que pareceu estourar meus tímpanos, mas ainda assim não senti medo ou terror. Há ocasiões em que tais sentimentos não podem nos tocar. Olhei uma vez mais a face que agora sofria uma mudança assustadora – assustadora e final!

—Vampira imunda! – murmurei, em minha raiva acumulada. – Já não causará mal nenhum.

E, sem olhar de novo sua face amaldiçoada, saí da tumba.

Erguemos Marcello e devagar o levamos escada acima; tarefa difícil, pois o caminho era estreito e ele estava rígido. Notei que os degraus eram antigos até o fim do segundo lance. Daí em diante, a passagem mais moderna alargava-se um pouco. Quando chegamos ao alto, o *guardiano* estava deitado num dos bancos de pedra. Ele se assegurava de que não deixaríamos de lhe pagar. Dei-lhe um par de francos.

– Como vê, encontramos o *signore* – falei, tentando soar com naturalidade. – Ele está fraco; vamos carregá-lo para a carruagem.

Eu tinha coberto o rosto de Marcello com meu lenço, mas o homem sabia muito bem que ele estava morto. Os pés rígidos já diziam tudo, mas os italianos não gostam de se envolver nesse tipo de coisa. Têm um temor infantil da polícia, e o homem apenas respondeu:

– Pobre *signorino*! Está bastante mal. É melhor levá-lo a Roma.

Ele se manteve distante enquanto percorríamos a aleia de azinheiras com nossa gélida carga e não nos acompanhou até o portão, para não ser visto pelo cocheiro, que cochilava na boleia. Embarcamos Marcello com dificuldade na carruagem, e o condutor olhou-nos desconfiado. Expliquei que encontráramos nosso amigo muito enfermo e, ao mesmo tempo, depositei uma moeda de ouro em sua mão, pedindo que nos levasse à Via del Governo Vecchio. Ele embolsou o dinheiro e chicoteou os cavalos para colocá-los em marcha, enquanto segurávamos o corpo rígido, que balançava como uma boneca quebrada a cada seixo da estrada. Uma vez na Via del Governo Vecchio, ninguém nos viu carregá-lo para a casa. Não havia escada em frente à porta, e paramos tão rente a ela que conseguimos resguardar nossa carga de todos os olhares. Depois de levá-lo para o quarto e deitá-lo na cama, reparamos que seus olhos estavam fechados – quem sabe em razão do movimento da carruagem, embora não parecesse possível. A senhoria portou-se bem, da forma como eu esperava, pois, como disse, conheço os italianos. Ela também fez de conta que o *signore* estava muito doente e até fingiu oferecer-se para chamar um médico. Quando me pareceu conveniente dizer que estava morto, ela declarou que devia ter acontecido naquele preciso momento, pois o vira olhar para nós e, então, fechar os olhos de novo. Ela sempre afirmara que ele comia pouco e que adoeceria. Sim, a fraqueza, junto com o ar ruim daquele lugar, o havia matado; além disso, ele trabalhava demais. Depois de construir com êxito essa ficção, com a qual concordamos de bom grado, pois tampouco queríamos a repercussão de uma investigação, ela saiu correndo e chamou uma comadre para vir fazer-lhe companhia.

Assim morreu Marcello Souvestre, e assim morreu finalmente Vespertília, a tomadora de sangue.

Não há muito mais a contar. Marcello jazia calmo e belo em seu leito, e os estudantes vieram para vê-lo, em silêncio.

Ajoelharam-se por um instante, rezaram, persignaram-se e o deixaram para sempre.

Corremos para a Villa Medici, onde Detaille dormia sob os cuidados de irmã Claudius, cujo rosto forte exibia uma expressão satisfeita. À nossa entrada, ela se ergueu em silêncio e veio a nosso encontro na porta.

— Ele vai se recuperar — murmurou a mulher.

Ela estava certa. Ao despertar, ele nos reconheceu de imediato.

— Graças a Deus — exclamou Magnin, soltando um suspiro devoto.

— Estive doente, Magnin? — perguntou Detaille, débil.

— Você teve um pouco de febre — respondeu Magnin, sem hesitar. — Mas já está bem. *Monsieur* Sutton está aqui para vê-lo.

— Marcello esteve aqui? — perguntou Detaille em seguida.

Magnin olhou-o fixamente.

— Não. — Foi tudo o que disse, deixando que seu rosto contasse o resto.

— Ele está morto, então?

Magnin apenas curvou a cabeça.

— Pobre amigo — murmurou Detaille para si, então fechou os olhos pesados e dormiu de novo.

Alguns dias depois do funeral de Marcello, fomos à fatal Vigna Marziali para buscar seus pertences. Ao recolher com cuidado o manuscrito de sua ópera, meu olhar recaiu sobre uma passagem que me pareceu idêntica à que Detaille tanto repetira em seu delírio e que eu tinha anotado.

Coisa estranha, quando lhe mostrei mais tarde, foi que declarou lhe ser uma novidade perfeita, pois Marcello não havia permitido que examinasse o manuscrito.

Quanto à escultura coberta na outra sala, não a descobrimos — e a deixamos para que o tempo a esfacelasse, sem nunca ter sido vista.

Pouco se sabe sobre **Anne Crawford**, baronesa de Raben (1846-1912). Nascida em Roma e filha de um escultor estadunidense, sua família morou por vários anos na Itália. Pintora, não teve propriamente uma carreira literária, e talvez por isso seus contos não tenham tido a repercussão que tiveram as histórias de seu irmão mais novo, Francis Marion Crawford, prolífico autor de ficção histórica e fantasia, incluindo o conto de vampiros "Porque o sangue é a vida" (1905).

Anne Crawford faz parte do virtualmente desconhecido rol de escritoras que se aventuraram pelo gênero vampírico no período pré-Drácula. Além dela, a lista inclui as inglesas Elizabeth Caroline Grey (*The Skeleton Count; or, The Vampyre Mistress*, 1828, talvez a primeira incursão feminina no tema), Eliza Lynn Linton ("O destino de Madame Cabanel", 1880), Mary Elizabeth Braddon ("Herself", 1894, e "A boa senhora Ducayne", 1896), Arabella Kenealy ("A Beautiful Vampire", 1896) e Florence Marryat (*The Blood of the Vampire*, 1897), as francesas Rachilde (*Monsieur Venus*, 1884, e *Madame la Mort*, 1891) e Jane de la Vaudère ("Bérénice", "Viviane" e "Yvaine", 1897), a irlandesa-australiana Mary Fortune ("The White Maniac: A Doctor's Tale", 1867), a belga Marie Nizet (*Le Capitaine vampire*, 1879) e a estadunidense Cora Linn Daniels (*Sardi: a Story of Love*, 1891).

O conto "A Mystery of the Campagna" foi publicado pela primeira vez em 1887, na Inglaterra, dentro da antologia *The Witching Time: Unwin's Christmas Annual*, sob o pseudônimo Anne von Degen.

A narrativa, muito eficiente, recria a atmosfera vitoriana e o fascínio da elite inglesa pela cultura clássica. Sendo filha de um artista e tendo morado na Itália, é provável que Crawford tenha se valido da experiência própria para descrever o mundinho frívolo formado pelos artistas ingleses e franceses na Itália, com valores próprios, opiniões repletas de preconceitos acerca da população local e um comportamento tão excêntrico que chega a ser cômico, senão patético.

Ao mesmo tempo, ela segue a tradição da literatura gótica ao usar o cenário italiano, e cria uma aura de mistério, romantismo e melancolia, acentuada pelas menções constantes a ruínas antigas e catacumbas, à vastidão da paisagem e à sensação de solidão.

Um ponto muito interessante neste conto é a ausência de qualquer aspecto folclórico que diga respeito ao ser vampírico. Em narrativas anteriores nas quais aparece um vampiro tradicional, como "A família do *vurdalak*" ou "Carmilla", o protagonista estrangeiro a princípio desconhece a existência do vampiro, e ao ter contato com ele depende do conhecimento dos moradores locais para reconhecê-lo e combatê-lo. Já os narradores de "Um mistério da Campagna", apesar de estrangeiros, não só são capazes de reconhecer a natureza vampírica de Vespertília como sabem de antemão o que fazer para se livrarem dela. Esse detalhe indica que, na época em que o conto foi escrito, a mitologia do vampiro estava bem estabelecida entre o público leitor da Europa, e não eram necessárias explicações para que o personagem fosse compreendido. Parece claro, inclusive, que a familiaridade da própria autora com os vampiros venha da ficção anteriormente produzida, e não de pesquisa acadêmica de costumes tradicionais.

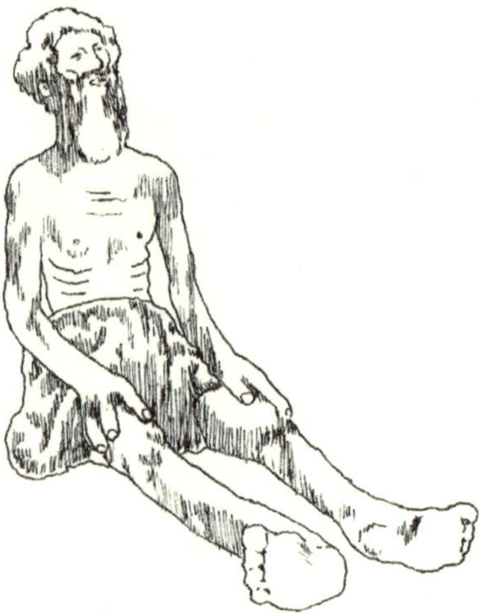

O velho Éson

(1891)

Arthur Quiller-Couch

Julguem vocês o que se passou entre mim e meu hóspede, o estranho que recebi em casa, num momento de necessidade, e que agasalhei e alimentei.

Lembro-me bem do momento em que ele chegou, pois isso se deu logo após cinco dias e cinco noites durante os quais o ano foi do vigor à velhice; no intervalo entre a partida das andorinhas e a chegada dos tordos; quando o jabuti que vive em meu jardim arrastou-se para seu abrigo de inverno, e quando o equinócio estava sobre nós, com um vento leste que congelou a seiva das árvores, de modo que as folhas nem sequer exibiram a gradação do vermelho e do amarelo, mas de repente se tornaram marrons, quebradiças como papel velho.

Às cinco da manhã do sexto dia olhei para fora. O vento ainda assobiava pelo céu, mas já não havia uma nuvem sequer. Bem diante de minha janela, Sirius cintilava com uma brancura que feria a vista. Um pouco para a direita, a constelação de Órion estava suspensa sobre uma abertura na costa, em forma de cunha, por onde o mar era mais adivinhado que visto. E, vagando mais longe ainda, o olhar pousava sobre duas luzes brilhantes, uma em cima da outra – a primeira de um vermelho feroz e constante, a segunda de brilho amarelo intermitente; uma, Aldebarã, e a outra, a luz no alto do farol, quinze milhas distante.

No leste, em seu último quarto e já decrépita, a lua ia a meio caminho em sua ascensão, seguida de perto pela aurora.

Foi nessa hora que trouxeram o Estranho, perguntando-me se eu teria a bondade de oferecer-lhe abrigo e hospitalidade.

Ninguém sabia de onde ele tinha vindo, exceto que chegara com o vento e a noite. Falava uma língua estranha, gemendo e emitindo um som como o chilrear das aves na chaminé. Mas devia ter enfrentado uma viagem longa e dolorosa, pois seu peso fez com que as pernas se vergassem, e ele não conseguiu manter-se em pé quando o levantaram. Seria inútil, portanto, interrogá-lo naquele momento. Assim, busquei informações com os criados acerca do que me podiam contar, ou seja, que haviam topado com ele minutos antes, caído de bruços em minha propriedade, sem cajado nem alforje, sem chapéu, exausto, mal conseguindo pedir ajuda em sua língua desconhecida. Por piedade, recolheram-no e o trouxeram até mim.

Pela aparência, devia ter uns cem anos. Era calvo, todo enrugado, com covas fundas onde deveria haver dentes, a carne das faces pendendo solta e flácida. A pele exibia uma coloração que apenas poderia resultar da exposição ao frio da noite. Mas eram seus olhos os que melhor exprimiam a velhice. Azuis e profundos, repletos da sabedoria da idade, quando ele me fitou pareceram trespassar-me, olhando para além de mim, para um passado de séculos de sofrimento e lenta obstinação do homem, como se seu atual infortúnio fosse apenas um item insignificante em uma longa lista. Eles me atemorizavam. Talvez transmitissem um aviso do que eu enfrentaria nas mãos de seu dono. Por compaixão, ordenei aos criados que o levassem até minha esposa, com instruções para que ela lhe oferecesse comida e se assegurasse de que ele se alimentaria.

Foi o que fiz pelo estranho. Saibam agora como ele me retribuiu.

Ele tirou de mim a juventude, a maior parte de minha substância e o amor de minha esposa.

A partir do momento em que provou a comida de minha casa, deixou-se ficar sentado, sem dar qualquer mostra de querer partir. Fosse de propósito, ou porque a idade e as adversidades o tivessem prostrado de fato, ele demorou para voltar à vida e ao calor, e passaram-se dias antes que demonstrasse ser capaz de ficar em pé. Enquanto isso, gozou do melhor de nossa hospitalidade. Minha esposa o atendia e os criados o satisfaziam em cada pedido. Sim, pois em breve conseguiu que compreendessem fragmentos de seu idioma, embora tardasse em assimilar o nosso. Imagino que tenha sido de propósito, para evitar que lhe indagassem o que fazia por estas bandas (coisa que era um mistério) ou sugerissem que deveria partir. Eu mesmo visitava com frequência o aposento do qual se apossara e ficava sentado, às vezes por uma hora, olhando aqueles olhos insondáveis, enquanto tentava entender algo do que dizia. Quando estávamos a sós, volta e meia minha esposa e eu especulávamos qual seria sua provável profissão. Seria um mercador? Um velho ex-marinheiro? Latoeiro ambulante, alfaiate, mendigo, ladrão? Nunca pudemos descobrir, e ele nunca revelou.

Então veio o despertar. Estava, um dia, sentado na cadeira ao lado da dele, pensando no de sempre. Ultimamente vinha me sentindo pesado, uma dor e um cansaço nos ossos, como se o tempo todo tivesse um peso morto sobre meus ombros e outro comprimisse meu coração. Uma cor mais vívida nas faces do Estranho chamou minha atenção. Curvei-me para diante, espiando por baixo de suas pálpebras caídas. Os olhos estavam mais brilhantes e menos profundos. A melancolia desvanecia-se como o hálito evapora do vidro de uma janela. Estava rejuvenescendo. Levantei-me depressa e corri pelo quarto até o espelho.

Havia dois fios de cabelo branco sobre minha fronte. No canto de cada olho, meia dúzia de linhas irradiavam. Eu era um velho.

Voltei-me e encarei o Estranho. Sentava-se sereno como um ídolo indiano. Em minha imaginação, sentia o sangue jovem ser drenado de meu coração e o via espalhar-se pelas faces dele. Minuto a minuto contemplei o lento espetáculo – o velho tornava-se mais e mais belo. Como um botão desabrocha, adquiria uma juventude adorável. E, aos poucos, fazia-me fenecer.

Saí apressado do aposento e, indo para junto de minha esposa, contei-lhe tudo.

– É um *ghoul** que estamos hospedando – disse-lhe. – Ele está sugando meu sangue, e a criadagem parece enfeitiçada.

Ela pôs de lado o livro que lia e riu de mim. Ah, minha esposa era linda, e seus olhos eram a luz de minha alma. Calculem, pois, como me senti quando ela riu, tomando partido do Estranho. Quando a deixei, foi com uma nova suspeita no coração.

Que será de mim, pensei, *se depois de roubar-me a juventude, ele prosseguir, tirando-me aquilo que me é ainda mais precioso?*

No quarto, dia após dia, eu remoía aquilo, abominando as alterações que sofria e temendo o pior. O Estranho já não tentava disfarçar. Sua cabeça agora exibia cachos. Dentes brancos enchiam-lhe os vazios da boca. Em suas faces, parecia haver um buquê de rosas, refulgindo por sob a pele translúcida. Era Éson, rejuvenescido e ingrato. E ele continuava lá, sentado, devorando minha substância.

Ele já estava seguro de minha fraqueza e tinha certeza de que eu não tentaria mais expulsá-lo. Então, depois de nos ter imposto sua língua nativa, forçando a criadagem a expressar-se num jargão horrendo, aquela mistura bastarda de dois idiomas, consentiu em trazer-nos bruscamente de volta ao nosso, dominando-o com uma facilidade que confirmava sua dissimulação anterior e usando-o, daí por diante, como único veículo para seus desejos. Sobre sua vida pregressa manteve o silêncio, mas teve chance de confidenciar-me que pretendia seguir uma carreira militar quando se cansasse do abrigo de meu teto.

---

* Criatura do folclore árabe-persa que habita cemitérios e locais desabitados. É muitas vezes confundida com o vampiro, mas, enquanto este se alimenta de presas vivas, os *ghouls* preferem devorar cadáveres. [N. T.]

E eu gemia em meu quarto, pois aquilo que temera tornava-se real. Ele demonstrava abertamente seu amor por minha mulher. Os olhos com que a olhava e os lábios com que lhe dizia galanteios tinham sido meus. E eu era um velho. Julguem, agora, o que ocorreu entre mim e esse hóspede.

Uma manhã, fui até minha esposa, pois o fardo era insuportável, e eu queria uma satisfação. Encontrei-a cuidando das plantas no peitoril da janela. Quando se voltou, vi que os anos não haviam roubado nada de sua beleza. E eu estava velho.

Assim, fiz-lhe acusações quanto ao Estranho, dizendo isto e aquilo, e como tinha motivos para crer que ele a amava.

– Não há dúvida disso – respondeu ela, sorrindo.

– Por minha vida, acho que os sentimentos dele são correspondidos! – exclamei, sem pensar.

Seu sorriso tornou-se radiante quando, olhando meu rosto, ela respondeu:

– Por minha alma, marido, certamente são.

Deixei-a e desci para meu jardim, onde o dia esquentara e as flores começavam a murchar. Olhei-as fixamente, e não consegui encontrar uma solução para o problema que me ocupava o coração. Levantei o olhar para leste, para o sol que brilhava por sobre a cerca-viva, e vi que o Estranho se aproximava, atravessando os canteiros e pisando nas flores sem piedade. Vinha com um passo leve e um sorriso, e eu esperei, apoiando todo o meu peso na bengala.

– Dê-me seu relógio – disse ele, alto, quando chegou perto.

– Por que deveria lhe dar meu relógio? – perguntei, com algo entalado na garganta.

– Porque eu quero. Porque é de ouro. Porque você é velho demais e não precisará dele por muito tempo mais.

– Tome-o – gritei, tirando o relógio e enfiando-o nas mãos dele. – Pegue-o, você que já pegou tudo o que eu tinha de melhor! Leve tudo, estrague minha vida...

Um riso suave soou lá em cima, e eu me virei. Minha esposa nos olhava da janela, e seus olhos estavam ao mesmo tempo úmidos e felizes.

– Desculpe – disse ela –, mas é você quem está estragando a criança.

Sir Arthur Thomas Quiller-Couch (1863-1944) foi escritor, poeta e crítico literário. Nasceu na Cornualha, Grã-Bretanha, e frequentou o Trinity College, em Oxford, onde depois de formado lecionou literatura clássica. Nessa época, escreveu vários romances sob o pseudônimo de "Q". Em 1887, mudou-se para Londres, onde trabalhou como jornalista. Casou-se em 1889 e, em 1891, regressou para a Cornualha por motivo de saúde. Ali, atuou na política pelo Partido Liberal. Foi nomeado cavaleiro em 1910, por suas propostas de tornar o sistema educacional da Cornualha mais liberal e voltado para o humanismo. Em 1912, tornou-se professor de literatura inglesa na Universidade de Cambridge, cargo que ocupou até a morte.

Escreveu poesias, romances populares e contos, demonstrando criatividade e perícia em uma grande variedade de estilos, entre os quais o sobrenatural, histórias de vikings, sátiras, ficção histórica, aventuras românticas, contos de capa-e-espada, mistério e detetives. Seu conto de fantasmas mais conhecido, "The Roll-Call of the Reef", foi publicado em 1895. Entre os romances que escreveu estão *Dead Man's Rock* (1887) e *Hetty Wesley* (1903), com cenário em sua Cornualha nativa, narrados com um estilo bastante particular. Em *The Sleeping Beauty and Other Fairy Tales* (1910), Quiller-Couch reconta contos de fadas tradicionais: A Bela Adormecida, Barba-Azul, Cinderela e A Bela e a Fera. Renomado crítico literário, abriu mão da ficção para produzir ensaios sobre literatura e educação e para organizar antologias, às quais devotou boa parte de seu tempo. É lembrado pelas monumentais antologias *The Oxford Book of English Verse 1250-1900*, (1900, depois atualizada até 1918), *The Oxford Book of Ballads* (1910) e *The Oxford Book of English Prose* (1923). Deixou uma autobiografia inacabada, que foi publicada em 1945, um ano após sua morte.

O conto "Old Aeson" foi publicado em 1891, no periódico semanal *The Speaker*. No mesmo ano, foi incluído em *Noughts and Crosses: Stories, Studies and Sketches*, a primeira coletânea de contos de Q, muitos dos quais fantásticos. Apareceria, ainda, em *Shorter Stories* (1944), seleção póstuma, organizada pelo próprio Q pouco antes de sua morte, também com contos fantásticos ou sobrenaturais.

Este texto breve, permeado de humor suave e melancólico, foi escrito dentro do espírito de diversificação do vampiro na última década do século 19, em que o mito se afastou do estereótipo nobre-sombrio-assassino-de-mocinhas. "O velho Éson" traz um vampiro psíquico, que se alimenta de energia em vez de sangue. Pode ser lido como uma metáfora de como o filho, um ser na verdade incompreensível e estranho, desenvolve-se enquanto suga as forças e a juventude do pai numa interação quase parasítica.

A relação criada por Quiller-Couch entre os personagens do conto coincide, de forma admirável, com uma situação que anos mais tarde mereceria grande atenção por parte da psicanálise: o pai que se transforma num obstáculo entre o amor do filho pela mãe e que precisa ser, de alguma forma, removido. O médico austríaco Sigmund Freud começou a desenvolver, em 1897, o conceito do que mais tarde viria a batizar como "complexo de Édipo", que aborda esta mesma relação. Assim, o conto de Quiller-Couch antecede em alguns anos o interesse de Freud pelo tema.

O título do conto é uma referência à mitologia grega. Éson, rei da Tessália, teve o trono usurpado pelo irmão Pélias e, anos depois, foi morto pela feiticeira Medeia, mulher de seu filho Jasão, que posteriormente o trouxe de volta à vida, rejuvenescido. Ela convenceu as filhas de Pélias que faria o mesmo com este, recusando-se a ressuscitá-lo depois que elas o mataram, e assim o usurpador encontrou seu fim.

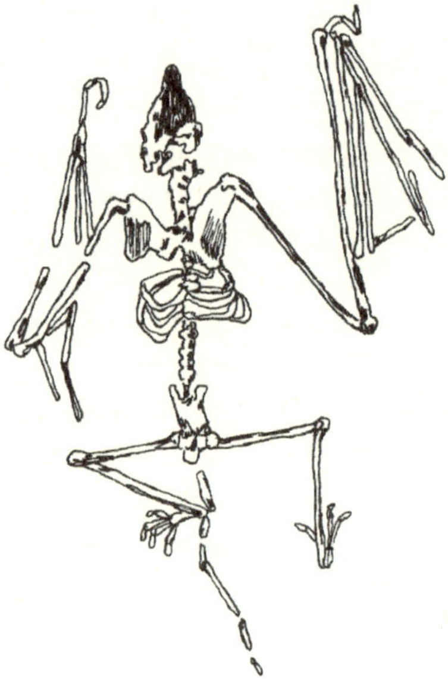

O último dos vampiros

(1893)

Phil Robinson

Estão lembrados da descoberta dos ossos do "homem-lagarto", numa caverna da Amazônia, na década de quarenta? Talvez não se lembrem. No entanto, à época, esse acontecimento causou grande comoção no mundo científico e, de forma geral, caiu no interesse dos homens e mulheres da moda. Por um ou dois dias, a coisa mais acertada em Belgravia* era falar de "elos de ligação", da "evolução do homem a partir do réptil" ou da "plausibilidade dos mitos antigos" que relatavam centauros e sereias como sendo criaturas reais.

O fato é que um judeu alemão, mercador de borracha, seguindo seu caminho com o habitual cortejo de nativos através de um seringal ao longo do rio Marañon, deparou com alguns ossos na margem do rio onde armara acampamento. Por curiosidade inconsequente tentou montá-los e, para sua surpresa, descobriu ter diante de si o esqueleto de uma criatura com pernas e pés humanos, crânio como o de um cão e imensas asas semelhantes às de um morcego. Sendo um homem sagaz, entreviu a possibilidade de fazer dinheiro com aquele achado. Assim, juntou num saco todos os ossos que pôde e, no dorso de uma lhama, transportou-os até Chachapoyas,** e daí para a Alemanha.

---

* Bairro residencial de classe alta, na porção sudoeste de Londres. Era o bairro da moda, à época. [N. T.]

** Cidade peruana, capital do departamento de Amazonas, situada a cerca de dois mil metros de altitude. [N. T.]

Por infelicidade, aconteceu de ter o mesmo nome de outro judeu alemão, que tempos antes tentara ludibriar o mundo científico com alguns rolos de papiro datados de antes do Dilúvio, até ser desmascarado e execrado. Assim, quando apareceu um homônimo com os ossos de um homem alado, foi recebido sem grande entusiasmo.

No entanto, ele vendeu sua borracha por um montante satisfatório, largou os ossos com um jovem estudante de medicina na tradicional Universidade de Bierundwurst e retornou para seu seringal, seus nativos e as margens do Amazonas. Para ele foi o fim da história.

O estudante, um dia, montou os fragmentos e, por mais que tentasse, só podia chegar a um resultado: um homem alado com cabeça de cão.

Havia algumas costelas a mais, um ou outro pedaço de espinha dorsal que pareciam supérfluos, mas o que mais se esperaria da anatomia de tão extraordinária criatura? Os fatos circularam de um estudante a outro e finalmente chegaram aos ouvidos dos professores e, para encurtar a história, o esqueleto do estudante foi desmontado pelas sábias cabeças do colegiado e remontado por suas sábias mãos.

Fizessem o que fizessem, ainda assim chegavam a um único resultado: um homem alado com a cabeça de um cão.

A coisa então ficou séria: os professores primeiro ficaram intrigados e, depois, começaram a brigar. O resultado das discussões foi a publicação de panfletos e de contra-ataques. E assim o mundo todo tomou conhecimento da grande controvérsia sobre o "homem-lagarto do Amazonas".

Um lado declarou, claro, que semelhante criatura era impossível, e que os ossos eram uma fraude muito engenhosa. O outro lado revidou, desafiando os céticos a fabricarem uma réplica e prometendo publicamente recompensas tão elevadas a quem o fizesse que durante meses o museu foi assediado pelos competidores. Mas ninguém conseguiu manufaturar outro homem-lagarto. A parte humana era bem simples, desde que se conseguisse o esqueleto de uma pessoa. Mas na dobra das asas articulavam-se enormes garras pretas, polidas e recurvadas, e não havia engenhosidade suficiente para imitá-las. E, então, os "genuinistas", como eram chamados aqueles que acreditavam no monstro, fizeram outra provocação aos "imposturistas", desafiando-os publicamente a dizer a que animal pertenceriam a cabeça ou as asas, se não era ao homem-lagarto. A resposta nunca foi dada.

Assim, a vitória permaneceu com eles, mas não, desafortunadamente, os ossos da discórdia. Isso porque os imposturistas, por meio de suborno e roubo, ganharam acesso ao precioso esqueleto e, oh, numa certa manhã, a glória do museu tinha desaparecido. A metade humana ficou, mas cabeça e asas se foram, e desde aquele dia ninguém voltou a vê-las.

E qual das duas facções estava certa? A bem da verdade, nenhuma, como prova a narrativa que se segue.

Há muito tempo, contam os índios Zaporos, que habitam a região entre o Amazonas e o Marañon, chegou a Pampas de Sacramento um grupo de garimpeiros, homens brancos que expulsaram os indígenas de seus garimpos para deles se apossarem.

Eram os primeiros homens brancos que apareciam por ali, e os índios temiam as armas deles. No fim, a traição fez o trabalho da coragem. Fingindo serem amistosos, os nativos mandaram suas mulheres para junto dos estrangeiros, a quem elas ensinaram como usar a mandioca-brava para fazer tucupi, sem ensinarem, porém, como distinguir a mandioca madura da que ainda não estava no ponto. Os desafortunados homens brancos fizeram tucupi com mandioca nova demais (que provoca ataques como os da epilepsia), e, quando caíram indefesos, espalhados pelo acampamento, os índios atacaram e mataram todos.

Todos, menos três. Estes eles deram para o Vampiro.

Mas o que era o Vampiro? Os Zaporos não sabiam. "Muito tempo atrás," diziam eles, "existiam muitos vampiros no Peru, mas foram todos engolidos no ano do Grande Terremoto, quando os Andes se ergueram, e restou só um Arinchi, que morava onde o Amazonas se encontra com o Marañon. Ele não se alimentava de corpos mortos, apenas dos vivos, dos quais o sangue podia verter".

Assim corre a lenda, e a prova de que tem algum fundamento reside nos registros do distrito, que relatam mais de um massacre de garimpeiros brancos no Marañon, pelos índios cujas lavras tentaram usurpar. Mas sobre o Arinchi, o Vampiro, não há qualquer menção oficial. Nesse ponto, porém, outras superstições locais ajudam a interpretar o enigma do homem-lagarto da Universidade de Bierundwurst.

Quando se fazia um sacrifício para "o Vampiro", a vítima era amarrada em uma canoa e levada rio abaixo até um igarapé de margens lamacentas, que desembocava numa rocha com uma caverna. Era ali que deixavam a canoa. Uma corrente muito lenta fluía pelo igarapé tortuoso, e qualquer coisa atirada à água terminava entrando na caverna. Alguns índios tinham ficado observando as canoas flutuando devagar, uns poucos pés em uma hora, rodando e rodando enquanto eram arrastadas, e viram quando elas chegavam à caverna e desapareciam em seu interior. Causava-lhes espanto, geração após geração, que a caverna nunca se enchesse, pois o dia inteiro a corrente fluía lá para dentro, carregando os detritos flutuantes do rio. Assim, diziam que a caverna era a entrada do Inferno e que não tinha fundo.

Um dia, um homem branco, um professor da mesma Universidade de Bierundwurst e valoroso caçador de besouros, com a graça de Deus, que vivia amistosamente com os índios, subiu o igarapé até a entrada da caverna e soltou dentro dela uma pequena jangada, carregada de madeira seca e nós de pau-de-óleo,* aos quais tinha ateado fogo. Ele viu a jangada seguir em frente, ardendo, por uma hora ou mais, e iluminando de ambos os lados as paredes úmidas da caverna, até que foi apagada.

Ela não se apagou de repente, como se tivesse virado ou descido por uma cachoeira, mas como se tivessem batido nela.

As fagulhas incandescentes foram lançadas para os lados, pedaços ainda acesos brilharam por um bom tempo nas saliências de rocha onde caíram, e a caverna encheu-se com o som de um vento repentino e os ecos do ruído de grandes asas batendo.

Um dia, finalmente, o próprio professor entrou na caverna. E escreveu o relato que se segue.

Levei uma grande canoa e na proa instalei um braseiro, colocando por trás dele uma bateia de estanho para servir de refletor. Carreguei a canoa com raízes de uma árvore resinosa, pau-de-óleo, inhames e carne-seca. Levava lanças, tendo embebido a ponta de uma delas no veneno *woorali*,** que entorpece, mas não mata. Assim entrei na caverna. Acendi meu fogo, e com a vara guiei a canoa com muita cautela através do túnel que em breve se alargou. Deslizando ao longo de uma das paredes, de repente percebi que algo se movia do lado oposto.

Virei o feixe de luz naquela direção e vi, sobre uma plataforma rochosa, um animal com cabeça parecida à de um grande cão cinzento e olhos grandes como os de uma vaca.

* No original, *oil-wood*. Também conhecido como copaíba; o óleo extraído da madeira é usado pelos indígenas da Amazônia com várias finalidades, inclusive medicinais. [N. T.]

** Curare, veneno também usado pelos indígenas da Amazônia para pescar e caçar. [N. T.]

Não conseguia ver que forma tinha, mas, enquanto o observava, aos poucos distingui duas enormes asas como as de morcego, totalmente abertas, como se o animal estivesse erguido na ponta dos pés, prestes a voar. De fato, estava. Assim que constatei, com um choque, estar diante de um grande réptil-morcego desconhecido da ciência, um espécime vivo dos extintos lagartos voadores do Dilúvio, a coisa lançou-se no ar, e no instante seguinte caiu sobre mim.

Agarrando-se à canoa, ela bateu as asas no fogo com tanta fúria que a duras penas evitei que a embarcação virasse. Fui surpreendido, e a força e velocidade de seus golpes quase me atordoaram antes que tentasse me defender.

Por essa altura – passara-se meio minuto, se tanto –, o braseiro quase fora esvaziado pela poderosa besta, e o vampiro já tinha me agarrado, sem dúvida tomando-me por uma vítima de sacrifício. No instante seguinte, trespassei seu corpo com a lança envenenada e, num prodigioso tumulto de asas, as garras se soltaram de minha roupa, e a coisa caiu no igarapé.

Tão depressa como pude, reacendi o fogo e vi o Arinchi, as asas estendidas sobre a água, flutuando corrente abaixo. Eu o segui.

Hora após hora, com o refletor iluminando em cheio a cabeça de cachorro cinza e os olhos de vaca, desci o curso d'água sombrio e silencioso. Comi e bebi enquanto seguia, mas não ousei adormecer. Um dia deve ter se passado, e duas noites, e vi o que, é claro, esperara durante todo o tempo: um brilho pálido na forma de um olho, bem à minha frente. Então soube que estava saindo de novo para a luz do dia.

A abertura se aproximava mais e mais, e com imensa ansiedade meu olhar recaiu sobre meu troféu flutuante, o Arinchi, último dos répteis alados.

Em minha imaginação já me via como o mais destacado dos viajantes europeus, o herói de minha época. O que seriam os cangurus de Banks* ou o gorila de Du Chaillu,** diante de minha descoberta do último sobrevivente dos pterodáctilos, as criaturas do Dilúvio, os répteis voadores anteriores a Noé e sua era de catástrofe e lama?

Tomado por esses pensamentos, não notei que o vampiro tinha parado e, de repente, a proa da canoa chocou-se contra ele. Num instante, ele subiu no barco. Uma vez mais suas grandes asas de morcego golpearam-me e espalharam as brasas e, num esforço desesperado, a coisa tentou passar por mim e voltar para a penumbra. Havia visto a luz do dia, e preferia lutar a ter de encarar o sol.

Sua ferocidade era a de um cão enlouquecido, mas eu o mantive à distância com a vara. Entrevi minha chance quando ele se agarrou à proa, batendo as asas, e empurrei-o com tanta força que o derrubei de novo. Ele começou a nadar (e pela primeira vez notei seu longo pescoço), mas golpeei-lhe a cabeça com a vara, atordoando-o, e uma vez mais ele deslizou com a corrente, para a luz do dia.

Que alívio estar ao ar livre! Era o meio do dia, e, assim que ultrapassamos a entrada da caverna, o rio brilhava tanto à luz do sol que, depois de dois dias de escuridão quase total, por um momento fiquei cego. Virei a canoa para a praia, rumo à sombra das árvores, e, passando um laço ao redor do corpo flutuante, reboquei-o detrás de mim.

Mais uma vez em terra firme — e na posse de um Vampiro!

---

* Sir Joseph Banks (1743-1820), botânico e naturalista inglês que, entre 1768 e 1771, circum-navegou o mundo, com o capitão James Cook. Foi o primeiro cientista a relatar a existência dos cangurus. Conta-se a anedota de que, ao indagar dos nativos o nome do animal, teve como resposta *kang-ooroo*, que significaria, de fato, *não sei*. A anedota é falsa. *Gangaru* é o nome nativo de uma espécie de canguru de grande porte. Banks esteve no Brasil, onde coletou material botânico no Rio de Janeiro e arredores. [N. T.]

** Paul du Chaillu (1835-1903), viajante e naturalista franco-americano, primeiro cientista a ver gorilas vivos, no Gabão, na década de 1850. Ao retornar aos Estados Unidos, tornou-se uma celebridade. [N. T.]

Arrastei-o para fora d'água. Que aparência horrível tinha este animal: um canguru alado com pescoço de píton. Não estava morto. Assim, fiz uma focinheira com uma tira de couro e amarrei suas asas com firmeza de encontro ao corpo. Deitei-me e dormi. Quando acordei, um novo dia estava nascendo. Depois do desjejum, arrastei meu prisioneiro para a canoa e desci o rio. Não fazia ideia de onde estava, mas sabia que ia em direção ao mar, rumo à Alemanha, e isso era o suficiente.

Por dois meses tenho sido levado pela corrente, descendo este rio interminável. Sobre minhas aventuras, sobre nativos hostis, corredeiras, jacarés e onças, nada direi. São propriedade comum a todos os viajantes. Mas meu vampiro! Ele está vivo. E agora uma única ambição me devora: mantê-lo com vida, permitir à Europa contemplar, vivo e respirando, o sobrevivente dos grandes répteis que a raça humana conheceu antes dos dias de Noé. O elo perdido entre o réptil e a ave. Com esse propósito, neguei-me alimento e neguei-me até mesmo o precioso medicamento. A despeito de mim, dei a ele toda minha quinina, e quando os miasmas se erguiam do rio à noite, cobria-o com o cobertor e eu mesmo ficava exposto. Se a febre negra* me atacasse!

Três meses, e ainda neste rio odioso. Nunca terá fim? Tenho me sentido doente, tão doente que por dois dias não pude me alimentar. Não tinha forças para ir até a margem em busca de comida, e temo que morrerei. Morrerei antes de voltar para casa.

* * *

* Outro nome da leishmaniose visceral, ou calazar, doença causada por protozoários do gênero *Leishmania* e transmitida pela picada do mosquito-palha (*Lutzomyia* spp.). No ser humano, os sintomas mais típicos são febre e o aumento do baço e, às vezes, do fígado. [N. T.]

Adoeci novamente – a febre negra! Mas ele está vivo. Peguei um [---]* nadando no rio, e ele o sugou até secar – galões de sangue. Faz três dias que não o alimento. Em sua fúria faminta, partiu a focinheira, que eu estava fraco demais para recolocar. Um pensamento horrível me domina. Supondo que ele arrebente a focinheira de novo, enquanto estou prostrado, doente, delirante, e ele está faminto? Oh, que horror! Vê-lo alimentando-se é terrível. Ele junta as garras das duas asas e envolve todo o corpo, a cabeça oculta sob as asas. A vítima fica imóvel. Assim que o vampiro a toca, ela parece ficar paralisada. Uma vez que as asas se fecham sobre a presa, a imobilidade é total. Só se ouvem os dentes triturando os ossos. Horrível! Terrível! Mas na Alemanha serei famoso. Na Alemanha, com meu Vampiro?

Estou muito debilitado. Ele arrebentou a focinheira outra vez. Mas era dia, quando ele fica cego. Os olhos enormes são cegos à luz do dia. Foi uma longa luta. Esta febre negra! E o horror desse monstro! Estou fraco demais para matá-lo, se o quisesse fazer. Mas devo levá-lo vivo para casa. Logo, certamente, o rio terminará. Oh, Deus, nunca chegará ao mar, aos homens brancos, a meu lar? Mas se ele me atacar, eu o matarei. Se eu estiver à morte, vou estrangulá-lo. Se não pudermos chegar juntos à Alemanha, morreremos juntos. Apertarei sua garganta com as duas mãos e cravarei meus dentes em seu pescoço horrível, e nossos ossos descansarão juntos na margem deste rio amaldiçoado.

Isso é praticamente tudo o que se pôde recuperar do diário do professor. Mas é o suficiente para contar-nos sobre a tragédia final.

---

* Dessa forma no original. Robinson poderia estar se referindo a um peixe-boi, um boto, uma anta ou até mesmo um peixe de grande porte, como o pirarucu. [N. T.]

Os dois esqueletos foram encontrados juntos, bem na beira do rio. Metade de cada um, com o correr dos anos, tinha sido carregada por enchentes sucessivas. O resto, quando encaixado, originou o homem-réptil que, para usar uma frase de Rabelais, "matagrabolizou* de tudo em nada" a Universidade de Bierundwurst.

Philip Stewart Robinson (1847-1902) foi um jornalista, escritor e naturalista britânico, nascido na Índia. Formou-se na Inglaterra, onde trabalhou como bibliotecário antes de retornar à Índia e dedicar-se ao jornalismo e à docência. Voltou à Inglaterra e pelos anos seguintes trabalhou como redator e editor, viajando pelo mundo como correspondente de jornais. Esteve no Afeganistão, na África, nos Estados Unidos e na Austrália. Em 1898, cobriu a guerra hispano-americana em Cuba, e as dificuldades que enfrentou, incluindo prisão e enfermidades, abalaram sua saúde. Nos últimos anos, produziu apenas artigos ocasionais.

Foi um dos pioneiros da literatura anglo-indiana e das descrições da natureza na Índia, incluindo uma obra sobre as aves desse país. Era apreciado por sua escrita agradável e perspicaz, e pelo modo descontraído e bem-humorado como tratava a vida cotidiana, até mesmo os contratempos, em suas narrativas e relatos de viagem. Sua obra *In My Indian Garden* (1878) era bastante popular, e chegou a constituir obra de referência para Rudyard Kipling, o afamado autor de *O livro da selva* (1894) e *Kim* (1901).

O conto "The Last of the Vampires" foi publicado pela primeira vez na revista *Contemporary Review*, em 1893. Cheio de

---

* Em inglês, *metagrobolised*. Do francês *matagraboliser*, verbo inventado pelo escritor François Rabelais, em *Pantagruel* (1532), no sentido de remoer ou digerir um pensamento à exaustão. [N. T.]

humor e de sutil ironia (por exemplo, Bierundwurst significa, em alemão, "cerveja e salsicha"), é uma crítica inteligente e divertida às controvérsias surgidas no mundo acadêmico, em que a defesa obstinada de posições antagônicas e incompatíveis muitas vezes chega ao destempero e às ofensas. Talvez Robinson tenha se inspirado na acalorada discussão sobre a evolução do ser humano, que em 1860 colocou em campos opostos, de um lado, Charles Darwin e seu autointitulado buldogue, Thomas Henry Huxley, e do outro Samuel Wilbeforce, bispo de Oxford, e o anatomista e paleontólogo Sir Richard Owen (o criador do termo "dinossauro"). Na época, a polêmica saiu dos círculos científicos e ganhou as ruas através de panfletos e até uma peça bufa de teatro.

Para o leitor brasileiro, "O último dos vampiros" tem o especial interesse de, implicitamente, passar-se em nosso país. A ação começa no Peru, com os fictícios índios Zaporo vivendo na região de Iquitos, onde o rio Marañon encontra-se com o Ucayali e passa a se chamar Amazonas (mais adiante, ele cruza a fronteira brasileira e seu nome muda para Solimões, voltando a Amazonas na altura de Manaus, após se encontrar com o rio Negro). A interminável navegação posterior só pode ter percorrido o próprio Amazonas. Todo o desespero e solidão do anônimo cientista da universidade de Bierundwurst são uma liberdade literária: o rio sempre foi uma rota de transporte importante, e forçosamente o explorador teria passado por embarcações, cidades e vilas, onde poderia obter ajuda.

O conhecimento de Robinson sobre a vida e a natureza da Amazônia é notável, mostrando a clareza e precisão com que escrevia sobre história natural. Talvez nunca tenha estado na Amazônia, mas descreve com precisão o uso do curare e da madeira da copaíba pelos nativos, assim como os conflitos por terras e riquezas (tema ainda hoje tão atual!).

Sempre no espírito de diversificação do vampiro *fin-de-siècle*, aqui ele assume a insólita forma de um pterossauro, representante de um grupo de répteis voadores hoje extinto.

Os pterossauros não eram, como diz o professor do conto, o "elo perdido" entre os répteis e as aves; hoje a teoria mais aceita é de que as aves descendem dos dinossauros, enquanto os pterossauros eram um grupo à parte, com história evolutiva independente. Eles desapareceram há 65 milhões de anos, junto com os dinossauros, na grande extinção do fim do Cretáceo. Já foram descobertas mais de 130 espécies de pterossauros, das quais cerca de trinta com ocorrência no Brasil.*

A descrição do *arinchi* ("cabeça de cachorro cinza e olhos de vaca") pode ter sido inspirada numa gravura de 1843, que mostra um pterossauro peludo, com cara de mamífero e grandes olhos brilhantes. Outra fonte de inspiração para o conto pode ter sido a nota publicada no *Illustrated London News*, em 1856, sobre um episódio que teria ocorrido na França. Operários que trabalhavam em um túnel afirmaram que um ser monstruoso emergira da cavidade; parecia um grande morcego, de pescoço muito longo, boca cheia de dentes pontudos e quatro membros armados com fortes garras e unidos por membranas, "que sem dúvida serviam para manter o animal em voo". Identificado por "um naturalista" como um pterossauro, o jornal o chamava de "fóssil vivo", considerando-o "uma descoberta de grande importância científica". Até hoje há quem defenda que, em algum canto remoto do mundo, os pterossauros sobrevivem (bem como dinossauros, plesiossauros, o Pé-Grande, o Yeti etc.).

O conto de Robinson revelou-se curiosamente profético décadas depois. Em 1953, foi demonstrado que um famoso fóssil de hominídeo achado na Inglaterra em 1912, o Homem de Piltdown, era uma fraude, combinando um esqueleto humano com uma mandíbula de orangotango e dentes de chim-

* Num fato curioso, em 2009, cientistas romenos descobriram, na Transilvânia, os ossos de uma nova espécie de pterossauro, que seria a maior já encontrada no mundo. O animal mediria 12 metros de uma ponta a outra das asas. Inevitavelmente, o exemplar foi apelidado de "Drácula".

panzé. Até hoje não se sabe quem foi o responsável, e entre os suspeitos figura Sir Arthur Conan Doyle, o criador de Sherlock Holmes. Por coincidência, também em 1912, Conan Doyle publicou seu romance *O mundo perdido* (*The Lost World*), em que uma expedição ao monte Roraima, mais afortunada que o personagem de Robinson, retorna a Londres com um pterossauro vivo.

Phil Robinson escreveu outro conto fantástico, "A árvore comedora de gente" (1881), passado na África e estrelado por uma árvore assassina. Como o título já diz, ela é mais propriamente uma devoradora de animais, incluindo pessoas, que um ser tomador de sangue.

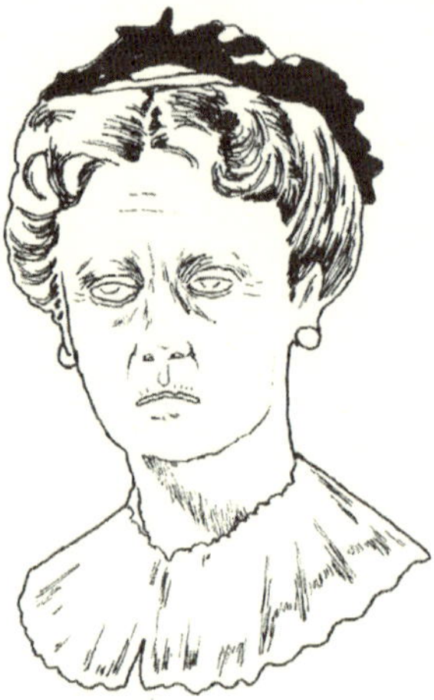

Tanatopia

(1893)

Rubén Darío

– Meu pai foi o célebre doutor John Leen, membro da Real Sociedade de Investigações Psíquicas* de Londres, e muito conhecido no mundo científico por seus estudos sobre o hipnotismo e por sua célebre *Memória sobre o Old*. Não faz muito tempo que faleceu. Que Deus o tenha em sua glória.

(James Leen esvaziou no estômago grande parte de sua cerveja e continuou:)

– Vocês riram de mim e do que chamam de minhas preocupações e ridicularias. Eu os perdoo porque, francamente, nem sequer suspeitam de nenhuma das coisas que não compreende nossa filosofia no céu e na terra, como diz nosso maravilhoso William.**

Não sabem que sofri muito, e que sofro muito, as mais amargas torturas, por causa de suas risadas... Sim, repito-lhes: não consigo dormir sem luz, não posso suportar a solidão de uma casa abandonada. Estremeço ante o ruído misterioso que nas horas crepusculares brota dos arvoredos em uma es-

* A Sociedade para Investigações Psíquicas (Society for Psychical Research), fundada em Londres em 1882, constituiu a primeira organização do mundo voltada à investigação científica de fenômenos paranormais, entre os quais hipnotismo, casas mal-assombradas e mediunidade. Foi responsável pela criação de vários termos relacionados ao tema, como "telepatia". [N. T.]

** Referência à frase "Há mais coisas no céu e terra, Horácio, do que foram sonhadas na sua filosofia", dita pelo personagem Hamlet na peça *A tragédia de Hamlet, príncipe da Dinamarca*, escrita entre 1599 e 1601 pelo poeta e dramaturgo inglês William Shakespeare (1564-1616). [N. T.]

trada. Não me agrada ver voar uma coruja ou um morcego. Não visito, em nenhuma cidade aonde chego, os cemitérios. Martirizam-me as conversas sobre assuntos macabros e, quando as tenho, meus olhos esperam que a luz apareça para cerrarem-se ao amor do sono.

Tenho horror daquela que oh, Deus!, terei de nomear: a morte. Jamais me fariam permanecer em uma casa onde houvesse um cadáver, ainda que fosse o de meu amigo mais amado. Vejam: esta é a palavra mais fatídica de todas as que existem em qualquer idioma: *cadáver*... Vocês riram, estão rindo de mim. Que seja. Mas permitam que lhes conte a verdade de meu segredo. Cheguei à República Argentina, foragido, depois de ter passado cinco anos preso, sequestrado miseravelmente pelo doutor Leen, meu pai, o qual, se era um grande sábio, suspeito que fosse um grande bandido. Por ordem dele fui levado ao sanatório. Por ordem dele, pois temia talvez que algum dia me revelasse o que ele pretendia manter oculto. Já saberão o que é, pois já me é impossível manter o silêncio por mais tempo.

Aviso-lhes que não estou bêbado. Não fui louco. Ele ordenou meu sequestro porque... Prestem atenção.

(Magro, louro, nervoso, agitado por um estremecimento frequente, James Leen erguia o peito na mesa da cervejaria em que, rodeado de amigos, nos contava tais coisas. Quem não o conhece em Buenos Aires? Não é um excêntrico em sua vida cotidiana. De tanto em tanto costuma ter esses estranhos repentes. Como professor, é um dos mais estimados em um de nossos principais colégios, e, como homem do mundo, embora um tanto silencioso, é um dos melhores elementos jovens dos famosos *cinderellas dance**. Assim, prosseguiu nessa noite sua estranha narrativa, que não nos atrevemos a qualificar como um engodo, dado o caráter de nosso amigo. Deixamos ao leitor a apreciação dos fatos.)

* Em inglês no original. Bailes que terminavam à meia noite. [N. T.]

* * *

— Muito jovem perdi minha mãe e fui enviado por ordem paterna a um colégio de Oxford. Meu pai, que nunca manifestou carinho por mim, saía de Londres para visitar-me uma vez por ano no estabelecimento de ensino onde eu crescia, solitário em meu espírito, sem afetos, sem agrados.

Lá aprendi a ser triste. Fisicamente, eu era o retrato de minha mãe, pelo que me diziam, e suponho que por isso o doutor procurava olhar-me o menos possível. Não lhes direi mais nada sobre isto. São ideias que me vêm. Perdoem a maneira de minha narrativa.

Quando toquei nesse tópico, senti-me comovido por uma força reconhecida. Tentem compreender-me. Digo, pois, que vivia solitário em meu espírito, aprendendo tristeza naquele colégio de muros escuros, que ainda vejo em minha imaginação nas noites de lua... Oh, como aprendi então a ser triste! Vejo ainda, por uma janela de meu quarto, banhados por uma pálida e maléfica luz lunar, os álamos, os ciprestes... Por que havia ciprestes no colégio?... E, por todo o parque, velhos Términos* carcomidos, leprosos de tempo, onde costumavam se empoleirar as corujas que eram criadas pelo abominável e encurvado diretor septuagenário... Para que criava corujas o diretor? E ouço, no momento mais silencioso da noite, o voo dos animais noturnos e os rangidos das mesas, e numa meia-noite, juro-lhes, uma voz: "James". Oh, voz!

Ao completar os vinte anos, anunciaram-me um dia a visita de meu pai. Alegrei-me, apesar de instintivamente sentir repulsa por ele. Alegrei-me, porque necessitava naqueles momentos desabafar com alguém, *mesmo que fosse com ele.*

Ele chegou mais amável que outras vezes. E, embora não me olhasse de frente, sua voz soava grave, com certa amabilidade.

---

* Nome dado a um tipo específico de estátua, com um busto no alto de um pedestal, formato como originalmente era representado Término, o deus romano de fronteiras e limites. [N. T.]

Comuniquei-lhe que desejava, finalmente, voltar a Londres, que havia concluído meus estudos e que, se permanecesse mais tempo naquela casa, morreria de tristeza... Ao responder, sua voz ressoou grave, com certa amabilidade para comigo:

– Pensei precisamente em levá-lo hoje mesmo, James. O diretor me comunicou que você não está bem de saúde, que sofre de insônia, que está comendo pouco. O excesso de estudo é ruim, como todos os excessos. Além do mais, queria dizer-lhe, tenho outro motivo para levá-lo para Londres. Minha idade necessita de amparo, e vim em busca dele. Você tem uma madrasta, a quem quero apresentá-lo e que deseja ardentemente conhecê-lo. Hoje mesmo, portanto, você virá comigo.

Uma madrasta! De imediato, veio-me à lembrança minha doce, branca e loura mãezinha, que tanto me amou quando eu era pequeno, tanto me mimou, quase abandonada por meu pai, que passava noites e dias em seu laboratório horrível, enquanto aquela pobre e delicada flor se consumia. Uma madrasta! Iria eu, pois, suportar a tirania da nova esposa do doutor Leen, talvez uma horrível *blue-stoking*,* ou uma cruel sabichona, ou uma bruxa. Perdoem as palavras. Às vezes não sei com certeza o que digo, ou talvez saiba bem demais...

Não respondi uma palavra sequer a meu pai e, conforme o desejo dele, tomamos o trem que nos conduziu a nossa mansão em Londres.

Desde o momento em que chegamos, desde que penetrei pela grande porta antiga, à qual se seguia uma escada escura que levava ao andar principal, surpreendi-me desagradavelmente. Não havia na casa um só dos antigos empregados.

Quatro ou cinco velhos doentios, com grandes librés frouxas e pretas, inclinavam-se à nossa passagem, com genuflexões lentas, mudos. Penetramos no grande salão. Estava tudo

---

* O termo *blue-stoking* ("meias azuis") era aplicado, com conotações negativas, a mulheres intelectuais e cultas. Surgido no século 18, a partir da sociedade literária inglesa Blue Stockings Society, inicialmente referia-se tanto a homens quanto a mulheres. [N. T.]

mudado. Os móveis de antes haviam sido substituídos por outros, de gosto seco e frio. Somente restava no fundo do salão um grande retrato de minha mãe, obra de Dante Gabriel Rossetti,* coberto por um grande véu de crepe.

Meu pai me conduziu a meus aposentos, que não ficavam distantes de seu laboratório. Deu-me boa tarde. Por uma inexplicável cortesia, perguntei-lhe por minha madrasta. Respondeu-me lentamente, enfatizando as sílabas com uma voz entre carinhosa e temerosa, que então eu não entendia:

— Você a verá logo... Que vai vê-la é uma certeza... James, meu filhinho James, adeus. Digo-lhe que vai vê-la em breve...

Anjos do Senhor, por que não me levaram com vocês? E você, mãe, mãezinha minha, *my sweet Lily*,** por que não me levou junto quando partiu? Preferiria ter sido tragado por um abismo, pulverizado por uma rocha, ou reduzido a cinzas pela chama de um relâmpago.

Foi nessa mesma noite, sim. Com uma estranha fadiga de corpo e de espírito, eu havia me jogado na cama, ainda vestido com os trajes de viagem. Como em um sonho, recordo-me ter ouvido entrar em meu quarto um dos velhos da criadagem, resmungando não sei que palavras e olhando-me vagamente com um par de olhinhos estrábicos, que me causavam o efeito de um sonho ruim. A seguir o vi acender um candelabro com três velas de cera. Quando despertei, por volta das nove da noite, as velas ardiam no quarto.

Lavei-me. Troquei-me. Então ouvi passos; meu pai apareceu. Pela primeira vez, *pela primeira vez*, vi seus olhos cravados nos meus. Olhos indescritíveis, asseguro-lhes. Olhos como vocês jamais viram nem jamais verão; eram olhos com a

---

* Dante Gabriel Rossetti (1828-1882), poeta e pintor inglês, foi um dos fundadores do movimento pré-rafaelita, com grande influência nas artes durante o final do século 19 e inícios do século 20. Era sobrinho, por parte de mãe, de John Polidori, primeiro autor de prosa vampírica da língua inglesa, tendo nascido, porém, sete anos depois da morte do tio. [N. T.]

** "Minha doce Lily", em inglês. Na cultura católica, o lírio (*lily*) simboliza a Virgem Maria e, por extensão, a pureza. [N. T.]

retina quase rubra, como os olhos de um coelho. Olhos que os fariam estremecer pela forma especial como olhavam.

– Vamos, meu filho, sua madrasta o espera. Está lá no salão. Vamos.

Ali, em uma poltrona de espaldar alto, como uma cadeira de coro, estava sentada uma mulher.

Ela...

E meu pai:

– Aproxime-se, meu pequeno James, aproxime-se!

Aproximei-me maquinalmente. A mulher me estendia a mão... Ouvi, então, como se viesse do grande retrato, do grande retrato envolto em crepe, aquela voz do colégio de Oxford, só que muito triste, muito mais triste: "James!".

Estendi a mão. O contato daquela mão gelou-me, horrorizou-me. Senti gelo nos ossos. Aquela mão rígida, fria, fria... E a mulher não me olhava. Balbuciei uma saudação, um cumprimento.

E meu pai:

– Minha esposa, tem aqui seu enteado, nosso muito amado James. Olhe-o, aqui o tem. Já é seu filho também.

E minha madrasta me olhou. Minha mandíbula cerrou. Invadiu-me o espanto: aqueles olhos não tinham brilho algum. Uma ideia começou, enlouquecedora, horrível, horrível, a aparecer clara em meu cérebro. De repente, um cheiro, cheiro... *Aquele cheiro*, por minha mãe! Meu Deus! Esse cheiro... Não quero lhes dizer... porque já sabem, e lhes confesso: ainda o discuto. E me deixa de cabelo em pé.

E então brotou daqueles lábios brancos, daquela mulher pálida, pálida, pálida, uma voz, uma voz que parecia sair de um cântaro gemente ou de um subterrâneo:

– James, nosso querido James, meu filhinho, aproxime-se. Quero dar-lhe um beijo na testa, outro beijo nos olhos, outro beijo na boca.

Não suportei mais. Gritei:

– Mãe, socorro! Anjos de Deus, socorro! Potestades celestes, todas, socorro! Quero sair daqui já, tirem-me daqui!

Ouvi a voz de meu pai:

— Acalme-se, James! Acalme-se, meu filho! Silêncio, meu filho.

— Não — gritei mais alto, já lutando com os velhos da criadagem. — Sairei daqui e direi a todo mundo que o doutor Leen é um assassino cruel. Que sua mulher é um vampiro, que meu pai está casado com uma morta!

O nicaraguense **Rubén Darío**, pseudônimo de Félix Rubén García Sarmiento (1867-1916), foi talvez o poeta mais importante na poesia em língua espanhola do século 20. Expoente máximo do modernismo hispânico, é chamado de "príncipe das letras castelhanas".

Ainda pequeno, sua mãe abandonou o marido alcoólatra e depois o próprio Rubén, fato que o marcaria por toda a vida. Precoce, aos treze anos publicou seus primeiros poemas e passou a escrever artigos para jornais na cidade de León, onde cresceu; no ano seguinte, mudou-se para Manágua, capital do país, onde deu prosseguimento a sua atividade jornalística.

Em 1882, quando tinha 15 anos, embarcou para El Salvador, dando início a uma série infindável de viagens internacionais que, ao longo da vida, o levaram a vários países hispano-americanos — de Argentina e Chile a Cuba e México —, aos Estados Unidos e à Europa, passando inclusive pelo Brasil. Em todos os países onde viveu ou por onde passou, sempre se relacionou com os poetas locais, e com isso se tornou o mais influente poeta dentro do modernismo hispano-americano. De fato, seu livro *Azul...* (1888) marcou o início desse movimento, que floresceu em fins do século 19 e teve influência duradoura na literatura em língua castelhana do século 20.

Ao longo dos anos publicou, ainda, outros livros importantes de poesias, como *Prosas profanas y otros poemas* (1896) e *Cantos de vida y esperanza* (1905). Com seus versos de estética marcadamente europeizada, Darío introduziu na poesia de língua castelhana expressões intensas de sensualidade exuberante e angústia metafísica, como não eram vistas desde o Barroco. Publicou também livros de contos, além de grande número de artigos de jornal, crônicas e críticas literárias.

Depois de uma vida intensa de viagens, atritos políticos, amores turbulentos e problemas de saúde advindos do álcool, retornou à cidade de León, onde morreu. Dada a imensa fama e popularidade que alcançou, a cerimônia fúnebre durou vários dias e contou até com a presença do presidente da Nicarágua. Foi sepultado em local de honra na Catedral de León, marcado por uma escultura funerária executada por renomado escultor nicaraguense.

O conto "Thanatopía" foi escrito em 1893, enquanto Darío se encontrava na Argentina, e publicado postumamente na antologia *Impresiones y sensaciones* (1925). "Tanatopia", neologismo criado pelo autor, significa "o lugar da morte" (do grego *thanatos*, morte, e *topos*, lugar).

Nesse relato curto e tenso, um homem aparentemente insano acusa a segunda mulher de seu pai de ser uma morta-viva. Transparece na narrativa a forte inspiração em Edgar Allan Poe e a grande semelhança sobretudo com "Ligeia" (1838), em termos da temática e do tom com que a história é contada. De resto, o interesse e admiração de Darío por Poe são amplamente conhecidos, e a obra do estadunidense influiu de forma cabal na série de contos macabros que teve início justamente com "Tanatopia".*

A mãe é evocada por James como uma "pobre e delicada flor", e não por acaso recebeu o nome de Lily, o lírio, branco, símbolo do divino, da pureza e da inocência. É o ideal feminino romântico, outra forte influência na obra de Darío. O texto traz ainda evidentes ecos do abandono do autor pelos pais quando criança, seja o personagem frio e distante do pai de James, incapaz de lhe dar afeto, seja a figura tenebrosa da madrasta morta-viva. Darío foi profundamente afetado pela

* Ibarlucía & Castelló-Joubert, 2003, p. 429.

ausência materna; embora não tenha voltado a ver a mãe depois que ela o abandonou, ficou muito abalado quando ela morreu.

A menção a Dante Gabriel Rossetti como autor do retrato de Lily não foi gratuita. Rossetti foi um dos mais destacados artistas pré-rafaelitas, movimento que também influenciou fortemente a obra de Darío. Entre as inspirações de Rossetti contava-se o poeta John Keats, cujo poema "A bela dama sem piedade" (1819) esteve na raiz da tradição literária da *femme fatale*, na qual se insere o presente conto.*

É significativo observar que o oculto, o macabro, o esotérico sempre estiveram presentes na vida de Darío, e transparecem em sua obra. Nos últimos anos de vida, acentuou-se sua atração pelos mistérios do além. Não obstante, a crítica em geral preferiu ignorar a "corrente de ocultismo" que atravessa a obra desse escritor.**

Darío alimentava uma preocupação existencial com o sentido da vida e uma religiosidade sincrética pouco ortodoxa, característica do final do século 19, embora nunca tenha abandonado o catolicismo. Voltou a atenção para o espiritismo, a teosofia e a magia, entre outros temas esotéricos populares à época. Se por um lado o oculto era para ele motivo de fascínio, por outro lhe causava grande terror. Desde criança, foi-lhe inculcado o medo ao sobrenatural por meio de histórias que ouvia dos empregados da família e que lhe causavam pesadelos terríveis, que prosseguiram depois de adulto. Alguns deles foram incorporados a seus contos fantásticos.***

A inclusão do conto de Rubén Darío nesta antologia nos pareceu de particular relevância, não só por documentar a presença da ficção vampírica na América Latina no período pré-Drácula, mas também por se tratar de um escritor de fama incomensurável nos países de fala hispana, mas pouco conhecido no Brasil.

---

* Gordillo, 2012, p. 92.

** Ibarlucía & Castelló-Joubert, 2003, p. 430.

*** Lazzarin, 2019, p. 39.

A verdadeira história de um vampiro

(1894)

Conde de Stenbock

Em geral, as histórias de vampiro têm como cenário a Estíria*. A minha também. A Estíria não é, de maneira alguma, o lugar romântico descrito por aqueles que com certeza jamais estiveram por lá. É uma região plana, sem atrativos, celebrada apenas por seus perus, seus galetos e a estupidez de seus habitantes. Os vampiros costumam chegar de noite, em carruagens puxadas por uma parelha de cavalos pretos.

Nosso vampiro chegou, de forma prosaica, no trem, e de tarde. Pode parecer-lhes que estou brincando, ou que talvez com a palavra "vampiro" esteja me referindo a um vampiro financeiro. Não, falo sério. O vampiro a quem me refiro, que devastou nosso lar e morada, era um vampiro *real*.

Os vampiros costumam ser descritos como sombrios, de aparência sinistra e particularmente atraentes. Nosso vampiro era, ao contrário, quase louro, com certeza não parecia sinistro à primeira vista e, apesar de elegante, não poderia ser considerado particularmente atraente.

Sim, ele arrasou nosso lar, assassinou meu irmão, que eu adorava, e também meu querido pai. Ainda assim, devo admitir que eu própria sucumbi à magia de seu fascínio e, a despeito de tudo, hoje não lhe guardo nenhum rancor.

---

* Província do sudeste da Áustria, na divisa com a Hungria. Steiermark, em alemão. [N. T.]

Sem dúvida, já terão visto nos jornais repetidas referências à "baronesa e seus bichos". Justamente para explicar como acabei gastando a maior parte de minha inútil fortuna num abrigo para animais abandonados é que escrevo este relato.

Sou velha agora. Tudo aconteceu quando era uma garotinha de uns treze anos. Começarei por descrever nossa família. Éramos poloneses, de nome Wronski. Vivíamos em um castelo na Estíria, cujos habitantes eram, salvo a criadagem, apenas meu pai, nossa governanta – uma belga valorosa chamada Mademoiselle Vonnaert –, meu irmão e eu. Primeiro meu pai: já era idoso, e tanto meu irmão quanto eu éramos frutos de sua velhice. De minha mãe nada lembro. Ela morreu ao dar à luz meu irmão, mais novo que eu apenas um ano, ou nem tanto. Nosso pai era um estudioso, o tempo todo ocupado na leitura de seus livros, em especial sobre temas obscuros e escritos em todo tipo de idioma desconhecido. Tinha uma longa barba branca e usava sempre um barrete de veludo escuro.

Como era bondoso conosco! Mais do que eu poderia expressar. Mas não era eu sua favorita. Todo seu coração se voltava para Gabriel – Gabryel, como escrevíamos em polonês. Sempre o chamávamos pelo apelido russo, Gavril. Refiro-me, claro, a meu irmão, que guardava grande semelhança com o único retrato de minha mãe, um esboço ligeiro a giz que meu pai mantinha em seu estúdio. De forma alguma eu sentia ciúmes. Meu irmão foi e continua sendo o único amor de minha vida. É por causa dele que hoje sustento, em Westbourne Park, um lar para gatos e cães sem dono.

Como disse, à época eu era uma garotinha. Chamo-me Carmela. Meu cabelo longo e emaranhado estava sempre revolto, e nunca conseguia controlá-lo com o pente. Não era bonita. Ao menos vendo meu retrato da época não creio que possa descrever-me como tal. Ainda assim, quando olho para o retrato, creio que minha expressão pode ter sido agradável para alguns: feições irregulares, boca grande e enormes olhos rebeldes.

Eu era travessa. Não tão travessa quanto Gabriel, na opinião de Mademoiselle Vonnaert. Ela, permita-me acrescentar, era uma pessoa excelente, íntegra, de meia-idade, que se expressava muito bem em francês, embora fosse belga e pudesse fazer-se entender em alemão, o qual, pode ou não ser de seu conhecimento, é o idioma atual da Estíria.

É difícil para mim descrever meu irmão Gabriel. Ele tinha algo de estranho e sobre-humano, ou deveria dizer sobrenatural, algo entre o animal e o divino. Talvez o conceito grego do fauno pudesse ilustrar o que quero dizer, mas tampouco seria suficiente. Ele tinha olhos grandes e indomáveis de gazela, e seu cabelo, como o meu, estava perpetuamente revolto. Isso nós tínhamos em comum. Na verdade, como mais tarde me contaram, o fato de nossa mãe ter sido cigana explicaria muito de nossa natureza rebelde. Eu era bastante rebelde, mas Gabriel era muito mais. Nada o forçava a calçar sapatos e vestir meias, exceto aos domingos, quando ele também permitia que seu cabelo fosse penteado, mas apenas por mim. Como eu poderia descrever a graça daquela boca adorável, modelada à perfeição *en arc d'amour*?* Sempre me vem à lembrança o texto nos Salmos, "a graça se derramou nos teus lábios; por isso Deus te abençoou para sempre" — lábios que pareciam exalar o próprio sopro da vida.

E sua figura tão bela, ágil, alegre, atlética! Ele podia correr mais depressa que um cervo e subir como um esquilo até o mais alto galho de uma árvore. Poderia ter simbolizado a própria vitalidade. Era raro que Mademoiselle Vonnaert conseguisse induzi-lo a aprender suas lições, mas, quando o fazia, ele aprendia com rapidez extraordinária. Ele tocava todo e

* Na forma do arco do cupido, em francês no original. [N. T.]

qualquer instrumento concebível, segurando o violino aqui, ali, em qualquer lugar, menos o correto, e construindo instrumentos com caniços e até varetas. Eram inúteis os esforços de Mademoiselle Vonnaert para lhe ensinar a tocar piano. Suponho que fosse o que se considera mimado, mas apenas num sentido superficial do termo. Nosso pai permitia-lhe satisfazer todos os caprichos.

Uma das peculiaridades dele, quando bem pequeno, era ter horror a carne. Nada no mundo o convenceria a prová-la. Também era notável o domínio que exercia sobre os animais. Qualquer criatura parecia aproximar-se, mansa, da mão dele. As aves pousavam-lhe no ombro. Às vezes, Mademoiselle Vonnaert e eu o perdíamos no bosque, quando ele, sem aviso, saía correndo. Nós o encontrávamos cantando baixinho ou assobiando, rodeado por todo tipo de criaturas silvestres — ouriços, raposas, coelhos, marmotas, esquilos, o que fosse. Ele costumava trazer tais animais para casa, e insistia em mantê-los. Esse estranho zoológico era o terror da pobre Mademoiselle Vonnaert. Ele havia decidido instalar-se num quarto pequeno no alto de uma torre, ao qual chegava não pelas escadas, mas por meio de um altíssimo carvalho que alcançava a janela. Em contradição a tudo isso, era seu costume ajudar em cada missa de domingo, na igreja paroquial, com o cabelo muito bem penteado, de sobrepeliz branca e batina vermelha. Ele parecia o mais sério e comportado possível. E então sobrevinha o elemento divino. Que expressão de êxtase enchia aqueles olhos tão gloriosos!

Até aqui não falei do vampiro. Assim, permita-me dar início, por fim, à minha narrativa. Um dia meu pai teve de ir à cidade vizinha, como fazia com frequência. Dessa vez, retornou acompanhado de um convidado. O cavalheiro, disse, havia perdido o trem em virtude do atraso do outro trem que o trouxera a nossa estação, que era um entroncamento. Os trens não eram frequentes naquele nosso canto e ele, portanto, teria de esperar ali a noite inteira. Ele tinha puxado conversa com meu pai no trem que se atrasou, e por isso aceitou o convite para pernoitar em nossa casa. É de seu conhecimento, claro, que nesses lugares fora de mão somos quase patriarcais em nossa hospitalidade.

Ele foi anunciado sob o nome de conde Vardalek – um nome húngaro –, mas falava alemão bastante bem, sem a cadência monótona dos húngaros, e sim com uma leve entonação eslava. Sua voz era particularmente suave e insinuante. Logo descobrimos que sabia falar polonês, e Mademoiselle Vonnaert garantiu que seu francês era bom. Na verdade, ele parecia saber todos os idiomas. Todavia, tomo a liberdade de expor minhas primeiras impressões. Era alto, de cabelos claros ondulados, meio longos, o que acentuava certa feminilidade de seu rosto liso. Sua figura tinha algo de serpente, não sei bem o quê. As feições eram refinadas, e ele tinha mãos longas, esguias e magnéticas, nariz longo e um pouco curvo, boca graciosa e um sorriso atraente, que contradizia a tristeza intensa de seu olhar. Ao chegar, tinha os olhos semicerrados – como, aliás, lhe era habitual –, e não pude me decidir quanto a sua cor. Pareciam esgotados, fatigados. Tampouco podia imaginar sua idade.

De repente, Gabriel irrompeu no aposento; uma borboleta amarela agarrava-se a seu cabelo. Carregava nos braços um esquilinho. Como sempre, estava de calças curtas. O desconhecido observou a aproximação dele. Então notei os olhos do homem. Eram verdes, e pareceram dilatar-se, aumentar em tamanho. Gabriel deteve-se, imóvel, com o olhar assustado de uma ave fascinada pela serpente, mas ainda assim estendeu a mão para o recém-chegado. Vardalek tomou sua mão e – não sei por que atentei para esse fato trivial – pressionou-lhe o pulso com o dedo indicador. De repente, Gabriel precipitou-se para fora da sala e disparou escada acima, em direção a seu quarto na torre, desta vez pelos degraus, e não pela árvore. Eu estava aterrorizada com a opinião que o conde poderia fazer dele. Grande foi meu alívio quando ele desceu com sua roupa domingueira de veludo, calçado e de meias. Penteei-lhe o cabelo e o deixei mais ou menos apresentável.

Quando o estranho desceu para jantar, sua aparência era um tanto diferente. Parecia bem mais jovem. A pele tinha um vigor, combinado com uma cor delicada, que raramente se encontraria em um homem. Antes ele me parecera muito pálido.

Bem, durante o jantar estávamos todos encantados com ele, em especial meu pai. Ele parecia conhecer em detalhe todos os gostos particulares de meu pai quanto a passatempos. Uma hora, ao relatar algumas de suas experiências militares, meu pai falou sobre um garoto tamborileiro que havia sido ferido em batalha. Os olhos do estranho arregalaram-se de novo, dilatando-se, desta vez com uma expressão desagradável, embaciada e mortiça, e ao mesmo tempo tomada por uma horrível agitação. Mas foi momentâneo.

O assunto principal da conversa deles eram alguns livros místicos que meu pai começara a estudar pouco tempo antes e que não estava conseguindo interpretar, mas Vardalek parecia compreendê-los por completo. À hora da sobremesa, meu pai perguntou-lhe se tinha muita pressa em chegar a seu destino. Caso contrário, não gostaria de ficar conosco algum tempo? Embora nossa casa fosse afastada, ele encontraria muita coisa de seu interesse na biblioteca.

– Não tenho pressa. Não há qualquer motivo em particular para ir àquele lugar, e, se posso ser-lhe de serventia decifrando tais livros, o prazer será todo meu – respondeu ele, e acrescentou, com um sorriso amargo, muito amargo: – Sabe, sou um homem cosmopolita, um nômade na face da terra.

Depois do jantar, meu pai perguntou-lhe se tocava piano. Ele disse que "sim, um pouco", e sentou-se ao instrumento. Então tocou uma czarda húngara – selvagem, rapsódica, maravilhosa.

É o tipo de música que enlouquece os homens. Ele continuou na mesma linha.

Gabriel estava imóvel junto ao piano, olhos muito abertos e fixos, o corpo tremendo. Afinal fez um comentário, em voz lenta, sobre um motivo específico – que, à falta de melhor termo, poderia ser chamado de *relâche** da czarda, referindo-se ao instante em que o movimento original quase-lento recomeça:

– Sim, acho que consigo tocar isso.

Depressa apanhou seu violino e um xilofone construído por ele mesmo e, alternando ambos os instrumentos, de fato conseguiu reproduzir o trecho muito bem.

Vardalek fitou-o e disse, com voz muito triste:

– Pobre criança! Você tem a alma da música dentro de si.

Não pude compreender por que ele parecia compadecer-se em vez de felicitar Gabriel pela demonstração de seu talento extraordinário.

Gabriel era tão tímido quanto os animaizinhos silvestres que amansava. Nunca se achegara a um estranho. De fato, quando o acaso trazia algum visitante a nossa casa, quase sempre se escondia, e eu tinha de levar-lhe a comida até seu quarto na torre. Imagine qual não foi minha surpresa quando, na manhã seguinte, eu o vi passeando de mãos dadas com Vardalek pelo jardim, falando-lhe com entusiasmo, mostrando-lhe sua coleção de animais reunidos nos bosques, para a qual tivéramos de construir instalações como num zoológico. Parecia estar sob o total domínio de Vardalek. O que nos surpreendia (pois, de resto, o estranho nos agradava, em especial por ser gentil com ele) era que aparentava ir perdendo

* "Atenuação", em francês. [N. T.]

aos poucos sua saúde e vitalidade. No princípio, isso não foi perceptível, exceto talvez para mim, que notava tudo o que lhe dissesse respeito. Ele não se tornara pálido ainda, mas havia em seus movimentos certa languidez que com certeza não existia antes.

Meu pai tornava-se mais e mais devotado ao conde Vardalek. Ajudava-o nos estudos e a duras penas deixava que se ausentasse. De vez em quando Vardalek viajava – para Trieste,* dizia ele. Sempre retornava, trazendo estranhas joias ou tecidos orientais, com que nos presenteava.

Eu sabia que todo tipo gente passava por Trieste, incluindo orientais. Contudo, naqueles presentes havia tal estranheza e magnificência que me davam a certeza de não procederem de um lugar como Trieste – que me evocava, sobretudo, a lembrança de lojas de gravatas.

Quando Vardalek estava longe, Gabriel perguntava por ele e falava dele sem cessar. Ao mesmo tempo, parecia recobrar a antiga vitalidade e disposição. Vardalek sempre voltava parecendo muito mais velho, abatido e desgastado. Gabriel corria a seu encontro e beijava-o na boca. Ele estremecia de leve e parecia rejuvenescer de novo.

As coisas continuaram assim por algum tempo. Meu pai não queria nem saber de uma partida definitiva de Vardalek. Ele se tornou um dos moradores de nossa casa. Tanto eu quanto Mademoiselle Vonnaert não podíamos deixar de reparar como Gabriel estava diferente, mas meu pai parecia totalmente cego.

Uma noite eu havia descido para buscar algo que esquecera na sala de estar. Quando subia de volta, passei diante do quarto de Vardalek. Ele estava ao piano, colocado ali especialmente para ele, tocando um dos noturnos de Chopin,

* Hoje situada no extremo noroeste da Itália, à época do conto Trieste era o principal porto do Império Austríaco. [N. T.]

de forma muito bela. Parei, apoiando-me à balaustrada para ouvir.

Algo branco apareceu na escada escura da torre. Naquela região acreditávamos em fantasmas. Tomada de terror, eu me agarrei aos balaústres. Atônita, vi que era Gabriel quem descia, devagar, com os olhos fixos como num transe! Isso me aterrorizou muito mais do que se fosse um espírito. Podia eu crer em meus sentidos? Seria mesmo Gabriel?

Não conseguia me mexer. Gabriel, trajando seu longo camisão branco de dormir, veio e abriu a porta, deixando-a aberta. Vardalek ainda seguiu tocando, mas, enquanto o fazia, começou a falar.

Ele disse, agora expressando-se em polonês:

– *Nie umiem wyrazic jak ciechi kocham.** Meu querido, de bom grado eu pouparia você, mas sua vida é a minha, e devo viver. Eu, que preferiria morrer. Não irá Deus apiedar-se de mim? Oh, oh, vida! Oh, a tortura da vida!

Então, fez soar um acorde agonizante e estranho, para depois continuar tocando com suavidade.

– Ó Gabriel, meu amado, minha vida. Sim, vida, oh, por que vida? Estou certo de que é tão pouco o que te peço. Por certo, poderás ceder um pouco da abundância de tua vida a alguém que já está morto. Não, fica! – disse ele, quase áspero então. – O que tem que ser, será!

Gabriel permaneceu no aposento, muito quieto, com a mesma expressão fixa e vazia. Era evidente que estava em um estado sonambúlico. Vardalek continuou tocando.

–Ah! – exclamou ele, num tom de terrível angústia; então prosseguiu, com suavidade: – Vai agora, Gabriel, é suficiente.

Gabriel deixou o quarto e subiu as escadas com o mesmo passo lento, o mesmo olhar inconsciente. Vardalek feria o piano e, embora não tocasse forte, parecia que as cordas se

* Em polonês, mais provavelmente *Nie umiem wyrazić jak cię kocham*, "Não consigo expressar o quanto eu amo você". [N. T.]

quebrariam. Jamais se ouviu música tão estranha, que partisse o coração daquela maneira.

A única coisa que sei é que, pela manhã, Mademoiselle Vonnaert me encontrou inconsciente ao pé das escadas. Teria sido apenas um sonho? Hoje estou certa de que não. À época pensei que pudesse ter sido, e não contei a ninguém sobre o episódio. Na verdade, que poderia dizer?

Bem, para encurtar a história, Gabriel, que jamais em sua vida havia adoecido um instante sequer, caiu enfermo. Mandamos chamar um médico em Graz, mas ele não encontrou qualquer explicação para a estranha doença. Ele definhava aos poucos, disse. Não há nenhuma causa orgânica. Que poderia significar?

Meu pai finalmente se deu conta de que Gabriel estava muito mal. Sua preocupação era impressionante. O último fio grisalho desapareceu de sua barba, que embranqueceu toda. Chamamos médicos de Viena. O diagnóstico foi o mesmo.

Gabriel em geral permanecia inconsciente. Quando voltava a si, parecia só reconhecer Vardalek, que ficava o tempo todo junto a seu leito, cuidando dele com devotada ternura.

Um dia, eu estava sozinha no quarto quando Vardalek gritou de repente, quase em fúria.

– Chamem um padre imediatamente – repetia ele. – É quase tarde demais!

Gabriel estendeu os braços num espasmo e rodeou o pescoço de Vardalek. Foi o único movimento que fez em muito tempo. Vardalek curvou-se para a frente e beijou-lhe os lábios. Desci as escadas correndo. O padre foi chamado. Quando voltei, Vardalek não estava lá. O padre ministrou a extrema-unção. Creio que Gabriel já estava morto, embora na hora não acreditássemos nisso.

Vardalek desapareceu. Quando procuramos por ele, não o achamos em lugar algum. Não o vi nem ouvi falar dele desde então.

Meu pai morreu pouco depois, envelhecido de repente e alquebrado de pesar. Foi dessa forma que toda a propriedade da família Wronski passou para meu controle exclusivo. Assim, aqui estou eu, uma velha que é alvo de zombaria por manter um asilo para animais abandonados. E as pessoas, como regra, não acreditam em vampiros!

O **conde Eric Magnus Andreas Stanislaus von Stenbock** (1858-1895), inglês de nascimento, tinha ascendência estoniana. Passou a maior parte da vida na Inglaterra, mas parece ter morado na Rússia quando criança.

Em 1885, herdou as terras da família na Estônia, onde se estabeleceu pelos dois anos seguintes. Vivia em meio ao luxo e mantinha uma coleção de cobras, lagartos, sapos e salamandras de estimação. Nos jardins mantinha um verdadeiro zoológico, que incluía três renas, um urso e uma raposa. Voltou à Inglaterra em 1887 e logo travou relações com figuras importantes da vida cultural de então, como o ilustrador Aubrey Beardsley e o poeta irlandês W. B. Yeats. A partir de 1890, sua saúde sempre delicada deteriorou-se muito, agravada pelo alcoolismo. Debilitado, Stenbock ficou obcecado com a ideia da morte, o que transparece nos últimos poemas, repletos de reminiscências agridoces de sua vida e da espera pelo fim. Ao final, sua enfermidade era tanto mental quanto física. Passou a manifestar mania de perseguição e só viajava acompanhado de um cão, um macaco e um boneco de madeira em tamanho natural. Estava convencido de que o boneco era seu filho e chamava-o de "le Petit Comte". Morreu aos 36 anos, no mesmo dia em que teve início o julgamento de Oscar Wilde.

Esse dândi excêntrico, descrito em sua biografia como um poeta da melancolia e do suicídio, ficou conhecido no movimento decadentista como fundador do Clube dos Idiotas (Idiots Club), em que os membros assumiam identidades imaginárias. Yeats referiu-se a ele como "erudito, *connoisseur*, bêbado, poeta, pervertido, o mais cativante dos homens". Durante a curta vida, impressionou tanto seus contemporâneos que as anedotas e histórias sobre ele chamam muito mais atenção que os escritos que deixou.

Além de três livros de poesia, um ensaio e uma peça de teatro, publicou um volume de contos macabros, *Studies of Death* (1894), que mereceu comentários favoráveis do conhecido autor de horror H. P. Lovecraft.

"The True Story of a Vampire" apareceu nessa coletânea. Numa paródia explícita a "Carmilla", Stenbock esforça-se em contradizer Le Fanu sempre que pode. "A verdadeira história de um vampiro" também se passa na Estíria, mas, segundo ele, "não é o lugar romântico descrito por aqueles que com certeza jamais estiveram por lá". A narradora, Carmela, é uma velha patética, e não uma bela jovem. Seu vampiro não chega de carruagem e não é sombrio e atraente, mas louro e sem grandes atrativos. Ao contrário de Carmilla, não é punido por seus crimes e apenas desaparece, supondo-se que para retomar suas atividades assassinas em outro lugar.

No conto reconhecem-se elementos da vida do autor, fiel aos preceitos decadentistas segundo os quais arte e vida devem sobrepor-se. O exemplo mais claro é a relação entre o conde Vardalek e seu jovem amado Gabriel, que espelha a trágica paixão de Stenbock por Charles Bertram Fowler, que morreu vítima de tuberculose, aos 16 anos. Assim, ao descrever o vampiro e sua capacidade de destruição, é sobre si mesmo que Stenbock escreve.

Para alguns autores, este teria sido o primeiro conto de vampiros a abordar de maneira explícita a homossexualidade masculina, que já teria aparecido de forma velada em "A Kiss of Judas", de X. L. (1893). Entretanto, isso se aplica apenas à língua inglesa; quase uma década antes, Karl Heinrich Ulrichs já havia publicado, em alemão, o conto "Manor" (1884), que permaneceu esquecido durante décadas e que também incluímos neste livro.

A floração da estranha orquídea

(1894)

H. G. Wells

O ato de adquirir orquídeas sempre traz uma certa dose de suspense. Diante de si, você tem um pedaço ressecado de tecido vegetal marrom e, de resto, deve confiar apenas em seu julgamento, ou no leiloeiro, ou na boa sorte, de acordo com suas preferências. A planta pode estar doente ou morta, ou pode ser apenas uma compra honesta, por um preço justo. Ou, ainda, pode ocorrer algo que já aconteceu várias vezes: lentamente, diante dos olhos deliciados do afortunado comprador, dia após dia revela-se alguma nova variedade, alguma riqueza inusitada, um labelo de forma incomum ou algum colorido sutil, ou um mimetismo inesperado.

Num delicado pendão verde florescem, juntos, orgulho, beleza e lucro, quem sabe até a imortalidade. Pois o novo milagre da Natureza pode requerer um novo nome específico, e o que seria mais conveniente que o nome do descobridor? Johnsmithia! Nomes piores já foram criados.

Foi talvez a esperança de uma feliz descoberta desse tipo que levou Winter-Wedderburn a frequentar assiduamente os leilões. Esperança e, talvez, também o fato de não ter mais nada a fazer na vida que tivesse um mínimo de interesse. Era um sujeito tímido, solitário e um tanto inútil, que ganhava apenas o suficiente para suprir suas necessidades básicas, sem ânimo suficiente para procurar uma atividade que oferecesse algum desafio. Podia ter sido um colecionador de selos ou moedas, ou tradutor de Horácio, ou encadernador de livros, ou inventor de novas espécies de diatomáceas. Mas deu-se a casualidade que cultivasse orquídeas e que mantivesse uma ambiciosa estufinha.

— Tenho o pressentimento de que alguma coisa vai acontecer hoje — disse ele, durante o café da manhã.

Seu jeito de falar, assim como de mover-se e de pensar, era lento.

— Não diga *isso*! — retrucou sua governanta, que era também uma prima distante.

Para ela, "acontecer algo" era um eufemismo, com um único significado.

— Você entendeu mal, não quero dizer nada de desagradável... embora eu não saiba bem o que quero dizer. — Ele fez uma pausa, depois prosseguiu: — Hoje vai estar à venda na Peters um lote de plantas das ilhas Andamã e das Índias. Vou até lá ver. Pode ser que compre alguma coisa boa sem saber, e talvez seja isso.

Ele estendeu a xícara para que a prima lhe servisse um segundo café.

— São as plantas que foram coletadas por aquele pobre rapaz de quem você me falou no outro dia? — perguntou ela, enchendo-lhe a xícara.

— Sim — respondeu ele, caindo em meditação ao comer uma torrada. E então pensou em voz alta. — Nunca me acontece nada. Queria saber por quê. Muita coisa acontece com os outros. Veja Harvey, por exemplo. Semana passada mesmo, na segunda, encontrou seis centavos; na quarta, todas as suas galinhas ficaram doentes; na sexta, seu primo chegou da Austrália e, no sábado, quebrou o tornozelo. Que turbilhão de emoções, se comparado comigo.

— Creio que eu preferiria não ter tantas emoções — disse a governanta. — Isso não deve fazer nenhum bem.

— Deve dar uma trabalheira. Ainda assim... Sabe, nada me acontece, jamais. Quando era criança, nunca me acidentava.

Depois que cresci, nunca me apaixonei. Nunca casei... Fico imaginando como deve ser quando alguma coisa acontece, algo realmente notável. Aquele colecionador de orquídeas tinha só 36 anos quando morreu, vinte a menos que eu. E tinha se casado duas vezes e se divorciado uma. Contraiu malária quatro vezes e uma vez quebrou a coxa. Uma vez matou um malaio; outra foi ferido com um dardo envenenado. E, no fim, foi morto por sanguessugas na selva. Deve ter tido muito trabalho, mas deve ter sido também interessante, sabe? Exceto, talvez, as sanguessugas.

– Tenho certeza de que tudo isso não fez bem a ele – argumentou a mulher, com convicção.

– É, pode ser que não. – E Wedderburn consultou o relógio. – Oito e vinte e três. Vou tomar o trem das quinze para o meio-dia, para ter tempo de sobra. Acho que usarei minha jaqueta de alpaca, que é quente o suficiente, o chapéu de feltro cinza e sapatos marrons. Suponho...

Olhou pela janela o céu sereno e o jardim ensolarado, e fitou nervoso o rosto de sua prima.

– Acho melhor levar um guarda-chuva se vai a Londres – disse ela, num tom que não admitia negativa. – Qualquer coisa pode acontecer quando se viaja.

Quando regressou, ele estava um tanto agitado. Havia feito uma compra. Era raro que se decidisse rápido o bastante para comprar alguma coisa, mas dessa vez tinha conseguido.

– Há *Vandas*, uma *Dendrobe* e algumas *Palaeonophis** – informou ele.

Examinou suas aquisições com carinho enquanto tomava a sopa. Estavam enfileiradas diante de si, sobre a toalha de mesa imaculada, e ele contava à prima tudo sobre as orquídeas, en-

---

* *Vanda*, *Dendrobium* (grafia correta) e *Phalaenopsis* (grafia correta) são gêneros de orquídeas do sudeste asiático, todas amplamente cultivadas e comercializadas. [N. T.]

quanto consumia lentamente sua refeição. Tinha por costume rememorar, de noite, cada visita que fazia a Londres, como um entretenimento tanto para ela quanto para si mesmo.

— Sabia que aconteceria algo hoje. E comprei todas estas. Algumas delas... Tenho certeza, sabe, que algumas destas vão ser notáveis. Não sei como, mas estou tão certo disso como se alguém me houvesse declarado que algumas *vão* ser notáveis. Esta... — Apontou um rizoma encarquilhado — ... não foi identificada. Pode ser uma nova *Palaeonophis*. Ou pode não ser. Pode ser uma espécie nova, ou até mesmo um gênero novo. E foi a última que o pobre Batten coletou.

— Não gosto da cara dela — disse a governanta. — Tem uma forma muito feia!

— Para mim, nem parece ter forma.

— Não gosto dessas coisas pontudas que saem dela — disse a governanta.

— Amanhã vou plantá-la num vaso.

— Parece uma aranha fingindo-se de morta — comentou ela.

Wedderburn sorriu e virou a cabeça de lado para examinar a raiz.

— Concordo que não é nada bonita. Mas nunca se deve julgar essas plantas pela aparência quando secas. Pode ser que ela vire uma orquídea realmente bonita. Como vou estar ocupado amanhã! Esta noite vou pensar no que exatamente deve ser feito com elas, e amanhã colocarei mãos à obra.

Ele se calou, e depois voltou a falar.

— Encontraram o pobre Batten morto ou morrendo, num manguezal pantanoso, não me lembro onde, e justamente uma dessas orquídeas estava prensada sob seu corpo. Fazia vários dias que sofria de alguma febre nativa, e acho que deve ter desmaiado. Aqueles manguezais são muito insalubres. Dizem que as sanguessugas lhe sugaram até a última gota de sangue. Quem sabe essa aí é a própria planta cuja coleta lhe custou a vida.

— Isso não me faz gostar dela nem mais um pouco.

— Os homens devem trabalhar ainda que as mulheres possam chorar — disse Wedderburn, com profunda seriedade.

— Imagine morrer longe de todo o conforto, num pântano repugnante! Imagine ser atacado pela febre e não ter nada para tomar além de cloroquina e quinino... Se os homens fossem deixados por conta própria, viveriam à base de cloroquina e quinino... E sem ninguém por perto, a não ser os horríveis nativos! Dizem que os nativos das ilhas Andamã são criaturas desagradabilíssimas e, de qualquer forma, devem ser péssimos em bancar os enfermeiros, pois nunca foram treinados. E tudo isso só para que as pessoas na Inglaterra tenham orquídeas!

— Não creio que tenha sido agradável, mas certos homens parecem gostar desse tipo de aventura — disse Wedderburn. — De qualquer forma, os nativos da expedição foram civilizados o suficiente para guardar a coleção até que o colega dele, um ornitólogo, voltasse do interior. Se bem que não foram capazes de dizer a espécie dessa orquídea e deixaram que ela murchasse. Mas isso faz com que essas plantas sejam ainda mais interessantes.

— Isso as torna repulsivas. Eu teria medo de que a malária tivesse se impregnado nelas. E, imagine, um cadáver esteve em cima dessa coisa feia! Não havia pensado nisso antes. Pronto! Agora já não consigo mais continuar jantando!

— Se quiser eu as tiro da mesa. Vou colocá-las na cadeira junto à janela. Posso vê-las tão bem lá quanto aqui.

Durante os dias seguintes, ele realmente esteve bastante ocupado em sua estufinha abafada, lidando com carvão, pedaços de teca, musgos e todos os outros mistérios de um orquidófilo. Para ele, estava sendo um momento de maravilhosa agitação. No fim da tarde, contava aos amigos sobre suas novas orquídeas, e volta e meia era outra vez assaltado pela expectativa de algum acontecimento estranho.

Várias das *Vandas* e o *Dendrobium* morreram em suas mãos, mas a estranha orquídea começou, finalmente, a dar sinais de vida. Ele ficou encantado. Nem bem fez essa descoberta, foi buscar a governanta, que estava atarefada fazendo geleia, e a trouxe para ver a novidade.

— Esse é um broto — disse ele. — Logo vai crescer um monte de folhas ali, e estas coisinhas saindo aqui são raízes aéreas.

— Para mim parecem dedinhos brancos saindo dessa coisa marrom — disse a governanta. — Não gosto deles.

— Por quê?

— Não sei. Parecem dedos querendo agarrar algo. Não posso controlar meus gostos e antipatias.

— Não sei bem, mas acho que não conheço nenhuma orquídea com raízes aéreas parecidas com estas. Pode ser apenas uma impressão, claro. Note que elas são meio achatadas nas pontas.

— Não gosto delas — retrucou a governanta, virando as costas com um calafrio súbito. — Sei que é bobagem minha, e lamento muito, especialmente porque você gosta tanto dessa coisa. Mas não consigo deixar de pensar no cadáver.

— Mas pode ser que nem tenha sido esta mesma planta. Foi só uma suposição minha.

A governanta deu de ombros.

— De qualquer forma, não gosto dela.

Wedderburn ficou um tanto magoado com a antipatia dela pela planta. No entanto, isso não o impedia de falar-lhe sobre as orquídeas em geral e sobre aquela em particular, sempre que sentia vontade.

— Há coisas tão estranhas em relação às orquídeas, há tantas surpresas possíveis — refletiu ele um dia. — Você sabe que Darwin estudou a fertilização delas e demonstrou que toda a estrutura da flor de uma orquídea comum foi arquitetada para que as mariposas levem o pólen de uma planta a outra?* Bom, parece que há várias orquídeas cujas flores não podem, de forma alguma, ser fertilizadas por esse meio. Algumas das *Cypripedium*, por exemplo. Não se conhece qualquer inseto capaz de fertilizá-las, e algumas nunca foram encontradas com sementes.**

– Mas então como formam novas plantas?

– Por brotamentos como estolhos e tubérculos. Essa não é a parte difícil de explicar. O mistério é: para que servem as flores? – respondeu ele. E acrescentou: – É bem possível que *minha* orquídea tenha algo extraordinário nesse sentido. Se assim for, vou estudá-la. Muitas vezes pensei em fazer pesquisas, como Darwin fez, mas até agora não encontrava tempo, ou sempre acontecia alguma coisa que me impedia. As folhas estão começando a despontar. Eu gostaria muito que você viesse vê-las!

Mas a governanta respondeu que a estufa era tão quente que lhe dava dor de cabeça. Ela havia voltado a ver a planta, mas as raízes aéreas, algumas das quais agora passavam dos trinta centímetros, lembravam-lhe tentáculos em busca de uma presa e invadiram seus sonhos, crescendo com incrível rapidez em sua direção. Assim, ela decidira firmemente que não veria de novo aquela planta, e Wedderburn teve de contentar-se em admirar solitário suas folhas. Largas e de

---

* O naturalista inglês Charles Darwin (1809-1882) publicou, em 1862, o livro *Fertilisation of Orchids* ("Fertilização de orquídeas"), obra seminal que originou todo o estudo da coevolução, isto é, a evolução coocorrente de espécies diferentes (na qual alterações evolutivas de cada espécie são afetadas por alterações das demais, pela ação da seleção natural). A obra é mais lembrada por Darwin ter previsto, após análise anatômica de uma orquídea de Madagascar, a existência de uma espécie de mariposa até então desconhecida, que teria uma probóscide (tromba) longuíssima. A mariposa de fato foi descoberta, 41 anos após a publicação do livro. Deve ser a isso que Wedderburn se refere, pois de fato Darwin demonstra que diferentes orquídeas têm anatomia especializada para a polinização por algum tipo de inseto – e ele cita não só mariposas, mas borboletas, abelhas, moscas e besouros, entre outros. [N. T.]

** Essa informação sobre o gênero *Cypripedium* não consta do livro de Darwin, e aparentemente não procede. As quase sessenta espécies do gênero são polinizadas por abelhas ou por moscas. [N. T.]

formato comum, tinham colorido verde-escuro lustroso, com manchas e pintas de um vermelho vivo perto da base. Ele não conhecia nenhuma outra orquídea com folhas assim.

A orquídea foi colocada numa bancada baixa perto do termômetro, e junto a ela havia um arranjo simples em que uma torneira pingando sobre os canos de água quente enchia a estufa de vapor. Agora era comum que ele passasse as tardes meditando sobre a iminente floração da estranha planta.

Por fim, deu-se o grande acontecimento. Apesar da grande *Palaeonophis lowii** ocultar o canto onde ficava sua nova favorita, assim que entrou na estufa ele soube que o pendão tinha florescido. Havia no ar um novo odor, um cheiro forte e muito doce que se sobrepunha a todos os outros na estufa lotada e abafada.

Ao perceber isso, ele correu para a estranha orquídea. E, oh, os esguios pendões verdes ostentavam três grandes flores, das quais emanava aquela doçura embriagante! Ele parou diante delas, num êxtase de admiração.

As flores eram brancas, e as pétalas eram estriadas com um laranja-vivo. No labelo robusto, que se projetava numa espiral intrincada, um maravilhoso azul-violáceo mesclava-se ao dourado. Imediatamente, ele viu que se tratava de um gênero novo. E o perfume insuportável! Como aquele lugar estava quente! As flores dançaram diante de seus olhos.

Decidiu ver se a temperatura estava correta. Deu um passo na direção do termômetro. De pronto, tudo pareceu oscilar. Os ladrilhos no piso ondulavam para cima e para baixo. Então as flores brancas, as folhas verdes por trás delas e a estufa inteira pareceram deslizar para o lado, e depois numa curva para cima.

* * *

* *Phalaenopsis lowii*, espécie originária de Mianmar e da Tailândia, descoberta por um missionário inglês que também era colecionador de orquídeas, e descrita pela ciência em 1862. [N. T.]

Às quatro e meia sua prima preparou o chá, de acordo com o imutável hábito de ambos. Wedderburn não apareceu, porém.

Está venerando aquela orquídea horrível, pensou ela, e esperou dez minutos. *O relógio dele deve ter parado. Melhor chamá-lo.*

Foi direto para a estufa, abriu a porta e chamou o nome dele. Não teve resposta. Percebeu que o ar estava pesado, impregnado com um perfume intenso. Então viu algo estendido nos ladrilhos, entre os canos de água quente.

Por um minuto, talvez, ela ficou imóvel.

Ele estava caído, com a face voltada para cima, aos pés da estranha orquídea. As raízes aéreas tentaculares já não pendiam livres no ar, mas estavam unidas num emaranhado de filamentos acinzentados, bem esticadas e com as pontas firmemente presas no queixo, no pescoço e nas mãos dele.

Ela não conseguia entender. Foi quando notou que, de um dos filamentos que tocava triunfante o rosto dele, escorria um diminuto filete de sangue.

Com um grito desarticulado, a mulher correu na direção do primo e tentou puxá-lo para longe das ventosas sugadoras. Ela partiu dois tentáculos e a seiva que verteu era vermelha.

O cheiro sufocante das flores fez com que a cabeça dela começasse a girar. Com que força o seguravam! Ela puxou com força os filamentos resistentes, e o primo e as inflorescências brancas dançaram à sua volta. Sentiu que ia desmaiar, mas sabia que não deveria. Soltando-o, apressou-se em sair pela porta mais próxima e, depois de inspirar profundamente o ar puro por alguns instantes, teve uma ideia brilhante. Pegou um vaso de planta e jogou-o para estilhaçar as janelas dos fundos da estufa. Em seguida, voltou lá para dentro. Com forças renovadas, arrastou o corpo imóvel de Wedderburn, e a estranha orquídea despencou no chão. A planta ainda agarrava com tenacidade sua vítima. Num frenesi, a mulher arrastou planta e homem para o ar livre.

Então ocorreu-lhe arrancar as raízes sugadoras uma a uma. Num minuto, ele ficou livre, e ela o levou para longe daquele horror.

Wedderburn estava lívido e sangrava por uma dúzia de feridas circulares.

O faxineiro vinha pelo jardim, espantando-se diante das vidraças quebradas, quando a viu surgir arrastando, com mãos ensanguentadas, o corpo inanimado. Por um instante pensou o impensável.

– Traga água! – gritou ela, e sua voz tirou-o do assombro.

Quando ele retornou com a água, numa presteza fora do comum, encontrou-a chorando agitada, com a cabeça de Wedderburn apoiada nos joelhos e limpando-lhe o sangue do rosto.

– O que houve? – perguntou Wedderburn, abrindo debilmente os olhos e tornando a fechá-los em seguida.

– Chame Annie e diga-lhe para vir aqui, e depois vá correndo buscar o Doutor Haddon – ordenou ela ao faxineiro assim que ele lhe passou a água, depois, ao notar a hesitação dele, completou: – Conto-lhe tudo depois que você voltar.

Wedderburn abriu os olhos de novo. Percebendo-o intrigado por estar naquela posição, ela explicou:

– Você desmaiou na estufa.

– E a orquídea?

– Vou cuidar dela.

Wedderburn perdera bastante sangue, mas fora isso não sofrera grande dano. Fizeram-no tomar conhaque misturado com caldo de carne e levaram-no para a cama no andar de cima. A governanta, aos poucos, contou ao doutor Haddon sua incrível história.

– Venha ao orquidário e veja por si – disse ela ao homem.

O vento frio entrava pela porta aberta e o perfume enjoativo quase havia desaparecido. As raízes aéreas que tinham sido arrancadas jaziam já ressequidas, espalhadas entre uma profusão de manchas escuras nos ladrilhos. O pendão da inflo-

rescência havia-se partido com a queda da planta e as flores mostravam-se murchas, amarronzadas nas bordas das pétalas. O doutor se debruçou sobre a planta, mas percebeu uma das raízes aéreas ainda agitando-se, e hesitou.

Na manhã seguinte, a estranha orquídea ainda estava lá, mas escura e em decomposição. A porta batia a cada tanto, soprada pela brisa da manhã, e toda a coleção de orquídeas de Wedderburn estava ressequida e prostrada. Mas o próprio Wedderburn estava radiante e tagarela no andar de cima, na glória de sua estranha aventura.

Herbert George Wells (1866-1946) foi um escritor inglês muito prolífico, que produziu obras em diversos gêneros de ficção e não ficção, incluindo romances, contos, compêndios de história e crítica social. Nasceu em uma família de classe média baixa, e um evento ocorrido quando ele tinha 7 anos foi decisivo em sua vida: enquanto estava de cama, depois de quebrar a perna, começou a ler para passar o tempo. Logo se apaixonou pelos novos mundos que a leitura abria e sentiu-se estimulado a escrever.

Wells desdenhava as convenções sociais e religiosas, bem como as literárias. Era um reformador social declarado, interessando-se pelo modo de organização da sociedade, e escreveu vários romances utópicos. Durante sua vida foi um respeitado pensador socialista, mas com o passar do tempo passou a ser mais lembrado como um dos pais da ficção científica.

Sua escrita foi influenciada por Júlio Verne. Tinha grande conhecimento de ciência, que usou em seus primeiros livros, à época chamados de "romances científicos". Em *The World Set Free* (1914), um invento acelerava o processo de decaimento radiativo; isso inspirou Leó Szilard, físico húngaro radicado nos Estados Unidos, a conceber a reação nuclear em

cadeia, levando ao desenvolvimento da bomba atômica. Wells morreu de câncer no fígado, em Londres.

Seus livros mais conhecidos de ficção científica são *A máquina do tempo* (1895), *A ilha do doutor Moreau* (1896), *O homem invisível* (1897) e *A guerra dos mundos* (1898). Entre sua não ficção, a *História universal* (1920) é reeditada nos Estados Unidos até hoje. No Brasil, foi reimpressa até a década de 1970.

O conto "The Strange Orchid" foi publicado em 1894, na revista *Pall Mall Budget*. No ano seguinte foi incluído na coletânea *The Stolen Bacillus and Other Incidents* (1895). A narrativa ágil, espirituosa e incrivelmente moderna satiriza a vida medíocre e sem grandes expectativas da classe média inglesa pós-Revolução Industrial. Como pano de fundo, Wells vale-se do "orquidelírio", a obsessão por orquídeas que floresceu na Europa durante a era vitoriana.*

Como nos contos de Maupassant e Robinson incluídos nesta antologia, o ser vampírico de Wells não é humano, ideia já presente desde a arte vampírica de "O retrato oval" (1842), de Poe, e que ganha força no fim do século 19, com a diversificação do gênero vampírico e a busca de novos ângulos que fugiam aos estereótipos.

Os contos de Wells e de Robinson têm vários outros aspectos em comum, como a descrição minuciosa de detalhes de história natural e o humor fino e sarcástico. Além disso, mais uma vez o ser vampiro é levado a regiões tropicais (ou trazido de lá?), no rastro das explorações e das descobertas científicas que se multiplicaram ao longo do século 19.

---

* Consta que o "orquidelírio" teve início quando um naturalista britânico utilizou orquídeas como material de embalagem em um engradado enviado do Brasil para a Inglaterra. Uma delas floresceu durante a viagem e sua beleza desencadeou a mania que durou até os anos 1920, deixando um rastro de devastação de ambientes naturais.

Em 1956, o escritor de ficção científica Arthur C. Clarke escreveu "A orquídea relutante", uma homenagem explícita ao conto de Wells, cujo final é bem mais feliz para a orquídea.

Junto com "A árvore comedora de gente" (1881), de Phil Robinson, "A floração da estranha orquídea" deu origem a uma série de plantas predadoras e assassinas que, passando pelo romance *O dia das trífides* (1951), de John Wyndham, culminou com a voraz Audrey Jr. que protagonizou, na segunda metade do século 20, *A pequena loja dos horrores* em dois filmes (1960 e 1986) e um musical (1982).

Curiosamente, existe na América Central e no norte dos Andes um gênero de orquídeas chamado *Dracula*. Não que tomem sangue; o nome deriva de *draco* ("dragão" em latim), e significa "dragãozinho", em referência ao formato peculiar da flor. Numa mostra de que na ciência também há lugar para o humor, os botânicos aproveitaram o óbvio duplo sentido e deram a algumas espécies nomes como *Dracula nosferatu*, *D. vampira* e *D. vlad-tepes*.

Wells teve vários de seus romances de ficção científica adaptados para o cinema, desde o início do século 20. São bem conhecidas as adaptações de *A ilha do doutor Moreau*, de 1933 (com o nome de *A ilha das almas selvagens*, direção de Erle C. Kenton, com Charles Laughton e Bela Lugosi) e de 1996 (direção de John Frankenheimer, com Val Kilmer e Marlon Brando), *A guerra dos mundos*, de 1953 (direção de Byron Haskin, com Gene Barry e Ann Robinson) e *A máquina do tempo*, de 1960 (direção de George Pal, com Rod Taylor e Yvette Mimieux).

Graças a Wells, o rádio viveu um de seus grandes momentos, com a transmissão de uma versão dramatizada de *A guerra dos mundos*, dirigida por Orson Welles, no dia de Halloween de 1938, pela CBS de Nova York. O programa levou pânico aos ouvintes menos avisados e projetou Welles para a fama.

O convidado de Drácula

(escrito entre 1890 e 1897, publicado em 1914)

Bram Stoker

Enquanto nos preparávamos para dar início à viagem, o sol brilhava intenso sobre Munique, e o ar enchia-se da alegria dos primeiros dias do verão. Já íamos partir quando Herr Delbrück, *maître d'hôtel* do Quatre Saisons, onde me hospedava, desceu sem chapéu até a carruagem e, depois de desejar-me um passeio agradável, dirigiu-se ao cocheiro, ainda segurando a maçaneta da porta da carruagem.

– Lembre-se de retornar ao anoitecer. O céu parece límpido, mas há sinais no vento norte que prenunciam uma tempestade repentina. Estou certo, porém, de que não se atrasará – disse ele, sorrindo –, pois você sabe que noite é esta.

– *Ja, mein Herr** – respondeu Johann, enfático; e, tocando o chapéu, partiu veloz.

Já fora da cidade, perguntei-lhe, depois de acenar para que parasse:

– Diga-me, Johann, que acontece esta noite?

Fazendo o sinal da cruz, ele deu uma resposta lacônica.

– *Walpurgisnacht.***

Então pegou seu relógio, uma peça alemã de prata, imponente, antiquada e grande como uma cebola, e o consultou, franzindo as sobrancelhas e retraindo os ombros com

* "Sim, meu senhor", em alemão. [N. T.]

** "Noite de Valburga", em alemão. [N. T.]

impaciência. Percebi que era seu modo de protestar, ainda que de forma respeitosa, contra o atraso desnecessário, e voltei a recostar-me, sinalizando-lhe que seguisse em frente. Partimos sem demora, como que para compensar o tempo perdido. De tempos em tempos, os cavalos empinavam a cabeça, farejando o ar com desconfiança. Em tais ocasiões eu olhava ao redor, alarmado. A estrada era bastante desolada, pois percorríamos uma espécie de platô elevado, varrido pelo vento. Enquanto avançávamos, vi um caminho de aparência um tanto abandonada, descendo por um valezinho sinuoso. Era tão convidativo que, mesmo sob o risco de ofender Johann, chamei-o, pedindo que parasse. Quando o fez, disse-lhe que gostaria de seguir por aquela estrada. Ele deu todo tipo de desculpas, persignando-se seguidas vezes enquanto falava. Isso despertou minha curiosidade, e fiz-lhe várias perguntas. As respostas eram defensivas, e eu olhava o relógio a todo momento, em protesto. Por fim, disse-lhe:

— Bem, Johann, quero descer por essa estrada. Não vou forçá-lo a me acompanhar, a menos que o queira. Mas diga-me por que não o deseja fazer. É tudo o que pergunto.

Em resposta, ele pareceu lançar-se para fora da boleia, tal a rapidez com que tocou o chão. Estendeu as mãos para mim, em súplica, implorando-me que não fosse. Havia suficiente inglês mesclado a seu alemão para que eu pudesse compreender o tom geral de seu palavrório. O tempo todo ele parecia a ponto de dizer-me alguma coisa, cuja mera lembrança evidentemente assustava-o, mas sempre se interrompia, persignava-se e dizia:

— *Walpurgisnacht!*

Tentei argumentar com ele, mas era difícil argumentar com alguém cujo idioma eu não conhecia. Ele levava vantagem, sem dúvida, pois, embora começasse falando um inglês muito precário e tosco, acabava ficando nervoso e mudava para sua língua nativa, sempre olhando o relógio. Então os cavalos ficaram inquietos e farejaram o ar. Diante disso, ele empalideceu e, olhando assustado, saltou para a frente, agarrou-os pelas rédeas e puxou-os por uns vinte pés. Seguindo-o, perguntei por que fizera aquilo. Como resposta, benzeu-se, apontou o local que acabávamos de deixar e posicionou a carruagem na direção da outra estrada. Indicando uma cruz, disse, primeiro em alemão e depois em inglês:

— Ele enterrado... Ele quem matava ele mesmo.

Lembrei-me do velho costume de enterrar os suicidas em encruzilhadas.

— Ah, entendo, um suicida. Que interessante.

Mas por nada deste mundo eu podia compreender por que os cavalos estavam assustados. Enquanto conversávamos, ouvimos algo entre um ganido de cão e um latido. Vinha de muito longe, mas os cavalos ficaram muito inquietos, e só com dificuldade Johann conseguiu acalmá-los. Ele estava pálido.

— Parece um lobo — disse ele. — Mas já não há lobos por aqui.

— Não? — questionei. — Faz muito tempo que não há lobos assim nas cercanias da cidade?

— Muito, muito, na primavera e no verão — respondeu ele. — Mas com a neve os lobos estavam aqui não faz tanto tempo.

Enquanto ele afagava os cavalos, na tentativa de acalmá-los, nuvens escuras encheram os céus de repente. O sol desapareceu e uma lufada de vento gélido passou por nós. Era apenas um sopro, mais um alerta que um fato, pois o sol voltou a brilhar. Johann olhou, por baixo da mão erguida, em direção ao horizonte.

— A tempestade de neve, ele vem não demora muito — disse ele, olhando o relógio de novo.

Puxando as rédeas com firmeza, pois os cavalos ainda golpeavam o chão com os cascos e sacudiam as cabeças, subiu à boleia como se já fosse hora de seguir viagem.

Sentia-me um tanto obstinado, e não embarquei de imediato na carruagem.

— Fale-me sobre esse lugar aonde a estrada leva — pedi a ele, apontando vale abaixo.

Outra vez ele se benzeu e murmurou uma prece antes de responder.

— É profano.

— O que é profano?

— O vilarejo.

— Então existe um vilarejo?

— Não, não. Ninguém vive lá centenas de anos.

Minha curiosidade aumentou.

— Mas você disse que existia um vilarejo.

— Existia.

— E o que existe lá hoje?

Ele desandou numa longa história, misturando alemão e inglês de tal forma que não consegui apreender exatamente o que dizia, mas, grosso modo, entendi que muito tempo atrás, havia centenas de anos, pessoas tinham morrido e sido sepultadas ali. Ouviam-se sons vindo de dentro dos túmulos, e, quando estes foram abertos, o que se encontrou foram homens e mulheres corados como em vida, exibindo lábios vermelhos de sangue. Na ânsia de salvar a vida (sim, e a alma! — e aqui ele se persignou), aqueles que sobreviveram fugiram para outros lugares onde os vivos viviam e os mortos estavam mortos, e não... alguma outra coisa. Era evidente seu medo ao dizer as últimas palavras. À medida que avançava na narrativa, mais e mais ele se agitava. Era como se a imaginação o tivesse dominado, e ele concluiu o relato com um perfeito paroxismo de medo — lívido, transpirando, tremendo e olhando ao redor, como se esperasse a manifestação de alguma presença terrível, ali em pleno sol e em campo aberto.

Por fim, num desespero angustiado, ele gritou:

— *Walpurgisnacht!*

Depois indicou-me que entrasse na carruagem. Todo meu sangue inglês rebelou-se diante do gesto, e recuei, afastando-me.

— Você tem medo, Johann — afirmei. — Vá para casa. Retornarei sozinho. A caminhada vai me fazer bem.

A porta da carruagem estava aberta. Apanhei de cima do assento o cajado de carvalho que sempre trago comigo em minhas excursões de lazer e fechei a porta.

Apontei na direção de Munique.

— Vá para casa, Johann. *Walpurgisnacht* não causa preocupação aos ingleses.

Os cavalos estavam agora mais indóceis que nunca, e Johann tentava controlá-los, enquanto me implorava, transtornado, que não fizesse algo tão tolo. Apiedei-me do pobre sujeito e, apesar de sua profunda seriedade, não pude evitar o riso. Seu inglês se perdera por completo. Esquecendo-se, em sua ansiedade, de que o único modo de fazer-me entender era usando meu idioma, ele matraqueava no alemão nativo. Estava ficando cansativo. Depois de ordenar-lhe "Vá para casa!", virei-me para descer pela encruzilhada rumo ao vale.

Num gesto desesperado, Johann virou os cavalos na direção de Munique. Apoiei-me no cajado e fiquei olhando enquanto se afastava. Por algum tempo ele seguiu devagar pela estrada, até que por detrás de uma colina surgiu um homem alto e magro. De longe eu assistia a tudo. Quando o homem chegou perto dos cavalos, estes começaram a corcovear e escoicear, e relincharam, aterrorizados. Johann não pôde dominá-los, e eles dispararam estrada abaixo, fugindo enlouquecidos. Observei-os até sumirem de vista, e então meus olhos buscaram o estranho, mas também ele havia desaparecido.

De coração leve, desci pela estrada que ladeava o vale cada vez mais escarpado — a mesma que Johann se recusara a seguir. Que pudesse perceber, não havia qualquer razão para a objeção, e creio tê-la percorrido por umas duas horas, sem pensar em tempo ou distância e certamente sem encontrar com gente ou casas. O lugar em si era a própria desolação, mas tal fato não me causou especial impressão até o momento em que, dobrando uma curva da estrada, cheguei a um arvoredo ralo. Só então notei que a aridez da região que atravessara havia me impressionado de forma inconsciente.

Sentei-me para descansar e examinei os arredores. Percebi que estava bem mais frio agora do que ao início da caminhada. Um murmúrio parecia envolver-me, e a cada tanto um bramido abafado soava, vindo de muito alto. Erguendo os olhos, notei que enormes nuvens espessas cruzavam ligeiras o céu, de norte para sul, a grande altura. Havia sinais de tormenta iminente nos estratos superiores do ar. Eu sentia um pouco de frio e, supondo que por ter me sentado após o exercício da caminhada, retomei a jornada.

As terras que agora percorria eram muito mais pitorescas. Não havia nada em especial que atraísse o olhar, mas o conjunto tinha uma beleza atraente. Não atentei para a passagem do tempo, e somente quando o avançar do crepúsculo me envolveu é que comecei a pensar de que maneira encontraria o caminho de volta. A claridade do dia extinguira-se. O ar estava frio, e o movimento das nuvens lá em cima se acentuara. Ao mesmo tempo, ouvia-se um som longínquo de correnteza, em meio ao qual soava, de quando em quando, aquele chamado misterioso que o cocheiro atribuíra a um lobo. Por um instante hesitei. Eu afirmara que visitaria o povoado deserto e, portanto, segui adiante, até chegar a uma ampla extensão de campo aberto, toda rodeada por colinas. As encostas estavam cobertas por árvores que se esparramavam pela planície, pontilhando com pequenos bosques as ondulações suaves do terreno. Meus olhos acompanharam a estrada sinuosa até o ponto em que uma curva mais fechada passava rente ao mais denso dos bosques, perdendo-se atrás dele.

Enquanto eu olhava, um vento frio soprou, e começou a nevar. Pensei nas milhas e milhas de terra desolada que havia cruzado e apressei-me em buscar refúgio no arvoredo a minha frente. O céu escureceu mais e mais, e a neve caía mais depressa e mais pesada, até que a meu redor todo o chão estava coberto por um tapete branco resplandecente, cujos limites perdiam-se indistintos em meio à bruma. O caminho ainda estava mais ou menos visível, menos nítido nos trechos planos do que onde era ladeado por barrancos. Daí a pouco descobri que devia ter me desviado dele, pois, em vez de pisar a superfície sólida, meus pés afundaram por entre capim e musgo. Então o vento soprou mais forte, e foi aumentando em intensidade, até obrigar-me a correr a favor dele. O ar tornou-se gélido e, a despeito do esforço físico, comecei a ressentir-me do frio. A neve caía agora tão densa, e rodopiava ao redor em redemoinhos tão velozes, que mal conseguia manter abertos os olhos. De vez em quando, os céus eram rasgados por vívidos relâmpagos, e no clarão podia distinguir diante de mim um grande aglomerado de árvores, na maioria teixos e ciprestes, debaixo de um pesado manto de neve.

Logo estava refugiado entre as árvores e ali, em relativo silêncio, podia ouvir o rugido do vento lá em cima. A escuridão da tempestade acabou fundindo-se ao negrume da noite. Aos poucos a tormenta pareceu amainar e agora vinha apenas em rajadas e sopros furiosos. Nesses instantes, o estranho som do lobo parecia encontrar eco em muitos sons similares ao meu redor.

Aqui e ali, através da massa escura de nuvens em movimento, aparecia um raio de luar desgarrado, que iluminava a paisagem, revelando que me encontrava na borda de um denso bosque de ciprestes e teixos. Quando parou de nevar, saí de meu refúgio e comecei a investigar com maior atenção. Ocorreu-me que talvez houvesse, entre as inúmeras ruínas de construções antigas pelas quais passara, alguma casa ainda de pé que, mesmo destruída, pudesse proporcionar-me algum abrigo temporário. Enquanto acompanhava os limites do bosque, descobri que ele era circundado por um muro baixo, que passei a seguir. Por fim, encontrei uma entrada. Aqui, os ciprestes formavam uma aleia, que subia em direção a uma construção quadrada que não pude identificar. Apenas consegui entrever tudo isso, pois as nuvens inquietas encobriram a lua e tive de tatear o caminho na escuridão. O vento devia estar mais frio, e eu tremia enquanto caminhava; mas havia uma esperança de abrigo, e segui adiante tateando às cegas.

Parei quando tudo se aquietou de repente. A tempestade terminara e, talvez em solidariedade ao silêncio da Natureza, meu coração pareceu parar de bater. Mas foi só por um momento, porque subitamente o luar irrompeu entre as nuvens, mostrando-me que estava em um cemitério e que o objeto quadrado à minha frente era um grande túmulo de mármore, tão branco como a neve que o cobria e cercava. Com o luar, veio um sopro feroz da tempestade, que pareceu retomar seu curso com um uivo longo e grave como o de muitos cães ou lobos. Eu estava atônito e chocado, e senti o frio ir tomando conta de mim até que pareceu me apertar o coração. Então, enquanto o manto do luar ainda recaía sobre o túmulo de mármore, a tempestade deu mostras evidentes de renovar-se. Impelido por uma espécie de fascínio, aproximei-me do sepulcro para ver de quem era e por que estava ali, isolado num lugar como aquele. Caminhei à sua volta e, sobre a porta dórica, li em alemão:

CONDESSA DOLINGEN DE GRAZ

NA ESTÍRIA

PROCUROU E ENCONTROU A MORTE

1801

A tumba era uma estrutura formada por imensos blocos de pedra, tendo no alto uma enorme lança ou estaca de ferro, aparentemente cravada através do mármore sólido. Na parte de trás do monumento via-se gravado, em grandes letras russas:

LIGEIROS VIAJAM OS MORTOS

Havia algo tão estranho e sinistro naquilo tudo que me assustei, sentindo uma certa fraqueza. Pela primeira vez desejei ter dado ouvidos aos conselhos de Johann. Então fui assaltado por um pensamento, que surgiu em condições quase misteriosas e com um terrível impacto. Aquela era a Noite de Valburga!

Durante a Noite de Valburga,* de acordo com a crença de milhões de pessoas, o demônio estaria à solta: as sepulturas se abririam e os mortos sairiam e caminhariam – e todas as coisas ruins da terra, do ar e da água se entregariam a festividades. Aquele era o exato lugar que o cocheiro quisera evitar, a vila despovoada de séculos atrás. Era ali que a suicida estava enterrada. E era naquele lugar onde eu estava só – desprotegido, tremendo de frio numa mortalha de neve, com uma tempestade violenta armando-se acima de mim! Precisei de toda a minha filosofia, toda a religião que tinham me ensinado, toda a minha coragem para não ser tomado de pânico.

Então um verdadeiro tornado abateu-se sobre mim. O chão tremeu como se passassem mil cavalos, e desta vez a tormenta exibiu suas asas geladas, não de neve, mas de grandes pedras de granizo, que golpeavam com tamanha violência que poderiam ter sido lançadas pelos fundeiros baleáricos,** derrubando folhas e galhos, e contra as quais os ciprestes davam tão pouco abrigo quanto um campo de cereais. Num primeiro

* Santa Valburga (710-779), de origem inglesa e filha de São Ricardo, foi abadessa na Alemanha. Autora de milagres em vida, morreu em 25 de fevereiro, dia que lhe é consagrado no Martiriológico Romano. Seu corpo, exumado oitenta anos depois, incorrupto e coberto por um óleo puríssimo, foi trasladado em 1º de maio. Por associação com uma festividade pagã ocorrida na mesma data, a Noite de Valburga é comemorada na Europa Central e do Norte na noite de 30 de abril para 1º de maio. [N. T.]

** Os fundeiros eram soldados que usavam fundas, armas para o arremesso de pedras. Os nativos das ilhas Baleares, no mar Mediterrâneo, eram famosos pela perícia em sua utilização. [N. T.]

momento, corri até a árvore mais próxima, mas logo me vi obrigado a deixá-la, em favor do único lugar que oferecia refúgio: o profundo portal dórico do túmulo de mármore. Ali, acocorado junto à porta maciça de bronze, consegui alguma proteção contra a violência do granizo, que agora me atingia apenas quando ricocheteava no chão ou nas laterais de mármore.

Assim que me apoiei na porta, ela se moveu ligeiramente, abrindo-se. Mesmo o abrigo de um túmulo era bem-vindo naquela tempestade impiedosa, e eu estava a ponto de entrar quando o clarão de um relâmpago iluminou todo o céu. Naquele instante, tão certo como sou um ser vivente, ao voltar os olhos para a escuridão da tumba, vi uma bela mulher, de faces arredondadas e lábios vermelhos, que parecia adormecida sobre um esquife. Quando o trovão retumbou nas alturas, fui agarrado pelo que poderia ser a mão de um gigante e arremessado de volta à tormenta. Foi tudo tão repentino que, antes de dar-me conta do choque, tanto mental quanto físico, estava sendo apedrejado pelo granizo. Ao mesmo tempo, dominou-me a estranha sensação de não estar só. Lancei um olhar para a tumba. Nessa hora, houve outro clarão ofuscante, que pareceu atingir a lança de ferro no alto do mausoléu e transmitir-se para a terra, arrebentando e esfacelando o mármore numa explosão de chamas. A morta ergueu-se por um instante desesperador, enquanto era envolvida pelas labaredas, e seu grito desesperado de dor foi abafado pelo estrondo do trovão. A última coisa que ouvi foi essa mistura horrenda de sons, pois fui, de novo, colhido naquele abraço colossal e arrastado para longe, enquanto o granizo me atingia e o ar ao redor reverberava com os uivos dos lobos. Minha última lembrança foi a visão de uma massa indistinta, branca e movediça, como se todas as sepulturas a minha volta tivessem enviado os fantasmas de seus defuntos amortalhados, que se aproximavam de mim através do véu branco da chuva de granizo.

Aos poucos, fui tomado por um vago princípio de consciência, seguido pela sensação de terrível fadiga. Por algum tempo não me lembrei de nada, mas gradualmente meus sentidos retornaram. Meus pés estavam imprestáveis de tanta dor, e eu não os podia mover. Deviam estar dormentes. Atrás do pescoço tinha uma sensação de frio, que descia pela espinha e, assim como os pés, não sentia as orelhas, que, no entanto, doíam muito. No peito, porém, sentia um calor que, em comparação, parecia delicioso. Era um pesadelo, um pesadelo físico, se tal expressão pode ser usada, pois algo pesava sobre meu peito, dificultando a respiração.

Essa semiletargia pareceu persistir por um longo tempo, e assim que se dissipou devo ter adormecido ou desmaiado. Então senti uma espécie de aversão, como o primeiro estágio do enjoo num navio, e um desejo febril de libertar-me de algo, que não sabia o que era. Uma calma imensa me envolveu, como se o mundo dormisse ou estivesse morto, quebrada apenas por um ofegar grave, como de algum animal junto a mim. Senti algo quente raspando minha garganta, e de imediato veio-me a compreensão da terrível realidade, que enregelou meu coração e injetou sangue através do cérebro. Algum animal de grande porte estava sobre mim e lambia-me a garganta. Tive medo de me mexer, pois alguma prudência instintiva compelia-me a permanecer imóvel. Mas a fera pareceu perceber alguma mudança, pois ergueu a cabeça. Por entre os cílios vi, acima de mim, os dois grandes olhos flamejantes de um lobo gigantesco. As presas brancas pontiagudas rebrilhavam na boca rubra entreaberta, e pude sentir seu hálito selvagem e pungente.

Por mais um lapso de tempo não tenho qualquer lembrança, até tornar-me ciente de um rosnado baixo, seguido de um ganido, e de outros mais. Então, parecendo vir de muito longe, ouvi um *Olá! Olá!*, como se muitas vozes gritassem em uníssono. Com cautela levantei a cabeça, olhando na direção de onde vinha o som, mas o cemitério bloqueava minha visão. O lobo continuava ganindo de modo curioso, e um brilho vermelho começou a dar a volta ao bosque de ciprestes, como que seguindo o som. À medida que as vozes chegavam mais perto, o lobo gania mais rápido e mais alto. Eu temia produzir qualquer som ou movimento. O brilho vermelho vinha se aproximando, sobre o alvo manto que se estendia pela escuridão que me cercava.

Subitamente, por detrás das árvores, surgiu uma tropa de cavaleiros munidos de archotes. O lobo levantou-se de meu peito e correu para o cemitério. Vi um dos cavaleiros — soldados, a julgar pelos quepes e longas capas militares — posicionar a carabina e mirar. Um de seus companheiros ergueu-lhe o braço com um golpe, e ouvi a bala assobiar por sobre minha cabeça. Estava claro que ele tomara meu vulto pelo do lobo. Um outro homem avistou o animal que se esgueirava para longe, e seguiu-se um tiro. Então a tropa se adiantou, a galope, uns em minha direção, outros seguindo o lobo, que se enfiou por entre os ciprestes vestidos de neve.

Enquanto se acercavam, tentei mover-me, mas não tinha forças, embora pudesse ver e ouvir tudo o que se passava a minha volta. Dois ou três soldados saltaram dos cavalos e se ajoelharam junto a mim. Um deles levantou-me a cabeça e pôs a mão sobre meu coração.

— Boas-novas, camaradas! — gritou ele. — O coração ainda bate!

Então despejaram um trago de *brandy* por minha garganta, e isso revigorou meu corpo. Consegui abrir os olhos e olhar ao redor. Luzes e sombras moviam-se entre as árvores, e ouvi os homens chamando-se uns aos outros. Eles se reuniram, com exclamações assustadas, e as luzes bruxulearam à medida que os outros precipitavam-se para fora do cemitério, como se estivessem possuídos. Quando se aproximaram, os que haviam permanecido comigo perguntaram, ansiosos:

— Vocês o encontraram?

A resposta soou apressada.

— Não! Não! Vamos embora, rápido, rápido! Aqui não é lugar para ficar, muito menos nesta noite!

— Que era aquilo? — Foi a pergunta feita nos mais diversos tons.

A resposta surgiu múltipla e sempre vaga, como se um impulso comum os fizesse falar, ao mesmo tempo que um medo comum os impedia de expressarem seus pensamentos.

— Aquilo... aquilo... de fato! — balbuciou um deles, de momento abandonado pela lucidez.

— Um lobo... mas não era um lobo! — disse outro, assustado.

— É inútil caçá-lo sem uma bala consagrada — observou o terceiro, de modo mais casual.

— Bem-feito para nós, por sairmos hoje à noite! Decerto fizemos por merecer nossos mil marcos! — Foram as exclamações do quarto homem.

— Havia sangue no mármore partido — disse outro, depois de uma pausa. — E isso não pode ter sido consequência do raio. Mas e quanto a ele, estará bem? Olhem a garganta! Viram, camaradas, o lobo estava deitado sobre ele, mantendo quente seu sangue.

O oficial examinou minha garganta e respondeu:

— Ele está bem, a pele não foi perfurada. Que significará tudo isso? Nunca o teríamos encontrado se não fosse pelos ganidos do lobo.

— Mas que fim levou o animal? — perguntou o homem que amparava minha cabeça.

Ele parecia o menos apavorado do grupo, pois suas mãos estavam firmes e não tremiam. Na manga trazia as divisas de oficial subalterno.

— Ele foi embora para casa — respondeu um homem, de rosto comprido e pálido, tremendo de terror enquanto olhava assustado ao redor. – Há muitos túmulos aqui onde ele poderia se refugiar. Vamos embora, camaradas, depressa. Partamos deste lugar maldito.

O oficial ajudou-me a sentar enquanto dava uma ordem de comando. Em seguida, vários homens colocaram-me sobre um cavalo. Ele pulou para a sela, atrás de mim, segurou-me entre os braços e deu ordem de avançar. Voltando as costas aos ciprestes, cavalgamos para longe.

Minha língua ainda recusava a mover-se, e me vi forçado ao silêncio. Devo ter adormecido, pois a próxima coisa de que me lembro foi estar de pé, com um soldado de cada lado, amparando-me. Era quase dia claro, e a norte uma nesga rubra de luz do sol refletia-se, como um rastro de sangue, na vastidão nevada. O oficial orientava seus homens a não mencionarem nada do que ocorrera, exceto que tinham encontrado um inglês sob a proteção de um grande cão.

– Cão! Aquilo não era um cão! – atalhou o homem que ficara aterrorizado. – Acho que sei reconhecer um lobo quando o vejo.

– Eu disse que era um cão – respondeu o jovem oficial, sereno.

– Cão! – reiterou o outro, irônico. Era evidente que sua coragem se erguia junto com o sol. Apontando-me, disse: – Veja a garganta dele. Seria esse o trabalho de um cão, mestre?

Por instinto levei a mão à garganta e, ao tocá-la, gritei de dor. Os homens me cercaram para olhar, alguns deles desmontando dos cavalos. E de novo soou a voz calma do jovem oficial.

– Um cão, como eu disse. Se outra coisa for dita, seremos alvo de zombarias.

Colocaram-me, a seguir, na garupa de um soldado, e cavalgamos pelos subúrbios de Munique. Ao cruzarmos com uma carruagem qualquer, fui transferido para ela, que me levou rumo ao *Quatre Saisons*. O oficial foi comigo e um soldado nos seguia trazendo seu cavalo, enquanto o resto dos homens retornava ao quartel.

Chegando ao destino, Herr Delbrück desceu os degraus a meu encontro com tal presteza que se tornava óbvio que estivera observando no interior do hotel. Tomando-me por ambas as mãos, conduziu-me para dentro, muito solícito. O oficial saudou-me e já havia se voltado quando percebi que estava se retirando, e insisti para que viesse a meus aposentos. Já com uma taça de vinho nas mãos, agradeci profundamente por ter-me, com seus homens, salvado a vida. Ele apenas respondeu que estava muito contente e que Herr Delbrück já fizera o necessário para que todo o grupo de busca se sentisse satisfeito. Diante dessa afirmação ambígua, o *maître d'hotel* sorriu, enquanto o oficial alegava estar de serviço e retirava-se.

– Mas, Herr Delbrück – perguntei –, como e por que os soldados saíram à minha procura?

Ele deu de ombros, como fazendo pouco do próprio feito.

– Tive a boa sorte de obter permissão, do comandante do regimento em que servi, para pedir voluntários – respondeu ele.

– Mas como sabia que eu estava perdido?

– O cocheiro chegou aqui com os restos da carruagem, que virou quando os cavalos dispararam.

– Mas, com certeza, o senhor não enviaria um grupo de buscas só por causa disso.

– Ah, não! Contudo, antes mesmo que o cocheiro chegasse, recebi um telegrama do *boyar** de quem o senhor é convidado.

Ele tirou do bolso um telegrama que me estendeu, e que dizia o seguinte:

Bistrita.

Cuide bem de meu convidado, pois sua segurança me é muito cara. Caso lhe aconteça algo, ou se ele desaparecer,

* Antigo título aristocrático na Rússia e na Romênia. [N. T.]

não meça esforços para encontrá-lo e garantir que esteja a salvo. Ele é inglês e, portanto, aventureiro. Há perigos na neve, nos lobos e na noite. Não demore um instante se suspeitar que ele possa estar correndo algum perigo. Seu zelo será recompensado por minha fortuna.

Drácula

Enquanto tinha em mãos o telegrama, o quarto pareceu girar ao redor de mim. Se o atencioso *maître d'hôtel* não me amparasse, talvez tivesse caído. Havia em tudo isso algo tão estranho, tão sobrenatural e impossível de imaginar, que tive a impressão de haver sido um joguete entre duas forças opostas. A mera sugestão dessa ideia pareceu paralisar-me. Com certeza, eu estava sob algum tipo de proteção misteriosa. De uma terra distante veio, no momento mais necessário, a mensagem que me salvou dos perigos de um sono eterno sob a neve e das mandíbulas do lobo.

O irlandês **Abraham "Bram" Stoker** (1847-1912) foi autor de vários livros, o mais conhecido dos quais é, sem dúvida, o romance *Drácula*. Nascido perto de Dublin, terceiro de sete irmãos numa família protestante, foi uma criança doente. Ele mesmo afirmou que a infância pouco saudável deu-lhe a oportunidade de pensar muito e conceber ideias que seriam frutíferas anos depois. Ao dizer isso, talvez se referisse às histórias e lendas ouvidas de sua mãe nos anos que permaneceu acamado, e que lhe devem ter apresentado o mundo do fantástico e do sobrenatural.

Recuperando-se de sua misteriosa doença, passou a ter vida normal e chegou a destacar-se como atleta no Trinity College, de Dublin, onde se graduou em Matemática. Foi funcionário público em sua cidade natal e tornou-se crítico teatral. Em 1876, escreveu uma resenha favorável ao famoso ator Henry Irving na peça *Hamlet*, que levou à amizade entre ambos. Em 1878, casou-se com Florence Balcombe, cuja beleza já fora cortejada por Oscar Wilde, e o casal mudou-se para Londres. Ali, Stoker assumiu a administração do Lyceum Theatre, de propriedade de Irving, de quem passou a ser o secretário particular. Ele sentia grande afeição e lealdade pelo ator, e a associação de ambos durou até a morte deste, em 1905. Nesses anos, Stoker travou conhecimento com figuras importantes como Lord Tennyson e Sir Richard Burton, e, durante as turnês pelos Estados Unidos, com Walt Whitman e Mark Twain.

Stoker morreu em Londres, em 1912, sem ter tido chance de gozar em vida o próprio sucesso. O obituário em um jornal londrino observava que ele seria lembrado como autor da biografia de Henry Irving. Pelas artes do destino, Irving é mais lembrado hoje por sua ligação com Stoker. Viúva, Florence Stoker continuou morando em Londres até sua morte, em 1937, aos 78 anos, e pôde testemunhar a fama póstuma do marido. *Drácula* virou um *best-seller* depois de adaptado para o teatro e o cinema, nas décadas de 1920 e 1930.

Os nomes Drácula e Bram Stoker tornaram-se parte da cultura de massa. Em 1992, o filme *Drácula de Bram Stoker* (direção de Francis Ford Coppola, com Gary Oldman e Anthony Hopkins) propagou a ideia errada de que o Drácula da ficção era baseado no Drácula histórico. A popularidade do autor e da obra alcançou os círculos mais inesperados. Em 1995, numa homenagem dupla embora modesta, dois zoólogos batizaram como *Draculoides bramstokeri* um aracnídeo minúsculo das cavernas de uma ilha da costa australiana.*

Bram Stoker escreveu romances, contos e ensaios. Na década de 1870, começou a publicar contos na imprensa irlan-

* Levando a coisa ainda mais longe, em 2020 foram descritas várias espécies novas do gênero *Draculoides*, entre elas *D. belalugosii*, *D. carmillae*, *D. christopherleei*, *D. immortalis*, *D. minae* e *D. nosferatu*.

desa. Os primeiros livros foram de não ficção: *The Necessity for Political Honesty* (1872) e *The Duties of Clerks of Petty Sessions in Ireland* (1879). Enquanto trabalhava para Irving, continuou escrevendo para suplementar sua renda, e em 1881 publicou o primeiro livro de ficção, *Under the Sunset*, reunindo contos infantis. Além de *Drácula* (1897), seus outros romances incluem *O castelo da serpente* (1890), *Os sete dedos da morte* (1903), *O caixão da mulher-vampiro* (1909) e *O monstro branco* (1911). Entre os contos, os mais conhecidos são "A casa do juiz", "A selvagem" e "O enterro dos ratos".

"O convidado de Drácula" foi publicado pela primeira vez em 1914, dois anos após a morte de Stoker, na edição de maio do periódico *The Story-Teller*, com o título de "Walpurgis Night".* Recebeu o título com o qual se tornou conhecido alguns meses depois, ao ser incluído na coletânea à qual deu nome, *Dracula's Guest and Other Weird Stories*, organizada e editada por sua viúva, que prefaciou o livro da seguinte forma:

> Poucos meses antes do tão lamentado falecimento de meu marido – e creio que mesmo quando ele já sentia a sombra da morte pairar sobre si –, ele planejou três séries de contos para publicação, e o presente volume é uma delas. À lista original de histórias, acrescentei um episódio de Drácula até agora inédito. Ele foi originalmente suprimido em virtude da extensão do livro, e deve ser de interesse para os muitos leitores daquela que é considerada a obra mais notável de meu marido. As outras histórias foram publicadas anteriormente em periódicos ingleses e estadunidense. Tivesse meu marido vivido mais tempo, talvez considerasse necessário revisar a obra, fruto dos primeiros anos de sua vida tão diligente. No entanto, como o destino fez

* Chantal Bourgault du Coudray, 2006, p. 26.

recair sobre mim sua publicação, parece-me adequado mantê-la praticamente da forma que ele a deixou.

Florence Bram Stoker

A afirmação de que a história seria não um conto independente, mas um capítulo inicial suprimido do livro acabou sendo aceita quase sem questionamentos. Entretanto, a análise das notas de Stoker, descobertas em 1975, no Museu e Biblioteca Rosenbach (Filadélfia, Estados Unidos), mostram que os incidentes narrados em "O convidado de Drácula" de fato faziam parte do plano original do romance, mas não necessariamente na forma como estão no conto, e não no primeiro capítulo do livro. Há evidência de grandes cortes anteriores à versão definitiva, embora não no primeiro capítulo.

Nada indica que o conto fizesse parte do conteúdo suprimido do romance. A forma de narração é diferente em ambos: *Drácula* é contado através de registros de diários, e o conto é relatado em primeira pessoa, por um narrador anônimo que muita gente não hesita em identificar como Jonathan Harker. Harker, porém, é introspectivo, passivo e fala alemão, enquanto o narrador do conto é impulsivo, agressivo e teimoso, incapaz de se comunicar senão em inglês. Para alguns especialistas, "O convidado..." assemelha-se ao estilo de Stoker no início da década de 1890, época em que produziu alguns de seus melhores contos. Assim, Stoker pode tê-lo escrito como um conto independente, mas, ao perceber o potencial da trama, em vez de publicá-lo preferiu transformá-lo num romance.*

A verdade é que, a menos que novas anotações do próprio Stoker venham a ser descobertas, toda essa discussão será apenas conjectura, e jamais se saberá a verdadeira relação entre "O convidado de Drácula" e o romance *Drácula*.

---

* Elizabeth Miller, 2000, pp. 133-134.

No conto, Stoker faz uma associação muito feliz entre as desventuras de seu protagonista e a Noite de Valburga (em alemão, *Walpurgisnacht*). Segundo o folclore europeu, esta noite, de 30 de abril para 1º de maio, é originada nas comemorações pagãs da primavera e marca a noite em que acontece uma grande reunião ou sabá de bruxas.

Várias ideias que aparecem no texto remetem à ficção vampírica que o antecedeu, como o poder do vampiro sobre os lobos, a reação aterrorizada dos cavalos à presença do vampiro, o vilarejo abandonado em consequência da ação dos mortos-vivos e o *status* nobre da vampira. A frase *Ligeiros viajam os mortos* é uma citação do poema "Lenore" (1773), de Gottfried August Bürger, que teve grande influência sobre a literatura vampírica de forma geral. Chamam a atenção os pontos em comum com "Carmilla", de Sheridan Le Fanu, como a menção à Estíria e a própria condessa morta-viva.

Posfácio

Drácula: a cristalização do mito

O vampiro começou a assumir sua forma definitiva, que mantém até hoje, ao ser publicado, em 1897, o romance *Drácula*, de Bram Stoker. O livro conta a história do conde Drácula, um vampiro centenário de origem húngara,* que abandona seu lar tradicional nos Cárpatos transilvanianos em busca de sangue novo na Inglaterra, onde será combatido por um pequeno, mas decidido, grupo de defensores do bem, da moral e do modo de vida vitoriano. A narração é feita por meio de uma sequência de registros de diários e de artigos de jornal, de onde, segundo o próprio Stoker, "tudo o que era desnecessário foi eliminado".** O tom realista e a narrativa praticamente simultânea aos fatos aumentam o impacto e o horror dos acontecimentos sobrenaturais.***

Nessa época, a ficção vampírica já contava com um *corpus* estabelecido, um rico acervo de tradições literárias e abordagens diferentes no qual Stoker pôde apoiar-se e buscar inspiração.

---

* O conde não é romeno, como muita gente crê. Quando *Drácula* foi escrito, a Transilvânia era parte do império Austro-Húngaro. O próprio conde ainda afirma ter ascendência *szekler*, de etnia húngara. (Elizabeth Miller, 2000, p. 137 e p. 142).

** Bram Stoker, 1897, nota introdutória a *Drácula*.

*** Jenna Harris, 2001.

Diversos arquétipos vampíricos haviam surgido e se fixado ao longo do século 19, com especial destaque para três: o vampiro folclórico, o nobre satânico e a mulher fatal.* O vampiro folclórico apareceu, por exemplo, na obra de Gógol, de Tolstói, de Turguêniev e em *A Guzla* (1827), de Prosper Mérimée, uma série de baladas supostamente tradicionais, mas na verdade criadas pelo próprio autor. O nobre satânico foi herdado do romance gótico, por intermédio do Lord Ruthven de Polidori. A mulher fatal, surgida na poesia do final do século 18, estabeleceu-se na literatura de prosa a partir de "A morte amorosa" (1836), de Gautier.

Drácula reúne as três vertentes: Stoker usa como ponto de partida uma terra distante, misteriosa, onde o inglês urbano e cético Jonathan Harker faz pouco dos camponeses e do que considera mero folclore local, e acaba arrependendo-se por não os levar a sério; tanto as três vampiras que vivem no castelo na Transilvânia quanto a jovem inglesa que mais tarde será vampirizada são genuínas mulheres fatais; por fim, o grande vilão da história é um conde, alto e muito magro, de nariz aquilino e bastas sobrancelhas desgrenhadas, todo vestido de preto – o protótipo exato do vilão gótico do século 18, transmutado no vampiro de Polidori. Numa demonstração da habilidade de Stoker em amalgamar as diferentes tendências preexistentes, Drácula exibe também características de criaturas folclóricas, tanto o vampiro (palidez, lábios rubros, dentes afiados, unhas recurvas e hálito fétido) quanto o lobisomem (caninos projetando-se sobre o lábio inferior, unhas pontudas, mãos largas com dedos curtos e pelos nas palmas, sobrancelhas unidas sobre o nariz).** Uma das fontes usadas foi *O livro dos lobisomens*, do reverendo Sabine Baring-Gould, do qual Stoker transcreveu literalmente algumas características.

* Christopher Frayling, 1991, p. 62.

** Elizabeth Miller, 2000, pp. 46-47.

Em *Drácula*, o Doutor Van Helsing, especialista em mortos--vivos, descreve o vampiro como sendo forte como vinte homens, mais ardiloso que os mortais, um necromante capaz de chamar a si os mortos, brutal e demoníaco, com a habilidade de comandar não só animais ("o rato, a coruja, o morcego, a mariposa, a raposa e o lobo") como tempestades, nevoeiros e o trovão. Ele também pode alterar seu tamanho, aumentando ou encolhendo, e tornar-se invisível. Algumas dessas qualidades acabaram incorporando-se ao vampiro literário e cinematográfico, e outras caíram em desuso.

Bram Stoker certamente tinha familiaridade com a literatura vampírica já publicada e estava a par das convenções mais frequentes, surgidas ao longo do século 19 e consagradas durante a evolução do vampiro ficcional. Ele fez uso de um punhado delas: o título de nobreza, a aparência soturna, a origem estrangeira, a força sobre-humana, o poder de seduzir as mulheres, a habilidade em infiltrar-se por frestas sob a forma de névoa, a capacidade de transformar-se em animal, o uso da estaca, o grito do vampiro ao ser estaqueado, a colocação de alho na boca do vampiro recém-decapitado. A comparação de trechos de Drácula com *Varney, o vampiro*, com "O estranho misterioso" (1844, do alemão Karl Adolf von Wachsmann) e com "Carmilla" mostra semelhanças que não podem ser casuais. Elas não provam que Stoker tenha lido especificamente esses textos, mas apenas que seguiu de perto os paradigmas do gênero gótico de então.* É ocioso especular quais autores de ficção o influenciaram diretamente. Sabe-se, por suas notas, os livros não ficcionais que consultou, embora ele não tenha deixado informações sobre a ficção que leu. A descrição de sua biblioteca, leiloada em 1913 na Sotheby's londrina, relaciona, entre

* Elizabeth Miller, 2000, p. 47.

outros, obras de Mary e de Percy Shelley, de Byron, Hoffmann e Le Fanu (embora não o volume que inclui "Carmilla"), mas não há como saber se foram adquiridas antes ou depois de *Drácula*.*

Drácula não foi escrito só com base no que já existia antes. Stoker enriqueceu o vampiro ficcional com inúmeras invenções próprias, que acabaram se incorporando ao mito literário. Algumas de suas inovações são: Drácula deve dormir sobre solo nativo; o vampiro não tem reflexo no espelho nem projeta sombra; ele é incapaz de cruzar água corrente e precisa de convite para cruzar os umbrais de uma casa. Stoker também parece ter sido o criador do termo em inglês *undead* (desmorto).

A conexão entre o vampiro e morcego já estava presente desde Varney, na década de 1840, mas Stoker foi o primeiro a transformar seu desmorto em "um grande morcego", metamorfose que depois seria encampada pelo cinema. Uma curiosidade: em *Drácula*, há referências aos morcegos vampiros sul-americanos, que podem ter sido inspirados, de forma indireta, nos relatos de Charles Darwin, citados num artigo de jornal que Stoker consultou. Darwin relata ter visto o morcego vampiro no Chile, em 1835, e comenta que observou os efeitos da mordida do animal em cavalos.**

Até *Drácula*, a Igreja tinha um papel acanhado na luta contra os vampiros. Relatos e tratados como os do padre Augustin Calmet e de Gerard van Swieten não apresentavam fórmulas ou mecanismos religiosos de proteção contra os vampiros. Os poetas precursores da ficção vampírica dispensavam a intervenção eclesiástica, da mesma forma que Polidori e Raupach. Os sacerdotes que aparecem em "A família do *vurdalak*", em

* A relação de fontes consultadas está em Elizabeth Miller, 2000, pp. 21-22; os livros de ficção são listados em Christopher Frayling, 1991, pp. 346-347.

** Charles Darwin, 1871, capítulo 2.

Varney e em "Carmilla", não desempenham nenhuma ação concreta contra os vampiros, e em "A morte amorosa", o padre Sérapion tarda em agir. Alexandre Dumas foi a exceção: em "A dama pálida", ele apostou pesado na religião como arma antivampiro, talvez com um olho na reação pública e outro no potencial dramático do embate.

Stoker impregnou seu livro de religião para, por um lado, investir contra a degradação dos valores morais e religiosos personificada no Drácula, e por outro "vestir" as cenas demasiado eróticas para seus leitores. Dada sua estreita ligação com o teatro, Stoker pode ter tirado da ópera *Fausto* (1859), de Charles Gounod, a ideia do crucifixo como potente arma antivampiro.* Qualquer que seja a origem da ideia, o fato é que foi por influência de *Drácula* que a religião assumiu o papel de grande inimiga do vampiro.

O romance de Stoker também popularizou o termo *nosferatu*, copiado de um artigo de 1885, em que a inglesa Emily Gerard afirmava ser esse o nome dado ao vampiro na Romênia.** No entanto, a palavra não existia em romeno (nem em qualquer outra língua conhecida) e certamente resultou de uma transcrição malfeita de alguma outra coisa que Gerard ouviu enquanto estava na Transilvânia. De qualquer modo, a palavra "pegou", e hoje em dia muita gente acredita que *nosferatu* é um nome tradicional e folclórico para os mortos-vivos.***

O espírito do *fin-de-siècle* permeia todo o romance. De forma consciente ou não, Stoker introduziu na narrativa várias

---

* Jacques Finné, 1999, p. 84.

** "Transylvanian Superstitions", reproduzido por Peter Haining, 1976, pp. 40-43.

*** Para Elizabeth Miller (2000, p. 50), "Gerard aparentemente não tinha bom ouvido para palavras estrangeiras". Ela usa outro termo inexistente, "Scholomance", para denominar uma escola onde feiticeiros teriam aulas com o próprio demônio. Stoker também perpetuou o termo em *Drácula*.

das posturas sociais e morais da Inglaterra vitoriana. Assim, a visão dos personagens quando viajam pelo leste europeu é típica do inglês cosmopolita e progressista, que encara as regiões menos tecnológicas com um misto de piedade e desprezo. O objetivo máximo do vilão é atacar Londres, deixando implícito que esta seria a conquista mais ousada que o Mal poderia empreender. Todo o esforço dos personagens "do bem" volta-se no sentido de fazer com que a situação, transtornada pela ação do Inesperado, retorne ao "normal", isto é, à rotina com a qual estavam acostumados.

Bastante evidente é toda a questão da identidade feminina, que à época passava por uma profunda reestruturação. A *New Woman*, a "Nova Mulher" independente e capaz de tomar as próprias decisões, fascinava e ao mesmo tempo assustava a sociedade. Em *Drácula*, Mina Harker é o protótipo dessa mulher moderna, a par das novidades tecnológicas e cheia de iniciativa. Por outro lado, Lucy e ela constituem o lado frágil e vulnerável das "forças do bem", que deve ser protegido pelos homens contra a influência demoníaca do vampiro sedutor. E o que acontece às mulheres que sucumbem ao poder dele? As donzelas castas tornam-se caçadoras sensuais e desinibidas, que não se intimidam em lutar para conseguir o que desejavam. Inadmissível para os padrões estabelecidos da sociedade! Quando Lucy é vampirizada, o cenário montado parece uma paródia cômica da guerra dos sexos de então: um exército formado por cinco valorosos homens (um nobre, um corretor imobiliário, um doutor-psiquiatra, um caubói texano e um sabe-tudo) contra uma vampira assanhada! Todo o poderio masculino é convocado para conter a rebeldia feminina... e só o faz a duras penas. E, a seguir, sua atenção concentra-se em evitar que a virtuosa Mina siga pelo mesmo caminho. Segundo um estudioso, "as forças da normalidade contra-atacam e colocam os vampiros de volta em seus caixões, de modo que Mina Harker possa voltar a ser a jovem convencional e reprimida de sempre".* Na verdade, apesar de todo o progresso que dissemina pelo livro (o uso de fonógrafo e de taquigrafia, o praticante da recentíssima psiquiatria, a prática da transfusão de sangue), Stoker ainda usa a estrutura das novelas góticas de um século antes, com um bando de heróis bem-intencionados unindo-se para resguardar a mocinha das garras do vilão pérfido e sombrio. *Drácula* colaboraria, portanto, para que os estereótipos góticos se mantivessem vivos ao longo do século seguinte.

Sendo uma obra tão influente num tema que viria a se tornar tremendamente popular (e lucrativo!), tanto *Drácula* como seu autor são, até hoje, alvos das mais diversas especulações, que por vezes carecem de qualquer fundamento.

Uma das mais difundidas é de que Bram Stoker teria usado como modelo para seu personagem a figura verdadeira de Vlad Tepes** ("o Empalador"), também chamado de Vlad Drácula, que no século 15 foi um *voivode*, ou príncipe, da Valáquia, hoje parte da Romênia. Apesar de importante em sua época, o sanguinário monarca Vlad caiu no esquecimento e nele permaneceu pelos séculos seguintes. Em 1972, porém, sua lembrança foi resgatada, e ele ficou famoso no mundo todo graças à publicação do livro *Em busca de Drácula*, em que os autores Raymond T. McNally e Radu Florescu anunciavam uma descoberta sensacional: Drácula não era, afinal, um personagem da ficção. Ao criá-lo, Bram Stoker baseara-se em alguém real! A ideia conquistou os fãs do Conde, e ganhou ainda mais impulso duas décadas depois, quando se tornou o mote central do filme *Drácula de Bram Stoker* (1992), de Francis Ford Coppola. Com o êxito comercial do filme, a teoria de que o conde e o *voivode* eram a mesma pessoa adquiriu, perante o grande público que jamais lera o livro de Stoker, o *status* de verdade absoluta.

* Christopher Frayling, 2007.

** Pronuncia-se "tsepesh".

Numa ironia extrema, a maior evidência contra a ideia de McNally e Florescu foi fornecida por eles mesmos. Em meados da década de 1970, eles descobriram as anotações feitas por Stoker enquanto escrevia o romance.* Uma análise dessas notas sugere que tudo o que Stoker sabia sobre Drácula resumia-se aos poucos parágrafos que lera em *An Account of the Principalities of Wallachia and Moldavia* (1820), de William Wilkinson. A obra faz menção ao *voivode* Drácula, mas não a Vlad, Vlad Tepes, Vlad Drácula, o Empalador ou às atrocidades que cometeu. Nas palavras de Elizabeth Miller,

> [...] é significativo observar que em nenhum lugar do romance de Stoker Drácula é chamado de "Vlad", e que não há nenhuma referência a suas notórias atrocidades [...]. Por que Stoker – um escritor que incluía meticulosamente todos os detalhes (alguns muito insignificantes e obscuros) de suas fontes conhecidas – ignoraria algo que podia enriquecer bastante a caracterização de seu vilão? Ou ele sabia mais coisas e decidiu não as usar, ou usou aquilo que conhecia. Considerando todas as evidências que foram encontradas até o momento, acredito na última hipótese, uma vez que tudo o que sabemos com certeza é que Stoker viu o nome "Drácula" no livro de Wilkinson, certamente gostou dele e decidiu usá-lo.**

---

* O manuscrito, chamado "Bram Stoker's Original Foundation Notes & Data for his *Dracula*", pertence ao acervo do Museu e Biblioteca Rosenbach, da Filadélfia, Estados Unidos. Uma versão em fac-símile, anotada, foi publicada por Robert Eighteen-Bisang e Elizabeth Miller (*Bram Stoker's Notes for Dracula*, 2013).

** Elizabeth Miller, 1996. Tradução de Cintia B. Lacerda, autorizada pela autora.

Com efeito, graças às notas, sabe-se que Stoker chamava seu vilão de conde Wampyr até encontrar no livro de Wilkinson o nome Drácula, com a informação de que significaria "demônio" no idioma da Valáquia. Nas notas, ele destacou com maiúsculas tanto "Drácula" quanto "Demônio", aparentemente fascinado por esse detalhe.

Stoker fez uma pesquisa minuciosa para o livro, mas não era o estudo de um acadêmico ao escrever um tratado, e sim o de um escritor buscando subsídios para uma obra de ficção. Ele não estava interessado em precisão histórica, mas em escrever um romance. Assim, não há qualquer base para supor que tenha consultado documentos raros, que permaneceram ignorados durante centenas de anos, apenas para obter informações que nem incluiria no livro. Das muitas fontes de informação desencavadas sobre o Empalador nessas últimas décadas, incluindo os panfletos alemães do século 15 que o pintavam como o demônio, apenas quatro estavam no Museu Britânico na época em que Stoker escreveu o romance, e não há qualquer evidência de que ele as tenha lido.* Em suma, as únicas inspirações que Stoker encontrou no Drácula verdadeiro foram o nome e o título de *voivode*. O resto é especulação.

Quando escreveu o livro, Stoker trabalhava como secretário particular de Sir Henry Irving, à época o mais famoso ator shakespeariano da Inglaterra, e não era um escritor profissional, embora publicasse regularmente romances e contos. É bem provável que jamais tenha sonhado que uma obra sua viria a ter tamanha repercussão — e que um século mais tarde ele seria muito mais lembrado do que seu ilustre patrão.

A figura de Drácula consagrou-se e serviu como base para o desenvolvimento da imagem atual do vampiro e do enorme sucesso dos mortos-vivos imortais no século 20,

* Christopher Frayling, 1991, pp. 76-77.

mas o pai do Drácula não viveu para ver o triunfo de seu personagem. Stoker morreu em 1912, e seu vampiro apenas alcançaria a fama no final da década de 1920. Mais uma vez isso seria decorrência do sucesso da adaptação teatral e, numa novidade tecnológica, da posterior transposição da peça para a tela de cinema, no filme *Dracula* (1931, Universal Studios), dirigido por Tod Browning e com Bela Lugosi no papel-título.*

Um dos fatores cruciais para o êxito de Drácula nos cinemas foi a decisão de Stoker de construir seu romance com a estrutura de uma peça de teatro, com poucos cenários e personagens, progressão da ação em atos onde cada um termina com um golpe de efeito e ênfase na ação.** É possível que ele já pensasse, então, numa adaptação para os palcos. De qualquer modo, a forma de narrativa tornou *Drácula* eminentemente filmável (mesmo que todos os diretores virem o romance de cabeça para baixo na hora de adaptá-lo). O sucesso cinematográfico atingiu as massas ao redor do mundo e permitiu que o vampiro invadisse de vez nossas vidas por meio de todos os veículos de mídia que surgiram e se desenvolveram nos séculos 20 e 21: música, quadrinhos, desenhos animados, televisão, mangás e animês, RPGs, *games* e, finalmente, a internet.

Desde sua origem, a figura do vampiro passou por uma transformação completa e complexa. Inicialmente, um processo evolutivo radical levou-o de suas nebulosas origens folclóricas até o nobre fascinante de Polidori, que conquistou a Europa. Uma série de mudanças mais sutis, embora não menos profundas, culminaram na figura do conde transilvaniano que, com sua

---

* Houve alguns filmes anteriores baseados em *Drácula*. Embora um deles, o alemão *Nosferatu* (1921), de F. W. Murnau, seja hoje considerado um clássico, nenhum deles teve grande impacto na disseminação da obra entre o grande público.

** Francis Lacassin, 1981, pp. 3-4.

sede por “sangue novo” e modernidade, demonstrou ser capaz de conquistar o mundo.

Hoje seria impossível tentar eliminar do seio da cultura globalizada o morto-vivo tomador de sangue. Já não resta dúvida de que, enfim, o vampiro atingiu a imortalidade.

Bibliografia selecionada

Assinalamos com asterisco (*) as obras especialmente recomendadas.

Ajdačić, Dejan. The Vampire Motif in European and Balkan Slav Literatures. 2007. Disponível em http://www.rastko.rs/rastko/delo/10016. Acesso em abril de 2021.

Anônimo. *Histoire des vampires et des spectres malfaisans, avec un examen du vampirisme*. Paris: Masson, 1820. [Segundo Montague Summers, 1928, a obra seria da autoria do ocultista francês J. A. S. Collin de Plancy.]

Bailey, J. O. What Happens in "The Fall of the House of Usher"? *American Literature*, v. 35, pp. 445-466, 1964.

Barber, Paul. *Vampires, Burial, and Death*. New Haven: Yale, 1988.* [Este excelente tratado sobre o vampirismo folclórico inclui uma extensa discussão sobre a decomposição cadavérica, e não é muito adequado para estômagos mais fracos.]

Barber, Paul. Forensic Pathology and the European Vampire (pp. 109-142). *In*: Dundes, A. (ed.) *The vampire. A casebook*. Madison: University of Wisconsin, 1998.

Baring-Gould, Sabine. *O livro dos lobisomens*. São Paulo: Aleph, 2008.* [Edição brasileira do livro publicado originalmente em 1865, indispensável para o entendimento do lobisomem folclórico.]

Barros Jr., Fernando Monteiro de. Parceiros da noite. Gays e vampiros na literatura. *Soletras, Revista do Departamento de Letras da UERJ*, v. 2, n. 2, pp. 100-110, 2001.

Barros Jr., Fernando Monteiro de. Baudelaire, Byron e Lúcio Cardoso. A *flânerie* e o dandismo do vampiro. *Soletras, Revista do Departamento de Letras da UERJ*, v. 6, n. 6, pp. 50-60, 2003.

Barros Jr., Fernando Monteiro de. Decadentismo e Vampirismo: o conde Eric Stenbock (pp. 1-19). *In*: *Anais do IV CLUERJ-SG*. Rio de Janeiro: Botelho Editora, 2007.

Bellemin-Noël, Jean. "La Morte amoureuse" de Gautier, une cousine de Dracula? (pp. 144-153). *In*: Grivel, Charles (ed.). *Dracula, de la mort à la vie*. Paris: Les Cahiers de l'Herne, 1997.

Blasone, Pino. *Italy, Through a Gothic Glass*. 2007. Disponível em https://pt.scribd.com/document/2075273/Italy-through-a-Gothic-Glass. Acesso em abril de 2021.

Borrmann, Norbert. *Vampirismo, el anhelo de la inmortalidad*. Barcelona: Timun Mas, 1999.* [Uma visão mais abrangente e multifacetada do vampiro, com ideias interessantes.]

Bunson, Matthew. *The Vampire Encyclopedia*. Nova York: Gramercy, 1993.

Calmeil, L.-F. *De la folie. Considerée sous le point de vue pathologique, philosophique, historique et judiciaire*, v. 2. Paris: J.-B. Baillière, 1845.

Carroll, David. Pockets of Poison: Penny Bloods and the Demon Barber. *Tabula Rasa*, v. 7, 1995. Disponível em https://www.tabula-rasa.info/DarkAges/PennyBloods.html. Acesso em abril de 2021.

Carvalho, Bruno Berlendis (org.). *Caninos. Antologia do vampiro literário*. São Paulo: Berlendis & Vertecchia, 2010.

Cooper, Brian. The Word «Vampire»: Its Slavonic Form and Origin. *Journal of Slavic Linguistics*, v. 13, n. 2, pp. 251-270, 2005.

Coudray, Chantal Bourgault du. *The Curse of the Werewolf*. Londres: I. B. Tauris, 2006.

Dalby, Richard. *Dracula's Brood*. Crucible, 1987.

Darwin, Charles Robert. *Journal of Researches into the Geology and Natural History of the Various Countries Visited by H. M. S. Beagle*. Londres: Henry Colburn, 1839.

Day, William Patrick. Resenha sem título de *Poor Polidori: A Critical Biography of the Author of "The Vampyre"*, de D. L. MacDonald. *Nineteenth-century Literature*, v. 46, pp. 410-412, 1991.

Dickie, James (org.). *The Undead. Vampire Masterpieces*. Londres: Pan, 1971.

Dodd, Kevin. "Blood Suckers Most Cruel": The Vampire and the Bat In and Before Dracula. *Athens Journal of Humanities and Arts*, v. 6. n. 2, pp. 107-132, 2019.

Dowell, Richard W. The Ironic History of Poe's "Life in Death": a Literary Skeleton in the Closet. *American Literature*, v. 42, pp. 478-486, 1971.

Eighteen-Bisang, Robert & Dalby, Richard. *Vintage Vampire Stories*. Nova York: Skyhorse, 2011.

Ellis, Markman. *The History of Gothic Fiction*. Edimburgo: Edinburgh University, 2000.

Ferreira, Cid Vale (org.). *Voivode: estudos sobre os vampiros*. Jundiaí: Pandemonium, 2002.* [Primeiro tratado brasileiro com uma abordagem abrangente do vampiro nas artes e na cultura popular. Indispensável.]

Finné, Jacques. Vade retro, Drácula! (pp. 71-90). *In*: Marigny, Jean. *Drácula*. Lisboa: Pergaminho, 1999.

Florescu, Radu. *Em busca de Frankenstein*. São Paulo: Mercuryo, 1998.* [Uma rica compilação das circunstâncias que levaram ao surgimento do livro de Mary Shelley, das fontes usadas e de seu processo de criação.]

Frayling, Christopher. *Vampyres. Lord Byron to Count Dracula*. Londres, Boston: Faber and Faber, 1991.* [Obra essencial para o entendimento da evolução do vampiro literário no século 19, é uma das fontes mais confiáveis sobre o tema.]

Frayling, Christopher. Bram Stoker and the Creation of Dracula. 2007. Disponível em https://www.penguin.com/static/html/classics/essays/dracula.php. Acesso em abril de 2021.

Gordillo, Adriana. Transformación del vampiro en la literatura hispanoamericana. *Polifonia Scholarly Journal*, v. 2, n. 1, pp. 88-105, 2012. Disponível em https://www.apsu.edu/polifonia/volumeii.php. Acesso em abril de 2021.

Grivel, Charles (ed.). *Dracula, de la mort à la vie*. Paris: Les Cahiers de l'Herne, 1997.

Gutenberg Project. Disponível em www.gutenberg.org.* [Rica fonte de textos literários, em domínio público, de inúmeros autores.]

Haining, Peter. *The Dracula Scrapbook*. Nova York: Bramhall House, 1976.* [Oferece rico material iconográfico, além de reproduzir textos e documentos antigos e de difícil acesso.]

Harris, Jena. Why Dracula No Longer Frightens Us. *Journal of Dracula Studies*, v. 3, 2001. Disponível em https://abrahamstoker.blogspot.com/2013/02/jenna-harris-view-from-classroom-why.html. Acesso em abril de 2021.

Hoeper, Jeffrey D. Teaching the Truth About Byron's 'Vampyre' Letter. 2000. Disponível em http://engphil.astate.edu/gallery/galignan.html. Acesso em janeiro de 2008.

Holmes, Michael. An Introduction to "Varney the Vampire; or, The Feast of Blood". 1997. Disponível em http://varney.50megs.com. Acesso em abril de 2021.

Ibarlucía, Ricardo; Castelló-Joubert, Valéria (org.). *Vampiria, de Polidori a Lovecraft*. Buenos Aires: Adriana Hidalgo, 2003.* [Essa é, sem dúvida, uma das melhores antologias de contos de vampiros do século 19 já publicadas, apesar de alguns erros factuais nos textos biográficos dos autores.]

Introvigne, Massimo. *Satanism Scares and Vampirism from the 18th Century to the Contemporary Anti-Cult Movement*. World Dracula Congress, Los Angeles, 1997. Disponível em https://www.cesnur.org/testi/vampires_wdc.htm. Acesso em abril de 2021.

Introvigne, Massimo. *Il vampiro plebeo*. Sem data. Disponível em www.horrorcrime.com/vampiro/vampiro_plebeo.asp. Acesso em maio de 2008.

Kennedy, Hubert. Karl Heinrich Ulrichs. First theorist of Homosexuality (pp. 26-45). *In*: Rosario, Vernon A. (org.). *Science and Homosexualities*. Nova York: Routlege, 1997.

Kinyon, Lezlie. 'Mad, Bad and Dangerous to Know': Le Vampyre, the Gothic Novel, and George Gordon, Lord Byron. 2003. Disponível em http://strangehorizons.com/non-fiction/articles/mad-bad-and-dangerous-to-know-le-vampyre-the-gothic-novel-and-george-gordon-lord-byron. Acesso em abril de 2021.

Lacassin, Francis. Préface. *In*: Lacassin, Francis (org.). *Vampires de Paris*. Paris: UGE, 1981.

Lazzarin, Giulia. *Traducción y análisis de los cuentos fantásticos de Rubén Darío*. Tese de graduação, Università Ca'Foscari Venezia. Veneza, 2019. Disponível em http://dspace.unive.it/handle/10579/16558. Acesso em abril de 2021.

Lecouteux, Claude. *História dos vampiros. Autópsia de um mito*. São Paulo: UNESP, 2003.

LeVay, Simon. Queer Science. The Use and Abuse of Research into Homosexuality. *The Washington Post*. 1996. Disponível em https://www.washingtonpost.com/wp-srv/style/longterm/books/chap1/queerscience.htm. Acesso em abril de 2021.

Lombardi-Nash, Michael. Karl Heinrich Ulrichs' *Manor*: Homosexuality and Vampirism. 2000. Disponível em https://www.angelfire.com/fl3/uraniamanuscripts/nashvamp.html. Acesso em abril de 2021.

Maluf, Sônia. *Encontros noturnos. Bruxas e bruxarias na lagoa da Conceição*. Rio de Janeiro: Editora Rosa dos Tempos, 1993.* [Um livro fascinante, originalmente uma tese de mestrado em Antropologia Social, defendida na Universidade Federal de Santa Catarina. Contém relatos valiosos sobre as bruxas tomadoras de sangue do folclore catarinense.]

Marigny, Jean. *Vampires. The World of the Undead*. Londres: Thames and Hudson, 1994.* [Uma introdução muito didática ao estudo do vampiro na cultura popular e nas artes.]

Marigny, Jean. *Drácula*. Lisboa: Pergaminho, 1999.* [Uma análise de *Drácula*, seus significados e sua abordagem pelo cinema. É uma leitura fascinante.]

Marigny, Jean. *Le Fantastique en Europe*. Institut Européen des Hautes Etudes Internationales. 2007. Disponível em www.iehei.org/Identite_europeenne. Acesso em maio de 2008.

Marigny, Jean. *Quand le Vampirisme se décline au féminin*. Sem data. Disponível em <http://bibliotheque.cenacle.free.fr>. Acesso em fevereiro de 2008.

Matangrano, Bruno Anselmi. Prefácio. *In*: Polidori, John William. *O vampiro. Edição comemorativa de 200 anos* (pp. 18-31). São Paulo: Sebo Clepsidra, Aetia, 2020.

McNally, Raymond T. *A Clutch of Vampires*. Nova York: Warner, 1974.

McNally, Raymond T.; Florescu, Radu. *In Search of Dracula*, edição revista. Boston: Houghton Mifflin, 1994.* [A primeira edição desse livro (1972) fez nascer o interesse pelo Drácula original, governante da Valáquia no século 15. Apesar de ter popularizado a ideia equivocada de que Stoker baseou-se na figura histórica para criar seu personagem, é um livro indispensável.]

Melton, J. Gordon. *O livro dos vampiros. A enciclopédia dos mortos-vivos*. São Paulo: M. Books, 2003.* [Considerada a bíblia dos vampirófilos, é uma fonte importante de informações. Deve ser usado com cautela, pois contém imprecisões. O ideal é tomá-lo como ponto de partida para consulta a textos mais confiáveis.]

Miall, David. *Christabel*. 2000. Disponível em www.ualberta.ca/~dmiall/Gothic. Acesso em abril de 2021.

Miller, Elizabeth. Foreword. *In*: Kalogridis, Jeanne. *Lord of the Vampires*, v.1. Nova York: Dell, 1996.* [Foi esse texto, o prefácio à trilogia de Kalogridis, que mudou nossa concepção sobre *Drácula* e nos levou a questionar inúmeras afirmações sobre a evolução do vampiro, com resultados surpreendentes. A obra de Miller é uma fonte abalizada e confiável de informações sobre o conde Drácula. Todos os livros dela (abaixo) são recomendados.]

Miller, Elizabeth. *Reflections on Dracula*. White Rock, Canadá: Transilvania Press, 1997.*

Miller, Elizabeth. *Dracula, Sense & Nonsense*. Westcliff-on-Sea: Desert Island, 2000.* [Se tivéssemos de recomendar apenas um livro sobre o *Drácula* de Bram Stoker, seria esse, em que a autora desfaz, de forma bem-humorada, mas irrefutável, uma série de equívocos sobre o romance, o personagem e o autor.]

Miller, Elizabeth. *Dracula*. Nova York: Parkstone, 2000.*

Miller, Elizabeth. *A Dracula Handbook*. Bloomington: X-libris, 2005.*

Miller, Elizabeth. *Bram Stoker's Dracula*. Nova York: Pegasus, 2009.*

Opitz, Christian Nikolaus. *Die Totenbraut. Deutsche Vampirgeschichten des 19. Jahrhunderts*. Viena: Spiegelberg, 2016.

Penzler, Otto. *The Vampire Archives*. Nova York: Vintage Crime/Black Lizard, 2009.* [Antologia volumosa, com mais de mil páginas e uma seleção de contos bastante eclética.]

Poe, Edgar Allan. *Histórias extraordinárias de Allan Poe*. Tradução e adaptação de Clarice Lispector, 15ª edição. Rio de Janeiro: Ediouro, 1998.

Poe, Edgar Allan. *Collected Stories and Poems*. Londres: CRW, 2006.

Polidori, John William. *O vampiro. Edição comemorativa de 200 anos*. Organização de Marina Sena. São Paulo: Sebo Clepsidra, Aetia, 2020.* [Compilação exaustiva de textos relacionados ao primeiro conto vampírico em língua inglesa, ao contexto literário em que surgiu e obras correlatas. Um excelente compêndio, incluindo textos raros e inéditos no Brasil.]

Prungnaud, Joëlle. Le Vampire de la decadence (pp. 44-51) *In*: Grivel, Charles (ed.). *Dracula, de la mort à la vie*. Paris: Les Cahiers de l'Herne, 1997.

Pulido, José Antonio. El horror: un motivo literario en el cuento latinoamericano y del Caribe. *Contexto*, Segunda Etapa, v. 8, n. 10, pp. 229-250, 2004.

Quérard, Joseph-Marie. *Les Supercheries littéraires dévoilées.* Galerie des auteurs apocryphes, supposés, déguisés, plagiaires, et des éditeurs infideles de la littérature française, v. 3. Paris: L'Éditeur, 1850.

Rieger, James. Dr. Polidori and the Genesis of Frankenstein. *Studies in English Literature, 1500-1900*, v. 3, pp. 461-472, 1963.

Ronecker, Jean-Paul. *Vampiros*. Lisboa: Hugin. 2000.* [Rica fonte de informações sobre os vampiros, de leitura agradável e fácil.]

Rossetti, William Michael. *Dante Gabriel Rossetti. His Family. Letters with a Memoir*, v. 1. 1895. Disponível em http://www.rossettiarchive.org/docs/pr5246.a43.rad.html. Acesso em abril de 2021.

Ryan, Alan (ed.). *The Penguin Book of Vampire Stories*. Nova York: Penguin, 1988.

Sadoul, Barbara. *Les Cent ans de Dracula*. Paris: Librio, 1997.

Shepard, Leslie (ed.). *Classic Vampire Stories*. Nova York: Citadel, 1995.

Skal, David J. *Vampires. Encounters with the Undead*. Nova York: Black Dog & Leventhal, 2001.* [Antologia fartamente comentada e muito bem-ilustrada.]

Soprani, Federica. *La figura del vampiro nel teatro tra '800 e '900*. Università degli Studi di Parma. 1998.* [Essa tese constitui um dos trabalhos mais elucidativos sobre a enorme influência do teatro na evolução do vampiro ficcional do século 19.]

Stoker, Bram. *Drácula*. São Paulo: Penguin-Companhia, 2014.

Summers, Montague. *The Vampire, His Kith and Kin*. Londres: K. Paul Trench, Trubner, 1928.* [Uma das obras clássicas sobre os vampiros no folclore e nas artes. Ótimo ponto de partida, mas suas informações devem sempre ser checadas em fontes mais confiáveis, pois as imprecisões são numerosas. Disponível na internet, é indispensável aos vampirófilos.]

Swensen, Andrew. Vampirism in Gogol's Short Fiction. *The Slavic and East European Journal*, v. 37, pp. 490-509, 1993.

Switzer, Richard. Lord Ruthwen and the Vampires. *The French Review*, v. 29, pp. 107-112, 1955.

Vadim, Roger. *Nouvelles histoires de vampires,* choisies et annotées par Ornella Volta et Valerio Riva. Paris: Robert Laffont, 1972.* [Excelente antologia, com informações interessantes e materiais não muito fáceis de encontrar.]

Wikipédia. Disponível em https://wikipedia.org.* [Ótimo ponto de partida para qualquer consulta; todas suas informações devem ser checadas em fontes mais específicas.]

Wilde, Oscar. *O retrato de Dorian Gray*. São Paulo: Penguin-Companhia, 2012.

Apêndice 1

O VAMPIRO NA PROSA E NA POESIA ATÉ 1897

1748 "Der Vampir", poema do alemão **Heinrich August Ossenfelder** (1725-1801), considerado o primeiro texto literário a abordar o tema.

1773 "Lenore", poema do alemão **Gottfried August Bürger** (1748-1794). Influenciou profundamente a literatura vampírica.

1797 "Die Braut von Korinth", poema do alemão **Johann Wolfgang von Goethe** (1749-1832).

1799 "The Old Woman of Berkeley", poema do inglês **Robert Southey** (1774-1843).

1800 "Hymnen an die Nacht", seis textos em prosa e verso, do alemão **Novalis** (pseudônimo de Georg Philipp Friedrich Freiherr, Barão von Hardenberg, 1772-1801).

1801 "Thalaba the Destroyer", poema de **Robert Southey**, em que aparece uma vampira.

Der Vampyr, romance do alemão **Theodor Ferdinand Kajetan Arnold** (pseudônimo de Ignaz Ferdinand Arnold, 1774-1812).

1807 "The Dead Men of Pest", poema do inglês **John Herman Merivale** (1770-1825).

1810 "The Vampyre", balada do inglês **John Stagg** (1770-1823), com uma discussão sobre o vampirismo no prólogo.

1812 *Der Vampyr oder die blutige Hochzeit mit der schönen Kroatin: Eine sonderbare Geschichte vom böhmischen Wiesenpater*, romance de autor anônimo.

1813 “The Giaour, a Fragment of a Turkish Tale”, poema épico do inglês **Lord Byron** (George Gordon Byron, 1788-1824).

1816 “Christabel”, poema do inglês **Samuel Taylor Coleridge** (1722-1834). É neste ano que sai publicado, embora já circulasse antes como manuscrito. A primeira parte foi escrita em 1797-98, e a segunda em 1800-01. Jamais chegou a ser concluído, mas ainda assim representou a estreia do vampiro na poesia em inglês.

Fragmento de um relato, de **Lord Byron.** Publicado depois em 1820, ao final de Mazeppa.

1819 “The Vampyre”, conto do inglês **John Polidori** (1795-1821), primeira ficção vampírica em prosa da língua inglesa.

“La Belle dame sans merci”, poema do inglês **John Keats** (1795-1821).

“The Black Vampire; A Legend of St. Domingo”, conto estadunidense publicado sob o pseudônimo **Uriah Derick D’Arcy** e republicado em 1845, com autoria atribuída a Robert C. Sands.

1820 “The Eve of St. Agnes” e “Lamia”, poemas de **John Keats.**

Lord Ruthwen; ou Les Vampires, romance do francês **Cyprien Bérard.** Continuação da história de Polidori, foi a introdução do vampiro literário na França.

“Die Totenbraut”, conto do alemão **Gottfried Peter Rauschnik** (1778-1835).

1821 **1819-1821** “Vampirismus” (“Aurelia” ou “La Vampire”), conto do alemão **E. T. A. Hoffmann** (1776-1822), apresentando a primeira vampira memorável da literatura em prosa. Incluído no último volume de *Die Serapionsbrüder.*

“Smarra; ou Les Démons de la nuit”, conto do francês **Charles Nodier** (1780-1844).

1822 *Infernaliana*, de **Charles Nodier**, uma coletânea de relatos verídicos e ficcionais de vampiros.

1823 "Lasst die Todten ruhen", conto do alemão **Ernst** Benjamin **Salomo Raupach** (1784-1852).

1825 *La Vampire; ou La Vierge de Hongrie*, romance do francês **Etienne-Léonde, barão de Lamothe-Langon** (1786-1864).

1826 *Der Vampyr und seine Braut*, romance do alemão **Karl Spindler** (1796-1855).

1827 "Sur le vampirisme" ("Sobre o vampirismo"), introdução de *La Guzla; ou Choix de poésies illyriques recueillies dans la Dalmatie, la Bosnie, La Croatie et l'Hertzegowine*, de **Hyacinth Maglanovich** (pseudônimo do francês **Prosper Mérimée**, 1803-1870), paródia no formato de baladas.

La battaglia di Benevento, romance histórico do italiano **Francesco Domenico Guerrazzi** (1804-1873). Primeira aparição do vampiro na literatura de ficção italiana. Cita Polidori.

1828 *The Skeleton Count; or, The Vampyre Mistress*, romance seriado da inglesa **Elizabeth Caroline Grey** (*née* Duncan, 1798-1869), talvez a primeira incursão de uma escritora no tema. Uma das raras mulheres a escrever romances de horror baratos (*penny bloods*). Somente foram preservados alguns trechos, pois nunca saiu em livro.

Der Vampyr, oder die Totenbraut, romance de **Theodor Hildebrand**.

"Der Vampyr", conto do alemão **J. E. H.**

1832 "Strashnaya mest" ("Uma terrível vingança"), conto do russo de origem ucraniana **Nikolai Vassílievitch Gógol** (1809-1852). Tem elementos do vampiro folclórico.

1833 "The Vampire Bride", balada de **Henry Thomas Liddell**, na coletânea *The Wizard of the North: The Vampire Bride and Other Poems.*

"Der Vampyr", conto do alemão **Isidor.**

1835 "Berenice" e "Morella", contos do estadunidense **Edgar Allan Poe** (1809-1849), tidos como de temática vampírica. O primeiro saiu no *Southern Literary Messenger*, e sua violência gerou protestos; uma versão "amenizada" saiu em 1840.

"Niévski Prospékt" ("Avenida Niévski"), conto de **Nikolai Gógol**, com elementos do vampiro folclórico.

"Viy", conto de **Nikolai Gógol.**

"Der Vampyr", conto do alemão **Franz Seraph Chrismar.** Consta ser o primeiro texto literário a fazer uma conexão entre o mito vampírico e o Drácula histórico.

"Der Vampyr", conto dos alemães **Hirsch e Wieser.**

1836 "La Morte amoureuse", conto do francês **Théophile Gautier** (1811-1872).

1838 "Ligeia", conto de **Edgar Allan Poe**, tido como de temática vampírica.

1839 "The Fall of the House of Usher", conto de **Edgar Allan Poe**, com forte inspiração vampírica, sem abordar o tema de modo explícito.

1840 "The Man of the Crowd", conto de **Edgar Allan Poe.**

"Portre" ("O retrato"), conto de **Nikolai Gógol**, com elementos de vampirismo.

1841 "Upyr", conto do russo **Alexei Constantinovich Tolstói** (1817-1875).

1843 "Spalatro, from the Notes of Fra Giacomo", conto do irlandês **Sheridan Le Fanu** (1814-1873).

1844 "The Oblong Box", conto de **Edgar Allan Poe.** Tido como de temática vampírica.

"Rappacini's Daughter", conto do estadunidense **Nathaniel Hawthorne** (1804-1864).

"Der Fremde", conto do alemão **Karl Adolf von Wachsmann** (1787-1862). Original do conto "The Mysterious Stranger", publicado sem indicação de autoria em 1854.

"Strigoiul" ("O vampiro"), poema do romeno **Vasile Alecsandri** (1821-1890).

1845 "The Oval Portrait", conto de **Edgar Allan Poe**.

"The Vampyre", poema do físico escocês **James Clerk Maxwell** (1831-1879), mais conhecido pela teoria do eletromagnetismo e pelo experimento com o "demônio de Maxwell".

"The Last of the Vampires. A Tale", conto de **Smyth Upton**.

1846 *Der Baron Vampyr*, romance do alemão **Edwin Bauer**. Leipzig. Metáfora antissemita.

"The Vroucolacas: a Tale", conto do estadunidense **James Kirke Paulding** (1778-1860).

1847 *Varney the Vampire; or, The Feast of Blood*, do escocês **James Malcolm Rymer** (1804-1884). *Penny dreadful* (folhetim), escrito em 1845-47.

"La famille du vourdalak", conto de **Alexei C. Tolstói**. Escrito em russo em 1839 ("Sem'ya vurdalaka") e publicado anos depois em francês.

1848 *Vampyren*, romance do poeta sueco **Viktor Rydberg** (1828-1895). Tem um personagem psicopata chamado Ruthven, que acredita ser vampiro.

1849 "La Dame pâle", do francês **Alexandre Dumas** (1802-1870). Episódio do livro *Les Mille et un phantomes. Une journée à Fontenay-aux-Roses*, publicado em inglês como conto, com o título "The Pale-Faced Lady".

"Octávio e Branca", romance versificado do brasileiro **João Cardoso de Menezes e Souza** (1827-1915), menciona vampiros brevemente.

1851 "Helena", poema do poeta alemão **Christian Johann Heinrich Heine** (1797-1856).

1852 *La Baronne trépassée*, romance do francês **Pierre-Alexis**, visconde de **Ponson du Terrail** (1829-1871).

La Vampire, roman fantaisiste, romance do francês **Angelo de Sorr** (pseudônimo de Honoré Sclafer, 1822-1881).

1853 *Spiritual Vampirism: The History of Etherial Softdown and Her Friends of the 'New Light'*, do estadunidense **Charles Wilkins Webber** (1819-1856). Sátira. Tida como a primeira ficção sobre vampiros psíquicos.

1854 "The Mysterious Stranger", conto publicado, sem autoria, no periódico *Chambers Repository of Instructive and Amusing Tracts*. Ao que tudo indica, trata-se de uma tradução não autorizada de "Der Fremde" (1844), do alemão **Karl Adolf von Wachsmann.** Traz um conde vampiro que vive em um castelo nos Cárpatos, e aventa-se, sem grande base factual, que possa ter servido como inspiração para Bram Stoker.

1856 (ou **1865**) "La Vampire", noveleta do francês **Paul** Henri Corentin **Féval** (1816-1887), publicada na coletânea *Les Drames de la mort*.

1857 "Le Vampire" e "Les Métamorphoses du vampire", poemas do francês **Charles Baudelaire** (1821-1867), incluídos no livro *Les Fleurs du mal*.

"Polichinelle vampire", poema do francês **Théodore de Blanville** (1823-1891). Escrito em 1846.

1858 "Gaspar Blondín", do equatoriano **Juan Montalvo** (1832-1889). Talvez o primeiro conto sul-americano com temática vampírica a ser escrito (embora tenha sido publicado apenas em 1894).

"The Dead Man's Story", conto do inglês James **Hain Friswell** (1825-1878).

1859 "What Was It?", do irlandês **Fitz-James O'Brien** (1822-1862). É mais um conto de fantasmas.

1860 *Le Chevalier Ténèbre*, romance de **Paul** Henri Corentin **Féval**.

1861 *Le Vampire du Val-de-Grâce*, romance do francês **Léon Gozlan** (1803-1866).

"Schwarze Melancholie", do austríaco **Emil Mario Vacano** (1840-1892).

1863 "Prizraki" ("Fantasmas"), conto do russo **Ivan** Sergueivich **Turguêniev** (1818-1883).

"Glamr", conto do inglês **Sabine Baring-Gould** (1834-1924), autor de *O livro dos lobisomens*, com base em relato tradicional.

"The Vampire; or, Pedro Pacheco and the Bruxa", do inglês **William Henry Giles Kingston** (1814-1880). Traz um prólogo sobre vampiros, mas o conto em si aborda a típica bruxa de Portugal.

1864 *Madame Vampire*, romance do francês **Jean Bruno** (pseudônimo de Jean Vaucheret, 1821-1899).

1867 "The Last Lords of Gardonal", conto do inglês **William Gilbert** (1804-1890).

"The White Maniac: A Doctor's Tale", conto da irlandesa-australiana **Mary Fortune** (pseudônimo de Mary Helena Wilson, 1833-1910).

1868 *Les Chants de Maldoror*, romance do **conde de Lautréamont** (pseudônimo do franco-uruguaio Isidore Lucien Ducasse, 1846-1870).

"A Vampire", do escocês **G. J.** (George John) **Whyte-Melville** (1821-1878). Episódio do livro *Bones and I; or, The Skeleton at Home*, publicado posteriormente como conto, com o título "Madame de St. Croix".

1869 *Il Vampiro*, de **Franco Mistrali** (pseudônimo de Luigi Francesco Corrado Mistrali, 1833-1880), primeiro romance vampírico em italiano.

"Lokis, le manuscrit du Professor Wittembach", novela de **Prosper Mérimée**. Considerado por alguns como tendo elementos vampíricos.

Fosca, romance do italiano **Igino Ugo Tarchetti** (1839-1869).

1870 *Vikram and the Vampire; or, Tales of Hindu Devilry*, lendas indianas traduzidas e adaptadas pelo inglês **Sir Richard Burton** (1821-1890).

1871 *Le Docteur vampire*, romance do francês **Octave** Mogeta **Féré** (1815-1875).

"The Vampire Cat of Nabéshima", conto do inglês **Algernon Bertram Freeman-Mitford** (1837-1895), a partir de um relato tradicional.

1872 "Carmilla", conto do irlandês **Sheridan Le Fanu**. Foi publicado na revista *The Dark Blue*, em três partes (dez. 1871 a mar. 1872) e incluído na antologia *In a Glass Darkly* (1872). Ainda é um dos contos de vampiros mais conhecidos.

1874 *La Ville-vampire*, romance-paródia de **Paul Féval**, apresentando a romancista Ann Radcliffe como personagem.

"Véra", conto do francês **Villiers de L'Isle Adam** (1838-1889). Não é uma vampira, mas uma desmorta.

1875 "Die Toten sind unersättlich", conto do austríaco Leopold Ritter von **Sacher-Masoch** (1836-1895).

1878 "Der Vampyr: Novelle aus Bulgarien", romance do alemão **Hans Wachenhusen** (1827-1898).

1879 *Le Capitaine vampire*, romance da belga **Marie Nizet** (1859-1922). Uma denúncia dos horrores da guerra.

Ompdrailles, le Tombeau-des-Lutteurs, romance do francês **Léon Cladel** (1835-1892).

1880 "The Fate of Madame Cabanel", conto da inglesa **Eliza Lynn Linton** (1822-1898).

Posle devedeset godina (Noventa anos depois), novela do sérvio **Milovan Glišić** (1847-1908), com o mais famoso vampiro literário sérvio, Sava Savanović.

1881 "The Man-Eating Tree", conto do anglo-indiano **Phil Robinson** (1847-1902).

1882 "The Vampyre", poema do britânico **Owen Meredith** (pseudônimo de **Edward** Robert **Bulwer-Lytton**, 1831-1891)

"Ein Vampir", conto do alemão **Karl May** (1842-1912).

1883 "Ken's Mystery" (ou "The Grave of Ethelind Fionguala"), conto do estadunidense **Julian Hawthorne** (1846-1934).

"Klara Milich", conto de **Ivan Turguêniev**.

1884 "John Barrintgon Cowles", conto do escocês **Sir Arthur Conan Doyle** (1859-1930).

"Manor", conto do alemão **Karl Heinrich Ulrichs** (1825-1895). Primeira história homossexual masculina de vampiros.

"Margery of Quether", noveleta de **Sabine Baring-Gould**.

Monsieur Vénus, roman matérialiste, da francesa **Rachilde** (pseudônimo de Marguerite Vallette-Eymery, 1860-1953).

1885 *Le Baron vampire*, romance do francês **Ernest Charles Guy de Charnacé** (1825-1909). Metáfora antissemita.

1886 "Le Horla", conto do francês **Guy de Maupassant** (1850-1893). Primeira versão.

"A Borrowed Mouth", conto do estadunidense **Frank R. Stockton** (1834-1902).

Le Vampire, romance popular do francês **Michel Morphy** (1863-1928).

1887 "Le Horla", conto de **Guy de Maupassant**. Segunda versão.

"A Mystery of the Campagna", conto de **Anne Crawford**, sob o pseudônimo Anne Von Degen (1846-?).

"Olalla", conto do escocês **R. L. Stevenson** (1850-1894).

1888 *The princess Daphne*, romance do inglês **Edward Heron-Allen** (1861-1943). Vampirismo psíquico.

1890 *Le Possédé*, romance do belga **Camille Lemonnier** (1844-1913).

"Die Verbannten", poema épico do alemão **Max Haushofer** (1840-1907).

1891 *The Picture of Dorian Gray*, romance do irlandês **Oscar Wilde** (1854-1900).

"Old Aeson", conto do britânico **Arthur Quiller-Couch** (1863-1944).

"L'Égrégore", conto do francês **Jean Lorrain** (pseudônimo de Paul Alexandre Martin Duval, 1855-1906).

Là-bas, romance do francês **Joris-Karl** (Charles-Marie-Georges) **Huysmans** (1848-1907). Sem elementos fantásticos, é a história de Gilles de Rais, assassino em série francês que lutou ao lado de Joana d'Arc.

"La balada de los muertos" e "El beso del espectro", contos do venezuelano **Luis López Méndez** (1863-1891).

Sardi: A Story of Love, romance da estadunidense **Cora Linn Daniels** (1852-1934).

A Creature of the Night, do inglês **Fergus Hume** (1859-1932).

1892 *Le Château des Carpathes (O castelo dos Cárpatos)*, romance do francês **Jules Verne** (1828-1905). Sem elemento sobrenatural.

"Die Schöne Abigail", novela do alemão **Paul Johann Ludwig Heyse** (1830-1914).

1893 "A Kiss of Judas", conto de **X. L.** (pseudônimo do estadunidense Julian Osgood Field, 1849-1925).

"The Death of Halpin Frayser", conto do estadunidense **Ambrose Bierce** (1842-?1914).

"The Last of the Vampires", conto de **Phil Robinson**.

"La Salamandre vampire", conto do francês **Léon Bloy** (1846-1917), escrito em 1870-71.

"Thanatopía", conto do nicaraguense **Rubén Darío** (1867-1916).

"Tristán Cataletto", conto do venezuelano **Julio Calcaño** (1840-1912).

"Le Verre de sang", conto de **Jean Lorrain**. Sem elementos sobrenaturais.

1894 “The Parasite”, conto de **Sir Arthur Conan Doyle.**

“The True Story of a Vampire”, conto do anglo-estoniano **conde de Stenbock** (1860-1895).

“Herself”, conto da inglesa **Mary Elizabeth Braddon** (1837-1915).

1895 “The Flowering of the Strange Orchid”, conto do inglês **H. G. Wells** (1866-1946).

“De Profundis”, novela do polonês **Stanislaw Przybyszewski** (1868-1927).

The Pobratim: A Slav Novel, romance do **Prof. P. Jones.** Vários episódios envolvem vampiros: “St. John’s Eve”, “Christmas Eve”, “The Vampire”, “Flight”.

1896 “Good Lady Ducayne”, conto de **Mary Elizabeth Braddon.**

“A Beautiful Vampire”, conto da inglesa **Arabella** Madonna **Kenealy** (1859-1938).

La Douleur d’aimer, romance do francês Henri-Antoine **Jules Bois** (1868-1943).

“The Vampire”, poema do galês **Arthur Symons** (1865-1945).

“The Vampire of Croglin Grange”, conto do inglês **Augustus Hare** (1834-1903).

1897 *Dracula*, romance do irlandês **Bram Stoker** (1847-1912).

“Berenice”, “Viviane” e “Yvaine”, contos da francesa **Jane de La Vaudère** (pseudônimo de Jeanne Scrive, 1857-1908).

The Blood of the Vampire, romance da inglesa **Florence Marryat** (1837-1899).

“O estrangeiro vampiro”, do português **Gomes Leal** (1848-1921), uma metáfora do neocolonialismo europeu.

“The Vampire”, poema do anglo-indiano **Rudyard Kipling** (1865-1936).

1914 “Dracula’s Guest”, conto de **Bram Stoker**, escrito entre 1890 e 1897 e publicado postumamente.

Apêndice 2

O VAMPIRO NOS PALCOS ATÉ *DRÁCULA*

1801 *Il vampiro*, ópera do italiano **A. De Gasparini.** Apresentada em Turim.

1812 *Vampiri*, ópera bufa italiana, de **Silvestro Palma** (1754-1834), com libreto de **Giuseppe Palombache.** Parcialmente baseada em *Dissertazione sopra i vampiri*, de Giuseppe Davanzati, foi apresentada em Nápoles.

1820 *Le Vampire, mélodrame en trois actes, avec um prologue*, dos franceses **Charles Nodier**, Pierre François Adolphe **Carmouche** (1797-1868) e Achille François Léonor **Jouffroy** d'Abbans (1785-1859), com música de **Alexander Piccini**. Apresentado em Paris.

Le Vampire amoreux, vaudeville dos franceses **Eugène Scribe** (1791-1861) e **Mélesville** (pseudônimo de Anne-Honoré-Joseph Duveyrier, 1787-1865). Apresentado em Paris, dois dias após a estreia de Nodier.

Les Trois vampires; ou Le Clair de lune, vaudeville dos franceses **Gabriel** e **Armand Brazier.** Apresentado em Paris, estreou uma semana depois da peça de Nodier.

The Vampire; or, The Bride of the Isles, melodrama do inglês **James** Robinson **Planché** (1796-1880), adaptação livre da obra de Nodier. Apresentado em Londres.

The Vampire, peça do inglês **W. T. Moncrieff** (1794-1857). Baseada em Nodier, o vilão se chama Ruthwold. Apresentada em Londres.

Le Vampire, comédia do francês **Martinet**, com letra de **Pierre de la Fosse de la Rue des Morts**. Paródia a Nodier, apresentada em Paris.

Cadet Buteux au vampire, melodrama de Marc-Antoine-Madeleine **Désaugiers** (1772-1827). Paródia a Nodier, apresentado em Paris.

Encore un vampire; ou Fanfan-la-Tulipe, farsa do francês **Emile L. B.**, apresentada em Paris.

Les Etrennes d'un vampire, peça cômica, apresentada em Paris.

1821 *Der Vampyr, oder die Todten-Braut*, peça do alemão **Heinrich Ludwig Ritter** (1790-1849), com o subtítulo "Baseada no conto de Lord Byron". Apresentada em Braunschweig.

Giovanni the Vampire; or, How Shall We Get Rid of Him?, peça burlesca de **James Planché**, apresentada em Londres.

The Vampire, tragédia de **St. John Dorset** (pseudônimo do rev. Hugo John Belfour, inglês,1802-1827). Vampiro metafórico. Publicada em Londres, nunca encenada.

1823 *Thalaba the Destroyer*, peça do inglês **Edward Fitzball** (1792-1873). Baseada no poema de Robert Southey e apresentada em Londres.

Polichinel Vampire, balé-pantomima do francês **Frédéric-Auguste Blache** (1790-1853). Apresentado em Paris.

1826 *Le Vampire*, opereta cômica do belga **Martin-Joseph Mengal** (1784-1851), apresentada em Gand, Bélgica.

1827 *Il vampiro*, comédia em cinco atos do italiano **Angelo Brofferio** (1802-1866). Um falso desmorto aterroriza um castelo na Westfália. Final feliz, com casamento. Apresentada em Turim.

1828 *Der Vampyr*, ópera lírica dos alemães **Heinrich August Marschner** (1795-1861), música, e **Wilhelm August Wohlbrück** (1796-1861), libreto. Baseada em Nodier, via Ritter, foi apresentada em Leipzig.

Der Vampyr, ópera romântica em três atos, de **Peter Joseph von Lindpaintner** (1791-1856), música, e **Caesar Max Heigel**, libreto. Baseada na "obra de Byron (*sic*)" e apresentada em Stuttgart.

Der Vampyr, tragédia dos alemães **Alexander Cosmar** (1805-1842) e **H. Krause**, apresentada em Berlim.

1830 *Polichinel vampire*, de autor desconhecido. Uma única apresentação no Adelphi Theatre, em Londres, em março de 1830.

Der Vampyr, adaptação dos ingleses **Planché** e **William Hawes** (1785-1846) da ópera de **Marschner** e **Wohlbrück**. Apresentada em Londres.

1832 *The Wood Devil; or, The Vampire Wife*, peça do inglês **Edward Fitzball** (1792-1873), apresentada em Londres.

1834 *The Vampire Bride; or, The Tenant of the Tomb*, drama romântico de **George Blink** (ca. 1798-1874), baseado em Raupach. Traz a primeira vampira dos palcos, tendo sido apresentado em Londres.

1844 *Le Vampire*, comédia dos franceses **Eugène Deligny** (1816-1881), **Paul Siraudin** (1813-1883) e **Ferdinand Laloue**. Apresentada em Paris.

1851 *Le Vampire*, peça de teatro de **Alexandre Dumas** e **Auguste Maquet**. Apresentada em Paris.

1852 *La Dame de Pique; or, The Vampire: a Phantasm Related in Three Dramas*, peça do irlandês **Dion Boucicault** (pseudônimo de Dionysius Lardner Boursiquot, 1820-1890). Apresentada em Londres.

1856 *The Phantom: A Drama in Two Acts*, de **Dion Boucicault**. Apresentada na Filadélfia e, no ano seguinte, em Nova York.

1857 *Morgano*, balé do austríaco **Paul** (Paolo Nikola) **Taglioni** (1808-1884), com música de **Peter Ludwig Hertel** (1817-1899). Apresentado em Berlim.

1858 *Polichinelle vampire*, balé de **John Blick, M. Honoré** e **M. Amédée Artus**. Apresentado em Paris.

1861 *Il vampiro*, balé do italiano **Rotta**, com música de **Paolo Giorza** (1832-1914). Apresentado em Milão.

1865 *Douglas le vampire*, drama fantástico em cinco atos, de **Jules Dornay** (1829-1906). Apresentado em Paris.

Guten Abend, Herr Fischer! oder Der Vampyr, vaudeville-burlesco em um ato de **Georg Friedrich Belly** (1836-1875) e **Carl Löffler**. Apresentado em Berlim.

1872 *A Little Bit of Moonshine in Three Rays, Called The Vampire*, burlesco do britânico **Robert Reece** (1838--1891). Apresentado em Londres.

1876 *Ein Vampyr*, peça de **Ulrich Frank**, pseudônimo da escritora alemã Ulla Wolff (1850-1924). Baseada na peça de Scribe, foi apresentada em Breslávia (Polônia), com bastante êxito.

1887 *Ruddigore; or, The Witch's Curse!*, opereta cômica em dois atos, dos ingleses W. S. **Gilbert** (1836-1911) e Arthur **Sullivan** (1842-1900). Londres.

Frankenstein; or, The Vampire's Victim, ópera cômica de **Richard Henry** (pseudônimo de Richard Butler e Henry Chance Newton, 1854-1931), com música de Wilhelm **Meyer Lutz**. Paródia ao romance de Mary Shelley, foi um fracasso, por ser feminista demais. Londres.

1891 *Madame La Mort*, peça da francesa **Rachilde**. Paris.

Agradecimentos

A Silvio Alexandre, por ter dado a ideia inicial e pelo apoio constante.

A Cintia Barcellos Lacerda, por tantas discussões e por seu conhecimento aparentemente inesgotável sobre literatura e vampiros.

A Elizabeth Miller, pelas ricas discussões durante as aulas do curso *The Literary Vampire*, na Universidade de Toronto, por ter disponibilizado suas publicações, tão valiosas quanto raras de obter, e pelo absoluto rigor de sua obra admirável.

A Federica Soprani, por sua tese maravilhosa, que fez tantas peças (trocadilho intencional) se encaixarem no lugar.

A Cid Vale Ferreira, por sua atuação incessante no estudo teórico da literatura gótica e vampírica no Brasil e na divulgação de preciosidades literárias.

A Sylvia Junghähnel, pela ajuda com as sutilezas do idioma alemão.

A Carmen, pelas inúmeras contribuições para a vampiroteca e "a pior coleção de filmes de todos os tempos".

A Giulia Moon, Lord A., André Vianco, Fernando Straube, Valeria Flora Hadel, José Fernando Pacheco e Mirta Rosas, pela amizade, partilha de informações e incentivo. A Roberto de Sousa Causo e Antonio Luiz M. C. Costa, pelos comentários à primeira edição.

A Claudia Barcellos e Viviane Köppe Jensen, por um motivo muito especial.

Em memória de Carlos Patati, que (quase) às margens do rio Paquequer sentou-se na pedra e contou *Drácula*; de Adriano Siqueira, o mais adorável e inspirado escritor vampírico que já existiu; e de Alan Ryan, de cuja companhia e conhecimento não pudemos desfrutar tanto quanto gostaríamos.

TIPOGRAFIA: Media77 - texto
Sabbath Black - entretítulos
PAPEL: Pólen Soft 80 g/m² - miolo
Cartão Supremo 250 g/m² - capa

IMPRESSÃO: Gráfica BMF
Maio/2024